21 世纪高等学校规划教材

计算机操作系统

李 岩 主编

李 俭 李康乐 闫大顺 缪行外 副主编

中国电力出版社
http://jc.cepp.com.cn

内容提要

操作系统是配置在计算机上的最基本的系统软件，是对计算机硬件功能的首次扩充。本书详细介绍了计算机操作系统的基本概念、基本原理和典型实现技术，理论学习和实践应用相结合。全书共分为7章，分别介绍了操作系统的基本概念、功能和特征；阐述了进程的概念和进程管理的各种策略，同时还介绍了现代操作系统中普遍使用的线程的基本知识；阐述了存储管理的方式和实现的方法；阐述了设备管理分配的方法及设备管理中的重要技术；阐述了操作系统中文件和文件系统的基本概念及文件管理的实现方法；并以Linux操作系统为例，结合前面对操作系统原理的阐述，在进程管理、存储管理、设备管理和文件管理等方面进行了应用性剖析；在第7章介绍了操作系统使用、维护、保护及安全管理的方法。每章内容均有小结，并配有大量习题供读者自测。

本书可作为高等学校计算机科学与技术及相关专业的本科或高职高专的教材，也可作为从事信息科学和计算机工作的科技人员学习操作系统的参考书。

图书在版编目（CIP）数据

计算机操作系统 / 李岩主编. —北京：中国电力出版社，2009
21世纪高等学校规划教材
ISBN 978-7-5083-8313-2

Ⅰ. 计… Ⅱ. 李… Ⅲ. 操作系统－高等学校－教材
Ⅳ. TP316

中国版本图书馆CIP数据核字（2008）第212035号

中国电力出版社出版、发行
（北京三里河路6号 100044 http://jc.cepp.com.cn）
汇鑫印务有限公司印刷
各地新华书店经售

*

2009年2月第一版 2009年2月北京第一次印刷
787毫米×1092毫米 16开本 13.25印张 324千字
定价 **23.00** 元

前 言

操作系统是配置在计算机上的第一层软件，是对计算机硬件功能的首次扩充。它是计算机软件系统的核心和所有计算机系统的基础和支撑。它管理和控制着计算机系统中的软硬件资源，可以说操作系统是计算机系统的灵魂。由于操作系统原理过于抽象，要真正理解操作系统的概念，必须将原理与实践相结合。本教材将操作系统原理、概念和实例融为一体，使学生通过学习这门课程，对操作系统有一个明确清晰的认识。

本书作者根据多年丰富的教学经验，参考国内外大量最新教材和相关资料，注重基础性、系统性、实用性、前沿性和新颖性，结合实际操作系统，深入浅出地阐述了操作系统的概念、原理和实现技术。本书本着有利于培养学生获取知识的能力、运用知识的能力和科学创新能力的原则安排教材内容，注重对学生创新能力和学生综合素质的培养，不仅有操作系统原理，更有操作系统实现，把理论知识和实践应用融为一体，使学生在理解操作系统原理的基础上，能够进行操作系统的实验、测试及设计。本书共分 7 章，建议总的教学时数为 80 学时，其中理论教学 60 学时，实验教学 20 学时。

第 1 章　操作系统概述。主要阐述了操作系统的定义、发展历史、分类、功能和特性。重点讲述了操作系统的基本概念、功能和特征。建议课堂教学 4 学时。

第 2 章　处理机管理。主要介绍了程序的并发执行、进程的引入、进程的概念、进程的基本状态及其转换、进程同步与互斥的概念及其各种实现策略、进程通信、进程调度与死锁、线程的引入及线程的概念和线程的通信等内容。重点讲述了进程和进程同步的概念、同步机制、通信方式、调度算法、死锁的概念及解决方法、线程的概念、线程与进程的关系；难点是进程同步问题的实现。建议课堂教学时数为 16 学时，实验教学时数为 6 学时。

第 3 章　存储器管理。主要介绍了存储器管理的概念，存储器管理的目的，存储器管理的四大基本功能——内存分配与回收、逻辑地址到物理地址的转换、存储保护和内存的扩充，以及实存管理和虚存管理的各种策略。重点讲述了各种存储管理方式的实现方法，难点是虚拟存储器的概念及实现方法。建议课堂教学时数为 14 学时，实验教学时数为 4 学时。

第 4 章　设备管理。主要介绍了设备管理的任务与功能、设备管理的硬件组织与软件组织、缓冲技术、虚拟设备技术、设备分配管理。重点讲述了缓冲技术和设备处理过程。建议课堂教学时数为 8 学时，实验教学时数为 4 学时。

第 5 章　文件管理。主要介绍了文件和文件系统的概念、文件的组织结构、文件存储空间的管理、文件的安全与保护。重点讲述了文件的基本概念及实现过程，难点是目录管理和文件存储空间的管理。建议课堂教学时数为 10 学时，实验教学时数为 6 学时。

第 6 章　Linux 操作系统分析。主要介绍了 Linux 操作系统的形成和发展、Linux 的进程管理（包括进程调度和进程通信）、Linux 的存储管理、Linux 的设备管理、Linux 的文件管理和 Linux 的 Shell 接口。以前面 5 章所介绍的操作系统原理为基础对 Linux 操作系统进行了实践性剖析。重点介绍了 Linux 的进程管理和文件管理及存储管理。建议课堂教学时数为 6 学时。

第 7 章　操作系统管理。主要介绍了操作系统的生成及运行，操作系统在使用过程中的维护以及对操作系统的保护。重点介绍了操作系统的安全管理，这是保证用户程序和其他程序安全的基础。建议课堂教学时数为 2 课时。

本书每章开始有教学重点，最后有小结，每章均配有大量习题，使学生能够在学习中边学习、边检测、边加深、边掌握。

本书第 1 章由李康乐编写，第 2 章和第 3 章由李俭编写，第 4 章和第 5 章由李岩、李康乐编写，第 6 章由闫大顺编写，第 7 章由李康乐、缪行外编写，侯菡萏、左雷在本书的编写过程中做了大量工作。全书由李岩统稿。

在本书的编写过程中得到了许多领导和同志的大力支持，参考了大量同行的著作，在此表示深深的谢意。

由于作者水平有限，加之时间仓促，书中错误和疏漏之处在所难免，敬请读者批评指正。如有意见或建议请发送 E-mail 至 liyan_1966@126.com。

编　者

2008 年 11 月

目 录

第1章　操作系统概述

计算机系统由硬件和软件两部分组成，操作系统（OS）是配置在计算机硬件上的第一层软件，是对硬件系统的首次扩充。在现代计算机系统中，如果不安装操作系统，很难想象如何使用计算机。操作系统是计算机系统中最重要的系统软件，是整个计算机系统的控制中心。操作系统不仅将裸机改造成为功能强、服务质量高、使用方便灵活、运行安全可靠的虚拟机来为用户提供良好的使用环境，而且采用有效的方法来组织多个用户共享计算机系统中的各种资源，最大限度地提高了系统资源的利用率。

本章重点讲述以下几方面内容：

（1）操作系统的概念。

（2）操作系统的发展。

（3）操作系统的特征。

（4）操作系统的功能。

1.1　操作系统的概念

操作系统是配置在计算机硬件平台上的第一层软件，是一组系统软件。在计算机系统中，处理器、内存、磁盘、终端等硬件资源通过主板连接构成了看得见、摸得着的计算机硬件系统。为了使这些硬件资源高效、尽可能并行地供用户程序使用，并给用户提供使用这些硬件的通用方法，必须为计算机配备操作系统。操作系统的工作就是管理计算机的硬件资源和软件资源，并组织用户尽可能方便地使用这些资源。操作系统是软硬件资源的控制中心，它以尽量合理有效的方法组织用户共享计算机的各种资源。

1.1.1　操作系统的地位

计算机系统可以看作是由硬件和软件按层次结构组成的系统，如图1.1所示。硬件系统是指构成计算机系统所必需的硬件设备，是计算机本身和用户作业的基础。

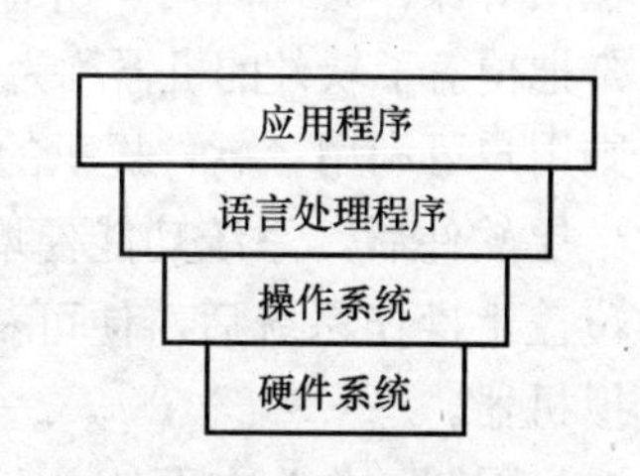

图1.1　计算机系统层次结构

只有硬件系统而没有软件系统的计算机称为裸机。用户直接使用裸机不仅不方便，而且系统效率非常低。软件系统是为计算机系统配置的程序和数据的集合。软件系统又有系统软件和应用软件之分。应用软件是为解决某一具体问题而开发的软件，它涉及计算机应用的各个领域，如各种管理软件、文字处理软件等；系统软件是专门为计算机系统配置的，如操作系统、各种语言处理程序等。操作系统是以硬件为基础的系统软件，是硬件层的第一次扩充，在硬件层上实现了操作系统的全部功能，并提供相应的接口，其他各层软件都是在操作系统的基础上开发的。语言处理程序包括各种程序设计语言的编译程序及动态调试程序等，语言处理程序是操作系统层的扩充，而应用程序是语言处理程序层的进一步扩充。在应用程序层用户可以使用各种程序设计语言，在操作系统的支持下，编写并运行满足用户需要的各种应用程序。由此可见操作系统是计算机系统中最重要的系统软件。

1.1.2 操作系统的作用

可以从不同的角度来观察操作系统的作用。从一般用户的观点，可以把操作系统看做是用户与计算机硬件系统之间的接口；从资源管理观点看，则可以把操作系统视为计算机系统资源的管理者。

1. 操作系统作为用户与计算机硬件系统之间的接口

操作系统作为用户与计算机硬件之间的接口的含义是：操作系统处于用户与计算机硬件系统之间，用户通过操作系统来使用计算机系统，或者说，用户在操作系统的帮助下，能够方便、快捷、安全、可靠地操纵计算机硬件和运行自己的程序。用户可以通过 3 种方式使用计算机。

（1）命令方式。这是指由操作系统提供了一组联机命令，用户可以通过键盘输入有关命令来使用计算机。

（2）系统调用方式。用户可以在自己的应用程序中，通过调用操作系统提供的一组系统调用来操纵计算机。所谓系统调用是操作系统提供给编程人员的一个接口，成为在程序一级上用户请求系统服务的一种手段或方法。

（3）图形、窗口方式。用户通过屏幕上的窗口或图标来操纵计算机系统和运行自己的程序。

2. 操作系统作为计算机资源的管理者

在一个计算机系统中，通常都含有各种各样的硬件和软件资源。归纳起来可将资源分为 4 类：处理器、存储器、I/O 设备以及数据和程序。相应地，操作系统的主要功能也正是针对这 4 类资源进行有效的管理，即处理机管理、存储器管理、设备管理和文件管理。可见，操作系统是计算机系统资源的管理者。

3. 操作系统用作扩充机器

对于一台完全无软件的计算机系统，即使功能再强，也必定是难以使用的。如果在裸机上覆盖上一层 I/O 设备管理软件，用户便可以利用它提供的 I/O 命令来进行数据输入和打印输出等操作。此时用户所看到的计算机，将是一台比裸机功能更强、使用更方便的机器。通常把覆盖了软件的机器称为扩充机或虚拟机。如果在第一层软件上再覆盖一层文件管理软件，则用户可利用该软件提供的文件存取命令来进行文件的存取。每当人们在计算机系统上覆盖一层软件后，系统功能便增强一级。由于操作系统自身包含了若干层次，因此当在裸机上覆盖上操作系统后，便可获得一台功能显著增强、使用极为方便的多层扩充机器或多层虚拟机器。

因此，作为在硬件之上的第一层软件的操作系统是一组程序和数据的集合，它能控制和管理计算机系统的所有资源，并合理地进行调度，为用户使用计算机提供方便。据此，我们可以把操作系统定义为：操作系统是一组控制和管理计算机硬件和软件资源，合理地组织计算机工作流程，并为用户使用计算机提供方便的程序和数据的集合。

1.1.3 操作系统设计目标

在计算机系统上所配置的操作系统，其设计目标与计算机的规模和操作系统的类型有关，而操作系统在计算机系统中所起的作用可以从不同角度来看，但无论是什么类型的操作系统其设计的目标基本上是一致的。

1. 正确性

操作系统是计算机系统中最基本、最重要的软件，它的正确性是系统可靠运行的前提。随着计算机应用范围的日益扩大，对于操作系统的正确性要求也越来越高。例如，用于航天控制的操作系统必须绝对可靠，否则所造成的后果可能不堪设想。

影响操作系统正确性的因素有很多，最主要的是并发性、共享性以及由此而带来的随机性。并发性使得系统中各进程指令流的执行次序可能任意交叉；共享性导致对于系统资源的竞争；随机性要求系统能动态地应付所发生的各种内部和外部事件。因此，需要对操作系统的结构进行研究。一个设计良好的操作系统不仅应当是正确的，而且其正确性应当是可验证的。

2. 高效性

对于支持多道程序设计的操作系统来说，其根本目标是提高系统中各种资源的利用率，即提高系统的运行效率。大家知道，一个计算机系统在其运行过程中时而处于目态，时而处于管态。管态又称系统态、核心态，它具有较高的特权，能执行一切指令，访问所有寄存器和存储区；目态也称用户态、常态，是具有较低特权的执行状态，它只能执行规定的指令，访问指定的寄存器和存储区。处于目态时为用户服务，处于管态时可能为用户服务（如为进程读文件），也可能做维护工作（如切换进程、调度页面、检测死锁等）。

运行操作系统程序，完成系统管理功能所花费的时间与空间称为系统开销。假设一个计算机系统，在一段时间 T 之内，运行目态程序所用的时间为 T_u，运行管态程序为用户服务所用的时间为 T_{su}，运行管态程序做系统管理工作所用的时间为 T_{sm}，定义系统运行效率为

$$\eta=\frac{T_u+T_{su}}{T_u+T_{su}+T_{sm}}$$

显然，η越大，系统运行效率越高。为了提高系统运行效率，应当尽量减少用于系统管理所需要的时间 T_{sm}。

3. 易维护性

易维护性包括易读性、易扩充性、易裁减性、易修改性等。一个实际操作系统投入运行后，有时希望增加新功能，删除不需要的功能，或修改在运行过程中所发现的错误。为了对系统进行增、删、改等维护操作，必须读懂系统，为此要求操作系统具有良好的可读性。

4. 易移植性

操作系统的开发是一个非常庞大的工程。为了避免重复性的工作，缩短软件研制周期，现代操作系统设计都将可移植性作为一个重要的目标。为了便于将操作系统由一个宿主系统搬迁到另外一个宿主系统中，应当使操作系统中与硬件相关的部分相对独立，并且位于操作系统程序的底层，移植时只需修改这一部分。

5. 易加载性

现代操作系统都采用 DLL 技术，系统启动时只装入必需的功能模块，其他许多功能模块可以根据调用需要动态加载到内存中。这样，不需要的功能根本不必装入内存，节省了系统空间。

1.2 操作系统的发展

计算机从 1946 年问世至今，已有半个多世纪的发展历程。最初的计算机由于运算速度慢、存储容量小、仅用于数值计算等特点，其操作方式基本上采用手工操作方式。随着计算机技

术的发展，在20世纪50年代中期出现了第一个简单的批处理操作系统，到20世纪60年代中期产生了多道程序批处理操作系统，不久又出现了基于多道程序的分时系统。自20世纪80年代以来，出现了微型计算机、多处理机和计算机网络技术，同时也就形成了微机操作系统、多处理机操作系统、网络操作系统。随着通信技术的发展及大型数据管理系统、远程处理系统和计算机网络的成熟与推广，操作系统的研究开始向并行计算与分布式方向发展。

1.2.1 无操作系统的计算机系统

1. 人工操作方式

从第一台计算机诞生至20世纪50年代中期的计算机，属于第一代计算机，这时还未出现操作系统。这时的计算机操作是由用户采用人工操作方式直接使用计算机硬件系统。即由程序员将事先已穿孔的纸带或卡片装入纸带机或卡片输入机，再启动它们将程序和数据输入计算机，然后启动计算机运行。当程序运行完毕并取走结果后，才让下一用户使用计算机。这种人工方式有以下两个方面的缺点：

（1）用户独占全机。此时，计算机及其全部资源只能由上机用户独占。

（2）CPU（Central Processing Unit，中央处理器）等待人工操作。当用户进行程序装入或结果输出等人工操作时，CPU及内存等资源处于空闲。

可见人工操作严重地降低了计算机资源的利用率，此即所谓的人机矛盾。随着CPU速度的迅速提高而I/O设备的速度却提高缓慢，也使CPU与I/O设备之间速度不匹配的矛盾更加突出。为此产生了脱机输入/输出技术。

2. 脱机输入/输出方式

为了解决人机矛盾及CPU与I/O设备之间速度不匹配的矛盾，20世纪50年代末出现了脱机输入/输出技术。该技术是指事先将装有用户程序和数据的纸带装入纸带输入机，在一台外围机的控制下，把纸带上的数据输入到磁带上。当CPU需要这些程序和数据时，再从磁带上高速地调入内存。类似地，当CPU需要输出时，可由CPU直接高速地把数据从内存送到磁带上，然后再在另一台外围机的控制下，将磁带上的结果通过相应的输出设备输出。

脱机输入/输出技术是在解决人机矛盾及高速度的CPU与低速度的I/O设备间矛盾的过程中发展起来的。它的出现改善了CPU和外设的使用情况，实现了作业的自动定序、自动过渡，从而使整个计算机系统的处理能力得以提高。但批处理系统仍存在许多缺陷，比如，外围机与主机之间的磁带装卸仍需人工完成，操作员需要监督机器的状态等。如果一个程序进入死循环，或是程序执行了非法指令等出现错误的情况，均需要操作员进行干预，并且由于系统没有任何自我保护措施，无法防止用户程序破坏监督程序和系统程序。因此系统保护问题亟待解决。

3. 执行系统

20世纪60年代初期，计算机硬件获得了两个方面的迅速发展：一是通道的引入；二是中断技术的出现，这两项重大成果使操作系统进入了执行系统阶段。

通道是一种输入/输出专用处理器，它能控制一台或多台外部设备工作，负责外部设备与内存之间的数据传输。它一旦被启动，就能独立于CPU运行，这样就可使CPU和通道并行操作，而且CPU和各种外部设备也能并行操作。

中断是指当CPU接到外部硬件（如I/O设备）发来的信号时，马上停止原来的工作，转去处理这一事件，在处理完以后，CPU又回到原来的工作点继续工作。

借助通道、中断技术，输入/输出工作可以在CPU控制之下完成。这时，原有的监督程序不仅要负责调度作业自动地运行，而且还要提供输入/输出控制功能，它比原有的功能增强了。这个扩展后的监督程序常驻内存，称为执行系统。执行系统比脱机处理前进了一步，它节省了外围机，降低了成本，而且同样能支持主机和通道、主机和外部设备的并行操作。在执行系统中，用户程序的输入/输出工作是委托给执行系统实现的，由执行系统检查其命令的合法性，提高了系统的安全性，可以避免不合法的输入/输出命令对系统的威胁。执行系统是操作系统初级阶段，它为操作系统的最终形成奠定了基础。

1.2.2 操作系统的完善

操作系统由形成到完善经历了如下几个主要发展阶段。

1. 多道批处理系统（20 世纪 60 年代初期）

执行系统出现不久，人们就发现在内存中同时存放多道作业是有利的。当一道作业因等待 I/O 传输完成等原因暂时不能运行时，系统可将处理机资源分配给另外一个可以运行的程序，如此便产生了多道批处理操作系统。

多道批处理的出现是操作系统发展历史上一个革命性的变革，它将多道程序设计的概念引入操作系统中。我们将会在后面内容中学习多道程序设计与传统的单道程序设计相比的本质差别，它的引入给操作系统的理论及实践等各个方面都带来了许多新的研究课题。

2. 分时系统（20 世纪 60 年代初/中期）

手工操作是一种联机操作方式，其效率很低。批处理系统否定并代替了手工操作，是一种脱机操作方式。执行系统及多道批处理系统是批处理系统的进一步发展，属于更高级的脱机处理方式。但是，多道批处理系统出现不久，人们便发现仍有联机操作的必要，这个要求首先是由程序员提出的。对于脱机操作来说，程序员无法了解其作业的执行情况和对其进行动态控制，如果作业在处理过程中出错，程序员不能对其进行及时的修改，必须等待批处理结果输出后才能从输出报告中得知错误所在，对其进行修改，然后再次提交批作业，如此可能需要重复多次，使得作业的处理周期较长。也就是说，脱机方式非常不利于程序的动态调试。

为达到联机操作的目的，出现了分时系统。分时系统由一个主机和若干个与其相连的终端构成，用户可在终端上输入和运行其程序，系统采用对话的方式为各个终端上的用户服务，便于程序的动态修改和调试，缩短了程序的处理周期。由于多个终端用户可以同时使用同一个系统，因而分时系统也是以多道程序设计为基础的。

多道批处理系统与分时系统各有所长，前者适用于大型科技计算任务，后者适用于交互式任务。它们是现代操作系统的两大主要类别。多道批处理系统和分时系统的出现标志着操作系统已进入完善阶段。

3. 实时处理系统（20 世纪 60 年代中期）

在 20 世纪 60 年代中期，集成电路取代了分立元件，计算机进入了第三代。由于性能的提高，计算机的应用范围迅速扩大，从传统的科学计算扩展到商业数据处理，进而深入到各行各业，例如工业自动控制、医疗诊断、航班订票等，这样就出现了实时操作系统。

多道批处理操作系统、分时操作系统和实时操作系统的三大类别，为通用操作系统的最终形成做好了必要的准备。

4. 通用操作系统（20 世纪 60 年代后期）

为了进一步提高计算机系统的适应能力和使用效率，人们将多道批处理、分时和实时等功能结合在一起，构造出多功能的通用操作系统。通用操作系统可以同时处理实时任务、接收终端请求、运行成批作业。当然，通用操作系统更加庞大，更加复杂，造价也更高。

1.2.3 操作系统的发展

20 世纪 70 年代至今，人们已经成功地设计出许多优秀的实用操作系统，例如，Atlas（英国曼彻斯特大学）、XDS-940（美国加利福尼亚大学伯利分校）、THE（荷兰狄克斯特拉）、CTSS（美国麻省理工学院）、Multics（美国麻省理工学院）、OS/2（美国 IBM 公司）、UNIX（美国贝尔实验室）、Windows（美国微软公司）、Linux（自由软件）等。

近 30 年来，操作系统在多方面取得了很大的发展，主要表现在以下方面。

（1）硬件体系结构由集中向分散发展，出现了计算机网络。计算机网络是计算机技术与现代通信技术相结合的产物，它突破了空间上的限制，使得地理上分散、功能各异的计算机连接在一起，形成一个相对完整、功能更加强大的计算机系统。它在商业、文化、教育、通信、管理、军事等各个领域为计算机的应用开辟了更加广阔的前景，成为现代信息化社会最重要的工具，也为操作系统的研究提出了新的课题，即如何有效地管理网络中的资源，并实现分布环境中的并发控制，为此出现了网络操作系统和分布式操作系统。

（2）随着微处理机技术的迅猛发展，家庭和商用微型机广泛普及。这些微型计算机具有性能良好、价格低廉等特点。为方便非计算机专业人员使用，微型机操作系统提供了友好的操作界面。在这种微型计算机上，单用户多任务的操作系统占主导地位。

（3）在科学和军事领域，大型计算任务要求极强的计算能力和处理能力，在单一处理机的计算能力不能满足处理要求的条件下，多处理机并行成为必然选择。处理机并行使并发控制问题变得更加复杂，由此产生了并行操作系统。随着处理机芯片价格下降，服务器甚至微机主板上都有多个处理机插槽，多数流行操作系统也提供了相应的支持。

（4）传统的操作系统是以计算机为中心的，随着处理机芯片和各种存储介质在各种控制领域的广泛应用，嵌入式操作系统和智能卡操作系统应运而生。在这些领域，“计算”是为某种具体应用服务的，处于附属地位。应用的多样化要求操作系统具有专用特性，然而为每个具体应用开发一个操作系统代价过高，因而人们尝试从不同应用中抽取具有共性的东西，并做成很小的操作系统核心，由此产生了微内核操作系统体系结构。

1.3 操作系统的分类

操作系统按照功能可分为如下几类：多道批处理操作系统、分时操作系统、实时操作系统、通用操作系统、单用户操作系统、网络操作系统、分布式操作系统、多处理机操作系统、嵌入式操作系统等。下面分别进行简单介绍。

1.3.1 多道批处理操作系统

1. 多道程序的引入

中断和通道技术出现以后，输入/输出设备和 CPU 可以并行操作，初步解决了高速 CPU 和低速外部设备之间的矛盾，提高了计算机的工作效率。但人们很快发现，这种并行是有限度的，并不能完全消除 CPU 对外部传输的等待，它无法充分利用系统中的所有资源。为了进一步提高资源的利用率和系统的吞吐量，在 20 世纪 60 年代中期引入了多道程序设计技术，由此形成了多道批处理操作系统。在该系统中用户所提交的作业都先放在外存上，并排成一个队列，称为“后备队列”，然后，由作业调度程序按一定的算法从后备队列中选择若干个作业调入内存，使它们共享CPU系统中的各种资源。具体地说，在操作系统中引入多道技术可以带来以下好处。

（1）提高CPU的利用率。当内存中仅有一道程序时，每逢该程序在运行中发出I/O请求后，CPU空闲，必须在其I/O完成后才继续运行；尤其因I/O设备的低速性，更使CPU的利用率显著降低。比如，一个作业在运行过程中请求输入一批数据，当纸带输入机用1 000ms输入1 000个字符后，CPU只用300ms就处理完了，而这时，第二批数据输入还需700ms才能完成。图1.2给出了单道程序的运行情况。从图可以看出，在t_2～t_3、t_4～t_5时间间隔内CPU空闲。在引入多道程序设计技术后，由于同时在内存中装有若干道程序，并使它们交替运行，这样，当正在运行的CPU因I/O而暂停执行时，系统可调度另一道程序运行，从而保持CPU处于忙碌状态，图1.3给出了4道程序时的运行情况。

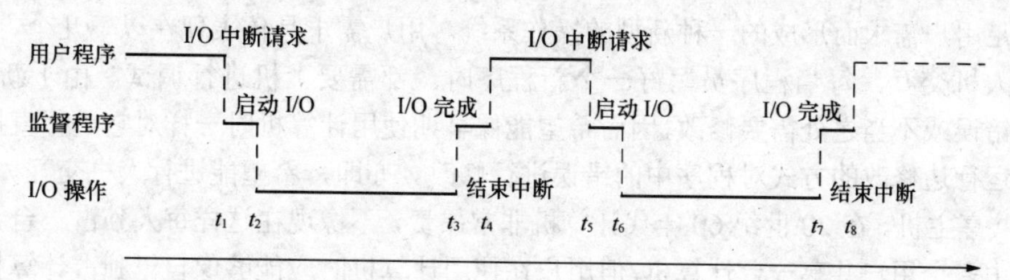

图1.2 单道程序运行情况

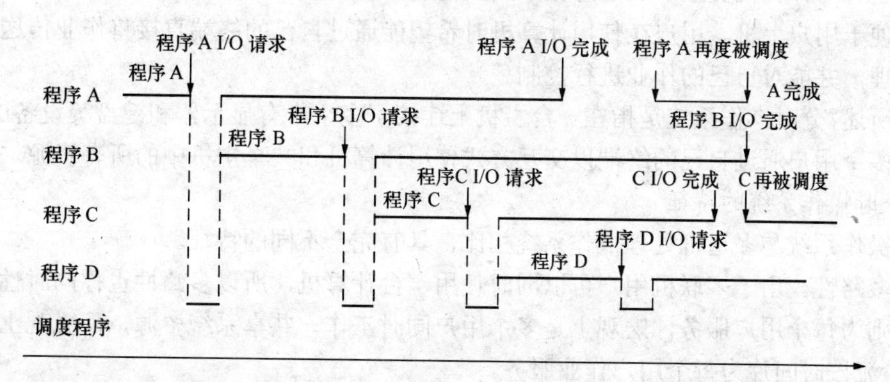

图1.3 多道程序运行情况

（2）可提高内存和I/O设备利用率。为了能运行较大的作业，通常内存都具有较大容量，但由于80%以上的作业都属于中小型作业，因此在单道程序环境下也造成内存的浪费。类似地，对于系统中所配置的多种类型的I/O设备，在单道程序环境下也不能充分利用。如果允许在内存中装入多道程序，并允许它们并发执行，则无疑会大大提高内存和I/O设备的利用率。

（3）增加系统吞吐量。在保持CPU、I/O设备不断忙碌的同时，也必然会大幅提高系统的吞吐量，从而降低作业加工所需的费用。

2. 多道批处理操作系统的特征

在引入多道程序设计技术后，会使多道批处理具有以下特征。

（1）多道性。在内存中同时存放多道相互独立的程序，并允许它们并发执行，从而有效地提高资源利用率和系统吞吐量。

（2）宏观上并行。同时进入系统的几道程序都处于运行过程中，即它们先后开始了各自的运行，但都未运行完成。作业的完成顺序与它们进入内存的顺序之间无严格的对应关系。

（3）微观上串行。从微观上看，内存中的多道程序轮流或分时地占用处理器，交替运行。什么时间运行哪个程序，则要由系统采用一定的调度算法来实现。

多道批处理的优点是系统资源利用率高、吞吐量大，缺点是对用户作业的响应时间较长，用户不能及时了解自己程序的运行，即没有交互能力。

1.3.2 分时操作系统

1. 分时操作系统的产生

如果说，推动多道批处理操作系统形成和发展的主要动力是提高资源利用率和系统吞吐量，那么，推动分时操作系统形成和发展的主要动力则是用户需求。或者说，分时操作系统是为了满足用户需求而形成的一种新型的操作系统。用户需求具体表现在以下几个方面。

（1）人机交互。每当程序员写好一个新程序时，都需要上机进行调试。由于新编程序难免有些错误或不当之处需要修改，因而希望能像早期使用计算机时一样对它进行直接控制，并能以边运行边修改的方式对程序中的错误进行修改。亦即，希望能进行人机交互。

（2）共享主机。在 20 世纪 60 年代计算机非常昂贵，不像现在这样每人独占一台计算机，而只能是由多个用户共享一台计算机，但用户在使用计算机时应能够像自己独占计算机一样，不仅可以随时与计算机交互，而且感觉不到其他用户也在使用计算机。

（3）便于用户上机。用户在使用计算机时希望能通过自己的终端直接将作业传送到机器上进行处理，并能对自己的作业进行控制。

由上所述，分时操作系统是指在一台主机上连接了多个带有显示器和键盘等设备的终端，同时允许多个用户通过自己的终端以交互方式使用计算机和共享主机中的所有资源。

2. 分时操作系统的特征

分时操作系统与多道批处理操作系统相比，具有完全不同的特征。

（1）多路性。由于多联机用户可以同时使用一台计算机，所以多路性也称同时性。系统按分时原则为每个用户服务，宏观上是多个用户同时工作，共享系统资源，而微观上则是一个 CPU 轮流按时间片为每个用户作业服务。

（2）独占性。由于所配置的分时操作系统采用时间片轮转的办法使一台计算机同时为许多终端用户服务，因此，每个用户都感觉不到别人也在使用这台计算机，好像自己独占计算机一样。

（3）交互性。用户与计算机之间进行“会话”，用户从终端输入命令，提出计算要求，系统收到命令后分析用户的要求并执行，然后把计算结果通过显示器或打印机输出，用户可以根据计算结果提出下一步要求，这样一问一答，直到全部工作完成。

（4）及时性。用户的请求能在很短的时间内获得响应，此时时间间隔是以人们所能接受的等待时间来确定的，通常不超过 3s。

多道批处理操作系统和分时操作系统的产生标志着操作系统的形成。在某些计算机系统中配置的操作系统，结合了批处理能力和交互作用的分时能力，以前台/后台方式提供服务，前台以分进方式为多个联机终端服务，当终端作业运行完毕时，后台系统就可以运行批量的作业。

1.3.3 实时操作系统

实时操作系统是操作系统的又一种类型。对外部输入的信息，实时操作系统能够在规定的时间内处理完毕并作出反应。“实时”的含义是指计算机对于外来信息能够及时进行处理，并在被控对象允许的时间范围内作出快速反应。实时操作系统对响应时间的要求比分时操作系统更高，一般要求响应时间为秒级、毫秒级甚至微秒级。

实时操作系统按使用方式分为实时控制系统和实时信息处理系统。

实时控制是指利用计算机对实时过程进行控制和提供环境监督。当把计算机用于生产过程的控制，以形成以计算机为中心的控制系统时，系统要求能实时采集现场数据，并对所采集的数据进行及时处理，进而自动控制相应的执行机构，使某些参数（如温度、压力等）能按预定的规律变化，以保证产品的质量和提高产量。类似地，也可将计算机用于对武器的控制，如导弹发射系统、飞机自动驾驶等。

实时信息处理系统是指利用计算机对实时数据进行处理的系统。这类应用大多属于实现服务性工作，如自动订票系统、情报检索系统等。用户可以通过这样的系统预订飞机票、查阅文献资料。用户还可以通过终端设备向计算机提出某种要求，而计算机系统处理后将通过终端设备回答用户，系统响应时间与分时操作系统相同，即满足人的反应时间。

实时操作系统主要为联机实时任务服务，其特点如下。

（1）及时响应。系统对外部实时信号必须能及时响应，响应时间要满足能够控制发出实时信号的那个环境的要求。

（2）高可靠性和安全性。实时操作系统工程要求有高可靠性和安全性，系统的效率则是放在第二位的。

（3）较强的系统整体性。实时操作系统要求所管理的联机设备和资源，必须按一定的时间关系和逻辑关系协调工作。

（4）较弱的交互会话功能。实时操作系统没有分时操作系统那么强的交互会话功能，通常不允许用户通过实时终端设备去编写新的程序或修改已有的程序。实时终端设备通常只是作为执行装置或询问装置，是为特殊的实时任务设计的专用系统。虽然实时信息系统也具有交互性，但这里人与系统的交互，仅限于访问系统中某些特定的专用服务程序。

1.3.4 通用操作系统

同时具有分时、实时和批处理功能的操作系统称为通用操作系统。显然，通用操作系统的规模更加庞大，构造更加复杂，功能更加强大。构造通用操作系统的目的是为用户提供多模式的服务，同时进一步提高系统资源利用效率。

在通用操作系统中，可能同时存在 3 类任务：实时任务、分时任务和批处理任务。这 3 类任务通常按照急迫程度加以分级，实时任务的级别最高，分时任务次之，批处理任务的级别最低。当有实时任务请求时，系统优先处理；当没有实时任务时，系统为分时用户服务；仅当既无实时任务也无分时任务时，系统才执行批处理任务。

在实际应用中，同时具有实时、分时、批处理 3 种能力的操作系统并不常见。通常将实时与批处理结合起来，或将分时与批处理结合起来，构成所谓的前后台系统。在实时与批处理相结合的系统中，实时任务为前台，批处理任务为后台；在分时与批处理相结合的系统中，分时为前台，批处理为后台。前台任务优先于后台任务。

1.3.5 单用户操作系统

单用户操作系统是为个人微型计算机所配置的操作系统。这类操作系统的最主要特点是单用户，即系统在同一段时间内仅为一个用户提供服务。早期的单用户操作系统如 MS-DOS

以单任务为主要特征，由于一个用户程序独占整个计算机系统，操作系统进行资源管理的任务变得不重要，为用户提供良好工作环境成了这类操作系统更主要的目标。现代的单用户操作系统，如Windows，已经广泛支持多道程序并发和资源共享。由于单用户操作系统应用广泛，大多数使用者不是计算机专业人员，所以一般更加注重用户界面友好性和操作的方便性。

1.3.6 网络操作系统

计算机技术和通信技术的结合使得共享资源和分散计算能力的愿望成为现实，并对计算机的组织方式产生了深远的影响。集中式计算机系统的模式正被一种新的模式取代，在这种新模式中，计算任务是由大量分散而又互相连接的计算机来完成的，某一台计算机上的用户可以使用其他机器上的资源，于是引出了计算机网络的概念。所谓计算机网络，是指把地理上分散的、具有独立功能的多台计算机和终端设备，通过通信线路连接起来，以达到数据通信和资源共享目的的一种计算机系统。

分时操作系统提供的资源共享有两个限制：一是限于计算机系统内部；二是限于同一地点或地理位置很近。计算机网络在分时操作系统的基础上，又大大前进了一步。

在网络范围内管理网络通信和共享资源，协调各计算机上任务的运行，并向用户提供统一、有效、方便的网络接口的程序集合，就称为网络操作系统。要说明的是，在网络中各个独立计算机仍有自己的操作系统，由它管理着自身的资源。只有在它们要进行相互间的信息传递、要使用网络中的可共享资源时，才会涉及网络操作系统。

网络操作系统有如下4个基本功能。

（1）网络通信。为通信双方建立和拆除通信通路，实施数据传输，对传输过程中的数据进行检查和纠正。

（2）资源管理。采用统一、有效的策略，协调诸用户对共享资源的使用，使用户使用远程资源如同使用本地资源一样。

（3）提供网络服务。向用户提供多项网络服务，比如电子邮件服务，它为各用户之间发送与接收信息提供了一种快捷、简便、廉价的现代化通信手段。比如，远程登录服务，它使一台计算机能登录到另一台计算机上，使远程计算机就像一台与自己的计算机直接相连的终端一样进行工作，获取与共享所需要的各种信息。再比如，文件传输服务，它允许用户把自己的计算机连接到远程计算机上，查看那里有哪些文件，然后将所需文件从远程计算机复制到本地计算机，也可以将本地计算机中的文件复制到远程计算机中。

（4）提供网络接口。向网络用户提供统一的网络接口，以便用户能方便地上网，使用共享资源和获得网络提供的各种服务。

网络操作系统有如下特点。

（1）自治性。在网络中的每一台计算机都有自己的内存储器和I/O设备，安装有自己的操作系统，因此具有很强的自治性，能独立承担分配给它的任务。

（2）分散性。系统中的计算机分布在不同的地域，有各自的任务。

（3）互联性。网络中分散的计算机及各种资源，通过通信线路实现物理上的连接，进行信息传输和资源共享。

（4）统一性。网络中的计算机，使用统一的网络命令。

目前，流行的网络操作系统以及具有联网功能的操作系统主要有 NETWARE 系列、Windows 9x、Windows NT Server、Windows 2000、VINES、Linux 等。网络操作系统已比较成熟，并且将随着计算机网络的广泛应用而得到进一步的发展和完善。

1.3.7 分布式操作系统

一组相互连接并能交换信息的计算机就形成一个网络。这些计算机之间可以相互通信，任何一台计算机上的用户可以共享网络上其他计算机的资源。但是计算机网络并不是一个一体的系统，它没有标准接口。网上各个站点的计算机有各自的系统调用命令、数据格式等。若一台计算机上的用户希望使用网上另一台计算机的资源，他必须指明是哪个站点上的哪一台计算机，并以该计算机上的命令、数据格式来请求才能实现资源共享。为完成一个共同的计算任务，分布在不同主机上的各个合作进程的同步协作难以自动实现。因此，计算机网络存在的问题之一，是在网络上的不同类型计算机中，某一种计算机所编写的程序如何在另一类计算机上运行；存在的另一个问题是，如何在具有不同数据格式、不同字符编码的计算机系统之间实现数据共享；另外，还需要解决分布在不同主机上的多个进程如何自动实现紧密合作的问题。

大量实际应用要求一个完整的一体化的系统，而且系统要具有分布处理能力。比如在分布事务处理、分布数据处理、办公自动化系统等实际应用中，用户希望以统一的界面、标准的接口使用系统的各种资源，实现所需要的各种操作，这就导致了分布式系统的出现。

一个分布式系统由若干台独立的计算机构成，整个系统给用户的感觉就像一台计算机。实际上，系统中的每台计算机都有自己的处理器、存储器和外部设备，它们既可独立工作（自治性），亦可合作。在这个系统中，各个机器可以并行操作且有多个控制中心，即具有并行处理和分布式控制的功能。分布式系统是一个一体化的系统，在整个系统中要有一个全局的操作系统，它负责全系统（包括每台计算机）的资源分配和调度、任务划分、信息传输、控制协调等工作，并为用户提供一个统一的界面、标准的接口。于是分布式操作系统便诞生了。

有了分布式操作系统，用户通过统一界面实现所需操作和使用系统资源，至于操作是在哪台计算机上执行的或使用的是哪台计算机的资源则是系统的事，用户不必了解，也就说系统对用户是透明的。

计算机网络是分布式系统的物理基础，因为计算机之间的通信是经由通信链路进行信息交换完成的。它与常规网络一样具有并行性、自治性和互联性等特点。但是它比常规网络又有进一步的发展，例如，常规网络中并行性仅仅意味着独立性，而分布式系统中的并行性还意味着合作。原因在于，分布式系统已不再是一个物理上松散耦合的系统，而是一个逻辑上的紧密耦合系统。

分布式系统和计算机区别在于前者有多面合作和健壮性。多机合作表现在自动的任务分配和协调，而健壮性表现在，当系统中有计算机或通路发生故障时，其余部分可自动重构成为一个新的系统，该系统仍可正常工作，甚至可以继续其失效部分的全部工作。当故障排除后，系统自动恢复到重构前的状态。这种自动恢复功能就体现了系统的健壮性。研制分布式系统的根本出发点和目的就是因为它具有多机合作和健壮性。正是由于多机合作，系统才具有响应时间短、吞吐量大、可用性好和可靠性高等特点。分布式系统是具有强大生命力的新生事物，是当前正在进行深入研究的热点之一。

1.3.8 多处理机操作系统

具有公共内存和公共时钟的多 CPU 系统称为多处理机操作系统（Multi-Processor Operating System），也称紧耦合系统。建立在多处理机上的操作系统的多个 CPU 若型号和地位相同，没有主从关系，则称为对称多处理。对称多处理是多处理系统的主要形式。

从资源管理的角度来看，处理机和打印机等一样属于系统资源，但打印机属于被动型资源，而CPU属于主动型资源。由一台打印机增加为两台打印机，管理复杂程度并没有明显不同。而由一个CPU增加为两个或多个CPU，其复杂程度却有质的变化。其原因不仅是多个处理机的资源管理，而更主要是多处理机的并发控制，因而多处理机环境需要有专门的操作系统。由于目前多处理机已经被服务器广泛采用，现代操作系统如UNIX、Linux、Windows都增加了多处理机管理的功能。

1.3.9 嵌入式操作系统

机器人、掌上电脑、车载系统、家用电器、手机等通信设备上都需要一个支持多道程序设计的环境，提供这种环境的操作系统称为嵌入式操作系统（Embedded Operating System）。嵌入式操作系统大多用于控制，因而具有实时特性。嵌入式操作系统与一般操作系统相比，具有比较明显的差别：①嵌入式操作系统规模一般较小。因为通常相应硬件配置较低，而且对操作系统提供的功能要求也不高。②应用领域差别大。对于不同的应用领域其硬件和设备配置情况有明显差别。

因为有以上差别，嵌入式操作系统一般采用微内核结构。所谓微内核就是非常小巧的操作系统核心，其中只包括绝对必要的操作系统功能，而其他功能（如与应用有关的设备驱动程序）则作为应用服务程序置于核心之上，并在目态运行。当然也有采用单核结构的嵌入式操作系统，这种结构速度快，但适应性不及微内核结构。

尽管目前微内核尚无统一规范，一般认为微内核应当包括如下功能：①处理机调度；②基本内存管理；③通信机制；④电源管理。而对于虚拟存储管理、文件系统、设备驱动等，随着嵌入系统的发展和成熟，有理由相信在不远的将来将会形成相应的工业标准。

微内核结构的明显优点是可靠性高、可移植性好。然而也有不可忽视的缺点，即系统效率低。应用程序关于文件和设备的操作一般需要经过操作系统转到另一应用程序，然后再返回到原来的应用程序，其中涉及两次进程切换。

嵌入式操作系统具有微小、实时、专业、可靠、易裁减等优点，代表性的嵌入式操作系统有Windows CE（微软公司的Venus计划）、VxWorks、Palm OS、我国的Hopen（女娲计划）等。

1.4 操作系统的特征

安装操作系统的目的在于提高计算机系统的效率，增强系统的处理能力，提高系统资源的利用率，方便用户的使用。虽然不同的操作系统有不同的特征，如批处理系统具有成批处理的特征，分时操作系统具有较强的交互性，而实时操作系统则具有快速响应处理的特征等，但它们也都具有一些共同的基本特征，即并发性、共享性、虚拟性和异步性。其中并发性是操作系统最重要的特征，其他3个特征都是以并发性为前提的。

1.4.1 并发性

并发性和并行性是既相似又有区别的两个概念。并行性是指两个或多个事件在同一时刻的并发性；而并发性是指两个或多个事件在同一时间间隔内发生。在多道程序环境下，并发性是指在一段时间内，宏观上有多个程序在同时运行，但在单处理机系统中，每一时刻却仅能有一道程序执行，故微观上这些程序只能是交替执行。倘若在计算机系统中有多个处理机，则这些可以并发执行的程序便可被分配到多个处理机上，实现并行执行，即利用每个处理机来处理一个可并发执行的程序，这样，多个程序便可同时执行。

应当指出，通常的程序是静态实体，它们是不能并发执行的。为使多个程序能并发执行，系统必须分别为每个程序建立进程。简单来说，进程是指在系统中能独立运行并作为资源分配的基本单位，它是由一组机器指令、数据和栈等组成的，是一个活动体。多个进程之间可以并发执行和交换信息。一个进程在运行时需要一定的资源，如 CPU、存储空间及 I/O 设备等。

操作系统中程序的并发执行将使系统复杂化，以致在系统中必须增设若干新的功能模块，分别用于对处理机、内存、I/O 设备以及文件系统等资源进行管理，并控制系统中作业的运行。事实上，进程的并发是现代操作系统中最重要的基本概念，也是操作系统运行的基础，关于这部分内容我们将在下一章进行详细阐述。

1.4.2 共享性

共享是指系统中的资源可供内存中多个并发执行的程序共同使用。由于资源属性的不同，对资源共享的方式也有所不同。目前主要有以下两种共享方式。

1. 互斥共享方式

系统中某些资源，如打印机、磁带机，虽然它们可以提供给多个用户程序使用，但为使所打印或记录的结果不致生成混乱，应规定在一段时间内只允许一个用户进程访问该资源，这种资源共享方式称为互斥共享方式，而把在一段时间内只允许一个进程访问的资源称为临界资源或独占资源。

2. 同时访问方式

系统中还有另一类资源，允许在一段时间内由多个用户进程“同时”对其进行访问。这里所谓的“同时”往往是宏观上的，而在微观上，这些用户进程可以是交替地对该资源进行访问的。例如，对磁盘设备的访问。

并发和共享是操作系统的两个最基本的特征，它们又互为对方存在的条件。一方面，资源共享是以程序的并发执行为条件的，若系统不允许程序并发执行，自然不存在资源共享问题；另一方面，若系统不能对资源共享实施有效管理，协调好多个程序对共享资源的访问，也必然影响到程序并发执行的程度，甚至根本无法并发执行。

1.4.3 虚拟性

虚拟是指通过某种技术，将一个物理实体映射为若干个逻辑实体。前者是客观存在的，后者是虚构的，是一种感觉性的存在，即主观上的一种想象。相似地，用于实现虚拟的技术称为虚拟技术。在操作系统中有许多种虚拟技术，分别用来实现虚拟处理机、虚拟内存、虚拟设备等。例如，在多道程序系统中，虽然只有一个 CPU，每次只能执行一道程序，但采用多道程序技术后，在一段时间间隔内，宏观上有多个程序在运行，在用户看来，就好像有多个 CPU 在各自运行自己的程序。

1.4.4 异步性

异步性也称不确定性。在多道程序环境下，允许多个进程并发执行，但只有进程在获得所需的资源后才能执行。在单处理机环境下，由于系统中只有一个处理机，因而每次只允许一个进程执行，其余进程只能等待。当正在执行的进程提出某种资源请求时，如打印请示，而此时打印机正在为另一个进程打印，由于打印机属于临界资源，因此正在执行的进程必须等待，并且要放弃处理机，直到打印机空闲，并再次把处理机分配给该进程，该进程才能继续执行。可见，由于资源等因素的限制，使进程的执行通常都不是“一气呵成”，而是以“停停走走”的方式运行。内存中的每个进程在何时能获得处理机运行，何时又因提出某种请求而暂停，以及进程以怎样的速度向前推进，每道程序总共需要多少时间才能完成等，都是不可预知的。也就是说，进程以人们不可预知的速度向前推进，这就是进程的异步性。尽管如此，但只要运行环境相同，程序经多次运行，都会获得相同的结果。因此异步运行方式是允许的，是操作系统的一个重要特征。

1.5 操作系统的功能

从资源的角度看，操作系统的主要任务是对系统中的硬件、软件实施有效的管理，以提高系统资源的利用率。计算机硬件资源主要是指处理机、主存储器和外部设备，软件资源主要是指信息。因此，操作系统的主要功能相应地就有处理机管理、存储管理、设备管理和文件管理。从用户使用角度来说，操作系统为用户提供用户接口。

1.5.1 处理机管理

在多道程序或多用户环境下，要组织多个作业同时运行，就要解决处理机管理的问题。在多道程序系统中，处理机的分配和运行都是以进程为基本单位的，因而对处理机的管理可以归结为对进程的管理，主要包括以下几个方面。

1. 进程控制

为多道程序并发而创建进程，并为之分配必要的资源。当进程运行结束时，撤销该进程，回收该进程所占用的资源，同时，控制进程在运行过程中的状态转换。现代操作系统中，进程控制还应具有为一个进程创建若干个线程的功能和撤销已完成任务的线程的功能。

2. 进程同步

在操作系统的基本特征中，我们已经了解到进程是以异步的方式运行的，并以人们不可预知的速度向前推进。为使多个进程能有条不紊地运行，系统中必须设置进程同步机制。进程同步的主要任务是为多个进程（含线程）的运行进行协调。有两种协调方式：同步与互斥。

3. 进程通信

在多道环境下，为了加速应用程序的运行，应在系统中建立多个进程，并且再为一个进程建立若干个线程，由这些进程相互合作去完成一个共同的任务。而这些进程之间，又往往需要交换信息。进程通信的任务就是用来实现在相互合作的进程之间的信息交换。

4. 进程调度

进程调度的任务，是从进程的就绪队列中选出一个进程，把处理机分配给它，并为它设置运行现场，使进程投入运行。值得一提的是，在多线程操作系统中，通常是把线程作为独立运行的分配处理机的基本单位，为此，需把就绪线程排成一个队列，每次调度时，就从就绪线程队列中选出一个线程，把处理机分配给它。

1.5.2 存储器管理

存储器管理的主要任务是为多道程序的运行提供良好的环境，方便用户使用存储器，提高存储器的利用率以及能从逻辑上扩充内存。为此，存储器管理应具有内存分配、内存保护、地址映射和内存扩充等功能。

1. 内存分配

内存分配的主要任务是为每道程序分配内存空间，使它们“各得其所”，在作业结束时收回其所占的内存空间，使内存得到充分的利用，提高存储器的利用率，减少不可用的内存空间。

2. 内存保护

内存保护的主要任务是确保每道程序都只在自己的内存空间内运行，彼此互不干扰。进一步说，绝不允许用户程序访问操作系统的程序和数据；也不允许转移到非共享的其他用户程序中去执行。

3. 地址映射

在多道程序设计环境下，每道程序不可能都从“0”地址开始装入，而是动态装入内存的，作业的逻辑地址和内存空间中的物理地址不相一致，程序执行要求程序的逻辑地址必须转换成为内存的物理地址，这一转换称为地址映射。

4. 内存扩充

存储器管理中的内存扩充任务，并非是去扩大物理内存的容量，而是借助于虚拟存储技术，从逻辑上去扩充内存容量，使用户所感觉到的内存容量比实际内存容量大得多；或者让更多的用户程序能并发执行。这样，既满足了用户的需要，改善了系统的性能，又基本上不增加硬件投资。

1.5.3 设备管理

在计算机系统的硬件中，除了CPU和内存，其余几乎都属于外部设备，外部设备种类繁多，物理特性相差很大，因此，操作系统的设备管理往往很复杂，其主要任务是，完成用户进程提出的I/O请求，为用户进程分配其所需的I/O设备，提高CPU和I/O设备的利用率，提高I/O速度，方便用户使用I/O设备等。为实现以上任务，设备管理应具有缓冲管理、设备分配和设备处理以及虚拟设备等功能。

1. 缓冲管理

CPU运行的高速性和I/O设备低速性间的矛盾自计算机诞生时起便已存在。随着CPU速度的迅速提高，使得这一矛盾更为突出，严重降低了CPU的利用率。为缓和这一矛盾，通常在设备管理中建立I/O缓冲区，而对缓冲区的有效管理便是设备管理的一项任务。

2. 设备分配

设备分配的基本任务是根据用户进程的I/O请求、系统的现有资源情况以及某种设备分配策略，为之分配所需的设备，设备使用完毕后及时回收。

3. 设备处理

设备处理又称设备驱动程序。对于未设置通道的计算机系统，其基本任务通常是实现CPU和设备控制器之间的通信，即由CPU向设备控制器发出I/O指令，要求它完成指定的I/O操作，并能接收由设备控制器来的中断请求，给予及时的响应和相应的处理。对于设置了通道的计算机系统，设备处理程序还应能根据用户的I/O请求，自动构造通道程序。

4. 设备独立性和虚拟设备

设备独立性是指应用程序独立于具体的物理设备，使用户编程与实际使用的物理设备无关。虚拟设备的功能是将低速的独占设备改造成为高速的共享设备。

1.5.4 文件管理

处理机管理、存储器管理和设备管理都属于硬件资源的管理，软件资源的管理称为文件管理。在现代计算机管理中，总是把程序和数据以文件的形式存储在外部存储器中，为此，操作系统必须具有文件管理功能。文件管理的主要任务是对用户文件和系统文件进行管理，以方便用户使用，并保证文件的安全性。为此，文件管理应具有对文件存储空间的管理、目录管理、文件的读/写管理以及文件的保护等功能。

1. 文件存储空间的管理

所有的系统文件和用户文件都存放在外部存储设备上。文件存储空间管理的任务是为新建文件分配存储空间，在一个文件被删除后应及时释放其所占用的空间。文件存储空间管理的目标是提高文件存储空间的利用率，并提高文件系统的工作速度。

2. 目录管理

为了使用户能方便地在外部存储器上找到自己所需要的文件，通常由系统为每个文件建立一个目录项。目录项包括文件名、文件属性、文件在外部存储器上的物理位置等。由若干个目录项又可构成一个目录文件。目录管理的主要任务，是为每个文件建立其目录项，并对众多的目录项进行有效的组织，以实现方便的按名存取，即用户只须提供文件名，即可对该文件进行存取。其次，目录管理还应能实现文件共享，这样只需在外部存储器上保留一份该共享文件的副本。此外，还应能提供快速的目录查询手段，以提高对文件的检索速度。

3. 文件读/写管理

文件读/写管理是文件管理的最基本的功能。文件系统根据用户给出的文件名去查找文件目录，从中得到文件在文件存储器上的位置，然后利用文件读、写函数，对文件进行读、写操作。

4. 文件存取控制

为了防止系统中的文件被非法窃取或破坏，文件系统应建立有效的保护机制，以保证文件系统的安全性，实现防止未经授权的用户存取文件，防止冒名顶替存取文件，防止不正确的方式使用文件等。

1.5.5 用户接口

为了方便用户使用操作系统，操作系统必须为用户或程序员提供相应的接口，通过这些接口达到方便地使用计算机的目的。

1. 命令接口

命令接口分联机命令接口和脱机命令接口。联机命令接口是为联机用户提供的，它由一组键盘命令及其解释程序组成。当用户在终端或控制台上输入一条命令后，系统便自动转入命令解释程序，对该命令进行解释并执行。在完成指定操作后，控制又返回到终端或控制台，等待接收用户的下一条命令。这样，用户可通过不断地输入不同的命令，达到控制自己作业的目的。

脱机命令接口是为批处理系统用户提供的。在批处理系统中，用户不直接与自己的作业进行交互，而是使用作业控制语言（JCL），将用户对其作业控制意图写成作业说明书，然后将作业说明书连同作业一起提交给系统。当系统调度该作业时，通过解释程序对作业说明书进行逐条解释并执行。这样，作业一直在作业说明书的控制下运行，直到遇到作业结束语句时，系统停止该作业的执行。

2. 程序接口

程序接口是用户获取操作系统服务的唯一途径。程序接口由一组系统调用组成，每一个系统调用都是一个完成特定功能的子程序。早期的操作系统，其系统调用都是用汇编语言写成的，因而只有在汇编语言写的应用程序中可以直接调用。近年来推出的操作系统，其系统调用是用C语言编写的，并以函数的形式提供，从而可以在用C语言编写的程序中直接调用。而其他高级语言往往提供与系统调用一一对应的库函数，应用程序通过调用库函数来使用系统调用。

3. 图形接口

以终端命令和命令语言方式来控制程序的运行固然有效，但给用户增加了不少负担，即用户必须记住各种命令，并从键盘输入这些命令及所需数据来控制程序的运行。大屏幕高分辨率图形显示和多种交互式输入/输出设备（如鼠标、触摸屏等）的出现，使得将“记忆并输入”的操作方式改变为图形接口方式成为可能。图形用户接口（GUI）的目的是通过出现在屏幕上的对象直接进行操作，以控制和操纵程序的运行。这种图形用户接口大大减轻或免除了用户记忆的工作量，其操作方式也使原来的“记忆并输入”方式改变为“选择并点击”，极大地方便了用户，受到用户的普遍欢迎。

1.6 小结

操作系统是配置在计算机硬件上的第一层软件，是对硬件系统的首次扩充。操作系统是一组控制和管理计算机硬件和软件资源，合理地组织计算机工作流程，并为用户使用计算机提供方便的程序和数据的集合。

操作系统从形成发展至今可分为批处理操作系统、分时操作系统、实时操作系统、网络操作系统和分布式操作系统。不同的操作系统均有自身的特点，但各种操作系统又都具有4个共同的基本特征，即并发性、共享性、虚拟性和异步性。其中并发性是操作系统最重要的特征，其他3个特征都是以并发性为前提的。

从系统资源的角度看，操作系统具有处理机管理、存储管理、设备管理和文件管理的功能，从用户角度看，操作系统还要具有为用户提供接口，方便用户使用的功能。

习题1

一、填空题

1. 按照功能划分，软件可分为_______软件和_______软件。

2. 操作系统具有_______功能、_______功能、_______功能和文件管理功能。

3. 按照操作系统在用户界面的使用环境和功能特征的不同，操作系统又可分为_______、_______和实时操作系统。

4. 依据系统的复杂程度和出现时间的先后，可以把批处理操作系统分为_______和_______两种。

5. 在操作系统中采用多道程序设计技术，能有效地提高_______、_______和I/O设备的利用率。

6. 从微观上看，多道批处理系统在某一时刻只有_______程序在处理机上运行；从实际上看，_______程序都处于执行状态。

7. 实时系统按其使用方式不同可以分为两类：_______和_______。

二、选择题

1．在计算机系统中配置操作系统的主要目的是（　　）。

A．增强计算机系统的功能　　B．提高系统资源利用率

C．提高系统运行速度　　D．提高吞吐量

2．操作系统有多种类型，允许多个用户以交互方式使用计算机的操作系统称为（　　）。

A．批处理操作系统　　B．分时操作系统

C．实时操作系统　　D．微机系统

3．下列关于操作系统的正确叙述是（　　）。

A．操作系统是主机和外设之间的接口

B．操作系统是硬件和软件之间的接口

C．操作系统是用户与计算机之间的接口

D．操作系统是源程序与目标程序之间的接口

4．在计算机系统的层次关系中，最贴近硬件的是（　　）。

A．操作系统　　B．应用软件

C．用户　　D．数据系统

5．引入多道程序的目的在于（　　）。

A．充分利用 CPU，减少 CPU 等待时间

B．提高实时响应速度

C．有利于代码共享，减少主存和辅存间的信息交换量

D．充分利用存储器

6．并发性是指若干事件在（　　）发生。

A．同一时刻　　B．同一时间间隔

C．不同时刻　　D．不同时间间隔

7．允许多个用户将若干个作业提交给计算机系统集中处理的操作系统称为（　　）。

A．批处理操作系统　　B．分时操作系统

C．多处理机操作系统　　D．网络操作系统

8．批处理操作系统的主要特点之一是（　　）。

A．非交互性　　B．实时性

C．高可靠性　　D．分时性

9．批处理操作系统的主要缺点是（　　）。

A．CPU 的利用率不高　　B．不具备并行性

C．失去了交互性　　D．吞吐量下降

10．在下列性质中，分时操作系统的特性不包括（　　）。

A．交互性　　B．同时性　　C．及时性　　D．独占性

11．在分时操作系统中，时间片一定，（　　）响应时间越长。

A．用户数越多　　B．内存越大

C．CPU 速度越快　　D．用户数越少

12．实时操作系统追求的目标是（　　）。

A．高吞吐量　　B．快速响应

C．资源利用率　　D．减少系统开销

13．在下列系统中，（　　）是实时信息系统。

A．办公自动化系统　　B．火箭飞行控制系统

C．民航售票系统　　D．计算机激光照排系统

三、问答题

1．什么是操作系统？按照计算机体系结构特点可分为哪几类？

2．什么是操作系统的并发性？

3．实现多道程序应解决哪些问题？

4．为什么要引入实时操作系统和分时操作系统？请列举实例。

5．试举例说明并发与并行的区别。

6．是什么原因使操作系统具有异步性特征？

7．简述网络操作系统的功能。

8．你知道的操作系统有哪些？请列举它们的名字，并简述其特点。

第2章　处理机管理

在计算机系统中，最宝贵的资源就是CPU。为了提高CPU的利用率，人们引入了多道程序设计的概念。在传统的操作系统中，程序并不能独立运行，当内存中同时有多个程序存在时，如果不对人们头脑中的“程序”概念加以扩充，就根本无法说清楚多个程序共同运行时系统呈现出的特征，同时，人们也发现，如果不对这些同时运行在系统中的多个程序加以控制，就有可能导致某些程序无法正确执行。因此，本章将说明操作系统中的一个重要的概念——“进程”，它是在多道程序运行的环境下对正在运行的程序的一种抽象，是系统进行资源分配和独立运行的基本单位。操作系统所具有的四大特征都是基于进程而形成的。

本章重点讲述5个方面的内容：

（1）进程的引入、概念、状态及其控制。

（2）进程的同步与互斥。

（3）进程的通信与调度。

（4）进程的死锁及解除。

（5）线程的引入及概念。

2.1　进程的引入

在未配置操作系统的系统中，程序的执行方式是顺序执行的，即必须在一个程序执行完成后，才允许另一个程序执行。在多道程序环境下，则允许多个程序并发执行。通过分析比较可看出，程序的这两种执行方式之间有着显著的不同，而且，也正是程序并发执行时的这种特征，才导致了在操作系统中引入进程的概念。因此，这里有必要先对程序的顺序和并发执行方式做简单的描述。

2.1.1　程序的顺序执行

在单道程序工作环境中，程序是顺序执行的。一个具有独立运行功能的程序独占CPU运行，直到得到最终结果的过程称为程序的顺序执行。例如，用户要完成一道程序的运行，一般先输入用户的程序和数据，然后运行程序进行相应的计算，最后将计算结果打印出来。假设系统中有两个程序，每个程序都由3个程序段I、C、P组成。其中，I表示从输入机上读入程序和数据的信息；C表示CPU执行程序的计算过程；P表示在打印机上打印输出程序的计算结果。在单道环境下，每一程序的这3个程序段只能一个接一个地顺序执行，也就是I、C、P三者串行工作，并且前一个程序段结束后，才能执行下一个程序段。执行的顺序如图2.1所示。

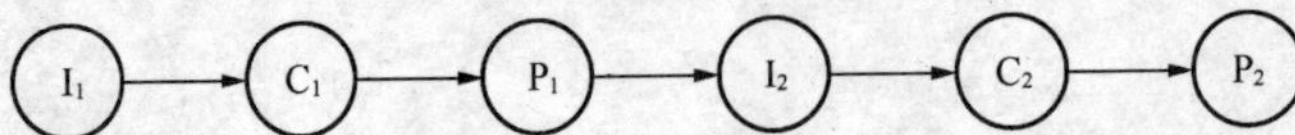

图2.1　程序的顺序执行

由上述程序顺序执行的情况可以看出，程序的顺序执行具有以下特点。

（1）顺序性。当顺序性程序在 CPU 上执行时，CPU 严格地顺序执行程序规定的动作，每个动作都必须在前一个动作结束后方可开始。除了人为的干预造成机器暂时停顿外，前一动作的结束就意味着后一动作的开始。程序和计算机执行程序的活动严格一一对应。

（2）封闭性。程序是在封闭的环境下执行的，即程序运行时独占全机资源，资源的状态（除初始状态外）只有本程序规定的动作才能改变它。程序一旦开始执行，其执行结果不受外界因素的影响。

（3）可再现性。只要程序执行时的环境和初始条件相同，当程序重复执行时，不论它是从头到尾不停顿地执行，还是走走停停地执行，都将获得相同的结果。

由于程序顺序执行时的这些特性，程序员检测和调试程序都很方便。

2.1.2 程序的并发执行

在图 2.1 中，一个程序必须严格按照输入、计算、打印的顺序来执行，即这 3 个程序段存在着前趋关系，也就是说，后一个程序段必须在前一个程序段执行完成后方可开始执行。不过，我们发现，不同程序的程序段之间没有这样的前趋关系，即第 1 个程序的计算任务可以在第 2 个程序的输入任务完成之前进行，也可以在第 2 个程序的输入任务完成后进行，甚至为了节省时间，可以同时进行。因为输入任务主要是使用输入设备，而计算任务主要是使用 CPU，所以，在对一批程序进行处理时，可以使它们并发执行。例如，输入设备帮助第 1 个程序完成输入任务后，CPU 马上帮助第 1 个程序进行计算操作，而且此时输入设备是空闲的，这时就可以让输入设备帮助第 2 个程序进行输入操作。也就是说，此时，第 1 个程序的计算任务和第 2 个程序的输入任务在同时进行。从用户角度来说，这两个程序都在向前推进，它们在并发执行。图 2.2 给出了具有输入、计算和打印这 3 个程序段的 4 个程序的并发执行情况。

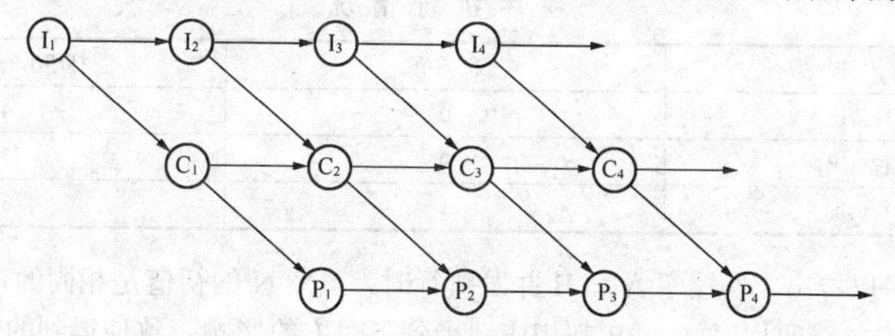

图 2.2　四个程序的并发执行

由图 2.2 可以看出，一个程序的程序段执行不再只受它自身执行顺序的限制，同时还受到系统当中其他程序执行情况的限制。例如，C_3 要执行的前提条件是 I_3 和 C_2 执行完毕，所以在图 2.2 中 I_3 和 C_2 分别由有向边指向 C_3。同时，通过对图 2.2 的纵向观察可以发现，I_4、C_3 和 P_2 可以同时执行，即它们的执行时间是相互重叠的。对于用户来讲，程序 2、3、4 在同时向前推进，所以，程序的并发执行，可以大大提高系统的处理能力，提高系统的吞吐量，改善系统资源的利用率。

程序的并发执行，虽然提高了系统吞吐量，但是也产生了一些与程序顺序执行时不同的特征。

（1）间断性。程序在并发执行时，由于多个程序共享系统资源，致使在这些并发执行的程序之间形成了相互制约的关系。例如，图 2.2 中，当计算程序 C_2 完成计算后，如果输入程

序 I_3 尚未完成，则计算程序 C_3 就无法执行，致使程序 3 必须暂停运行。换句话说，相互制约将导致并发程序具有“执行—暂停—执行”这种间断性的活动规律。

（2）失去封闭性。程序在并发执行时，由于是多个程序共享系统中的所有资源，因此这些资源的状态将由多个程序来改变，使程序运行失去了封闭性。某程序在向前推进时，必然会受到其他程序的影响。例如，当打印机这一资源已被某个程序占有时，另一个要使用打印机的程序必须等待。

（3）不可再现性。程序在并发执行时，由于失去了封闭性，也将导致其失去可再现性。例如，有两个循环程序 A 和 B，它们都要对变量 N 进行操作，程序 A 和 B 如下：

```
程序 A:N:=N+1;                程序 B:print (N);
                                     N:=0;
```

当程序 A、B 并发执行时，由于使用 CPU 的策略不同（具体内容在下节进行讲解），所涉及的 3 条语句的执行顺序在某个时间段可能会出现 3 种情况。

第一种情况：N:=N+1；print（N）；N:=0；即当 A 程序执行完一次后，程序 B 获得 CPU 执行；

第二种情况：print（N）；N:=N+1；N:=0；即当 B 程序执行完一条语句后，失去了 CPU，由程序 A 获得了 CPU 继续运行，当 A 执行完一次后，程序 B 又获得 CPU，继续执行下一条语句；

第三种情况：print（N）；N:=0；N:=N+1；情况与第一种情况类似。

假设在时间段开始处，N 的当前值为 3，那么对于这 3 种不同的情况，在时间段结束时，N 的值和打印出的 N 值都不尽相同，具体结果见表 2.1。

表 2.1　　程序执行情况

情　　况	N 的值	打印出的 N 的值
第一种情况	0	4
第二种情况	0	3
第三种情况	1	3

由表 2.1 可以看出，当程序 A 和 B 并发执行时，虽然 N 的初值是相同的，但是最终的执行结果是不确定的，即程序 A 和 B 都相应地受到了对方的影响，致使得到的结果各不相同，从而使程序的执行失去了可再现性。

2.1.3 进程

1. 进程的定义

如上所述，在多道程序环境下，程序的并发执行代替了程序的顺序执行，它破坏了程序的封闭性和可再现性，使得程序和执行结果不再一一对应。而且由于资源共享和程序的并发执行，各个程序之间可能存在一定的制约关系。总之，程序执行不再处于一个封闭的系统中，而是出现了许多新的特征，即独立性、并发性、动态性和相互制约性。在这种情况下，程序这个静态概念已经不能准确地反映出程序活动的这些特征。为此，一些操作系统的设计者们从 20 世纪 60 年代中期开始，就广泛使用进程（Process）这个新概念来描述系统和程序的活动情况。进程是现代操作系统中的一个最基本也是最重要的概念。掌握这个概念对于理解操作系统的实质和分析、设计操作系统都有非常重要的意义。但是，迄今为止，对进程这一概念尚无一个非常确切、统一的定义，因为从各个不同的角度，都可以对进程进行不同的描述。下面列举几个常见的定义。

（1）程序及其数据集合在 CPU 上执行时所发生的活动称为进程。

（2）进程是程序的一次执行。

（3）进程是这样的一个执行部分，它可以与别的进程并发执行。

（4）进程是程序在一个数据集合上的运行过程，它是系统进行资源分配和调度的一个独立单位。

这些从不同角度对进程所作的解释或所下的定义，有些是近似的，有些则侧重某一方面，这说明进程这一概念尚未完全统一，但长期以来“进程”这个概念却已广泛并且成功地用于许多系统之中，成为构造操作系统的不可缺少的强有力的工具。

为了强调进程的典型特征，如并发性和动态性等，对进程的定义如下：

进程是程序实体的运行过程，是系统进行资源分配和调度的一个独立的基本单位。

2. 进程的结构

通常的程序是不能并发执行的，为了使程序及它所要处理的数据能独立运行，应为之配置一个数据结构，用来存储程序向前推进过程当中所要记录的一些运行信息，我们把这个数据结构称为进程控制块，即 PCB（Process Control Block）。所以，进程这个实体是由 3 部分组成的，即程序段、数据段和 PCB。在组成进程实体的这 3 部分当中，程序段即用户所要执行的语句序列，这是必须有的；数据段指的是用户程序所要处理的数据，数据量可大可小，甚至可以没有；PCB 也是不可缺少的，有了 PCB，我们才能知道程序的执行情况。在许多情况下所说的进程实际上指的是进程实体。

进程的概念比较抽象，而进程实体的结构可以通过图示进行说明，具体表征如图 2.3 所示。

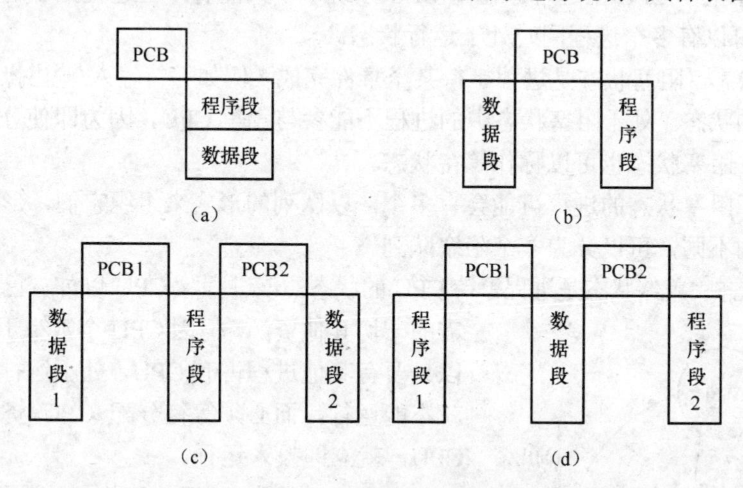

图 2.3 进程的结构表征

有的时候所要处理的数据包含在程序当中了，系统为该程序创建了 PCB，进程实体就存在了，如图 2.3（a）；典型的进程实体如图 2.3（b）；一个程序段，由于所要处理的数据不同，系统分别为这两个处理任务建立了 PCB，形成的是两个进程实体，如图 2.3（c）；一个数据段，由于不同的程序段要对其进行处理，系统分别为这两个处理任务建立了 PCB，形成的是两个进程实体，如图 2.3（d）。

3. 进程的特征

进程作为一个系统中的实体，它大致有以下5个特征。

（1）结构特征。由图2.3可知，进程作为一个实体，有它自己的结构，即进程是由程序段、数据段和PCB组成的。在这里，PCB是进程存在的标志，创建进程就是创建了进程实体中的PCB，撤销进程就是撤销了进程实体中的PCB。

（2）动态性。进程的实质是进程实体的一次执行过程，因此，动态性是进程的最基本的特征。进程的动态性还表现在，它是由创建而产生的，由调度而执行，得不到相应资源而等待，由撤销而消亡。可见，进程实体有一定的生命期。

（3）并发性。并发性是进程的重要特征，同时也是操作系统的重要特征。并发性是指多个进程实体可以同时存在于内存中，并且能在一段时间内同时向前推进。

（4）独立性。独立性是指进程实体是一个能独立运行、独立被分配资源和独立接受CPU调度的基本单位，凡未建立PCB的程序都不能作为一个独立的单位参与运行。

（5）异步性。异步性是指进程按各自独立的、不可预知的速度向前推进。

2.1.4 进程的状态及其转换

1. 进程的3种基本状态及其转换

有了进程的概念，就可以用动态的观点分析进程的状态变化及相互制约关系。进程执行时的间断性决定了进程可能具有多种状态。运行中的进程具有3种基本状态，即运行、阻塞、就绪。这3种状态构成了最简单的进程生命周期模型，进程在其生命周期内处于这3种状态之一，其状态将随着自身的推进和外界环境的变化而变化，不断地由一种状态转换到另一种状态。

（1）运行状态。运行状态是进程正在CPU上运行的状态，该进程已获得必要的资源，包括CPU，该程序正在CPU上运行。在单CPU系统中，只能有一个进程处于运行状态；在多CPU系统中，可以有多个进程同时处于运行状态。

（2）阻塞状态。阻塞状态是进程等待某个事件完成（例如等待输入/输出操作的完成）而暂时不能运行的状态。处于阻塞状态中的进程不能参与竞争CPU，因为即使分配CPU给它，它也不能运行。阻塞状态也可以称作等待状态。

系统中处于阻塞状态的进程可能会有多个，以队列的形式来组织它们，形成阻塞队列，根据阻塞原因的不同，可以分为多个阻塞队列。

（3）就绪状态。就绪状态是进程等待CPU的状态。该进程除CPU以外，已得到了运行所需的一切其他资源，但因CPU个数少于进程个数，所以只要有其他进程占有CPU，处于运行状态，该进程就不能运行，而必须等待分配CPU资源，一旦获得CPU，就立即投入运行。

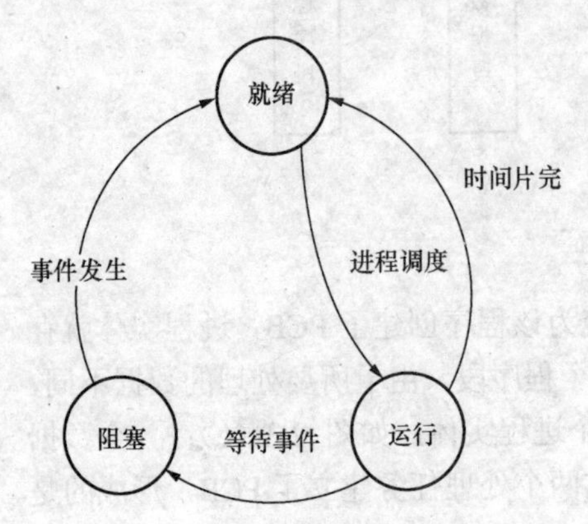

图2.4 进程的各个状态及其转换

在一个系统中，处于就绪状态的进程可能有多个，排成一个队列，称为就绪队列。

进程的各个状态及其相互之间的转换关系如图2.4所示。

由图2.4可以看出，进程在各个状态之间可以相应地进行转换。

（1）就绪→运行。处于就绪状态的进程，已具备了运行的条件，但由于未能获得CPU，仍然不能运行。由于处于就绪状态的进程往往不止一个，同一时刻只能有一个就绪进程获得CPU。进程调度程序根据调度算法把CPU分配给某个就绪进程，并把控制权转到该进程，则该进程由就绪状态变为运行状态。

（2）运行→阻塞。处于运行状态的进程，由于等待某事件发生（例如申请新资源而不能立即被满足或遇到I/O请求）而无法继续向前推进时，进程状态就由运行变成阻塞。例如，运行中的进程需要等待文件的输入，系统便自动转入系统控制程序，进行文件输入，在文件输入过程中，该进程进入阻塞状态，而系统将控制权转给进程调度程序，进程调度程序根据调度算法把CPU分配给处于就绪状态的其他进程。

（3）阻塞→就绪。进程阻塞的原因解除后，并不能立即投入运行，而需要通过进程调度程序统一调度才能获得CPU，于是其状态由阻塞状态变成就绪状态继续等待CPU。当进程调度程序把CPU再次分配给它时，才可恢复曾被中断的现场继续运行。

（4）运行→就绪。这种状态变化通常出现在分时操作系统或采用抢占式分配CPU的操作系统中。一个正在运行的进程，由于规定的运行时间片用完，系统发出超时中断请求，超时中断处理程序把该进程的状态修改为就绪状态，并根据其特征插入到就绪队列的适当位置，保存进程现场信息，收回CPU并转入进程调度程序。于是，正在运行的进程就由运行状态变为就绪状态。

2. 具有挂起状态的进程状态转换

在许多系统中，进程除了具有上述3种基本状态以外，又增加了一些新状态，其中最重要的是挂起状态。引入挂起状态的主要原因是因为系统资源不足，另外当有终端用户请求、父进程请求、负荷调节需要等情况时，也要用到挂起状态。

将内存中当前某个尚不能运行的进程调到外存上去，用腾出来的空间接纳更多的进程。这一处理称作进程的挂起。引入挂起状态后，又将增加挂起状态（又称为静止状态）与非挂起状态（又称为活动状态）之间的转换。

（1）活动就绪→静止就绪。当进程处于未挂起的就绪状态时，称此状态为活动就绪状态，当用挂起原语将该进程挂起后，该进程便转变为静止就绪状态。处于静止就绪状态的进程不再被调度执行。

（2）活动阻塞→静止阻塞。当进程处于未挂起的阻塞状态时，称此状态为活动阻塞状态，当用挂起原语将该进程挂起后，进程便转变为静止阻塞状态。处于静止阻塞状态的进程在其所期待的事件出现后，将从静止阻塞变为静止就绪。

（3）静止就绪→活动就绪。处于静止就绪状态的进程，若用激活原语激活，该进程将转变为活动就绪状态，可以重新被调度执行。

（4）静止阻塞→活动阻塞。处于静止阻塞状态的进程，若用激活原语激活，该进程将转变为活动阻塞状态。

具有挂起状态的进程状态转换过程如图2.5所示。

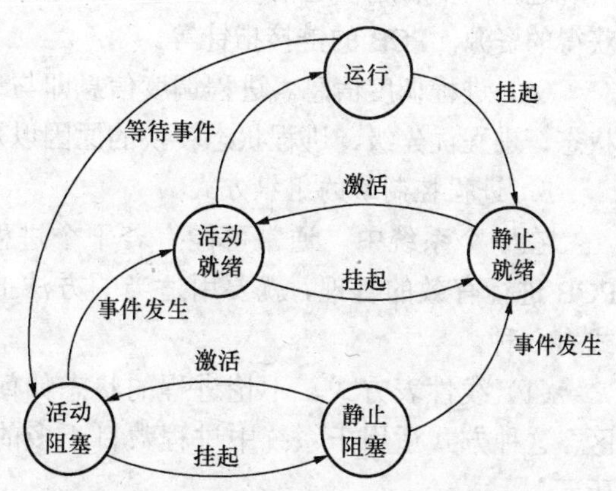

图2.5 具有挂起状态的进程状态转换图

2.1.5 进程控制块

1. 进程控制块的定义及作用

由于系统中多个进程并发执行，各进程需要轮流使用 CPU，当某进程不在 CPU 上运行时，必须要保留其被中断执行的程序段的现场，包括断点地址、程序状态字、通用寄存器和堆栈内容、进程当前状态、程序段和数据段的大小、运行时间等信息，以便进程再次获得 CPU 而处于运行状态时，能够正确执行。为了保存这些内容，需要建立一个专用数据结构，称这个数据结构为进程控制块，即 PCB。PCB 是进程实体的一部分，其中记录了操作系统所需要的、用于描述进程的当前情况以及控制进程运行的全部信息。

PCB 是进程存在的唯一标志，它的作用是使一个在多道程序环境下不能独立运行的程序（含数据）成为一个能独立运行的基本单位，操作系统是根据 PCB 来对并发执行的进程进行控制和管理的。PCB 跟踪程序执行的情况，表明进程在当前时刻的状态，以及与其他进程和资源的关系。当创建一个进程时，实际上就是为进程建立一个 PCB，也就是说，系统是根据进程的 PCB 来感知进程的存在的。同样，当进程运行结束时系统回收其 PCB，该进程也随之消亡。

2. 进程控制块中的信息

不同操作系统的 PCB 结构是不同的，PCB 的内容不仅和具体系统的管理、控制方法有关，还和系统的规模大小有关。下面对一般操作系统中 PCB 应包含的信息加以概括。

（1）进程标识信息。为了标识系统中的各个进程，每个进程必须有唯一的标识名或标识数。进程标识名通常由创建者给出，由字母和数字组成，也称为进程的外部标识，可让用户在访问进程时使用。进程标识数则是在一定数值范围内的唯一进程编号，也称为进程的内部标识或数字标识符，通常由系统给出。有的系统只使用标识名和标识数其中之一。

（2）进程现场信息。当进程状态由运行状态发生变化时，系统需要将当时的 CPU 现场保护到内存中，以便该进程再次占用 CPU 时恢复正常运行。CPU 现场信息主要是由 CPU 中各种寄存器的内容组成的，这些寄存器包括通用寄存器、指令计数器、程序状态字及用户栈指针等。有的系统把要保护的 CPU 现场放在进程的工作区中，而 PCB 中仅给出 CPU 现场保护区起始地址。

（3）进程控制信息。进程控制信息包括进程的程序段和数据段的内存地址或外存地址，实现进程同步和进程通信时的消息队列指针和信号量等，进程所需要的全部资源以及现在已获得的资源，PCB 的链接指针等。

（4）进程调度信息。进程调度信息即与进程调度及进程状态转换有关的信息，包括进程状态、进程优先级、进程状态转换的原因以及与一些进程调度算法相关的信息等。

3. 进程控制块的组织方式

在一个系统中，通常可能有若干个进程同时存在，所以就有若干个 PCB。为了能对 PCB 进行有效的管理，就要用适当的方法把这些 PCB 组织起来。目前常用的 PCB 组织方式有 3 种。

（1）线性表方式。不论进程的状态如何，都将所有的 PCB 连续地存放在内存的系统区。这种方式适用于系统中进程数目不多的情况。按线性表方式组织 PCB 的情况如图 2.6 所示。

图 2.6 PCB 的线性表组织方式

线性表方式组织 PCB 的优点是实现简单，但是不利于对 PCB 进行分类管理。例如，当需要查找满足某个条件的进程时，需要从前到后依次扫描整个 PCB 表。

（2）链接表方式。系统按照进程的状态，将进程的 PCB 链接成队列，从而形成就绪队列、阻塞队列、运行队列等。按链接表方式组织 PCB 的情况如图 2.7 所示。

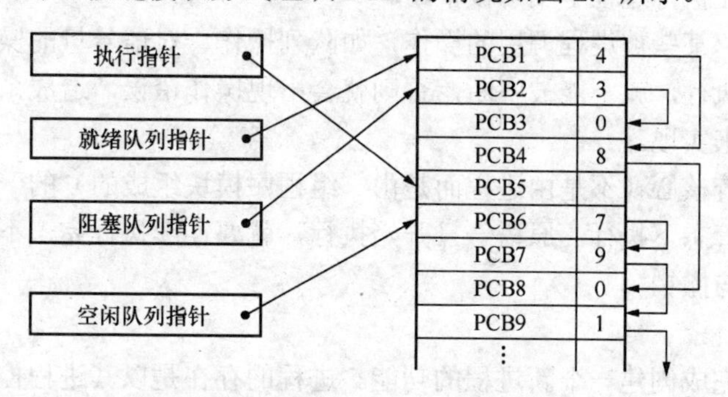

图 2.7 按链接表方式组织 PCB

链接表方式组织 PCB 可以很方便地对同类 PCB 进行管理，操作简单，但是要查找某个进程的 PCB 则比较麻烦，所以只适用于小系统中进程数比较少的情况。

（3）索引表方式。系统按照进程的状态进行分类，分别建立就绪索引表、阻塞索引表等来存储每个进程的名称及其 PCB 地址，通过索引表来管理系统中的进程。按索引表方式组织 PCB 的情况如图 2.8 所示。

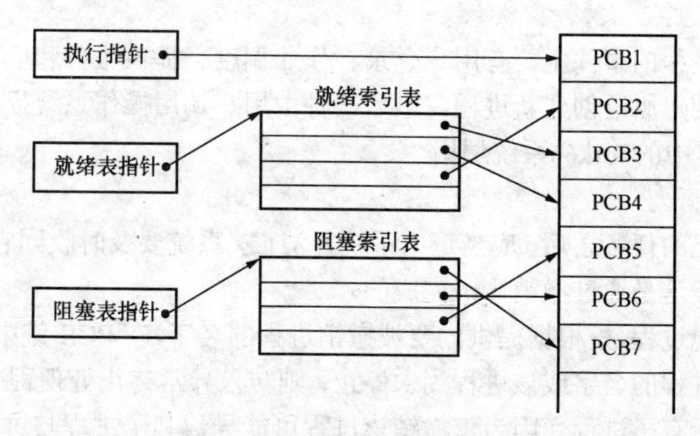

图 2.8 按索引表方式组织 PCB

索引表方式可以很方便地查找到某个进程的 PCB，但是索引表也需要占用一部分内存空间，所以只适用于进程数比较多的情况。

2.2 进 程 控 制

进程具有由创建而产生、由调度而执行、由撤销而消亡的生命周期，因此操作系统要有对进程生命周期的各个环节进行控制的功能，这就是进程控制。进程控制的职能是对系统中的全部进程实行有效的管理，主要是对一个进程进行创建、撤销以及在某些进程状态间进行转换控制。通常允许一个进程创建和控制另一个进程，前者称为父进程，后者称为子进程，子进程又可创建其子进程，从而形成了一个树形结构的进程家族，这种树形结构，使得进程控制更为灵活方便。

2.2.1 原语

进程的控制通常由原语完成。所谓原语，一般是指由若干条指令组成的程序段，用来实现某个特定功能，在执行过程中不可被中断。

在操作系统中，某些被进程调用的操作，如队列操作、对信号量的操作、检查启动外设操作等，一旦开始执行，就不能被中断，否则就会出现操作错误，造成系统混乱，所以，这些操作都要用原语来实现。

原语是操作系统核心（不是由进程而是由一组程序模块组成的）的一个组成部分，并且常驻内存，通常在管态下执行。原语一旦开始执行，就要连续执行完，不允许中断。

2.2.2 进程的创建与撤销

1. 创建进程原语

通过创建原语完成创建一个新进程的功能。进程的存在是以其进程控制块为标志的，因此，创建一个新进程的主要任务是为进程建立一个进程控制块 PCB，将调用者提供的有关信息填入该 PCB 中，并把该 PCB 插入到就绪队列中。

创建一个新进程的过程是：首先申请 PCB 空间，根据建立的进程名字查找 PCB 表，若找到了（即已有同名进程）则非正常终止，否则，申请分配一块 PCB 空间；其次，为新进程分配资源，若进程的程序或数据不在内存中，则应将它们从外存调入分配的内存中；然后把有关信息（如进程名字、信号量和状态位等）分别填入 PCB 的相应位置中；最后把 PCB 插入到就绪队列中。

能够导致创建进程的事件主要有用户登录、作业调度、提供服务和应用请求。前 3 种由系统内核直接调用创建原语创建新进程，最后一种由用户调用操作系统提供的系统调用完成创建任务，如 Linux 中的 fork( )系统调用。

2. 撤销进程原语

进程完成了自己的任务之后，应当退出系统并消亡，系统要及时收回它占有的全部资源，以便其他进程使用，这是通过撤销原语完成的。

撤销原语的实现过程是：根据提供的要被撤销进程的名字，在 PCB 链中查找对应的 PCB，若找不到要撤销的进程的名字或该进程尚未停止，则转入异常终止处理程序，否则从 PCB 链中撤销该进程及其所有子进程（因为仅撤销该进程可能导致其子进程与进程家族隔离开来，而成为难以控制的进程）；检查此进程是否有等待读取的消息，有则释放所有缓冲区，最后释放该进程的工作空间和 PCB 空间，以及其他资源。

撤销原语撤销的是标志进程存在的 PCB，而不是进程的程序段，这是因为一个程序段可能是几个进程的一部分，即可能有多个进程共享该程序段。

2.2.3 进程的阻塞与唤醒

1. 阻塞进程原语

一个正在运行的进程，因为其申请的资源暂时无法满足而会被迫处于阻塞状态，等待所需事件的发生，进程的这种状态变化就是通过进程本身调用阻塞原语实现的。

阻塞进程原语的实现过程是：首先中断 CPU，停止进程运行，将 CPU 的现行状态存放到 PCB 的 CPU 状态保护区中，然后将该进程置阻塞状态，并把它插入等待队列中，然后系统执行调度程序，将 CPU 分配给另一个就绪的进程。

2. 唤醒进程原语

当某进程等待的事件发生（如所需要的资源出现）时，由释放资源的进程调用唤醒原语，唤醒等待该资源的进程。

唤醒原语的基本功能是：把除了 CPU 之外的一切资源都得到满足的进程置成就绪状态，执行时，首先找到被唤醒进程的内部标识，让该进程脱离阻塞队列，将现行状态改变为就绪状态，然后插入到就绪队列中，等待调度运行。

2.2.4 进程的挂起与激活

1. 挂起进程原语

当出现了引起进程挂起的事件时，例如，用户进程请求将自己挂起，或父进程请求将自己的某个子进程挂起，系统将利用挂起原语将指定进程或处于阻塞状态的进程挂起。

挂起原语的执行过程是：首先检查被挂起进程的状态，若处于活动就绪状态，便将其改为静止就绪；对于活动阻塞状态的进程，则将其改为静止阻塞；为了方便用户或父进程考查该进程的运行情况而把该进程的 PCB 复制到某指定的内存区域；最后，若被挂起的进程正在执行，则转向调度程序重新调度。

2. 激活进程原语

当发生激活进程的事件时，例如，父进程或用户进程请求激活指定进程，若该进程驻留在外存而内存中已有足够的空间时，则可将在外存上处于静止就绪状态的进程换入内存。这时，系统将利用激活原语将指定进程激活。

激活原语先将进程从外存调入内存，检查该进程的现行状态，若是静止就绪，便将之改为活动就绪；若为静止阻塞便将其改为活动阻塞。假如采用的是抢占调度策略，则每当有新进程进入就绪队列时，应检查是否要进行重新调度，即由调度程序将被激活进程与当前进程进行优先级的比较，如果被激活进程的优先级更低，就不必重新调度；否则，立即剥夺当前进程的运行，把处理机分配给刚被激活的进程。

2.3 进程同步与互斥

并发执行的多个进程，是在异步环境下运行的，每个进程都以各自独立、不可预知的速度向前推进。有的并发进程之间除了共享系统资源之外没有任何关系，而有的进程之间会有一些相应的关系。

有一些相互合作的进程需要协调地进行工作，以各自的执行结果为对方的执行条件，从而限制了各进程的执行速度，这种关系属于直接制约关系。例如，打印进程必须等待计算进程计算出结果后，才能进行打印输出，而计算进程必须等待打印进程将上一次计算的结果打印输出后，才能进行下一次计算，否则就会造成混乱。因多个进程要共同完成一项任务而需要相互等待、相互合作，以达到各进程按相互协调的速度执行的过程称为进程间的同步。

另外，还有一些进程由于共享某一公有资源，而不同的进程对于这类资源必须互斥使用（例如打印机），即当一个进程正在使用时，另一个进程必须等待，这就产生了间接制约关系。

并发执行的进程因竞争同一资源而导致的相互排斥的关系称为进程间的互斥。

2.3.1 临界资源与临界区

系统中同时存在许多进程，它们共享各种资源，然而有许多资源在某一时刻只能允许一个进程使用。例如打印机、磁带机等硬件设备以及变量、队列等数据结构，如果有多个进程同时去使用这类资源，就会造成混乱，因此，必须保护这些资源，避免两个或多个进程同时访问这类资源。把某段时间内只能允许一个进程使用的资源称为临界资源。

几个进程若共享同一临界资源，它们必须以互相排斥的方式使用这个临界资源。即当一个进程正在使用某个临界资源且尚未使用完毕时，其他进程必须延迟对该资源的使用，当使用该资源的进程释放该资源时，其他进程才可使用该资源，任何进程不能中途强行去使用这个临界资源，否则将会造成信息混乱和操作出错。我们把访问临界资源的代码段称为临界区。

以 A、B 两个进程共享一个公用变量 s 为例。如果 A 进程需要对变量 s 进行加 1 操作，进程 B 需要对变量 s 进行减 1 操作，这两个操作在用机器语言实现时，其形式描述如表 2.2 所示。

表 2.2 对变量操作的机器语言形式

s=s+1 的机器语言形式	s=s−1 的机器语言形式
①register1:=s;	④register2:=s;
②register1=register1+1;	⑤register2=register2−1;
③s=register1;	⑥s=register2;

假设 s 的当前值是 4。如果进程 A 先执行左列的 3 条机器语言语句，然后进程 B 再执行右列的 3 条语句，即执行顺序为①②③④⑤⑥，则最后共享变量 s 的值仍为 4；反之，如果进程 B 先执行右列的 3 条机器语言语句，然后进程 A 再执行左列的 3 条语句，即执行顺序为④⑤⑥①②③，最终共享变量 s 的值也仍为 4。但是，如果按下述顺序执行：

```
①register1:=s;
②register1=register1+1;
④register2:=s;
⑤register2=register2-1;
③s=register1;
⑥s=register2;
```

正确的 s 值应该为 4，但是现在 s 值却是 3。如果再将这几条机器语言语句交叉执行的顺序改变，还可以看到还有可能得到 s 值为 5 的答案，这表明程序的执行已经失去了再现性。为了预防产生这种错误，解决该问题的关键是应该把变量 s 作为临界资源处理，也就是说，要让进程 A 和进程 B 互斥地访问变量 s。

在这里，我们把公用变量 s 称为临界资源，即一次仅允许一个进程使用。临界资源分为硬件、软件临界资源。硬件临界资源如打印机，软件临界资源如某些变量、表格，也不允许两个进程同时使用。我们把一个进程访问临界资源的那段代码称为临界区。

由于对临界资源的使用必须互斥进行，所以进程在进入临界区时，首先判断是否有其他进程在使用该临界资源，如果有，该进程必须等待，如果没有，该进程进入临界区，执行临界区代码，同时，关闭临界区，以防其他进程进入。当进程用完临界资源时，要开放临界区，以便其他进程进入。因此，使用临界资源的代码结构如图 2.9 所示。

有了临界资源和临界区的概念，进程间的互斥可以描述为禁止两个或两个以上的进程同时进入访问同一临界资源的临界区。此时，临界区就像是一个屋子，要进入时，必须经过进入区，而一旦有进程通过进入区进入临界区后，该进程就要用锁把屋子锁上；同样，一个进程要离开临界区这个屋子，就要经过退出区，通过退出区把屋子的锁打开，以便允许其他进程进入临界区这个屋子。

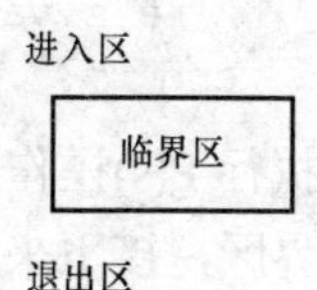

图 2.9 使用临界资源的代码结构

在此之前我们讨论过进程之间的同步和互斥的关系，其实，互斥关系也是一种协调关系，从广义上讲它也属于同步关系的范畴。为实现进程互斥地进入自己的临界区，可用软件方法，更多的是在系统中设置专门的同步机构来协调各进程间的运行。所有同步机制都应遵循以下4条准则。

（1）空闲让进。当没有进程处于临界区时，意味着临界资源处于空闲状态，此时应允许一个请求进入临界区的进程立即进入临界区，以有效地利用临界资源。

（2）忙则等待。当已经有进程进入临界区时，意味着临界资源正在被使用，所以其他试图进入临界区的进程必须等待，以保证对临界资源的互斥访问。

（3）有限等待。对要求访问临界资源的进程，应保证其在有限的时间内进入临界区，不能让其无止境地等待，即避免进程陷入“死等”状态。

（4）让权等待。当进程不能进入自己的临界区时，应该立即释放处理机，以免进程陷入“忙等”（占有处理机的同时进行等待），保证其他可以执行的进程获得处理机。

2.3.2 信号量及P、V操作

20世纪60年代中期，最初由荷兰学者Dijkstra提出了一种解决并发进程间互斥与同步关系的通用方法，即信号量机制。他定义了一种名为“信号量”的变量，并且规定在这种变量上只能做所谓的P操作和V操作。现在，信号量机制已经被广泛地应用于单处理机和多处理机系统以及计算机网络中。信号量机制经历了整型信号量、记录型信号量和信号量集机制等发展过程，本书仅以记录型信号量为例加以讲述。

1. 信号量及P、V操作

信号量是一个具有非负初值的整型变量，并且有一个队列与它关联。因此，定义一个信号量时，要给出它的初值，并给出与它相关的队列指针。信号量除初始化外，仅能通过两个操作P、V来访问，这两个操作都由原语组成，即在执行过程中不可被中断，也就是说，当一个进程在修改某个信号量时，不允许其他进程同时对该信号量进行修改。

信号量的定义如下：

```
type semaphore=record                    /*定义信号量*/
        value:integer;
        L:list of process;
        end
```

P(s)操作可描述为

```
procedure P(s)
    var s: semaphore;
    begin
      s.value:=s.value-1;
```

```
    if s.value<0 then block(s,L)
  end
```

当执行P(s)操作时，将信号量s的值减1，如果s≥0，表示申请的临界资源可用，可以进入临界区，接下来，该进程占用资源，继续执行；如果s<0，表示没有临界资源可用，该进程被置成阻塞状态，并进入s信号量的等待队列中等待，由调度程序重新调度其他进程执行。需要注意的是，当该进程所需的临界资源被释放后，释放资源的进程将该阻塞进程唤醒，该进程一旦获得处理器，就可以直接进入临界区，无需再执行P(s)操作。

V(s)操作可描述为

```
procedure V(s)
    var s: semaphore;
    begin
     s.value:=s.value+1;
     if s.value≤0 then wakeup(s,L);
    end
```

当执行V(s)操作时，表示进程释放资源，将信号量s的值加1，如果s≤0，则唤醒s信号量队列队首的阻塞进程，将其状态从阻塞状态转变为就绪状态，执行V操作的进程继续执行；如果s>0，则说明没有进程等待该信号量，因此，无需唤醒其他进程，进程继续执行。

需要说明的是，信号量的初值一定是一个非负的整数，但是在运行过程中，信号量的值可正可负。

2. 利用信号量实现进程互斥

利用信号量实现进程互斥的进程可描述如下：

```
var s:semaphore:=1;                         /*设置信号量s的初值为1*/
  begin
    parbegin                                /*并发开始*/
     process1: begin
                repeat
                   P(s);
                     critical section
                   V(s);
                      remainder section
                until false;
                        end
     process2: begin
                repeat
                  P(s);
                    critical section
                  V(s);
                      remainder section
             until false;
                  end
    parend
end
```

以上描述的是并发执行的两个进程process1和process2，这两个进程的临界区对应的是一个临界资源，所以在每个进程的临界区前后分别加上对同一个信号量的P操作和V操作，就好像分别是关锁和开锁操作一样。无论哪一个进程先获得处理机，在进入临界区之前都要进行 P 操作，执行 P 操作后，信号量 s 的值为 0，该进程可以继续执行；若该进程在临界区内失去处理机，而由另一个进程获得处理机执行时，执行的进程在进入临界区之前执行 P 操作时，信号量 s 的值就为−1，此时该进程就得阻塞，进入到信号量 s 的等待队列当中等待；当在临界区内的进程再次获得处理机继续执行后，退出临界区时，执行 V 操作，信号量 s 的值为 0，此时它要去唤醒阻塞进程，然后继续执行或转进程调度。

用信号量实现进程互斥的特点如下。

- 要找对临界区，范围小了会出错，范围大了会影响进程运行。
- P、V 操作位于临界区前后，在一个进程里成对出现。
- 2 个进程对 1 个临界资源互斥使用时信号量初值为 1，取值范围为−1，0，1。
- 当 n 个进程要互斥使用 m 个同类临界资源时($n>m$)，用信号量实现互斥时，信号量的初值应为 m，即该类可用资源的数目。信号量的取值范围为$-(n-m)\sim m$。
- 当信号量 s<0 时，|s|为等待该资源的进程的个数，即因该资源而阻塞的阻塞队列中进程个数。
- 当信号量 s>0 时，s 表示还允许进入临界区的进程数（或剩下的临界资源个数）。
- 执行一次 P(s)操作，表示请求一个临界资源，s−1 后，当 s<0 时，表示可用资源没有了，进程阻塞。
- 执行一次 V(s)操作，表示释放一个临界资源，s+1 后，若 s≤0，表示还有进程在阻塞队列中，要去唤醒一个阻塞进程。

例如，有一个阅览室共 100 个座位，用一张表来管理它，每个表目记录座位号以及读者姓名。读者进入时要先在表上登记，退出时要注销登记。可以用信号量及其 P、V 操作来描述各个读者“进入”和“注销”工作之间的关系。

分析：由于一个座位在某一时刻只能分配给一个读者，所以对于多个读者来说，一个座位就是一个临界资源，100 个座位即相当于此类临界资源有 100 个，可以设置一个信号量 s1 来管理座位，且其初始值为 100。每个读者来后，首先要看看是否有座位，即对 s1 执行一次 P 操作，只要有座位，P 操作后 s1 值大于等于 0，此时就可以拿表来登记了。用一张表来管理这 100 个座位，每名读者进入或退出时都要在表上登记，并且每次只能有一个读者使用这张表，所以这一张表也相当于是临界资源，可以设置一个信号量 s2 来管理表格，所以一共要设置两个信号量分配用来管理这两类临界资源。

本例题的解决方法如下。

```
var s1,s2:semaphore:=100,1;      /*设置两个信号量,分别对应座位和表这两个临界资源*/
parbegin
    process  reader(i)(i=1,2,…)
        begin
            P(s1);               /*申请一个座位*/
            P(s2);               /*拿表进行登记*/
                登记;
            V(s2);               /*登记后放回表*/
                读书;
            P(s2);               /*拿表进行注销*/
                注销;
```

```
            V(s2);              /*注销后放回表*/
            V(s1);              /*释放一个座位*/
        end
parend
```

3. 利用信号量实现进程同步

可以通过一个例子来说明进程同步的实现。

例如，有一个缓冲区，某一个时刻只能存一个数据，计算进程 P1 将计算出的结果放入缓冲区，输出进程 P2 往外取数据输出，进程 P1 一旦放入数据后，必须等进程 P2 取出数据以后它才能继续往里放，否则会导致前一次放入的数据丢失；进程 P2 取出数据后，必须等进程 P1 放入下一个数据后它才能够继续取，否则会导致两次取出的是同一个数据。可见，这是一个典型的进程同步关系，进程 P1 和 P2 在协调着共同完成一个任务。

解决这个同步问题的进程描述如下。

```
Var s1,s2:semaphore:=0,0;
    begin
    parbegin
     P1: begin
            repeat
                获得数据;
                计算;
                送至缓冲区;
                V(s1);
                P(s2);
            until false;
        end
P2: begin
            repeat
              P(s1);
              从缓冲区中取数据;
              输出;
                  V(s2);
            until false;
        end
    parend
end
```

以上实现的是两个并发进程 P1 和 P2 的同步关系。这里设了两个信号量 s1 和 s2，分别是两个进程用来进行相应的消息传递以便来实现同步的，一般实现同步的信号量的初值可以设为 0。因为必须先计算，后输出，所以 P1 进程的执行要先于 P2。如果 P2 先获得处理机，则 P2 要先执行一个 P(s1)操作，由于 s1 的初值为 0，所以执行 P(s1)后，P2 会阻塞；P1 获得处理机后可以一直执行，当放完数据以后，它要执行 V(s1)，即看一下是否有进程在信号量 s1 的队列中等待，若有，它要去唤醒；然后，为了防止 P1 继续往缓冲区中放数据，在执行 V(s1)操作之后，马上又执行 P(s2)，随即阻塞，直等到 P2 取完数据输出后执行 V(s2)将其唤醒。

用信号量实现进程同步的特点如下。

- 配对的 P、V 操作分别在不同的进程里。有的时候 P 操作和 V 操作的个数并不相等。

- 初值一般为 0，需要设一个以上的信号量（例如 2 个进程同步，需要设 2 个信号量，分别用来传递信息）。

例如，A、B 两组学生进行投球比赛，规定一个组学生投一个球后应让另一个组学生投球，假设让 A 组同学先投，试写出 A、B 两个进程。

分析：由题意可知，一个组学生投一个球的前提条件是另一个组的学生投球之后，即有条件制约，同样，另一个组学生投球也受到该组学生投球的条件制约，由此可知该问题是一个进程同步的问题，所以，要在有条件制约的投球动作前加上一个 P 操作，即条件不满足时就阻塞；在投球动作结束后，要加上一个 V 操作，即自己的投球动作完成之后，使另一组学生的投球动作成为可能。

解决这个同步问题的进程描述如下。

方法一：

```
var s1,s2:semaphore:=0,0;
process A:  投球;                /*A 组学生先投,没有条件限制*/
            V(s2);               /*使 B 组学生可以投球*/
            P(s1);               /*等待 B 组学生投球之后再投球*/
process B:  P(s2);               /*等待 A 组学生投球之后再投球*/
            投球;
            V(s1);               /*使 A 组学生可以投球*/
```

方法二：

```
var s1,s2:semaphore:=1,0;
process A:  P(s1);               /*A 组学生先投,s1 初始值为 1,不阻塞*/
            投球;
            V(s2);               /*使 B 组学生可以投球*/
process B:  P(s2);
            投球;
            V(s1);
```

2.3.3 经典的进程同步互斥问题

1. 生产者—消费者问题

生产者—消费者（Producer-Consumer）问题是一个著名的进程同步问题。它描述的是有一群生产者进程在生产产品，并将这些产品提供给消费者进程去消费。为使生产者进程与消费者进程能并发执行，在两者之间设置了一个具有 n 个缓冲区的缓冲池，生产者进程将它所生产的产品放入一个缓冲区中；消费者进程可从一个缓冲区中取走产品去消费。尽管所有的生产者进程和消费者进程都是以异步方式运行的，但它们之间必须保持同步，即不允许消费者进程到一个空缓冲区去取产品；也不允许生产者进程向一个已装满产品且尚未被取走的缓冲区中投放产品。

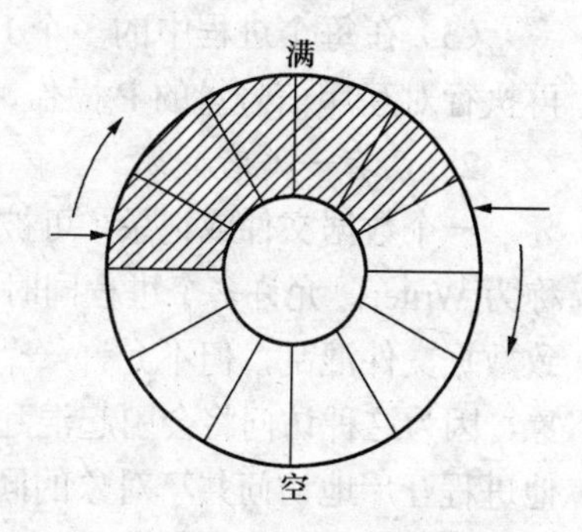

图 2.10 生产者—消费者示意图

假定在生产者和消费者之间的公用缓冲池中，具有 n 个缓冲区，如图 2.10 所示，这时可利用互斥信号量 mutex 实现诸进程对缓冲池的互斥使用；利用信号量 empty 和 full 分别表示缓冲池中空缓冲区和满缓冲区的数量。又假定这些生产者和消费者优先级相同，只要缓冲池未满，生产者便可将消息不断送入缓冲池；只要缓冲池未空，消费者便可不断从缓冲池中取走消息。对生产者—消费者问题可描述如下。

```
var s, empty, full:semaphore := 1,n,0;
    buffer:array[0, …, n-1]of item;
    in, out: integer:=0, 0;
    begin
      parbegin
        producer:begin
             repeat
               …
             produce an item nextp;
               …
             P(empty);
             P(s);
             buffer(in):=nextp;
             in:=(in+1) mod n;
             V(s);
             V(full);
             until false;
          end
          consumer:begin
             repeat
             P(full);
             P(s);
             nextc:=buffer(out);
             out:=(out+1) mod n;
             V(s);
             V(empty);
             consumer the item in nextc;
             until false;
           end
       parend
    end
```

在生产者—消费者问题中应注意以下几点。

（1）在每个进程中用于实现互斥的P(s)和V(s)必须成对地出现。

（2）对资源信号量empty和full的P和V操作，是为了实现同步存在的，但它们分别处于不同的进程中。

（3）在每个进程中的多个P操作顺序不能颠倒。应先执行对资源信号量的P操作，然后再执行对互斥信号量的P操作，否则可能引起进程死锁。

2. 读者—写者问题

一个数据文件或记录，可被多个进程共享，只要求读该文件的进程称为Reader，其他进程称为Writer。允许多个进程同时读一个共享对象，因为读操作不会改变原始数据，所以不会导致数据文件混乱，但不允许一个Writer进程和其他Reader进程或Writer进程同时访问共享对象，因为这种访问将会引起混乱。所谓"读者—写者"问题是指保证一个Writer进程必须与其他进程互斥地访问共享对象的同步问题。读者—写者问题常被用来测试新同步原语。

为实现Reader与Writer进程间在读或写时的互斥而设置了一个互斥信号量WS。另外，再设置一个整型变量 Readcount 表示正在读的进程数目。由于只要有一个 Reader 进程在读，便不允许 Writer 进程去写。因此，仅当 Readcount＝0，表示尚无 Reader 进程在读时，Reader 进程才需要执行 P（WS）操作。若 P（WS）操作成功，Reader 进程便可去读，相应地，执行 Readcount+1 操作。同理，仅当 Reader 进程在执行了 Readcount-1 操作后其值为 0 时，才须执行 V（WS）操作，以便让 Writer 进程写。又因为 Readcount 是一个可被多个 Reader 进程访问的临界资源，因此，应该为它设置一个互斥信号量 RS。

读者—写者问题可描述如下。

```
var RS, WS:semaphore:=1,1;
   Readcount:integer:=0;
   begin
   parbegin
   Reader:begin
        repeat
         P(RS);
         if  readcount=0  then  P(WS);
          Readcount:=Readcount+1;                    /*读者进入*/
         V(RS);
            …
         perform read operation;
            …
         P(RS);
         readcount:=readcount-1;                     /*读者离开*/
         if  readcount=0  then  V(WS);
         V(RS);
       until false;
    end
    writer:begin
      repeat
        P(WS);
        perform write operation;
        V(WS);
      until false;
     end
  parend
  end
```

那么，如何控制读者个数不超过 n 个呢？请各位读者思考。

2.3.4 管程

前面所介绍的信号量及 P、V 操作属于分散式同步机制。如采用这种同步设施来构造操作系统，则对于共享变量及信号量的操作将被分散于整个系统中；如采用这种同步设施来编写并发程序，则对于共享变量及信号量的操作将被分散于各个进程当中。其缺点有如下几点。

（1）可读性差。因为如果要了解对于一组共享变量及信号量的操作是否正确，则必须通读整个系统或并发程序。

（2）不利于修改和维护。因为程序的局部性很差，所以任一组变量或任一段代码的修改都可能影响全局。

（3）正确性难以保证。因为操作系统或并发程序规模通常都很大，要保证这样一个复杂的系统没有逻辑错误是很难的。

为了克服分散式同步机制的缺点，在20世纪70年代初期，以结构化程序设计和软件工程的思想为背景，E.W.Dijkstra、C.A.R.Hoare和P.B.Hansen同时提出了管程（Monitor）这种集中式同步设施。

管程是由局部数据结构、多个处理过程和一套初始化代码组成的模块。

管程的特征有以下几点。

（1）管程内的数据结构只能被管程内的过程访问，任何外部访问都是不允许的。

（2）进程可通过调用管程的一个过程进入管程。

（3）任何时间只允许一个进程进入管程，其他请求进入管程的进程统统被阻塞到等待管程的队列上。

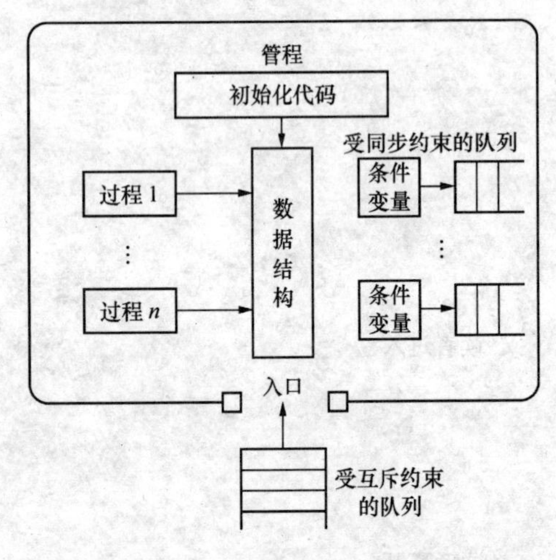

图2.11 管程的结构模型

图2.11是管程的一个结构模型。

由于管程一次只能被一个进程使用，因此管程具有一种互斥的特点，使其中的数据结构每次只能被一个进程使用。这样，可以将共享的数据结构置于管程中，让管程提供对它的互斥访问。当一个进程请求访问正在忙碌的管程（比如PC）时，必须阻塞在与管程关联的队列上等待。

也可以在管程中设计同步机制，以达到多进程并发处理。例如，当一个进程调用了管程的一个过程，因执行不下去而不得不阻塞起来。这需要一种机制使得该进程不仅被阻塞，而且还要释放管程，以便其他进程进入管程。以后该进程的条件满足后可以被唤醒，并从阻塞处接着向前推进。

管程内解决同步问题依赖的是“条件变量”（Condition）。一个条件变量c关联着一个等待队列。对条件变量的访问，仅限于P原语和V原语。

- P(c)：当遇到同步约束，就将进程阻塞在条件变量c关联的等待队列上并释放管程，让其他进程使用。
- V(c)：从条件变量c关联的等待队列上唤醒一个进程，若队列上没有进程在等待就什么也不做。

管程的语言结构可描述为下述形式。

```
type 管程名=Monitor
begin
  数据结构定义;
  局部变量定义;
  条件变量定义;
procedure 过程名(形式参数)
begin
   …                        //过程体
   end;
   …
```

```
  begin
   …                                        //初始化
  end;
end
```

下面是用管程解决生产者—消费者问题的一个例子。我们设计一个管程叫PC，用于传递产品的缓冲区环定义为一个数组buffer，并置于管程中。管程中的过程有PUT( )和GET( )，分别实现产品的存入和取出。另外设计两个条件变量full和empty实现进程同步。

full：生产者的条件变量。当一个试图存放产品的生产者发现缓冲区环已经满时，将执行P(full)阻塞到full的关联队列上。

empty：消费者的条件变量。当一个试图取出产品的消费者发现缓冲区环已经空时，将执行P(empty)阻塞到empty的关联队列上。

下面是管程的设计结构。

```
type PC=Monitor                              //定义管程PC
begin
  var char:buffer[N];
  var integer:counter,in,out;
  var Condition:full,empty;                  //定义条件变量
  procedure PUT(item:char)
  begin
     if counter=N then P(full);
     buffer[in]:=item;
     in:=(in+1)mod N;
     counter:=counter+1;
     V(empty);
  end;
  procedure GET(item:char)
  begin
     if counter=0 then P(empty);
     item:=buffer[out];
     out:=(out+1)mod N;
     counter:=counter-1;
     V(full);
  end;
  begin counter,in,out=0,0,0;end;           //初始化
end
```

利用管程PC解决生产者—消费者问题的算法如下。

```
procedure producer()
begin
  var char:x;
  while(true)
  begin
    produce_an_item_in_x();
    PC.PUT(x);                               //调用PC的PUT过程
  end;
```

```
end;
procedure Consumer()
begin
   var char:x;
   while(true)
   begin
      PC.GET(x);                        //调用 PC 的 GET 过程
      Consumer_the_item_in_x();
   end;
end
```

可见，有了管程之后大大简化了应用程序。应用程序中不必分布着大量 P、V 操作，其结构一目了然。

2.4 进 程 通 信

进程之间的数据交换就是进程通信。进程之间交换的信息量，有的时候是一个状态或数值，有的时候是成千上万个字节。进程之间的同步和互斥，由于其所交换的信息量少，被称为低级通信。但是信号量作为通信工具还是有效率低、通信对用户不透明等一些缺点。本节所要介绍的是高级进程通信，是用户可以直接利用操作系统所提供的一组通信命令，高效地传送大量数据的一种通信方式。操作系统隐藏了进程通信的实现细节，通信过程对用户是透明的，大大减少了通信程序编制上的复杂性。目前，高级通信机制可归结为三大类：共享存储、消息传递和共享文件方式。

2.4.1 共享存储

共享存储可进一步分为基于共享数据结构的通信方式和基于共享存储区的通信方式。前一种通信方式要求诸进程公用某些数据结构，借以实现进程间的信息交换，而公用数据结构的设置及对进程间同步的处理，都是程序员的职责，操作系统只提供共享存储，所以这种通信方式比较低效，只适于传递少量数据。后一种方式是指为了传送大量数据，在存储区中划出一块共享存储区，多个进程通过对共享存储区中数据的读写实现通信。

共享存储区通信的实现过程如下。

（1）向系统申请共享存储区中的一个分区。

（2）指定该分区的关键字。如果系统已经为其他进程分配了同名的存储区，则将该分区的描述符返回给申请者。

（3）申请者将申请到的共享分区挂到本进程上。

2.4.2 消息传递

消息传递通信的实现方法有两种：直接通信方式和间接通信方式。

1. 直接通信方式

这是指发送进程利用操作系统所提供的发送命令，直接把消息发送给目标进程，即两个并发进程可以通过互相发送消息进行通信，消息是通过消息缓冲区在进程之间互相传递的。消息是指进程之间以不连续的成组方式发送的信息，而消息缓冲区包含指向发送进程的指针、指向消息接收进程的指针、指向下一个消息缓冲区的指针、消息长度、消息内容等。这样的缓冲区构成了进程通信的一个基本单位。当进程需要发送消息时，需要形成这样一个缓冲区，并发送给指定的接收进程。

每个进程都设置了一个消息队列，当来自其他进程的消息传递给它时，就需要将这些消息链入消息队列，其队列头由接收进程的 PCB 中的消息队列指针指出。当处理完一个消息之后，接收进程在同一缓冲区中向发送进程回送一个回答信号。队列中的消息数量可通过在 PCB 中设置信号量实现控制。为了在两个彼此独立的进程之间进行通信，要求它们在一次传送数据的过程中互相同步，每当发送进程发来一个消息，并将它挂在接收进程的消息队列上时，便在该信号量上执行 V 操作，而当接收进程需要从消息队列中读取一个消息时，先对该信号量执行 P 操作，再从队列中移出已读过的消息。

在操作系统中，为了能高效地实现进程通信，设计了许多种高级通信原语，这种原语具有简化程序设计和减少错误的优点。通常，系统提供两条通信命令（原语），即 send 和 receive，有关的数据结构和原语如下。

（1）消息缓冲队列通信机制中的数据结构。

- 消息缓冲区。在消息缓冲队列通信方式中，主要利用的数据结构是消息缓冲区。它可描述为如下形式。

```
type message buffer=record
      sender;                        /*发送者进程标识符*/
      size;                          /*消息长度*/
      text;                          /*消息正文*/
      next;                          /*指向下一个消息缓冲区的指针*/
 end
```

- PCB 中有关通信的数据项。在利用消息缓冲队列通信机制时，在设置消息缓冲队列的同时，还应增加用于对消息队列进行操作和实现同步的信号量，并将它们置入进程的 PCB 中。在 PCB 中应增加的数据项可描述如下。

```
type processcontrol block=record
      …
      mq;                            /*消息队列队首指针*/
      mutex;                         /*消息队列互斥信号量*/
      sm;                            /*消息队列资源信号量*/
      …
end
```

（2）发送原语。发送进程在利用发送原语发送消息之前，应先在自己的内存空间设置一发送区 a，如图 2.12 所示，把待发送的消息正文、发送进程标识符、消息长度等信息填入其中，然后调用发送原语，把消息发送给目标（接收）进程。发送原语首先根据发送区 a 中所设置的消息长度 a.size 来申请一缓冲区 i，接着，把发送区 a 中的信息复制到缓冲区 i 中。为了能将 i 挂在接收进程的消息队列 mq 上，应先获得接收进程的内部标识符 j，然后将 i 挂在 j.mq 上。由于该队列属于临界资源，故在执行 insert 操作的前后，都要执行 P 和 V 操作。

```
procedure send(receiver, a)
    begin
       getbuf(a.size,i);             /*根据 a.size 申请缓冲区*/
```

```
        i.sender:=a.sender;          /*将发送区 a 中的信息复制到消息缓冲区之中*/
        i.size:=a.size;
        i.text:=a.text;
        i.next:=0;
      getid(PCB set, receiver.j); /*获得接收进程内部标识符*/
      P(j.mutex);
      insert(j.mq, i);               /*将消息缓冲区插入消息队列*/
      V(j.mutex);
      V(j.sm);
   end
```

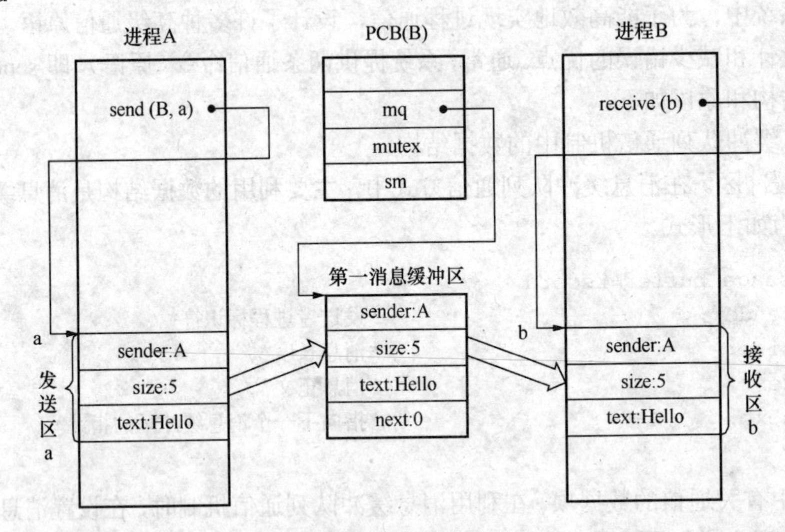

图 2.12 直接通信方式

（3）接收原语。

接收原语描述如下：

```
procedure receive(b)
  begin
    j:=internal name;              /*j 为接收进程内部的标识符*/
    P(j.sm);
    P(j.mutex);
    remove(j.mq, i);               /*将消息队列中第一个消息移出*/
    V(j.mutex);
    b.sender:=i.sender;            /*将消息缓冲区 i 中的信息复制到接收区 b*/
    b.size:=i.size;
    b.text:=i.text;
  end
```

2. 间接通信方式

（1）信箱的创建和撤销。进程可利用信箱创建原语来建立一个新信箱。创建者进程应给出信箱名字、信箱属性（公用、私用或共享）；对于共享信箱，还应给出共享者的名字。当进程不再需要读信箱时，可用信箱撤销原语将其撤销。

（2）消息的发送和接收。当进程之间要利用信箱进行通信时，必须使用共享信箱，并利用系统提供的通信原语进行通信。

信箱可由操作系统创建，也可由用户进程创建，创建者是信箱的拥有者。据此，可把信箱分为以下 3 类。

（1）私用信箱。用户进程可为自己建立一个新信箱，并作为该进程的一部分。信箱的拥有者有权从信箱中读取消息，其他用户则只能将自己构成的消息发送到该信箱中。这种私用信箱可采用单向通信链路的信箱来实现。当拥有该信箱的进程结束时，信箱也随之消失。

（2）公用信箱。它由操作系统创建，并提供给系统中的所有核准进程使用。核准进程既可把消息发送到该信箱中，也可从信箱中读取发送给自己的消息。显然，公用信箱应采用拥有双向通信链路的信箱来实现。通常，公用信箱在系统运行期间始终存在。

（3）共享信箱。它由某进程创建，在创建时或创建后，指明它是可共享的，同时须指出共享进程（用户）的名字。信箱的拥有者和共享者，都有权从信箱中取走发送给自己的消息。

2.4.3 共享文件

共享文件通信机制通常也被称为管道通信机制。所谓管道，是指用于连接一个读进程和一个写进程以实现他们之间通信的一个共享文件，又名 pipe 文件。向管道（共享文件）提供输入的发送进程（即写进程），以字符流形式将大量的数据送入管道；而接受管道输出的接收进程（即读进程），则从管道中接收（读）数据。由于发送进程和接收进程是利用管道进行通信的，故又称为管道通信。

管道的实质是一个共享文件，基本上可借助文件系统的机制实现，包括管道文件的创建、打开、关闭和读写。进程对通信机构的使用应该互斥，即当一个进程正在使用某个管道写入或读出数据时，另一个要使用该管道的进程就必须等待。发送者和接收者必须能够知道对方是否存在，如果对方已经不存在，就没有必要再发送信息。管道的长度是有限的，发送信息和接收信息之间要实现正确的同步关系，当写进程把一定数量的数据写入管道后，就去睡眠等待，直到读进程取走数据后把它唤醒。管理通信示意图如图 2.13 所示。

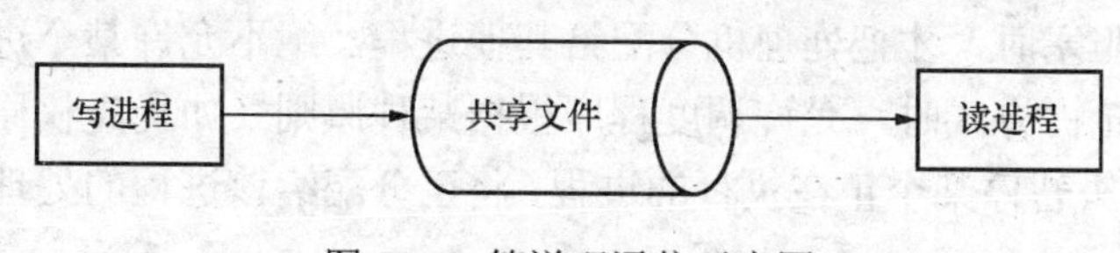

图 2.13 管道理通信示意图

2.5 进程调度

在多道程序系统中，一个作业被提交后，必须经过处理机调度后，方能获得处理机执行。对于批量型作业而言，通常需要经历作业调度和进程调度两个过程后才能获得处理机；对于终端型作业而言，则通常只需经过进程调度。在较完善的操作系统中，有时还设置了中级调度。

2.5.1 调度的层次

一个批处理型作业，从进入系统并驻留在外存的后备队列上开始，直至作业运行完毕，可能要经历以下 3 级调度。

1. 作业调度

作业调度又称为高级调度，主要功能是决定把外存上处于后备队列中的哪些作业调入内存，并为它们创建进程、分配必要的资源，并将新进程排在就绪队列上，准备执行。在批处理系统中需要有作业调度，而在分时系统和实时系统中，为了作到及时响应，一般不配置作业调度机制。

早期的操作系统就是以作业管理为中心的“作业监控系统”。作业是用户交给计算机做的一项工作。比如，对许多数据进行分类汇总、打印一个文档、发送一个电子邮件等等。按照作业的概念，运行 Windows 操作系统下的文字处理软件 Word 编辑并打印一个文档，就是一个作业。更进一步说，用户在键盘上输入一条命令、用鼠标点击方式执行一个程序、启动一个批处理文件等都将提交一个作业。作业在计算机上的运行时间有长有短，有些作业复杂一些，可能需要运行几个小时甚至几天；有的作业比较简单，仅几分钟就可做完。

一个作业通常包括用户用某种计算机语言编写的源程序，作业运行所需的初始数据以及控制作业运行的命令等。将一个程序拿到计算机上运行时，往往需要执行编辑程序将作业录入，然后运行编译程序对程序进行编译，接下来运行链接程序将作业装配成一个整体，最后让程序在计算机上运行。在此期间，任何一步出现错误，都要重新做前面的步骤予以修正，直到运行正确。通常，将上述每个处理称作一个“作业步”。

作业步是计算机系统用于对作业进行加工的步骤，一个作业步可以对应一个进程。为了在计算机上得出计算结果，任何作业都必须经过若干个作业步。其中任意两个作业步之间应通过某种关系联结起来，比如，前一个作业步的处理结果可作为后一个作业步的初始输入信息等。作业管理的主要任务就是按照用户的要求控制各个作业步，以实现作业运行。

2. 进程调度

进程调度又称为低级调度或处理机调度，主要功能就是按照一定策略，动态地把 CPU 分配给处于就绪队列中的某一进程，并使之执行。

进程调度有两种类型：非抢占方式和抢占方式（也称为非剥夺方式和剥夺方式）。在采用非抢占方式进行调度时，一旦把处理机分配给某进程后，便让其一直执行，直至该进程完成或发生某事件而被阻塞时，才把处理机分配给其他进程，绝不允许某个进程抢占已经分配出去的处理机。采用抢占方式时，允许调度程序根据某种原则（如优先权原则、短作业优先原则和时间片原则），去暂停某个正在执行的进程，将已分配给该进程的处理机重新分配给另一进程。

引起进程调度的原因不仅与操作系统的类型有着密切的关系，而且还与下列因素有关。

- 正在运行的进程运行完毕。
- 运行中的进程要求 I/O 操作。
- 执行某种原语操作（例如 P 操作）导致进程阻塞。
- 在抢占调度方式下，一个比正在运行的进程优先级更高的进程申请运行。
- 分配给运行进程的时间片已经用完。

具有作业调度和进程调度的作业执行过程如图 2.14 所示。

3. 中级调度

中级调度的目的是为了提高内存利用率和系统吞吐量。实现的方法是使那些暂时不能运行的进程不再占用内存资源，而是将它们调到外存上去等待。当这些进程重新又具备运行条件且内存又稍有空闲时，由中级调度来决定把外存上哪些静止就绪进程重新调入内存，并修改其状态为活动就绪状态，挂在就绪队列上等待进程调度。

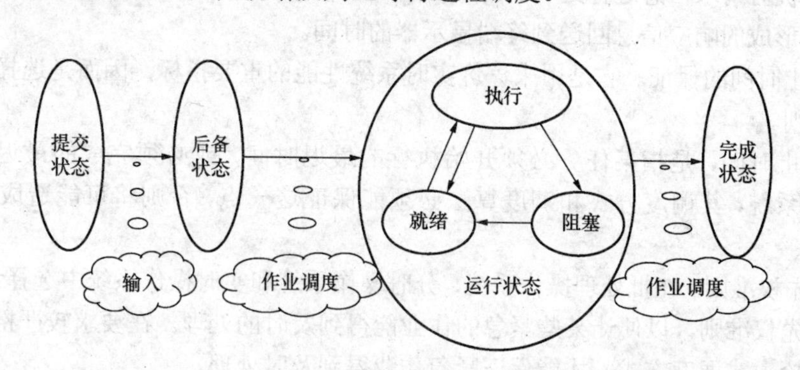

图 2.14 具有作业调度和进程调度的作业执行过程

在上述 3 种调度中，进程调度的运行频率最高，因而进程调度算法不能太复杂，以免占用太多的 CPU 时间。作业调度往往发生在一个作业运行完毕，退出系统又需要重新调入一个作业进入内存时，所以作业调度的周期较长，因而也允许作业调度算法花费较多的时间，可以采用相对较复杂的调度算法。中级调度的运行频率基本上介于上述两种调度之间。

2.5.2 调度算法的评价标准

由于多种调度贯穿作业的整个运行过程，使用频率高，调度算法性能优劣直接影响操作系统的性能。根据不同的系统设计目标，不同的调度层次可有多种调度策略。一个调度算法是否优秀，比较重要的有以下几点。

（1）周转时间短。通常把周转时间作为评价批处理系统的性能、选择作业调度方式与算法的准则。所谓周转时间是指从作业被提交给系统开始，到作业完成为止的这段时间间隔。它包括以下 4 部分时间。

- 作业在外存后备队列上的等待作业调度的时间。
- 进程在就绪队列上等待进程调度的时间。
- 进程在 CPU 上执行的时间。
- 进程等待 I/O 操作完成的时间。

对于每个用户而言，都希望自己作业的周转时间最短，而系统管理者则希望系统中多个作业的平均周转时间最短，这不仅会有效地提高资源利用率，而且还可使大多数用户感到满意。平均周转时间可描述为

$$T=\frac{1}{n}\left[\sum_{i=1}^{n}T_i\right]$$

作业的周转时间 T 与系统为它提供的实际服务时间 T_s 之比，即 $W=T/T_s$ 称为带权周转时间。若想知道某个作业在整个系统中运行效果，则希望带权周转时间越接近于 1 越好。

（2）响应时间快。常把响应时间的长短用来评价分时系统的性能，这是选择分时系统中进程调度算法的重要准则之一。所谓响应时间，是从用户通过键盘提交一个请求开始，直至系统首次产生响应为止的时间，或者说，直到屏幕上显示出结果为止的一段时间间隔。它包括以下 3 部分时间。

- 从键盘输入的请求信息传送到处理机的时间。
- 处理机对请求信息进行处理的时间。
- 将所形成的响应信息回送到终端显示器的时间。

（3）截止时间的保证。它是用来评价实时系统性能的重要指标，因而是选择实时调度算法的重要准则。

所谓截止时间，是指某任务必须开始执行的最迟时间，或必须完成的最迟时间。对于严格的实时系统，其调度方式和调度算法必须能保证这一点，否则将可能造成难以预料的后果。

（4）优先权准则。在批处理操作系统、分时操作系统和实时操作系统中选择调度算法时，都可遵循优先权准则，以便让某些紧急的作业能得到及时的处理。在要求较严格的场合，往往还须选择抢占式调度方式，才能保证紧急作业得到及时处理。

以上要求大部分源自用户的需求，而对于系统来说，则更注重系统的吞吐量、处理机的利用效率、资源的利用率及系统各类资源的平衡使用。

2.5.3 调度算法

在操作系统中，调度的实质是一种资源分配，调度算法是指系统按照一定的策略来进行资源分配。对于不同的系统，通常根据不同的系统目标采用不同的调度算法。目前存在多种调度算法，有的算法适用于作业调度，有的算法适用于进程调度，也有的算法既适用于作业调度也适用于进程调度。下面我们以系统中执行次数最多的调度——进程调度为例来学习调度算法，同时来看一下这些调度算法除了适用于进程调度，还可适用于什么类型的调度。

1. 先来先服务（FCFS）调度算法

FCFS（First Come First Service）算法是一种最简单的调度算法，按照进程就绪的先后顺序来调度进程，越早到达，就越先执行。获得CPU的进程，未遇到其他情况时，一直运行下去，直到运行完成或发生某事件而阻塞后，该进程才放弃处理机。系统只需通过就绪队列就可以获知哪个进程先到达的，因为最先到达的进程一定排在队首，后到达的进程一定排在后面。

先来先服务算法可能会导致比较短的进程的周转时间太长，所以该算法有利于处理多个CPU繁忙型的进程。先来先服务算法也适用于作业调度。

2. 时间片轮转（RR）调度算法

在时间片轮转调度算法中，系统把所有就绪进程按先后次序排队，CPU总是优先分配给就绪队列中的第一个就绪进程，并分配给它一个固定的时间片。当该运行进程用完规定的时间片时，被迫释放CPU，CPU又优先分配给就绪队列中的第一个进程，并分配给这个进程相同的时间片。每个运行完时间片的进程，当未遇到任何阻塞时，就回到就绪队列的尾部，等待下次轮到自己时再投入运行。所以，只要是处于队列中的进程，按此种算法迟早会获得CPU投入运行，不会发生无限期等待的情况。

如果某个正在运行的进程的时间片尚未用完，但进程需要I/O请求而受到阻塞，就不能把该进程送回就绪队列的队尾，而应把它送到相应的阻塞队列。只有等它所需要的I/O操作完毕之后，才能重新返回到就绪队列的队尾，等待再次被调度后投入运行。

时间片的长短由以下因素决定。

- 系统的响应时间。当进程数目一定时，时间片的长短直接影响系统的响应时间。
- 就绪队列中进程的数目。当系统对响应时间要求一定时，就绪队列中进程数少则时间片长，进程数多则时间片短。
- 进程状态转换（即进程由就绪态到运行态，或反之）的时间开销。
- 计算机本身的处理能力。主要是指执行速度和可运行进程的数目。
- 时间片轮转调度算法也称为轮转法，它以就绪队列中的所有进程均以相同的速度往前推进为特征。时间片的长短，影响着进程的进展速度，当就绪进程很多时，如果时间片很长，就会影响一些需要“紧急”运行的作业，这对短作业和要求I/O操作多的作业是不利的。于是，又有了短进程优先和高响应比优先调度算法。而时间片轮转算法只适用于进程调度，不适用于作业调度。

3. 短进程优先（SPF）调度算法

短进程优先调度算法是从当前就绪队列中选择估计CPU服务时间最短的进程调度执行，一直执行到完成，或发生某事件而被阻塞放弃处理机时，再重新调度。此种方法会有效地降低进程的平均等待时间，提高系统吞吐量。

该算法也有缺点，一是用户所提供的估计执行时间不是很准确；其次，长进程有可能长时间等待而得不到运行的机会，而且该算法未考虑进程的紧迫度。短进程优先调度算法也适用于作业调度，称为短作业优先调度算法。

4. 高响应比优先调度算法

进程调度最常用的一种简单方法，是把CPU分配给就绪队列中具有最高优先级的就绪进程。根据已占有CPU的进程是否可被抢占，可把优先级法分为抢占式优先级调度算法和非抢占式优先级调度算法。

影响进程的优先级的因素很多。首先，可以根据不同类型的进程确定其优先级，例如系统进程总是比用户进程具有较高的优先级；其次，优先级也和进程所需的运行时间有关，通常规定进程优先级与进程所需运行时间成反比，即运行时间长（一般占用内存也较多）的大作业的优先级低，反之则高。

以上确定进程优先级的方法是静态优先级法，即每个进程的优先级在其生存周期内是一成不变的。静态优先级法因其算法简单而受到欢迎，但有时不尽合理，为此，引入了较为合理的动态优先级。

动态优先级是指进程的优先级在该进程的运行周期内可以改变，随着进程的推进，确定优先级的条件相应地发生变化，进程的优先级也相应地发生变化，这样能更精确地控制CPU的响应时间（在分时操作系统中意义尤为重大）。在这里我们介绍一种动态优先级法：高响应比优先调度算法，该优先权的变化规律可表示为

$$\text{优先权}=\frac{\text{等待时间}+\text{要求服务时间}}{\text{要求服务时间}}$$

由上式可见，若进程的等待时间相同，要求服务的时间越短，其优先权越高，所以该算法有利于短作业；当要求服务的时间相同时，等待时间越长，优先权越高，此时相当于是先来先服务；对于长作业，作业的优先级随着等待时间的增加而提高，可以保证长作业在一定的时间内可获得处理机。但是在利用该算法时，每当要进行调度时，都要先作响应比的计算，

相应地会增加系统开销。该算法也适用于作业调度。

在此，我们通过一个例子来分别说明采用以上4种调度算法时的调度性能。有5个进程A、B、C、D、E，它们到达的时间分别是0、1、2、3、4，所要求的服务时间分别是3、3、5、2、4。若采用RR调度算法，时间片的长度为2。表2.3给出了分别采用FCFS、RR、SPF、高响应比优先调度算法时，这5个进程的被调度情况。

表2.3 FCFS、RR、SPF、高响应比优先调度算法性能

调度算法＼进程	进程名	A	B	C	D	E	平均（s）
	到达时间（s）	0	1	2	3	4	
	服务时间（s）	3	3	5	2	4	
FCFS	完成时间（s）	3	6	11	13	17	
	周转时间（s）	3	5	9	10	13	8
	带权周转时间（s）	1	1.67	1.8	5	3.25	2.54
RR=2	完成时间（s）	11	12	17	8	16	
	周转时间（s）	11	11	15	5	12	10.8
	带权周转时间（s）	3.67	3.67	3	2.5	3	3.168
SPF	完成时间（s）	3	8	17	5	12	
	周转时间（s）	3	7	15	2	8	7
	带权周转时间（s）	1	2.33	3	1	3	2.07
高响应比优先	完成时间（s）	3	13	8	10	17	
	周转时间（s）	3	12	6	7	13	8.2
	带权周转时间（s）	1	4	1.2	3.5	3.25	2.59

5. 多级反馈队列调度算法

多级反馈队列调度算法是把就绪进程按优先级排成多个队列，并赋给每个队列不同的时间片，高优先级进程的时间片比低优先级进程的时间片小。调度时先选择高优先级队列的第一个进程，使其投入运行，当该进程时间片用完后，若高优先级队列中还有其他进程，则按照轮转法依次调度执行，否则转入低一级的就绪队列。只有高优先级就绪队列为空时，才从低一级的就绪队列中调度进程执行。具体模型如图2.15所示。这种方法既照顾了时间紧迫的进程，又在兼顾短进程的同时考虑了长进程，是一种比较理想的进程调度方法。

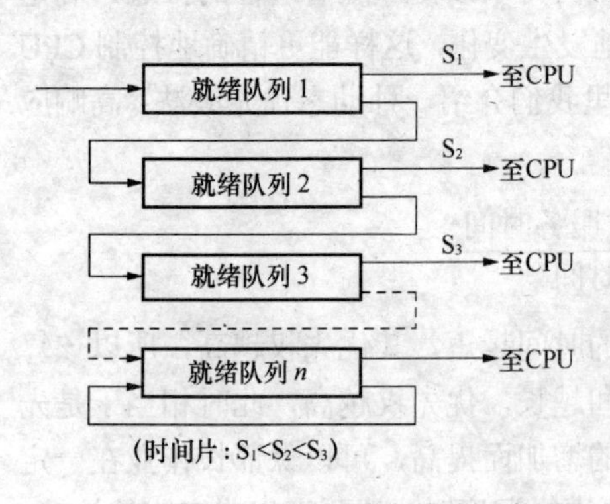

图2.15 多级反馈队列调度算法示意图

系统可以有针对性地确定每个就绪队列时间片的长短，让运行时间长的进程在不太频繁的时间间隔里获得较大的时间片，而让经常相互制约的进程有更多的机会获得CPU，但每次获得的时间片都较短。这样一来，系统优先考虑那些短的、相互制约的进程，而要求时间片长的进程虽然不经常运行，但其运行周期较长。采用上述方法，就能减少CPU分配所造成的开销。本算法只适用于进程调度。

2.6 死　锁

在多道程序系统中，虽然可以借助于多个进程的并发执行来改善系统的资源利用率，提高系统的吞吐量，但是可能会发生一种危险——死锁。在前面把信号量作为同步工具的介绍中已经提到，如果多个P和V操作顺序不当，则会产生进程无法向前推进的现象，这就是死锁。

2.6.1 死锁的概念

死锁是指多个进程在运行过程中因争夺资源而造成的一种僵局，此时若无外力作用，它们都将无法再向前推进。

产生死锁的原因大致有以下两点。

（1）竞争资源。当系统中供多个进程共享的资源如打印机、公用队列等，其数量不足以满足诸进程的需要时，会引起诸进程对资源的竞争而产生死锁。

系统中的资源可分为可剥夺性资源和不可剥夺性资源。可剥夺性资源是指某进程在获得这类资源后，该资源可再被其他进程或系统剥夺，例如CPU、内存都属于可剥夺性资源。不可剥夺性资源是当系统把这类资源分配给某进程后不能强行收回，只能在进程用完后自行释放，如磁带机、打印机等。只有竞争不可剥夺性资源才有可能发生死锁。

（2）进程间推进顺序非法。进程在运行过程中，请求和释放资源的顺序不当，也同样会导致进程产生死锁。例如，有两个进程，它们请求和释放资源的顺序分别如下：

```
   P1:
   …
   …
①  Request(R1);
②  Request(R2);
   …
   Releast(R1);
   Releast(R2);
   …
```

```
   P2:
   …
   …
③  Request(R2);
④  Request(R1);
   …
   Releast(R2);
   Releast(R1);
   …
```

若系统此次执行这两个进程的顺序为①②③，P2在③处阻塞，不会产生死锁；若执行次序为①③②④，则P1在②处阻塞，P2在④处阻塞，P1和P2都在互相等待着对方释放资源，此时就处于死锁状态。

虽然进程在运行过程中，可能发生死锁，但死锁的发生也必须具备以下4个必要条件。

（1）互斥条件，指进程对所分配到的资源进行排他性使用，即在一段时间内某资源只能由一个进程使用，如果此时还有其他进程请求该资源，请求者只能等，直到占有该资源的进程使用完毕后释放。

（2）请求和保持条件，指进程已经拥有了至少一个资源，但又提出了新的资源请求，而该资源又已被其他进程占有，此时请求进程阻塞，但又不释放自己拥有的资源。

（3）不剥夺条件，指进程已获得资源，在未使用完之前不能被剥夺，只能在使用完毕后自己释放。

（4）环路等待条件，指在发生死锁时，必然存在一个进程、资源的环形链，例如，P0等待 P1 占有的资源 R0，P1 等待 P2 占有的资源 R1，P2 等待 P0 占有的资源 R2。

死锁不仅会发生在两个进程之间，也可能发生在多个进程之间，甚至发生在全部进程之间。此外，死锁不仅会在动态使用外部设备时发生，也可能在动态使用存储区、文件、缓冲区时发生，甚至在进程通信过程中发生。随着计算机资源的增加，系统出现死锁现象的可能性也大大增加，死锁一旦发生，会使整个系统瘫痪而无法工作，因此，要想办法解决死锁问题。

2.6.2 死锁的预防

预防死锁是一种静态的解决死锁问题的方法。为了使系统安全可靠地运行，应在设计操作系统的过程中，对资源的用法进行适当限制，防止系统在运行过程中产生的死锁。由于产生死锁的 4 个必要条件必须同时存在，系统才可能产生死锁，所以只要使 4 个必要条件中至少有一个不成立，就可以达到预防死锁的目的。

（1）破坏互斥条件。互斥性是系统中某些资源的固有特性，一旦破坏互斥性，就会对资源的正确有效使用产生影响，所以破坏互斥条件往往行不通。

（2）破坏请求和保持条件。系统在进程创建后运行之前一次性地全部满足它的资源要求，称为资源的静态分配。这样，在运行过程中就不会再请求新的资源，自然不会有死锁情况出现。如果当时的系统资源不能一次满足它的要求，该进程不能进入就绪状态等待运行。这种方法可能会使某些进程因为长时间得不到所有资源而迟迟不能运行，也会造成资源的极大浪费，因为一个进程是一次性地获得其整个运行过程中所需的全部资源，其中可能有些资源很少使用，甚至在最后才被使用，这就严重影响了系统资源的利用率。

（3）破坏不剥夺条件。可以让进程逐个提出对资源的请求。当一个已经拥有某些资源的进程在提出新的资源请求而无法立即得到满足时，必须释放它已经占有的所有资源，待以后需要时再重新申请。这就意味着某一进程在运行过程中可能会暂时释放它本已拥有的资源，也可以认为是被剥夺了，从而破坏了不剥夺条件。

这种预防死锁的方法，实现起来比较复杂且要付出很大代价。因为一个资源在使用一段时间后，资源被迫释放可能会造成前段工作的失效。此外，这种策略还可能因为反复地申请和释放资源，致使进程的执行被无限地推迟，不仅延长了进程的周转时间，而且增加了系统开销，降低了系统吞吐量。

（4）破坏环路等待条件。系统为每类资源编号，规定每个进程只能按资源编号递增的顺序申请资源。如果进程申请的资源的序号小于已占用资源的序号，那么它必须先释放序号高于的已占用资源，从序号小的资源重新开始申请。采用这种方法，系统在任何情况下都不可能进入循环等待的状态。资源编号这一做法的困难在于如何给资源类确定各方面都比较满意的序号，并且整个系统在增加、删除资源时的操作都会比较烦琐。

2.6.3 死锁的避免

在死锁避免的方法中，系统的状态分为安全状态和不安全状态。不安全状态最终会导致系统进入死锁状态，所以，只要能使系统始终都处于安全状态，便可避免发生死锁。

1. 安全状态和不安全状态

在避免死锁的方法中，允许进程动态地申请资源，但系统在进行资源分配之前，应先计算此次资源分配的安全性。若此次分配不会导致系统进入不安全状态，则将资源分配给进程；否则，让该进程等待。

所谓安全状态，是指系统能按某种进程顺序{P1，P2，…，P*n*}来为每个进程 P*i* 分配其所需资源，直至满足每个进程对资源的最大需求，使每个进程都可顺利地完成。其中，称{P1，P2，…，P*n*}序列为安全序列。如果系统无法找到这样一个安全序列，则称系统处于不安全状态。

我们通过一个例子来说明安全状态。假定系统中有 3 个进程 P1、P2 和 P3，共有 12 台磁带机。进程 P1 总共要求 8 台磁带机，P2 和 P3 分别要求 4 台和 6 台。假设在 T_0 时刻，进程 P1、P2 和 P3 已分别获得 5 台、2 台和 2 台磁带机，尚有 3 台空闲未分配，如表 2.4 所示。

表 2.4　某时刻的资源分配情况

进　程	最大需求	已分配	还需要	系统可用
P1	8	5	3	3
P2	4	2	2	
P3	6	2	4	

经分析发现，在 T_0 时刻系统是安全的，因为这时存在一个安全序列{P2，P1，P3}，即只要系统按此进程序列分配资源，就能使每个进程都顺利完成。当然，还有一个安全序列{P2，P3，P1}，所以某一时刻系统的安全序列不一定是唯一的。

可是，如果不按照安全序列分配资源，则系统可能会由安全状态进入不安全状态。例如，在 T_0 时刻，P3 请求 2 台磁带机，若此时系统把剩余 3 台中的 2 台分配给 P3，则系统便进入不安全状态。因为，此时也无法再找到一个安全序列，如果把其中的 2 台分配给 P3，这样，系统只剩 1 台，此时无法满足任何一个进程的请求了，致使它们都无法推进到完成，彼此都在等待对方释放资源，即陷入僵局，结果导致死锁，所以，即使有足够的资源给 P3，但因为此举会导致系统进入不安全状态，系统就要拒绝 P3 的请求。

在动态分配资源的过程中采用某种方法防止系统进入不安全状态，称为死锁避免。避免死锁的著名算法是 Dijkstra 在 1965 年提出来的银行家算法。由于此算法类似于银行系统现金贷款的发放，故称为银行家算法。

2. 银行家算法

（1）银行家算法所需的数据结构。对进程来说，它总共需要多少、目前已分配到多少、尚缺多少资源，分别用 Max、Allocation、Need 矩阵表示。对系统来说，当前可用资源的总量用 Available 向量表示。

①Available[m]，m 表示系统内资源类别数。如果 Available[j]$=k$，说明可用于分配的 j 类资源有 k 个。

②Max[n，m]，n 表示进程个数，m 表示系统内资源类别数。如果 Max[i，j]$=k$，说明进程 Pi 最多可申请 j 类资源 k 个。

③Allocation[n，m]，n、m 同上。如果 Allocation[i，j]$=k$，说明进程 Pi 已分配 j 类资源 k 个。

④Need[n，m]，n、m 同上。如果 Need[i，j]$=k$，说明进程 Pi 尚缺 j 类资源 k 个。

Max[i，j]＝Allocation[i，j]＋Need[i，j]。随着时间的推移，资源的分配情况会不断变化，数据结构的内容也随之更改。

（2）银行家算法。该算法判断当前资源分配是否会导致系统进入不安全状态，若会则拒绝分配，若不会则分配资源。

设 $Request_i$ 是进程 Pi 的请求向量，如果 $Request_i[j]=k$，表示进程 Pi 需要 k 个 Rj 类型的

资源。当 Pi 发出资源请求后，系统按下述步骤进行检查。

①如果 $Request_i[j] \leq Need[i, j]$，便转向步骤②；否则认为出错，因为它所需要的资源数已超过它所宣布的最大值。

②如果 $Request_i[j] \leq Available[j]$，便转向步骤③；否则，表示尚无足够资源，P$i$ 须等待。

③系统试探着把资源分配给进程 Pi，并修改下面数据结构中的数值。

```
Available[j]:=Available[j]-Requesti[j];
Allocation[i,j]:=Allocation[i,j]+Requesti[j];
Need[i,j]:=Need[i,j]-Requesti[j];
```

④系统执行安全性算法，检查此次资源分配后，系统是否处于安全状态。若安全，才正式将资源分配给进程 Pi，以完成本次分配；否则，将本次的试探分配作废，恢复原来的资源分配状态，让进程 Pi 等待。

（3）安全性算法。

①设置两个向量：a）工作向量 Work，它表示系统可提供给进程继续运行所需的各类资源数目，它含有 m 个元素，在执行安全算法开始时，Work:＝Available；b）Finish，它表示系统是否有足够的资源分配给进程，使之运行完成。开始时先做 Finish[i]:＝false；当有足够资源分配给进程时，再令 Finish[i]:＝true。

②从进程集合中找到一个能满足下述条件的进程。

```
Finish[i]=false;
Need[i,j]≤Work[j];
```

若找到，执行步骤③，否则，执行步骤④。

③当进程 Pi 获得资源后，可顺利执行，直至完成，并释放出分配给它的资源，故应执行：

```
Work[j]:=Work[i]+Allocation[i,j];
Finish[i]:=true;
go to step ②;
```

④如果所有进程的 Finish[i]＝true 都满足，则表示系统处于安全状态；否则，系统处于不安全状态。

（4）银行家算法实例。假定系统中有 5 个进程｛P0，P1，P2，P3，P4｝和 4 类资源｛A，B，C，D｝，各种资源的数量分别为 10、5、7，在 T_0 时刻的资源分配情况如表 2.5 所示。

表 2.5　T_0 时刻的资源分配情况

Process	Allocation A B C D	Need A B C D	Available A B C D
P0	0 0 3 2	0 0 1 2	1 7 2 2
P1	1 0 0 0	1 7 5 0	
P2	1 3 5 4	2 3 5 6	
P3	0 0 3 2	0 6 5 2	
P4	0 0 1 4	0 6 5 6	

试问：①该状态是否安全？②若进程 P2 提出请求 $Request_2$（1，2，2，2）后，系统能否将资源分配给它？

解答：①对该状态进行安全性检查，如表 2.6 所示。

表 2.6 安全性检查表

资源情况 进程	Work				Need				Allocation				Work+Allocation				Finish
	A	B	C	D	A	B	C	D	A	B	C	D	A	B	C	D	
P0	1	7	2	2	0	0	1	2	0	0	3	2	1	7	5	4	True
P3	1	7	5	4	0	6	5	2	0	0	3	2	1	7	8	6	True
P4	1	7	8	6	0	6	5	6	0	0	1	4	1	7	9	10	True
P1	1	7	9	10	1	7	5	0	1	0	0	0	2	7	9	10	True
P2	2	7	9	10	2	3	5	6	1	3	5	4	3	10	14	14	True

利用安全性算法对上面的状态进行分析，找到了一个安全序列{P0，P3，P4，P1，P2}，故系统是安全的。

②P2 提出请求 $Request_2(1,2,2,2)$后，系统按银行家算法进行检查。

$Request_2(1,2,2,2) \leqslant Need_2(2,3,5,6)$;

$Request_2(1,2,2,2) \leqslant Available(1,7,2,2)$

系统先假定为 P2 分配资源，并修改各向量的值。

$Available=(0,5,0,0)$；$Allocation_2=(2,5,7,6)$；$Need_2=(1,1,3,4)$

进行安全性检查：此时对所有的进程，条件 $Need_i \leqslant Available(0,4,0,0)$都不成立，即 Available 不能满足任何进程的请求，故系统进入不安全状态。因此，当 P2 提出请求 $Request_2$ (1,2,2,2)，系统不能将资源分配给它。

2.6.4 死锁的检测

预防死锁的方法比较保守，避免死锁的方法代价较大。如果允许系统中出现死锁，但操作系统能不断地监督进程的执行过程，判定和发现死锁。一旦发现有死锁发生，采取专门的措施加以克服，并以最小的代价使系统恢复正常，这就是检测死锁的方法。

1. 资源分配图

系统死锁可利用资源分配图来描述。该图是由一组结点 N 和一组边 E 组成的，记为 G=(N，E)，其中 N 分为两个互斥的子集，即一组进程结点 P={P1，P2，…，P*n*}和一组资源结点 R={r1，r2，…，r*n*}，N=P∪R。凡属于 E 中的一个边 e∈E，都连接着 P 中的一个结点和 R 中的一个结点，e=(P*i*，r*j*)是资源请求边，由进程 P*i* 指向资源 r*j*，它表示进程 P*i* 请求一个单位的 r*j* 资源。e=(r*j*，P*i*)是资源分配边，由资源 r*j* 指向进程 P*i*，它表示把一个单位的资源 r*j* 分配给进程 P*i*。

在资源分配图中，用圆圈代表一个进程，用方框代表一类资源。由于一种类型的资源可能有多个，就用方框下的一个点代表一类资源中的一个资源。此时，请求边是由进程指向方框中的 r*j*，而分配边则应始于方框中的一个点。图 2.16 给出了一个资源分配图。图中，P1 进程已经分得了两个 r1 资源，并又在请求一个 r2 资源；P2 进程分得了一个 r1 和一个 r2 资源，请求 r1 资源。

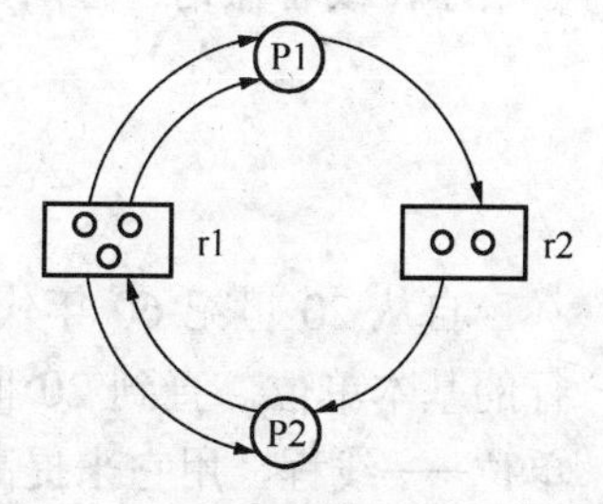

图 2.16 资源分配图

2. 死锁定理

我们可以利用把资源分配图加以简化的方法来检测当系统处于 S 状态时是否为死锁状态，如图 2.17 所示。简化方法如下。

（1）在资源分配图中，找出一个既不阻塞又非独立的进程结点 P*i*。在顺利的情况下，P*i* 可获得所需资源而继续运行，直至运行完毕，再释放其所占有的全部资源，这相当于消去 P*i*

所求的请求边和分配边，使之成为孤立的结点。在图 2.17（a）中，将 P1 的两个分配边和一个请求边消去，便形成图 2.17（b）所示的情况。

（2）P1 释放资源后，便可使 P2 获得资源而继续运行，直至 P2 完成后又释放出它所占有的全部资源，形成图 2.17（c）所示的情况。

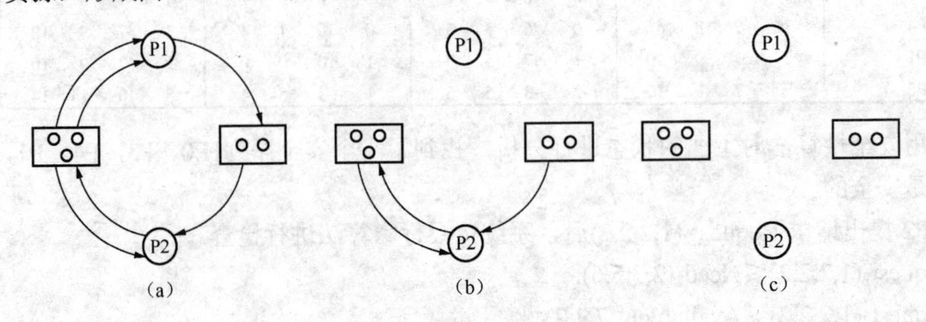

图 2.17 资源分配图的简化

（3）在进行一系列的简化后，若能消去图中所有的边，使所有的进程结点都成为孤立结点，则称该图是可完全简化的；若不能通过任何过程使该图完全简化，则称该图是不可完全简化的。

对于较复杂的资源分配图，可能有多个既未阻塞又非孤立的进程结点，不同的简化顺序都将得到相同的不可简化图。可以证明，S 为死锁状态的充分条件是：当且仅当 S 状态的资源分配图是不可完全简化的。该充分条件被称为死锁定理。

2.6.5 死锁的解除

当发现有进程死锁时，便应立即把它们从死锁状态中解脱出来。常采用的方法有以下两种。

（1）剥夺资源法。从其他进程剥夺足够数量的资源给死锁进程，以解除死锁状态。

（2）撤销进程法。最简单的撤销进程的方法是使全部死锁进程都夭折掉；稍微合理一点的方法是按照某种顺序逐个地撤销进程，直至有足够的资源可用，使死锁状态消除为止。

在出现死锁时，可采用各种策略来撤销进程。例如，为解除死锁状态所需撤销的进程数目最小，或者撤销进程所付出的代价最小等。

2.7 线　　程

自从 20 世纪 60 年代提出进程概念以来，在操作系统中一直都是以进程作为能独立运行的基本单位。直到 20 世纪 80 年代中期，人们又提出了比进程更小的能独立运行的基本单位——线程，用它来提高系统内程序并发执行的速度，减少系统开销，从而进一步提高系统的吞吐量。如今，线程概念已得到了广泛应用，不仅在新推出的操作系统中，而且在新推出的数据库管理系统和其他应用软件中，也都纷纷引入了线程概念来改善系统的性能。

2.7.1 线程的引入

如果说在操作系统中引入进程的目的是为了使多个程序并发执行、改善资源利用率及提高系统的吞吐量，那么，在操作系统中引入线程则是为了减少进程并发执行时所付出的时空开销，使操作系统具有更好的并发性。

我们知道，进程是一个拥有资源的独立单位，同时又是一个独立调度和分配的基本单位，因而在进程的创建、撤销和状态切换过程中，系统必须为之付出较大的时空开销。也正因为如此，在系统中所设置的进程数目不宜过多，进程切换的频率也不宜太高，但这也就限制了并发程度的进一步提高。

如何能使多个程序更好地并发执行同时又尽量减少系统的开销，已成为近年来设计操作系统时所追求的重要目标，于是，操作系统的研究学者们想到，可否将进程的上述属性分开，由操作系统分别进行处理，即针对不同的活动实体进行 CPU 调度和资源分配，以使程序轻装运行，而对拥有资源的基本单位，又不频繁地对之进行切换。正是在这种思想的指导下，引入了线程概念。

在引入线程的操作系统中，线程是进程中的一个实体，是被系统独立调度和分配的基本单位。线程自己基本上不拥有系统资源，只拥有一些在运行中必不可少的资源（如程序计数器、一组寄存器和栈），但它可与同属一个进程的其他线程共享进程所拥有的全部资源。一个线程可以创建和撤销另一个线程，同一进程中的多个线程之间可以并发执行。由于线程之间的相互制约，致使线程在运行中也呈现出间断性。相应地，线程同样也有就绪、阻塞和执行3种基本状态，有的系统中线程还有终止状态。

2.7.2 进程与线程的关系

线程具有许多传统进程所具有的特征，故又称为轻型进程（Light-Weight Process）或进程元，而把传统的进程称为重型进程（Heavy-Weight Process），它相当于只有一个线程的任务。在引入了线程的操作系统中，通常一个进程都有若干个线程，至少需要有一个线程。下面从调度、并发性、拥有资源、系统开销等方面来比较线程与进程。

（1）调度。在引入线程的操作系统中，线程是调度的基本单位，而进程是拥有资源的基本单位。在同一进程中，线程的切换不会引起进程的切换。

（2）并发性。在引入线程的操作系统中，不同进程之间、同一个进程中的多个线程之间都可以并发执行。

（3）拥有资源。不论是传统的操作系统还是引入线程的操作系统，进程都是拥有资源的一个独立单位，线程除了一些必不可少的资源外，基本不拥有系统资源，但它可以访问其隶属进程的资源。

（4）系统开销。在进行进程切换时，涉及当前进程整个 CPU 环境的保存以及新被调度运行的进程的 CPU 环境的设置；而线程切换只需保存和设置少量寄存器的内容，所以进程切换的开销远大于线程切换的开销。此外，同一进程中的多个线程由于具有相同的地址空间，所以它们之间同步和通信的实现也比较容易。

2.7.3 线程调度与通信

线程调度与进程调度类似，原则上讲，高优先级的线程比低优先级的线程有更多的运行机会，当低优先级的线程在运行时，被唤醒的或结束 I/O 等待的高优先级线程立即抢占 CPU 开始运行，如果线程具有相同的优先级，则通过轮转来抢占 CPU。

前面所介绍的用于实现进程同步的最常用工具——信号量机制，也可用于多线程中实现诸线程或进程之间的同步。为了提高效率，可为线程和进程分别设置相应信号量。

（1）私用信号量。当某线程需要利用信号量来实现同一进程中各线程之间的同步时，可调用创建信号量的命令来创建一个私用信号量（Private Semaphore），其数据结构存放在应用程序的地址空间中。私用信号量属于特定的进程所有，操作系统并不知道私用信号量的存在，因此，一旦发生私用信号量的占用者异常结束或正常结束，但并未释放该信号量所占有空间的情况时，系统将无法使它恢复为0（空），也不能将它传送给下一个请求它的线程。

（2）公用信号量。公用信号量（Public Semaphore）是为实现不同进程间或不同进程中各线程之间的同步而设置的。由于它有着一个公开的名字供所有的进程使用，故而把它称为公用信号量。其数据结构是存放在受保护的系统存储区中，由操作系统为它分配空间并进行管理，故也称为系统信号量。如果信号量的占有者在结束时未释放该公用信号量，则操作系统自动将该信号量空间回收，并通知下一进程。可见，公用信号量是一种比较安全的同步机制。

2.8 小 结

本章引出了并发与并行的概念。并发是指在同一时间间隔内系统中有两个或多个事件同时发生，而并行是指在某一时刻两个或多个事件同时进行。在多道程序设计系统中，为了刻画程序并发执行时的动态特性以及保证程序并发执行拥有可再现性，引入了进程的概念。进程是操作系统中最核心的概念，是系统进行资源分配与调度的基本单位。

并发执行的进程存在着直接制约和间接制约的关系。本章介绍了利用信号量方式解决资源竞争与并发协作的问题，并且给出了一些使用这些工具解决同步问题的经典实例。

信号量与P、V操作只能传递信号，常被称为低级通信机制。当进程之间需要交换大批数据时，可以采用共享存储、消息传递与管道通信完成。

进程调度有抢占式和非抢占式两种，常用的调度算法有先来先服务、时间片轮转、短进程优先、高响应比优先和多级反馈队列调度算法。每一种调度算法，都适应于一种特定的情况：先来先服务调度算法简单易行，但对短进程和时间紧急的进程不利；短进程优先调度算法可以提高系统吞吐量，但对长进程不利；时间片轮转调度算法适合于交互式系统；优先级调度算法适合于系统中经常有紧急进程的情况。

无论是相互通信的进程或是共享资源的进程，都可能因为推进顺序不当或资源分配不妥而造成系统死锁。死锁是系统中一组并发进程因等待其他进程占有的资源而永远不能向前推进的僵化状态，对操作系统不利。这里讨论了系统产生死锁的4个必要条件——互斥条件、请求和保持条件、不剥夺条件和环路等待条件。随后介绍了解决死锁问题的策略和方法、死锁的预防、死锁的避免、死锁的检测和解除。银行家算法是著名的死锁避免算法。

20世纪80年代中期，人们提出了比进程更小的能独立运行的基本单位——线程，用它来提高程序的并行程度，减少系统开销，从而可进一步提高系统的吞吐量。本章对进程和线程进行了比较，并简单说明了线程的调度和通信。

习 题 2

一、填空题

1．操作系统通过_______来感知进程的存在。

2．进程调度程序具体负责_______的分配。

3. 从静态的角度看，进程是由PCB、程序段和______组成的。

4. 总的来说进程调度有两种方式，即______方式和______方式。

5. ______把进程的调度单位与资源分配单位两个特性分开，从而使得一个进程的多个______也可以并发。

6. 产生死锁的4个必要条件是______、______、______和循环等待条件。

7. 在银行家算法中，当一个进程提出资源请求将会导致系统从______状态进入______状态时，就暂时拒绝这一请求。

8. 每个进程中访问______的程序段称为临界区，两个进程同时进入相关的临界区会造成错误。

二、选择题

1. 进程调度是从（ ）选择一个进程投入运行。

A. 就绪队列　　B. 等待队列

C. 作业后备队列　　D. 提交队列

2. 一个进程被唤醒，意味着（ ）。

A. 改进程重新占有了CPU　　B. 进程状态变为就绪

C. 它的优先权变为最大　　D. 其PCB移至就绪队列的队首

3. 一进程在某一时刻具有（ ）。

A. 1种状态　　B. 2种状态

C. 3种状态　　D. 4种状态

4. 在分时操作系统中，进程调度经常采用（ ）算法。

A. 先来先服务　　B. 最高优先权

C. 时间片轮转　　D. 随机

5. 既考虑作业等待时间，又考虑作业执行时间的作业调度算法是（ ）。

A. 响应比高者优先　　B. 短进程优先

C. 优先级调度　　D. 先来先服务

6. 进程调度是从（ ）选择一个进程投入运行。

A. 就绪队列　　B. 等待队列

C. 作业后备队列　　D. 提交队列

7. 一个进程被唤醒，意味着（ ）。

A. 该进程重新占有了CPU　　B. 进程状态变为就绪

C. 它的优先权变为最大　　D. 其PCB移至就绪队列的队首

8. 产生死锁的基本原因是（ ）。

A. 资源分配不当和进程推进顺序非法

B. 系统资源不足和进程调度不当

C. 资源分配不当和系统中进程太多

D. 资源的独占性和CPU运行太快

9. 在3种基本类型的操作系统中，都设置了（ ）。

A. 作业调度　　B. 进程调度

C. 中级调度　　D. 高级调度

10．下面对临界区的论述中，正确的一条论述是（　　）。

A．临界区是指进程中用于实现进程互斥的那段代码

B．临界区是指进程中用于实现进程同步的那段代码

C．临界区是指进程中用于访问共享资源的那段代码

D．临界区是指进程中访问临界资源的那段代码

11．资源的按序分配策略可以破坏（　　）条件。

A．互斥使用资源　B．占有且等待资源　C．非抢夺资源　D．循环等待资源

12．银行家算法是一种（　　）算法。

A．死锁解除　B．死锁避免　C．死锁预防　D．死锁检测

三、问答题

1．在操作系统中为什么要引入进程的概念？它会产生什么样的影响？

2．试从动态性、并发性和独立性上比较进程和程序。

3．试说明PCB的作用。为什么说PCB是进程存在的唯一标志？

4．试说明进程在3个基本状态之间转换的典型原因。

5．有相同类型的5个资源被4个进程所共享，且每个进程最多需要2个这样的资源就可以运行完毕。试问该系统是否会由于对这种资源的竞争而产生死锁。

6．试从物理概念上说明记录型信号量P和V。

7．在生产者—消费者问题中，如果缺少了V(full)或V(empty)，对执行结果有何影响？

8．有N个并发进程，设S是用于互斥的信号灯，其初值S=3，当S=−2时，意味着什么？当S=−2时，执行一个P(S)操作，后果如何？当S=−2时，执行一个V(S)操作，后果如何？当S=0时，意味着什么？

四、综合题

1．桌上有一空盘，允许存放一只水果。爸爸可向盘中放苹果或橘子，儿子专等吃橘子，女儿专等吃苹果。规定当盘空时一次只能放一只水果供吃者取用，请用P、V操作实现爸爸、儿子、女儿3个并发进程的同步。

2．某车站售票厅，任一时刻最多容纳20名购票者，当厅中少于20名时厅外人可立即进入，否则等待。若把一个购票者看作一个进程，试写出该进程。

3．公交车上司机和售票员各自的工作如下图所示，试用P、V操作实现司机和售票员进程之间的关系。

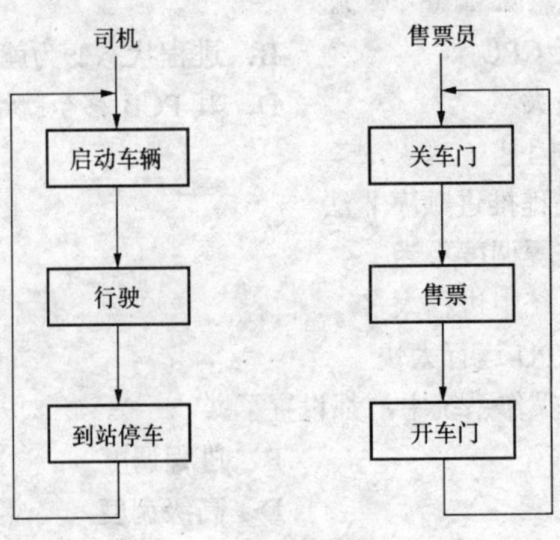

4．在银行家算法中，若出现下述资源分配情况。

Process	Allocation A B C D	Need A B C D	Available A B C D
P0	0 0 3 2	0 0 1 2	1 7 2 2
P1	1 0 0 0	1 7 5 0	
P2	1 3 5 4	2 3 5 6	
P3	0 0 3 2	0 6 5 2	
P4	0 0 1 4	0 6 5 6	

试问：（1）该状态是否安全？

（2）若进程 P2 提出请求 $Request_2(1，2，2，2)$后，系统能否将资源分配给它？

第3章 存储器管理

存储器是计算机系统的重要组成部分，是用来存放CPU要访问的程序和数据的部件。近年来，存储器的容量虽然在不断扩大，但仍不能满足现代软件发展的需要，因此，存储器仍然是比较宝贵的资源。如何对存储器进行有效管理，不仅直接影响到存储器的速度和利用率，同时还对系统性能有很大的影响。

操作系统功能中的存储管理，主要是指对内存储器的管理。对外存的管理虽然与对内存的管理类似，但是外存主要用来存放文件，所以我们把对外存的管理放在文件管理这一章介绍。

本章重点讲述以下5个方面的内容：

（1）地址重定位的引入、概念及方法。

（2）对内存进行连续分配存储管理的方法，包括单一连续分配方式和分区分配方式。

（3）为了有效利用内存而采用的紧凑和交换技术。

（4）对内存进行离散分配存储管理的方法，包括分页存储管理方式、分段存储管理方式和段页式存储管理方式。

（5）虚拟存储器的概念及请求分页存储管理、请求分段存储管理的实现。

3.1 概 述

现代计算机系统一般采用多级存储器体系，包括高速缓冲存储器、内存储器和辅助存储器。高速缓存的存取速度与中央处理器速度相当，非常快，但成本较高，容量较小（一般为几KB到几百KB），主要用来存放使用频率较高的少量信息。程序需要装入内存方能运行，因此内存储器一般用来存放用户正在执行的程序及使用到的数据，中央处理器可随机存取其中的数据，其存取速度要比高速缓存慢一点，容量较高速缓存大得多（现在一般为几GB）。辅助存储器不能被中央处理器直接访问，一般用来存放暂时不用的大量数据信息。辅助存储器存取速度较低，成本也较低，但容量较大（现在一般为几十GB到几百GB）。3种存储器由高速缓存到辅助存储器，容量是递增的，存取速度是递减的。计算机系统的多级存储器体系如图3.1所示。

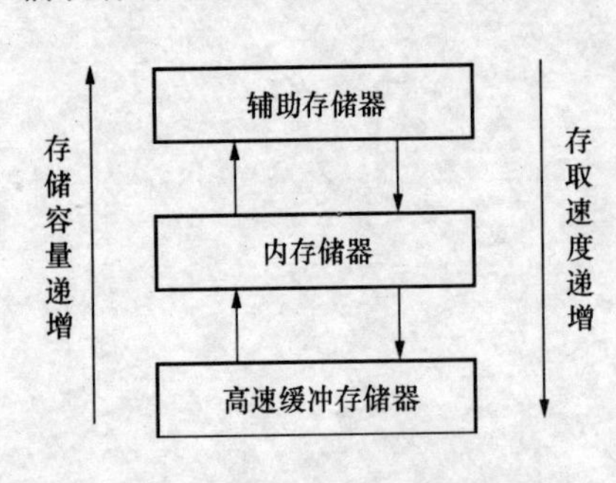

图3.1 多级存储器体系示意图

虽然现在内存容量越来越大，但它仍然是一个关键性的紧缺资源。尤其是在多道程序环境之中，多个作业需共享内存资源，内存紧张的问题依然突出，所以，存储管理是操作系统功能的重要组成部分，能否合理有效地利用内存在很大程度上直接影响着整个计算机的性能。存储管理负责计算机系统内存空间的管理，其目的是充分利用内存空间，为多道程序并发执行提供存储基础，并尽可能地方便用户使用。

3.1.1 存储管理的功能

内存空间按照所存的内容不同，可被划分为两部分：一部分是系统区，是开机运行操作系统时由操作系统自动调入内存的，用来存放操作系统本身的一部分程序和数据，另一部分是用户区，根据用户操作的不同，存放用户的程序和数据等。存储管理的功能是对内存用户区的存储管理，主要应实现如下功能。

（1）存储分配的功能。按作业要求进行内存分配，当作业完成后适时回收内存。

（2）地址变换的功能。实现程序中的逻辑地址到物理地址的转换。

（3）“扩充”主存容量的功能。实现内存的逻辑扩充，提供给用户更大的存储空间，允许用户运行比内存容量还要大的程序。

（4）存储保护的功能。对操作系统和用户信息提供存储保护。

3.1.2 存储分配方式

内存分配按分配特点的不同，可分为两种方式。

（1）静态存储分配，指内存分配是在各目标模块链接后，在作业运行之前，把整个作业一次性地全部装入内存，并在作业的整个运行过程中，不允许作业再申请其他内存，或在内存中移动位置。也就是说，内存分配是在作业运行前一次性完成的。

（2）动态存储分配，作业要求的基本内存空间是在作业装入内存时分配的，但在作业运行过程中，允许作业申请附加的内存空间，或是在内存中移动位置，即内存分配的工作可以在作业运行前及运行过程中逐步完成。

显然，动态存储分配具有较大的灵活性。它不要求一个作业把全部信息装入内存才开始运行，最初只需要把保证作业能运行的最少量信息装入内存即可，作业中暂不使用的信息可放在辅存中，不必装入内存，等真正需要这部分信息时再由辅存调入内存，从而大大提高了内存的利用率。

内存分配按作业在内存中占有的存储空间是否连续，可分为两种方式。

（1）连续存储分配，指作业被调入内存时必须占有连续的存储空间，即使在作业的整个运行过程中又申请了内存空间，也必须保证再次申请的内存空间与原来该作业所占有的内存空间是连续的。可见这种存储分配方式不利于作业运行期间申请附加的内存空间，带有一定的局限性。

（2）离散存储分配，指作业可以按照某个特定的单位被分成若干个部分，每个部分在内存中必须是连续的，但各部分之间可以是不连续的，即离散的。这种存储分配方式与连续存储分配方式相比具有较大的灵活性。

3.1.3 存储空间的管理

存储空间的管理主要是指如何对内存空间进行分配与回收。在多道程序设计的环境中，当有作业进入计算机系统时，存储管理模块应能根据当时的内存分配状况，按作业要求分配给它适当的内存。作业完成时，应回收其占用的内存空间，以便供其他作业使用。

设计者应考虑这样的问题：首先，作业调入内存时，若有多个空闲区，应将其放置在什么位置；其次，作业调入内存时，若内存中现在没有足够的空闲区，为了使该作业能够投入运行，应考虑把那些暂时不用的信息从内存中移走，即所谓的对换问题；最后，当作业完成后，还要考虑如何将作业占用的内存进行回收，以便再分配给其他作业。

为此，应该对内存中所有空闲区和已分配的区域进行合理地组织，通常可使用分区说明表、空闲区链表等组织形式。这样，当作业进入内存时，可适当地按存储分配方式分配内存，而作业退出时，又要及时回收释放的内存。

3.1.4 地址重定位

为了实现静态或动态存储分配策略，必须考虑地址的重定位问题，为此，首先要明确几个重要概念。

1. 程序的装入

程序要运行，必须先创建一个进程，创建进程的首要任务是将其所对应的程序和数据装入内存。一般地，将一个用户的源程序变为可在内存中执行的程序需要经过编译、链接、装入 3 个步骤。

（1）编译。由编译程序将用户的源文件编译成若干个目标模块。

（2）链接。由链接程序将编译后形成的一组目标模块，以及它们所需要的库函数链接在一起，形成完整的装入模块。

（3）装入。由装入程序将需要装入的模块装入内存中。

程序从开始要执行到执行完毕要经过的过程如图 3.2 所示。

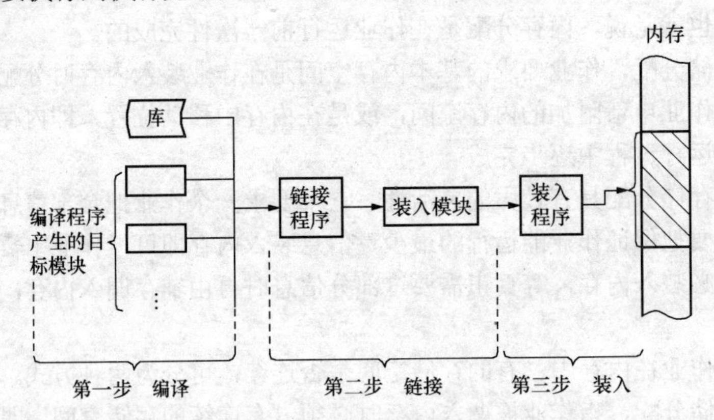

图 3.2 对用户程序的处理步骤

2. 存储空间

（1）逻辑地址（相对地址）。由于用户在编程时无法预知程序在内存中的位置，所以无法直接使用内存地址，于是用户以 0 为起始地址来安排程序指令和数据。每条程序指令要访问的数据都有一个对应的地址，这个地址称为逻辑地址。由于它是相对于 0 的地址，又称相对地址、虚地址。

（2）逻辑地址空间（相对地址空间）。每一个完整的用户作业都存在着一定的连续的逻辑地址，这些地址形成一个范围，用户程序、数据、工作区都包含在该范围之内，这就是逻辑地址空间，也就是说逻辑地址空间就是逻辑地址的集合。用户可以直接对逻辑地址和逻辑地址空间进行访问和操作。逻辑地址空间又称为相对地址空间、用户空间或作业空间。其大小位于 0 与逻辑地址最大值之间。

（3）物理地址（绝对地址）。程序（模块）在内存中的实际地址称为物理地址，又称绝对地址、实地址。物理地址从 0 开始，最大值取决于内存的大小和内存地址寄存器的最大值，二者中较小的那个值为其最大值。

（4）物理地址空间（绝对地址空间）。当作业进入主存时，其占有的内存空间就是物理地址空间，也就是说，当逻辑地址空间被映射到内存时所对应的物理地址的集合就是物理地址空间，也称绝对地址空间。只有当逻辑地址空间存在时，才会有物理地址空间，其最大值能达到内存的大小。当然，还要考虑地址空间寄存器的大小。

3. 地址重定位

一个作业在装入时分配到的存储空间和它的地址空间是不一致的。在作业执行期间，由于程序和数据已装入内存，所以访问时要使用程序和数据现在所对应的物理地址，此时若仍然采用逻辑地址访问就会导致访问错误。我们把作业地址空间中使用的逻辑地址变换成主存中物理地址的过程称为地址映射。

重定位方法：绝对地址＝基址＋相对地址

基址是程序或数据在内存中的起始地址，也叫始址。其通常存于基址寄存器中。

根据地址变换进行的时间及采用技术手段的不同，可以把重定位分为静态重定位和动态重定位两种。

（1）静态重定位。

①定义：在程序装入时根据目标程序装入内存的位置来对目标程序中的地址进行变换，使之能正确运行。在完成装入后，程序执行期间不再进行地址修改，因此也不允许程序在内存中移动。静态重定位的地址变换如图 3.3 所示。

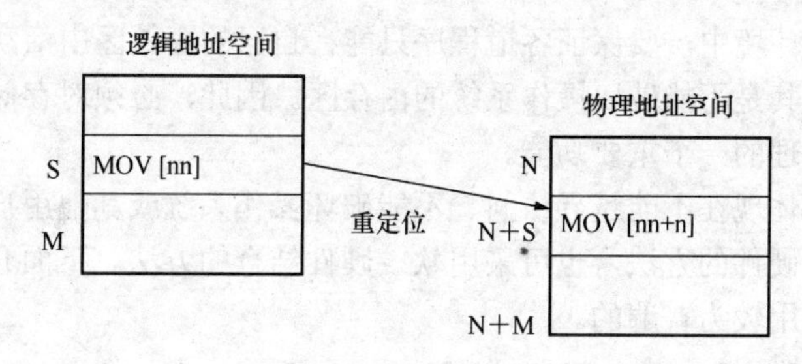

图 3.3 静态重定位

②主要优点：可以用软件实现，实现容易，只要为每个程序分配一个连续的存储区即可。

③主要缺点：

- 由于要给每个作业分配连续的存储空间，且在作业的整个执行期间不能再移动，因而也就不能实现重新分配内存。
- 不利于内存空间的充分利用。
- 用户必须事先确定所需的内存空间大小，不利于申请附加的内存空间。

（2）动态重定位。

①定义：动态重定位是在程序的运行过程中，当指令需要执行时对将要访问的地址进行修改。动态重定位的地址转换如图 3.4 所示。

②主要优点：

- 用户作业不要求分配连续的存储空间。
- 用户作业在执行过程中，可以动态申请存储空间和在内存中移动。
- 有利于程序段的共享。

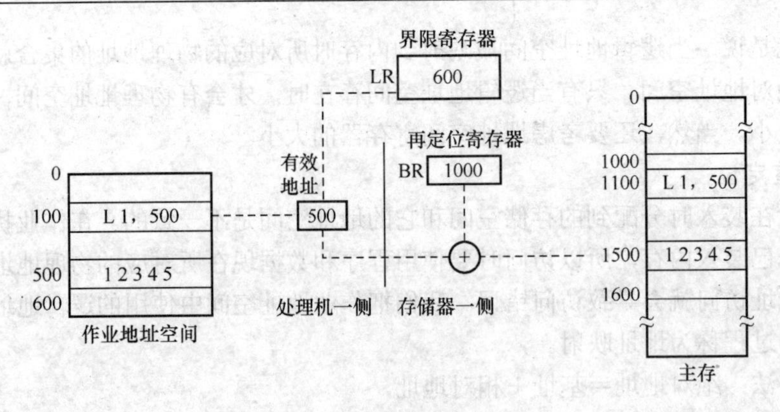

图 3.4 动态重定位

③主要缺点：

- 需要附加的硬件支持。
- 实现存储管理的算法比较复杂。

与静态重定位相比较，动态重定位的优点非常明显，且现在的计算机在不同程度上都提供有动态重定位所需的硬件支持，因此动态重定位方法得到了普遍应用。

3.1.5 存储保护

在多道程序设计环境中，要保证各道程序只能在自己的存储区中活动，不能对别的程序产生干扰和破坏，尤其是不能破坏操作系统的内存区。因此，必须对存储信息采取各种保护措施，这也是存储管理的一个重要功能。

存储信息的保护体现在不能越界访问、不能破坏操作系统或其他用户的程序上。实现这种存储保护可以采用硬件的方法，也可采用软、硬件结合的方法。下面介绍的采用硬件的界限寄存器保护法是使用较为普遍的。

1. 上、下界存储保护

上、下界存储保护是一种简单的存储保护技术。系统可为每道作业设置一对上、下界寄存器，分别用来存放当前运行作业在内存空间的上、下边界地址，用它们来限制用户程序的活动范围。例如图 3.5（a）所示，内存大小为 512KB，某作业在内存的起始位置是 20K，结束位置是 25K，上、下界寄存器的值分别为 25K 和 20K。在作业运行过程中，每当要访问内存某单元时，就检查经过重定位后产生的内存地址是否在上、下界寄存器所规定的范围之内，若在，则访问是合法的，可以进行，否则，产生越界中断，通知系统进行越界中断处理。

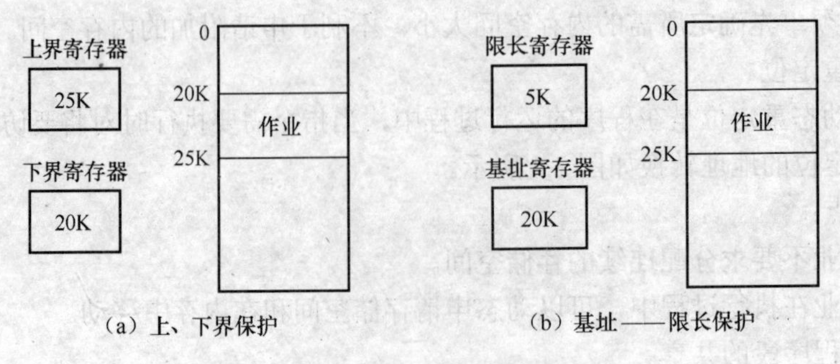

图 3.5 界限寄存器的两种存储保护方式

2. 基址——限长存储保护

上、下界保护的一个变形是采用基址——限长存储保护。系统可为每个作业设一个基址寄存器和一个限长寄存器，基址寄存器存放该作业在内存的首址，限长寄存器存放该作业的长度。如图 3.5（b）所示，基址寄存器的值为 20K，限长寄存器的值为 5K。在作业运行时，每当要访问内存单元时，就检查指令中的逻辑地址是否超过限长寄存器的值，若不超过，则访问是合法，可以进行；否则，视为非法访问。基址——限长存储保护通常可结合动态地址重定位实现，基址寄存器相当于重定位寄存器。

对于存储保护除了防止越界外，还可对某一区域指定专门的保护方式。常见的对某一区域的保护方式有 4 种：禁止做任何操作、只能执行、只能读、能读/写。例如，对许多用户可共享的程序，一般设定为只能执行；对许多用户可共享的数据，则设定为只能读；一般的用户数据则是可读/写的。

3.1.6 虚拟存储器

随着计算机技术应用的日益广泛，需要计算机解决的问题越来越复杂。有许多作业的大小超出了内存的实际容量。尽管在现代技术的支持下人们对内存的实际容量进行了不断的扩充，但由于受到内存硬件自身特点的限制和软件容量的飞速增加，大作业、小内存的矛盾依然非常突出。再加上多道程序环境中多道程序对内存的共享，使内存更加紧张。因此，要求操作系统能对内存进行逻辑意义上的扩充，这也是存储管理的一个重要功能。

对内存进行逻辑上的扩充，现在普遍采用虚拟存储管理技术。虚拟存储不是新概念，早在 1961 年，就由英国曼彻斯特大学提出并在 Atlas 计算机系统上实现了，但直到 20 世纪 70 年代以后，这一技术才被广泛采用。

虚拟存储技术的基本思想是把有限的内存空间与大容量的外存统一管理起来，构成一个远大于实际内存的虚拟存储器。此时，外存作为内存的逻辑延伸，用户并不会感觉到内存与外存的区别，即把两级存储器当作一级存储器来看待。一个作业运行时，其全部信息装入虚存，实际上可能只有当前运行所必须的一部分信息存入内存，其他则存于外存。当所访问的信息不在内存时，系统自动将其从外存调入内存。当然，内存中暂时不用的信息也可调至外存，以腾出内存空间供其他作业使用。这些操作都由存储管理系统自动实现，不需要用户干预。此时，不管作业容量是不是大于内存容量，只要作业能够存储在外存上，就可以运行。对用户而言，只感觉到系统提供了一个大容量的内存，但这样大容量的内存实际上并不存在，是一种虚拟的存储器，因此，把具有这种功能的存储管理技术称为虚拟存储管理。实现虚拟存储管理的方法有请求页式存储管理和请求段式存储管理。

为了实现存储管理的上述功能，尽量发挥存储器的功能，人们研究并总结出来了各种存储管理方式，下面依次予以介绍。

3.2 连续分配存储管理

连续分配方式是指为一个用户程序分配一个连续的内存空间。这种分配方式曾被广泛应用于 20 世纪 60～70 年代的操作系统中，它至今仍在内存分配方式中占有一席之地。还可把连续分配方式进一步分为单一连续分配、固定分区连续分配、动态分区分配等。

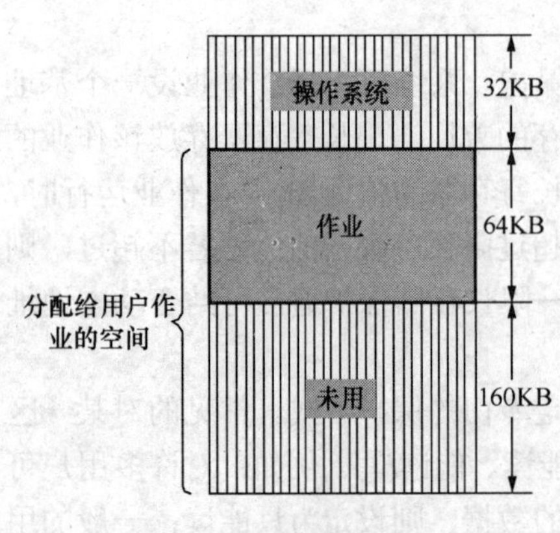

图 3.6　单一连续分配方式

3.2.1　单一连续分配方式

这是最简单的一种存储管理方式，采用这种存储管理方式时，可把内存分为系统区和用户区两部分，系统区仅提供给操作系统使用，通常是放在内存的低址部分；用户区是指除系统区以外的全部内存空间，提供给用户使用，但每次只能调入一道作业。若还有作业申请运行，必须等待内存中现有作业退出后，方可进入内存，所以这种分配方式只适用于单用户、单任务的操作系统。该分配方式的具体图示如图 3.6 所示。

单一连续分配方式管理简单，由于作业一旦调入后，在内存的地址就固定了，所以地址变换采用静态重定位。该分配方式采用界地址寄存器方式进行存储保护，使用起来很安全。该分配方式的缺点是比用户区大的作业无法装入内存运行，并且不支持多用户，因此会产生资源浪费。在图 3.6 中，当一个 64KB 的作业被装入后，用户区还剩余 160KB 空间无法得到利用，导致了存储空间的浪费。

3.2.2　分区分配方式

分区分配方式是随着多道程序设计的出现而产生的，即在内存中可以装入多道作业。根据分区管理方式的不同，可以分为固定分区分配和可变分区分配两种分配方式。

1. 固定分区分配方式

固定分区分配方式是将内存的用户区空间划分为若干个固定大小的区域，在每个分区中只装入一道作业，这样便允许有几道作业并发运行。当有一空闲分区时，便可以再从外存的后备作业队列中选择一个适当大小的作业装入该分区。

划分分区的方法有以下两种。

①分区大小相等，即用户区中所有的内存分区大小相等。这种分区划分方法在实际应用过程中不太灵活，当程序太小时，每个分区都会有很大的剩余空间，会造成内存空间的浪费；当程序太大时，每个分区都装不下，又会导致该程序无法运行，所以这种划分方式比较适合于利用一台计算机去控制多个相同对象的场合，因为这些对象所需的内存空间的大小是一致的。

②分区大小不等，即把内存用户区划分成多个大小不等的分区。一般是多个较小的分区、适量的中等分区和少量的大分区，这时便可根据程序的大小来分配适当地分区。具体管理方式如图 3.7 所示。

固定分区分配方式支持了多道程序设计技术，提高了 CPU 的利用率，但是能处理的作业大小受到了最大分区大小的限制，并且如果一道作业无法占满一个分区时，分区的剩余空间无法再被其他作业利用，形成了内部碎片，导致了空间的浪费。为了避免内部碎片的产生，更好地利用内存空间，引入了可变分区分配方式。

2. 可变分区（动态分区）分配方式

可变分区分配方式是根据作业的实际需要，动态地为之分配内存空间，在实现时将涉及一些数据结构、分区分配及算法和分区回收等一些问题。

（1）分区分配中管理空闲分区的数据结构。空闲分区的管理可以采用两种管理方式。

内存分区表

区号	大小	起址	状态
0	20K	40K	未分配
1	40K	60K	已分配
2	80K	100K	已分配
3	160K	180K	未分配
4	320K	340K	已分配
⋮	⋮	⋮	⋮

作业表

作业号	大小	区号
0	55K	2
1	10K	0
2	150K	4
⋮	⋮	⋮

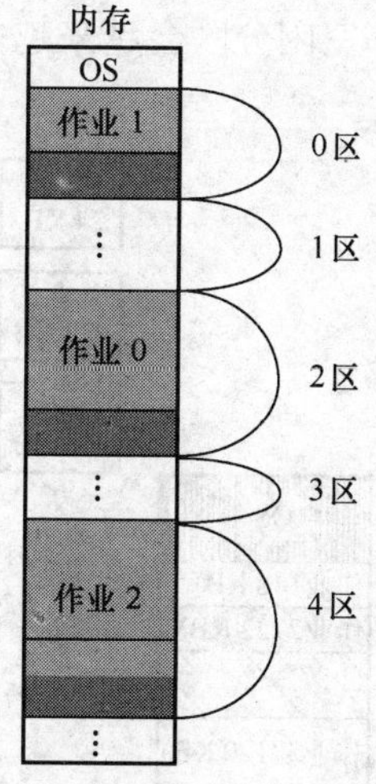

图 3.7 分区大小不等的固定分区分配方式

①空闲分区表。在系统中设置一张空闲分区表，用于记录每个当前空闲的分区情况。每个空闲分区占一个表目，记录的信息包括分区序号、分区起始地址以及分区大小等。

②空闲分区链。为了更方便地实现对空闲分区的分配和回收，可以采用链表的形式，即在每个空闲分区的起始部分设置一些用于控制分区分配的信息（例如分区大小和分配标志）以及用于链接各分区所用的前趋指针，同时在分区尾部设置一个后继指针，通过这两个指针将所有的空闲分区链接成一个双向链表，如图 3.8 所示。

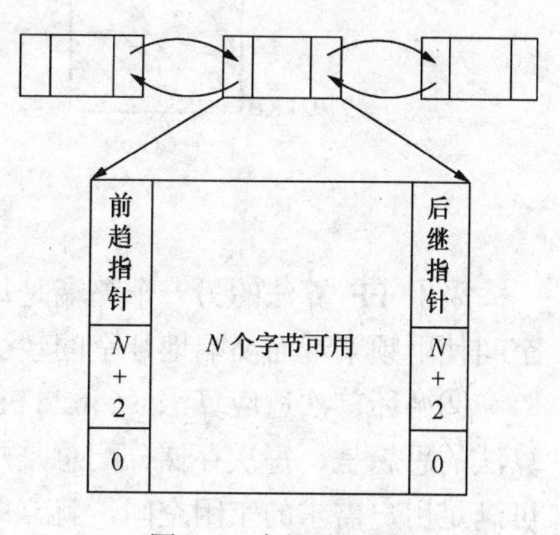

图 3.8 空闲分区链

（2）分区分配算法。当调度一个作业进入内存时，很可能同时有若干个可用分区都能够满足该作业的需求。这时就存在一个把哪个分区分配出去的问题。当然希望选择一个既能满足作业容量需求，又使浪费降至最低的分区进行分配，可采用的算法有如下几种。

①首次适应算法（First Fit，FF）。首次适应算法也称为最早适应算法。

系统将内存分区按地址递增顺序登记到相关管理空闲分区的数据结构中（如空闲分区表）。每次进行内存分配时，系统根据进程申请空间的大小，从头到尾顺序扫描空闲分区表，当从中找到第 1 个能够满足要求的空闲区，就立即分配出去。如图 3.9 所示，图 3.9（a）为作业 1、2、3 已经在内存中，现在作业 4、5、6 要进入内存，申请存储空间，采用首次适应算法装入作业 4、5、6，分配后的状态如图 3.9（b）所示，当作业 2、3 运行后释放内存空间后，状态如图 3.9（c）所示。

这种分配算法的特点是不去考虑该存储块是不是最适合用户使用，而是优先使用低地址，保留高地址部分的大空闲区。假设这块空闲区的大小恰好与用户所需尺寸完全一样，那么这种分配无疑是最优的，但实际情况往往并非如此，所找到的第 1 块满足条件的空闲区或多或少地要大一点儿，那么，分配的结果将很可能形成碎片以导致存储浪费。可以想象，系统运行一段时间之后，小空闲分区会越来越多，将越来越难以找到满足需要的空闲区，查找速度会大为降低。

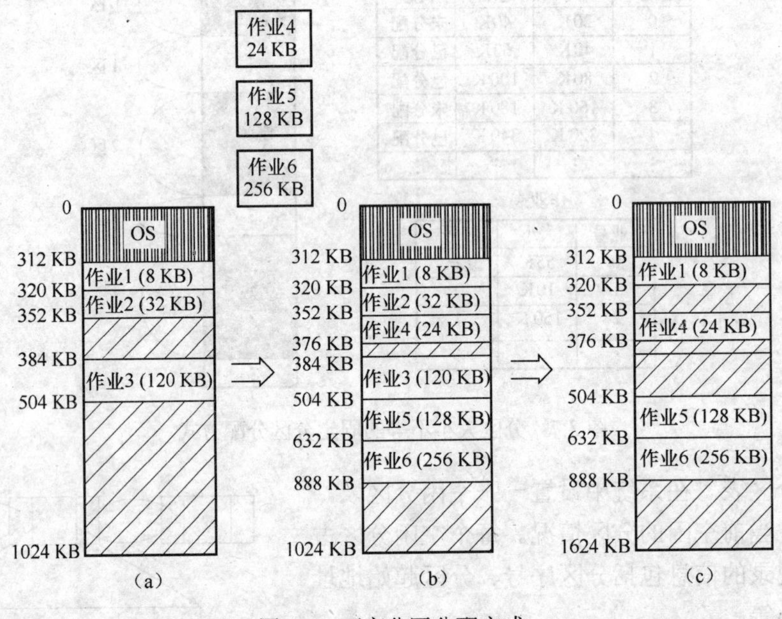

图 3.9 可变分区分配方式

采用 FF 算法的另一个弊端是每次进行内存分配时都是从头到尾顺序查找，使低端地址空间使用频繁，而高端地址空间较少使用，势必造成内存负载不均衡的问题。

②循环首次适应算法（Circle First Fit，CFF）。该算法是由首次适应算法演变而成的。该算法的思想是，每次存储分配总是从上次分配的下一个位置开始向尾部查找。查到的第 1 个可满足用户需求的空闲空间，就立即分配给用户。当查到尾部仍然没有合适的，则转到头部重新开始。这种算法的优点是使内存用户区不会造成低址部分的反复划分，负载均衡，缺点是难以保留大的空闲分区供大作业装入内存。

③最佳适应算法（Best Fit，BF）。在内存分配时，从空闲区表中找到一块满足进程需求的最小空闲区分配给它，从而使剩余空间最小。具体实现方法是，在数据结构中将空闲分区按尺寸递增排序，每次分配时顺序查找到的第 1 个满足需求的分区就是最佳适应的分区。这种做法减少了将大空闲区进行多次分割造成的空间浪费，但容易形成一些很小的碎片无法使用，同样不能提高内存利用率。

④最坏适应算法（Worst Fit，WF）。在内存分配时，从空闲区表中找到一块满足进程需求的最大空闲区分配给它，使得剩下来的空闲分区不致太小，还可以利用。具体实现方法是，在数据结构中将空闲分区按尺寸递减排序，每次分配时顺序查找到的第 1 个满足需求的分区就是最坏适应的分区。这种做法部分地缓解了由外碎片引起的浪费，适合于中小作业的运行，但对大作业的运行不利。

例如，现在有一个 55KB 的作业要装入内存，系统采用空闲分区链管理空闲分区，若采用首次适应算法进行分区分配，具体分配状态如图 3.10（a）所示；若采用最佳适应算法进行分区分配，具体分配状态如图 3.10（b）所示；若采用最坏适应算法进行分区分配，具体分配状态如图 3.10（c）所示。

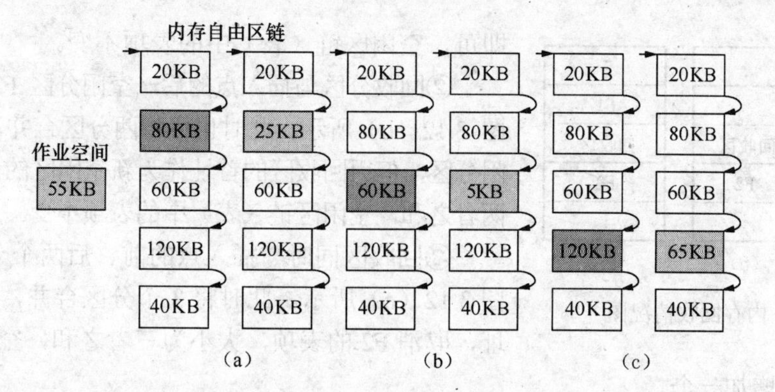

图 3.10 不同分配算法对空间的处理

3. 分区分配操作

在动态分区存储管理方式中，主要的操作是分配内存和回收内存。

（1）分配内存。系统首先应利用某种分配算法，从空闲分区链（表）中找到所需大小的分区。设请求的分区大小为 u.size，表中每个空闲分区的大小可表示为 m.size。若 m.size-u.size≤size（size 是事先规定的不再分割的剩余分区的大小），说明多余部分太小，可以不再分割，将整个分区分配给请求者；若多余部分超过 size，从该分区中按请求的大小划分出一块内存空间分配出去，余下的部分仍留在空闲分区链（表）中。然后，将分配区的首址返回给调用者。图 3.11 给出了分配流程。

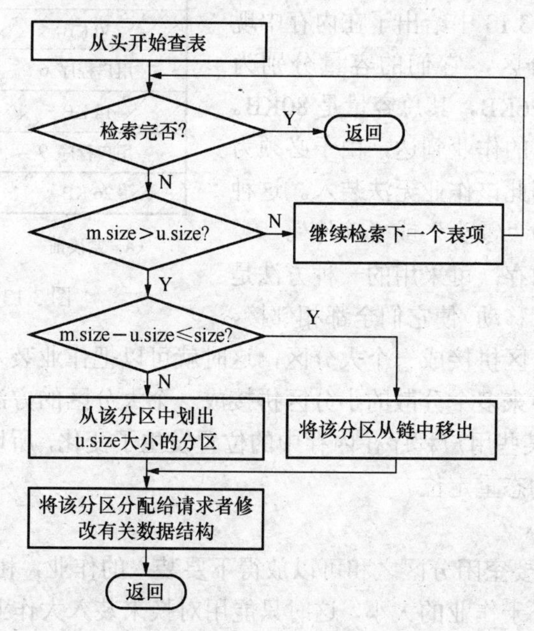

图 3.11 动态分区分配流程图

（2）回收内存。当进程运行完毕释放内存时，系统根据回收区的首址，从空闲区链（表）中找到相应的插入点，此时可能出现以下 4 种情况之一。

①回收区与插入点的前一个空闲分区 F1 相邻接，如图 3.12（a）所示。此时应将回收区与插入点的前一分区合并，不必为回收分区分配新表项，而只需修改其前一分区 F1 的大小

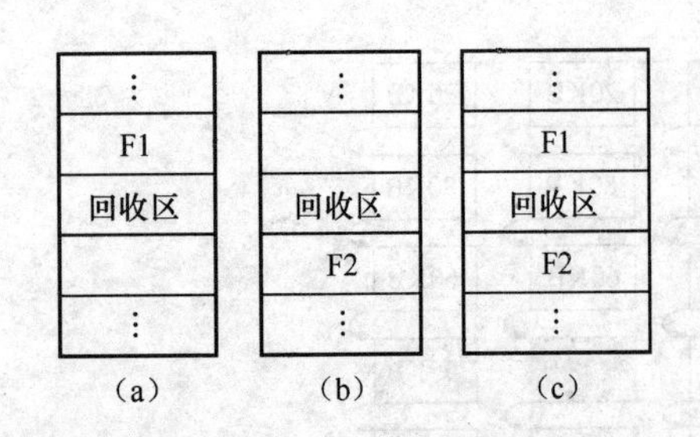

图 3.12 内存回收情况图

即可，空闲区链（表）中的表项不变。

②回收分区与插入点的后一空闲分区 F2 相邻接，如图 3.12（b）所示。此时也可将两分区合并，形成新的空闲分区，但用回收区的首址作为新空闲区的首址，大小为两者之和，空闲区链（表）中的表项不变。

③回收区同时与插入点的前、后两个分区邻接，如图 3.12（c）所示。此时将 3 个分区合并，使用 F1 的首址，取消 F2 的表项，大小为三者之和，空闲区链（表）中的表项个数增加一个。

④回收区既不与 F1 邻接，也不与 F2 邻接。这时应为回收区单独建立一新表项，填写回收区的首址和大小，并根据其首址插入到空闲链（表）中的适当位置，空闲区链（表）中的表项个数增加一个。

3.2.3 紧凑和对换技术

1．紧凑

在连续分配方式中，必须把一个系统或用户程序装入一个连续的内存空间。如果在系统中只有若干个小的分区，但由于这些分区不相邻接，所以即使它们容量的总和大于要装入的程序，也无法把该程序装入内存。例如，图 3.13 中给出了在内存中现有 4 个互不邻接的小分区，它们的容量分别为 10KB、30KB、14KB 和 26KB，其总容量是 80KB。但如果现在有一个 40KB 的作业到达，由于必须为它分配一个连续空间，因此该作业无法装入。这种不能被利用的小分区称为“零头”或“碎片”。

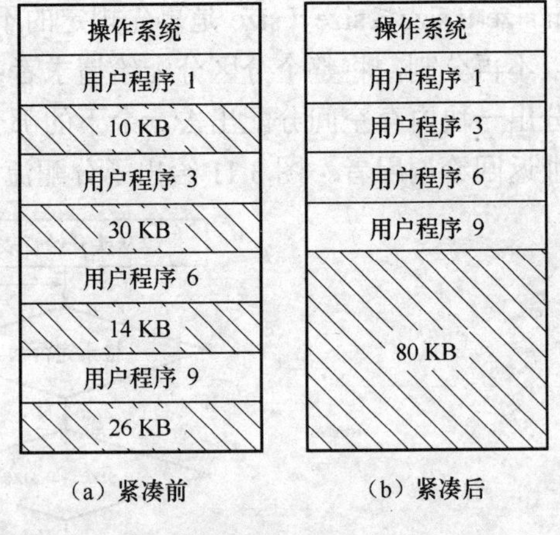

图 3.13 紧凑示意图

若想把大作业装入内存，可采用的一种方法是将内存中的所有作业进行移动，使它们全都相邻接，即把原来分散的多个小分区拼接成一个大分区，这时就可以把作业装入该区。这种通过移动内存中作业的位置以把原来多个分散的小分区拼接成一个大分区的方法称为“拼接”或“紧凑”。由于经过紧凑后的某些用户程序在内存中的位置发生了变化，所以采用紧凑的系统在进行地址变换时必须采用动态重定位。

2．对换

（1）对换的引入。只要空闲分区之和可以放得下要装入的作业，利用紧凑就解决问题了，可是如果空闲分区之和小于作业的大小，这时只能用对换来装入大作业了。所谓“对换”，是指把内存中暂时不能运行的进程或者暂时不用的程序和数据，调出到外存上，以便腾出足够的内存空间，再把已具备运行条件的进程或进程所需要的程序和数据调入内存。

（2）对换空间的管理。对换是提高内存利用率的有效措施。为了能对对换区中的空闲盘块进行管理，在系统中应配置相应的数据结构，以记录外存的使用情况。其形式与内存在动态分区分配方式中所用数据结构相似，即同样可以用空闲分区表或空闲分区链。在空闲分区表中的每个表目中应包含两项，即对换区的首址及其大小，它们的单位是盘块号和盘块数。

（3）进程的换出与换入。每当创建进程而需要更多的内存空间，但又无足够的内存空间等情况发生时，系统应将某进程换出。换出的过程是：系统首先选择处于阻塞状态且优先级最低的进程作为换出进程，然后启动盘块，将该进程的程序和数据传送到磁盘的对换区上。若传送过程未出现错误，便可回收该进程所占用的内存空间，并对该进程的进程控制块进行相应的修改。

系统应定时查看所有进程的状态，从中找出“就绪”状态但已换出的进程，将其中换出时间最久的进程作为换入进程，将之换入，直至已无可换入的进程或无可换出的进程为止。

3.3 分页存储管理方式

在可变分区存储管理系统中，要求一个作业必须装入内存某一连续区域内，这样，经过一段时间的运行，随着多个作业的进入与完成，内存中容易产生许多分散、比较小的外部碎片。解决这一问题的一个方法是采用紧凑技术，但紧凑技术易花费较长的处理器时间。为此，考虑采用另一种解决方法，即打破一个作业必须装入内存连续区域的限制，可以把一个作业分配到几个不连续的区域内，从而不需要移动内存中原有的数据，就可以有效地解决碎片问题。这一思想的应用就是分页存储管理方式。分页存储管理方式是在大型机操作系统中被广泛采用的一种存储管理方案。

3.3.1 分页存储管理的基本思想

分页存储管理是把内存空间分成大小相等、位置固定的若干个小分区，每个小分区称为一个存储块，简称块，并依次编号为 0、1、2、3、…、*n* 块，每个存储块的大小由不同的系统决定，一般为 2 的 *n*（整数）次幂，如 1KB、2KB、4KB 等，一般不超过 4KB。同样，把用户的逻辑地址空间分成与存储块大小相等的若干页，依次为 0、1、2、3、…、*m* 页。当作业提出存储分配请求时，系统首先根据存储块大小把作业分成若干页。每一页可以存储在内存的任意一个空白块内，原本连续的用户作业可以分散的存储在不连续存储块中，此时，由于进程的最后一页经常装不满一块而形成了不可利用的内部碎片，但内部碎片的大小不会超过一个块。此时，只要建立起程序的逻辑页和内存的存储块之间的对应关系，借助动态地址重定位技术，作业就能够正常投入运行。

在分页系统中，允许将进程的每一页离散地存储在内存的任一物理块中，但系统应能保证进程的正确运行，即能在内存中找到每个页面所对应的物理块，为此，系统又为每个进程建立了一张页面映像表，简称页表。在进程地址空间内的所有页依次在页表中有一页表项，其中记录了相应页在内存中对应的物理块号，如图 3.14（a）所示。在配置了页表后，进程执行时，通过查找该表，即可找到每页在内存中的物理块号。所以页表的作用是实现从页号到物理块号的地址映射。图 3.14（b）给出了当有多个作业进入内存时的情况。

在分页系统中的页面大小应适中。页面若太小，虽然可使块内碎片减小，但也会使每个进程占用较多的页面，从而导致页表过长，占用大量内存，并且还会降低页面换进换出的效率；页面若太大，虽然可以减小页表长度，提高页面换进换出速度，但又会使页内碎片增大。因此，页面的大小应选择得适中，且页面大小应是 2 的整数次幂，一般为 512B～8KB。

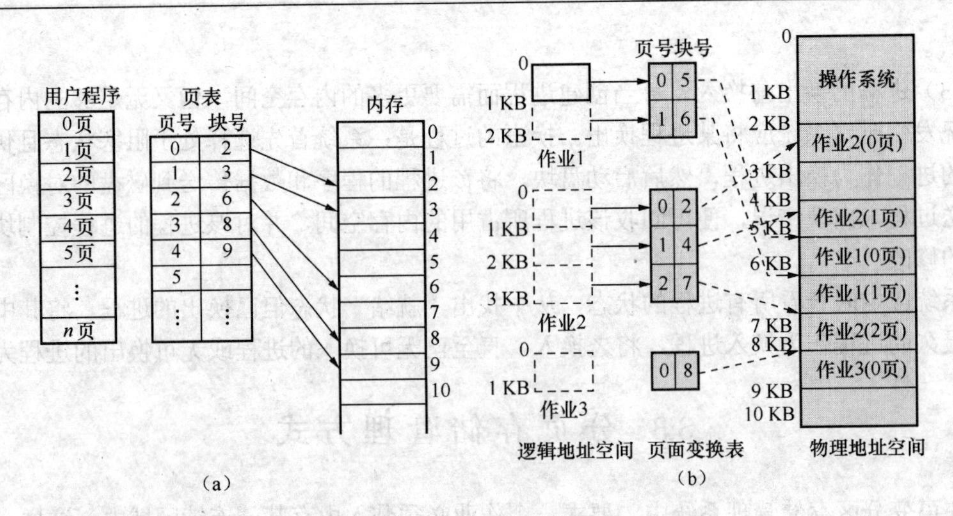

图 3.14　分页存储管理

3.3.2　地址变换机构

1. 分页存储管理中的逻辑地址

在作业执行过程中，由硬件地址分页结构自动将每条程序指令中的逻辑地址解释成两部分，页号 P 和页内地址 W。通过页号查页表得到存储块号 b，与页内地址 W 合成，形成物理地址，访问内存，得到所要访问的数据。

逻辑地址由硬件分成两部分——页号 P 和页内地址 W，是系统自动进行的，对用户是透明的。页内地址的长度由页的大小决定，逻辑地址中除去页内地址所占的低位部分外，其余高位部分为页号。假定一个系统的逻辑地址为 32 位，页大小为 4KB，则逻辑地址的低 12 位（2^{12}＝4KB）被解释成页内地址 W，而高 20 位则为页号 P，所以一个进程最多被分成 1M 个页（2^{20}＝1M）。由此看来，这个系统中允许的最大进程为 4GB（1M×4KB＝4GB）。该系统的逻辑地址结构如图 3.15 所示。

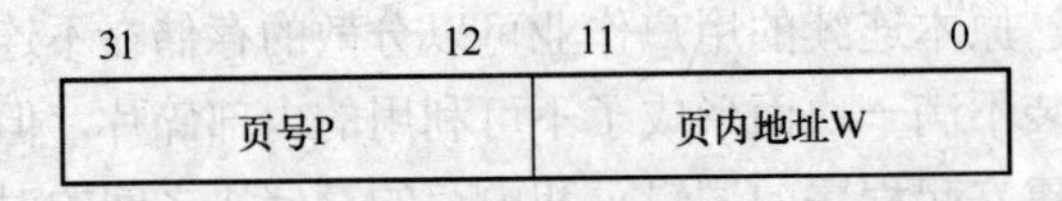

图 3.15　分页存储管理方式中的逻辑地址结构

对于某特定机器，其地址结构是一定的。若给定一个逻辑地址空间中的地址为 A，页面的大小为 L，则页号 P 和页内地址 W 可按下式求得

$$P = INT\left[\frac{A}{L}\right]$$

$$W = [A] MOD L$$

其中，*INT* 是整除函数，*MOD* 是取余函数。例如，某系统的页面大小为 1KB，设 A＝2170B，则由上式可以求得 P＝2，W＝122。

2. 地址变换机构的作用

为了能将用户地址空间中的逻辑地址变换为内存空间中的物理地址，在系统中必须设置地址变换机构。该机构的基本任务是实现从逻辑地址到物理地址的转换。由于页内地址和物理地址是一一对应的（例如，对于页面大小是1KB的页内地址是0～1023，其相应的物理块内的地址也是0～1023，无须再进行转换），因此，地址变换机构的任务，实际上只是将逻辑地址中的页号转换为内存中的物理块号。又因为页表的作用就是用于实现从页号到物理块号的变换，因此，地址变换任务主要是借助页表来完成的。

3. 地址变换机构

页表的功能可以由一组专门的寄存器来实现。一个页表项用一个寄存器。由于寄存器具有较高的访问速度，因而有利于提高地址变换的速度；但由于寄存器成本较高，且大多数现代计算机的页表又可能很大，使页表项的总数可达几千甚至几十万个，显然这些页表项不可能都用寄存器来实现，因此，页表大多驻留在内存中。在系统中只设置一个页表寄存器PTR（Page-Table Register），在其中存放页表在内存的始址和页表的长度。平时，进程未执行时，页表的始址和页表长度存放在该进程的PCB中。当调度程序调度到某进程时，才将这两个数据装入页表寄存器中。因此，在单处理机环境下，虽然系统中可以运行多个进程，但只需一个页表寄存器。

当进程要访问某个逻辑地址中的数据时，分页地址变换机构会自动将有效地址（相对地址）分为页号和页内地址两部分，再以页号为索引去检索页表。查找操作由硬件执行。在执行检索之前，先将页号与页表长度进行比较，如果页号大于或等于页表长度，则表示本次所访问的地址已超越进程的地址空间。于是，这一错误将被系统发现并产生一个地址越界中断。若未出现越界错误，则将页表始址与页号和页表项长度的乘积相加，便得到该表项在页表中的位置，于是可从中得到该页的物理块号，将之装入物理地址寄存器中。与此同时，再将有效地址寄存器中的页内地址送入物理地址寄存器的块内地址中。这样便完成了从逻辑地址到物理地址的变换。图3.16给出了分页系统的地址变换机构。

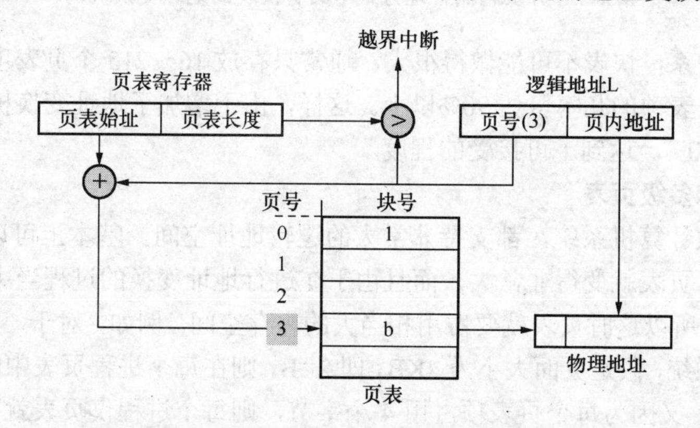

图3.16 分页存储管理方式中的地址变换机构

3.3.3 联想寄存器

由于页表是存放在内存中的，这使CPU在每存取一个数据时，都要两次访问内存。第一次是访问内存中的页表，从中找到指定页的物理块号，再将块号与页内地址W拼接，以形成物理地址。第二次访问内存时，才是从第一次所得地址中获得所需数据（或向此地址中写入数据）。因此，采用这种方式将使计算机的处理速度降低近50%。可见，以此高昂代价来换取存储器空间利用率的提高，是得不偿失的。

为了提高地址变换速度，可在地址变换机构中，增设一个具有并行查寻能力的特殊高速缓冲寄存器，又称为“联想寄存器”（Associative Memory）或称为“快表”，用以存放当前访问的那些页表项。

设置联想寄存器后的地址变换过程是：在 CPU 给出有效地址后，由地址变换机构自动将页号 P 送入高速缓冲寄存器，并将此页号与高速缓存中的所有页号进行比较，若其中有与此相匹配的页号，便表示所要访问的页表项在快表中。于是，可直接从快表中读出该页所对应的物理块号，并送到物理地址寄存器中。如果在快表中未找到对应的页表项，则还需再访问内存中的页表，找到后，把从页表项中读出的物理块号送地址寄存器；同时，再将此页表项存入快表的一个寄存器单元中，也就是重新修改快表。但如果联想寄存器已满，则 OS 必须找到一个存入较早的且已被认为不再需要的页表项，将它换出。图 3.17 给出了具有快表的地址变换机构。

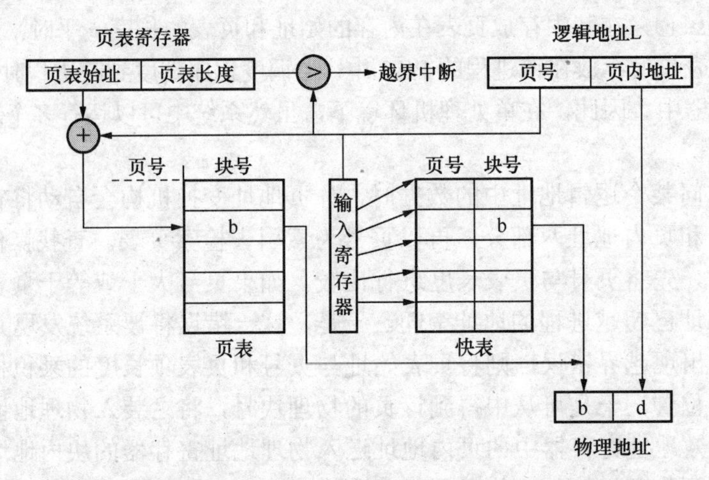

图 3.17 分页存储管理方式中具有快表的地址变换机构

由于成本的关系，快表不可能做得很大，通常只存放 16～215 个页表项。据统计，从快表中能找到所需页表项的几率可达 90%以上。这样，由于增加了地址变换机构而造成的速度损失，可减少到 10%，达到了可接受的程度。

3.3.4 两级页表和多级页表

现代的大多数计算机系统，都支持非常大的逻辑地址空间，基本上可以达到 2^{32}～2^{64}，在这样的环境下，页表就变得非常大，而且由于在进行地址变换的过程当中要用到页表，页表必须常驻内存，所以这时页表就要占用相当大的内存空间。例如，对于一个具有 32 位逻辑地址空间的分页系统，假定页面大小为 4KB，即 2^{12}B，则在每个进程页表中的页表项可达 1M 个（$2^{32}/2^{12}=2^{20}$）。又因为每个页表项占用 4 个字节，则每个进程仅页表就要占用 4MB 的内存空间（1M×4B），而且还要求是连续的，这显然是不现实的。这时，我们就可以采用离散分配的方式来存储页表，即对页表也进行分页存储管理。

1. 两级页表

对于要求连续的内存空间来存放页表的问题，可利用将页表进行分页，并离散地将各个页面分别存放在不同的物理块中的办法来加以解决。这时也要为离散分配的页表再建立一张页表，称为外部页表，在每个页表项中记录了页表页面的物理块号。

假设一个具有 32 位逻辑地址空间的分页系统，页面大小为 4KB，若采用一级页表结构，应具有 20 位的页号，即页表项应有 1M 个；在采用两级页表结构时，再对页表进行分页，使

每页中包含 2^{10} 个页表项，最多允许有 2^{10} 个页表分页。此时，外部页表中的外层页内地址 P2 为 10 位，外层页号 P1 也为 10 位。此时的逻辑地址结构如图 3.18 所示。

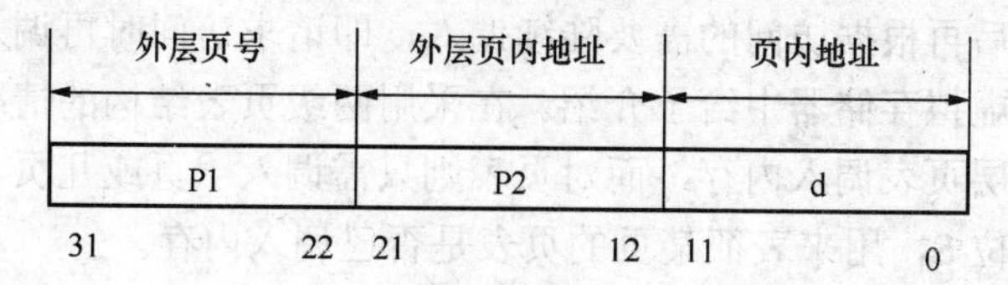

图 3.18 两级页表的逻辑地址结构

图 3.19 给出了两级页表结构。

由图 3.19 可以看出，在页表的每个表项中存放的是进程的某页在内存中的物理块号，如第 0#页存放在 1#物理块中，第 1#页存放在 4#物理块中。而在外层页表的每个页表项中，所存放的是某页表分页的首地址，如第 0#页表是存放在第 1011#物理块中。我们可以利用外层页表和页表这两级页表，来实现从进程的逻辑地址到内存中物理地址间的变换。

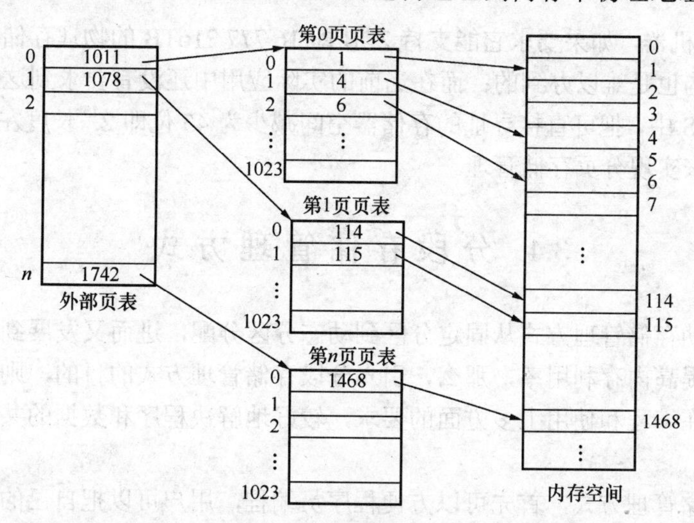

图 3.19 两级页表结构

为了方便地实现地址变换，在地址变换机构中同样需要增设一个外层页表寄存器，用于存放外层页表的始址，并利用逻辑地址中的外层页号，作为外层页表的索引，从中找到指定页表分页的起始地址，再利用 P2 作为指定页表分页的索引，找到指定的页表项，其中即含有该页在内存的物理块号，用该块号和页内地址 W 即可构成访问的内存物理地址。图 3.20 给出了两级页表的地址变换机构。

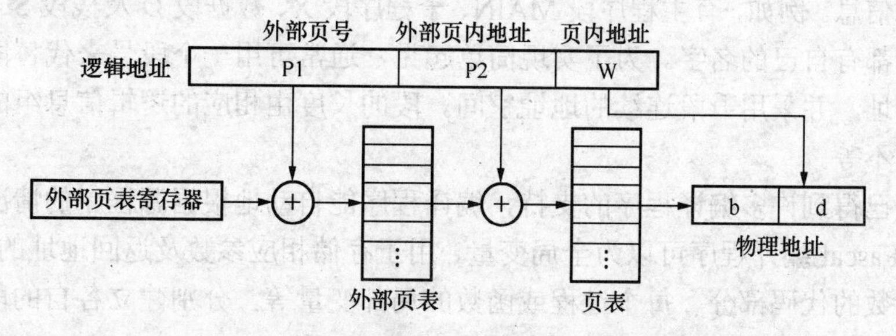

图 3.20 具有两级页表的地址变换机构

上述对页表施行离散分配的方法，虽然解决了对大页表无需大片连续存储空间的问题，但并未解决用较少的内存空间去存放大页表的问题。此时，可以考虑只把当前需要的一部分页表项调入内存，以后再根据访问的需要陆续调入，即请求访问时再调入，请求调页的具体思想及实现方法将在虚拟存储器中给予介绍。在采用两级页表结构的情况下，对于正在运行的进程，必须将其外层页表调入内存，而对页表则只需调入一页或几页，为此可以在外层页表项中增设一个状态位 S，用来表征某页的页表是否已调入内存。

2. 多级页表

对于 32 位的机器，采用两级页表结构是合适的；但是对于 64 位的机器，如果页面大小仍为 4KB，则页内地址要占 12 位，外部页内地址占 10 位，则其余的 42 位将用于外部页号。此时在外层页表中可能有 2^{42} 个页表项，要占用 16 384GB（2^{42}×4B）的连续内存空间，这样的结果显然是不现实的。因此必须采用多级页表，将外层页表再进行分页，即将各分页离散地装入到不相邻接的物理块中，再利用第 2 级的外层页表来映射它们之间的关系。

对于 64 位的机器，如果要求它能支持 2^{64}B 即 16 777 216TB 的物理存储空间，则即使是采用三级页表结构也是难以办到的；而在当前的实际应用中还没有要求到这个程度。所以在推出的 64 位的 OS 中，把可直接寻址的存储器空间减少为 45 位即 2^{45} 长度左右，这样便可利用三级页表结构来实现分页存储管理。

3.4 分段存储管理方式

如果说，推动存储管理方式从固定分区到动态分区分配，进而又发展到分页存储管理方式的主要动力是提高内存利用率，那么，引入分段存储管理方式的目的，则主要是为了满足用户（程序员）在编程和使用上多方面的要求，较好地解决程序和数据的共享及程序动态链接等问题。

采用分段存储管理方式，首先可以方便程序员编程，用户可以把自己的作业按照逻辑关系划分为若干个段，每个段都是从 0 开始编址，并有自己的名字和长度，希望要访问的逻辑地址是由段名（段号）和段内偏移量决定的；其次，有利于信息共享和信息保护，因为段是信息的逻辑单位，可以以段为单位进行共享和保护；并且能够有效地实现程序的动态增长和动态链接，当运行过程中又需要调用某段时，再将该段调入内存并进行链接。

3.4.1 分段存储管理的基本思想

在分段存储管理方式中，用户可以把自己的作业按地址空间划分为若干个段，每个段定义了一组逻辑信息。例如，有主程序段 MAIN、子程序段 X、数据段 D 及栈段 S 等，如图 3.21 所示。每个段都有自己的名字。为了实现简单起见，通常可用一个段号来代替段名，每个段都从 0 开始编址，并采用一段连续的地址空间。段的长度由相应的逻辑信息组的长度决定，因而各段长度不等。

分段方式已得到许多编译程序的支持，编译程序能自动地根据源程序的情况而产生若干个段。例如，Pascal 编译程序可以为全局变量、用于存储相应参数及返回地址的过程调用栈、每个过程或函数的代码部分、每个过程或函数的局部变量等，分别建立各自的段。装入程序将装入所有这些段，并为每个段赋予一个段号。

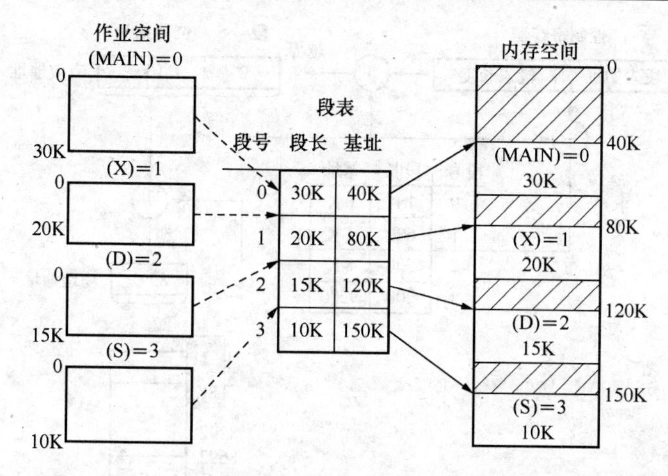

图 3.21 分段存储管理

在前面所介绍的动态分区分配方式中，系统为整个进程分配一个连续的内存空间。而在分段式存储管理系统中，则是为每个分段分配一个连续的分区，而进程中的各个段可以离散地装入内存中不同的分区中。为使程序能正常运行，就要从物理内存中找出每个逻辑段所对应的位置，应像分页系统那样，在系统中为每个进程建立一张段映射表，简称"段表"。每个段在表中占有一个表项，其中记录了该段在内存中的起始地址（又称为"基址"）和段的长度，如图 3.21 所示。段表可以存放在一组寄存器中，这样有利于提高地址转换速度；但更常见的是将段表放在内存中。在配置了段表后，执行中的进程可通过查找段表，找到每个段所对应的内存区。可见，段表是用于实现从逻辑段到物理内存区的映射。

3.4.2 地址变换机构

整个作业的地址空间，由于是分成多个段，因而是二维的，亦即，其逻辑地址由段号（段名）和段内地址所组成。分段地址中的逻辑地址结构如图 3.22 所示。

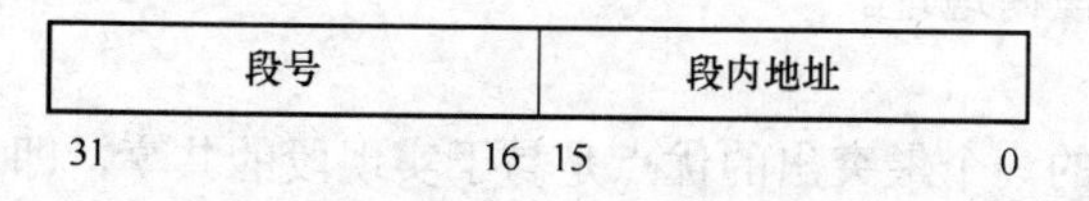

图 3.22 分段存储管理的逻辑地址结构

为了实现从进程的逻辑地址到物理地址的变换功能，在系统中设置了段表寄存器，用于存放段表始址和段表长度。在进行地址变换时，系统将逻辑地址中的段号与段表长度进行比较。若段号大于段表长度，表示段号太大，是访问越界，产生越界中断信号；若未越界，则根据段表的始址和该段的段号，计算出该段对应段表项的位置，从中读出该段在内存的起始地址，然后，再检查段内地址是否超过该段的段长。若超过，同样发出越界中断信号；若未越界，则将该段的基址与段内地址相加，即可得到要访问的内存物理地址。图 3.23 示出了分段存储管理的地址变换过程。

3.4.3 分页与分段的区别

分页与分段存储管理有很多相同之处，例如它们在内存中都是离散存放的，并且都要通过地址变换机构将逻辑地址映射到物理内存中，但从概念上讲，两者是完全不同的。它们的不同之处有以下几点。

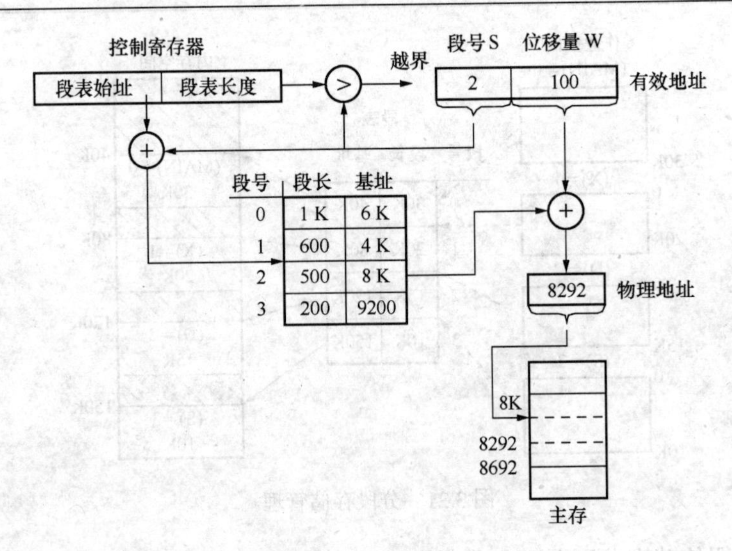

图 3.23 分段存储管理的地址变换机构

（1）页是信息的物理单位，分页是为实现离散分配方式，以消减内存的外部碎片，提高内存的利用率。或者说，分页仅仅是由于系统管理的需要而不是用户的需要。段是信息的逻辑单位，它含有一组其意义相对完整的信息。分段的目的是为了能更好地满足用户的需要。

（2）页的大小固定且由系统决定，由系统把逻辑地址划分为页号和页内地址两部分，是由机器硬件实现的，因而在系统中只能有一种大小的页面；而段的长度却不固定，决定于用户所编写的程序，通常由编译程序在对源程序进行编译时，根据信息的性质来划分。

（3）分页的作业地址空间是一维的，即单一的线性地址空间，程序员只需利用一个记忆符，即可表示一个地址；而分段的作业地址空间则是二维的，程序员在标识一个地址时，既要给出段名，又要给出段内地址。

3.4.4 段的共享

分段存储管理系统的一个最突出的优点是易于实现段的共享，即允许若干个进程共享一个或多个段，而且对段的保护也十分简单易行。在分页系统中，虽然也能够实现程序和数据的共享，但是实现起来比较烦琐。我们可以通过一个例子来说明这个问题。

例如，有一个多用户系统，可以同时接纳 50 个用户，他们都执行一个文本编辑程序 Editor。如果文本编辑程序有 200KB 的代码和另外 40KB 的数据区，则总共需要 12 000KB 的内存空间来支持 50 个用户。如果 200KB 的文件编辑程序代码是可重入的（即允许多个进程同时访问但不允许任何进程对它进行修改），则无论是在分页系统还是在分段系统中，该代码都能被共享，在内存中只需要保留一份文本编辑程序的副本，此时所需的内存空间仅为 2 200KB（200KB＋40KB×50），而不是 12 000KB。

假定在分页存储管理系统中，每个页面的大小为 4KB，那么 200KB 的文本编辑程序代码将占用 50 个页面，数据区占 10 个页面。为实现代码的共享，应在每个进程的页表中都建立 50 个页表项，假设它们的物理块号都是 11#～60#。在每个进程的页表中，还须为自己的数据区建立页表项，假设它们的物理块号分别是 61#～70#、71#～80#、81#～90#等。图 3.24 是分页存储管理系统中共享 Editor 的示意图。

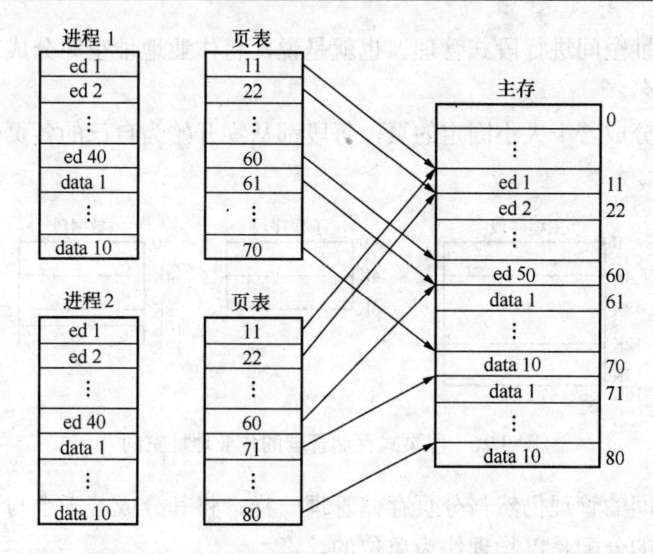

图 3.24 分页存储管理系统中共享 Editor 的示意图

如果在分段存储管理系统中，实现共享则容易得多，只需在每个进程的段表中为文本编辑程序设置一个段表项，就可以实现对文本编辑程序的共享了。

图 3.25 是分段存储管理系统中共享 Editor 的示意图。

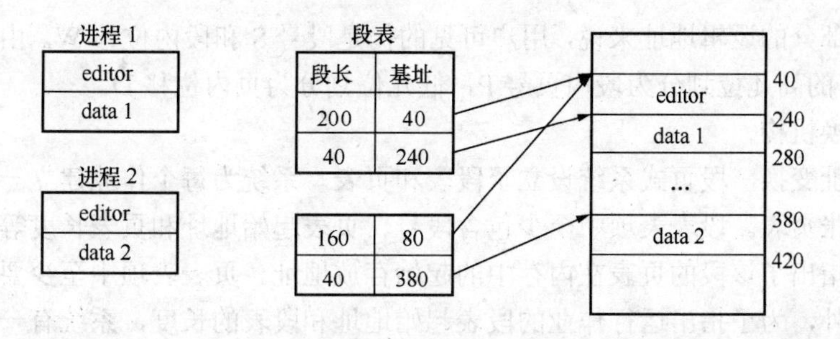

图 3.25 分段存储管理系统中共享 Editor 的示意图

可见，利用分段存储管理系统实现共享，比分页存储管理系统实现共享要简单方便得多。

3.5 段页式存储管理方式

前面所介绍的分页和分段存储管理方式都各有其优缺点。分页存储管理系统能有效地提高内存的利用率，而分段存储管理系统能够反映程序的逻辑结构以满足用户的需要，并且还可以方便地实现段的共享。如果能对这两种存储管理方式各取其优点，则可以将两者结合成一种新的存储管理方式系统。

3.5.1 段页式存储管理的基本思想

段页式存储管理是分页和分段两种存储管理方式的结合，它同时具备两者的优点，既具有分段存储管理系统的便于实现、分段可共享、易于保护等一系列优点，又能像分页系统那样很好地解决内存的外部碎片问题以及可为各个分段离散地分配内存等问题。

段页式存储管理主要涉及如下管理思想。

（1）对作业地址空间进行段式管理。也就是说，将作业地址空间分成若干个逻辑分段，每段都有自己的段名。

（2）每段内再分成若干大小固定的页，每段都从零开始为自己的各页依次编写连续的页号，如图 3.26 所示。

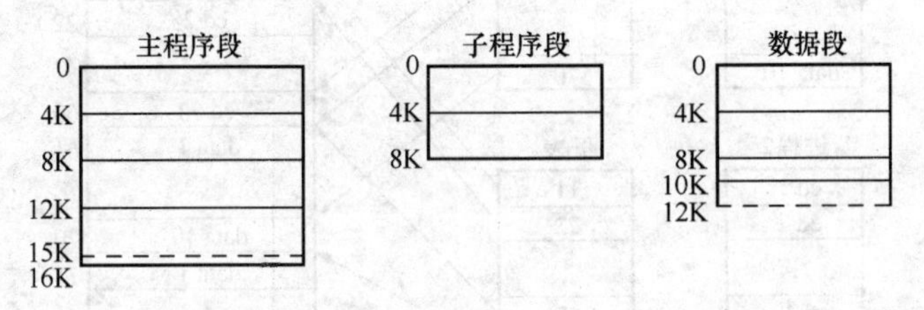

图 3.26　段页式存储管理的作业地址空间

（3）对内存空间的管理仍然与分页存储管理一样，将其分成若干个与页面大小相同的物理块，对内存空间的分配是以物理块为单位的。

（4）作业的逻辑地址包括 3 部分：段号、段内页号和页内位移，其结构如图 3.27 所示。

段号(S)	段内页号(P)	页内位移(D)

图 3.27　段页式存储管理的地址结构

对上述 3 部分的逻辑地址来说，用户可见的仍是段号 S 和段内位移 W。由地址变换机构将段内位移 W 的高几位划分为段内页号 P，低几位划分为页内位移 D。

3.5.2　地址变换机构

为实现地址变换，段页式系统设立了段表和页表。系统为每个作业建立一张段表，并为每个段建立一张页表。段表表项中至少包含段号、页表起始地址和页表长度等信息。其中，页表起始地址指出了该段的页表在内存中的起始存放地址。页表表项中至少要包括页号和块号等信息。此外，为了指出运行作业的段表起始地址和段表的长度，系统有一个段表控制寄存器。段表、页表和内存的关系如图 3.28 所示。

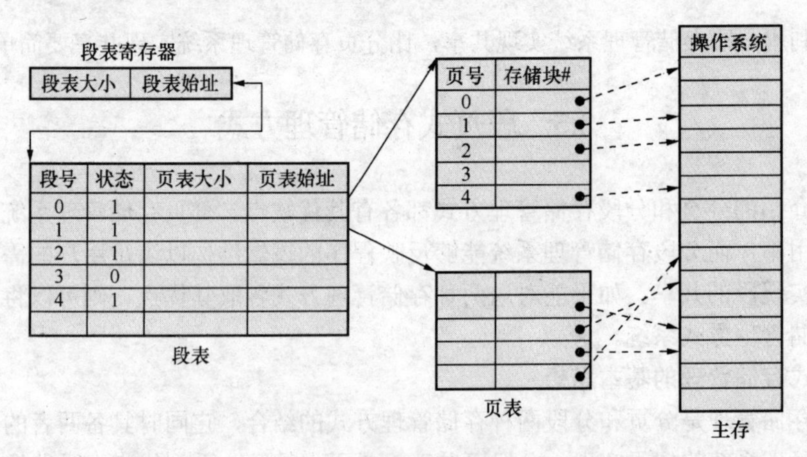

图 3.28　段页式系统中利用段表和页表实现地址映射

段页式存储管理进行地址变换的过程为，首先根据段号 S，将其与段表控制寄存器中的段长比较。若超出段长，则产生越界中断，否则由段号和段表控制寄存器中的段表起始地址相加得到该段在段表中的相应表项位置。由该表项得到该段对应的页表存放的起始地址，再由段内位移 W 分解出页号 P 和页内地址 D，从而找到对应页表项的位置，从中得到该页所在的物理块号。此时将物理块号与段内位移 W 分解出的页内地址拼接起来得到所需的物理地址。图 3.29 给出了段页式系统中的地址变换机构。

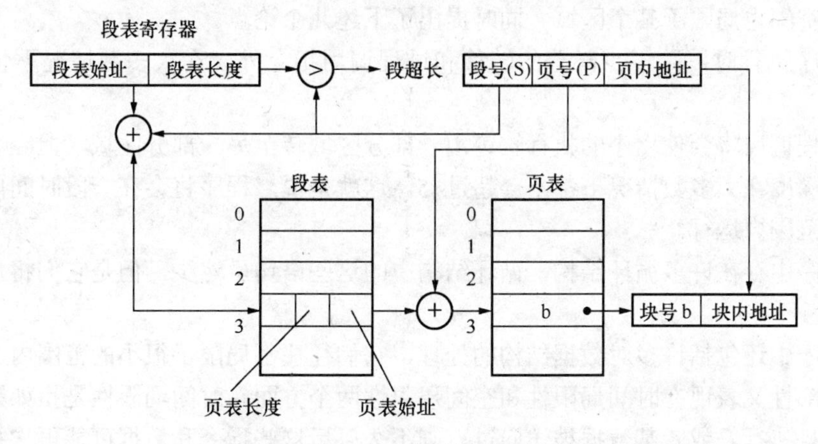

图 3.29 段页式系统中的地址变换机构

从上述过程中可知，若段表、页表存放在内存中，则为了访问内存的某一条指令或数据，将需要访问 3 次内存。

- 查找段表获得该段所对应页表的起始地址。
- 查找页表获得该页所对应的物理块号，从而形成所需的物理地址。
- 根据所得到的物理地址到内存中去访问该地址中的指令或数据。

3 次访问内存极大地降低了内存的存取速度，因此同样也可以采用联想存储器技术提高内存的存取速度，基本原理与分页及分段情况相似。

3.6 虚拟存储器

前面介绍的分区存储管理和分页、分段存储管理技术，都要求作业在执行之前必须全部装入内存，并且作业的逻辑地址空间不能比内存空间大，否则该作业就无法装入内存运行；或者有大量作业要求运行，但是由于内存容量不足以容纳所有这些作业，只能将少数作业装入内存让它们先运行，而使其他的大量作业在外存上等待，这都是因为内存容量不够大造成的。为了解决这些问题，就要增加内存容量。但是物理上增加内存容量一般会受到机器自身的限制，并且要增加系统成本，所以人们考虑从逻辑上扩充内存容量，提出了虚拟存储管理技术。

3.6.1 程序局部性原理

在前面所介绍的几种存储管理方式中，都要求作业在运行前必须一次性地全部装入内存，可是许多作业在每次运行时，并非其全部程序和数据都要用到。如果一次性地装入其全部程序，也是一种对内存空间的浪费；同时，作业装入内存后，便一直驻留在内存中，直至作业运行结束。尽管运行中的进程会因 I/O 操作而长期等待，或有的程序模块在运行过一次后就不再需要运行了，它们都仍将继续占用宝贵的内存资源。由此可以看出，上述的一次性及驻留性，使许多在程序运行中不用或暂时不用的程序和数据占据了大量的内存空间，使得一些需要运行的作业反而无法装入运行。现在要研究的问题是，一次性及驻留性在程序运行时是否是必需的。

经过分析，人们发现，在较短的时间内，程序的执行仅局限于某个部分；相应地，它所访问的存储空间也局限于某个区域。同时提出了下述几个论点。

（1）程序执行时，除了少部分的转移和过程调用指令外，在大多数情况下仍是顺序执行的。

（2）过程调用将会使程序的执行轨迹由一部分区域转至另一部分区域，但经研究看出，过程调用的深度在大多数情况下都不会超过 5。这就是说，程序将会在一段时间内都局限在这些过程的范围内运行。

（3）程序中存在许多循环结构，循环结构中的这些语句虽然少，但是它们将反复地多次执行。

（4）程序中还包括许多对数据结构的处理，它们往往都局限于很小的范围内。

程序局部性又表现在时间局限性和空间局限性两个方面。时间局限性是指如果程序中的某条指令一旦执行，或者某数据被访问过，则不久以后这些指令和数据可能再次被访问，这是由于在程序中存在着大量的循环操作；空间局限性是指一旦程序访问了某个存储单元，在不久之后，其附近的存储单元也将被访问，即程序在一段时间内所访问的地址，可能集中在一定的范围之内，因为程序是顺序执行的。

3.6.2 虚拟存储器的概念

基于程序局部性原理，没有必要把一个作业一次性全部装入内存再开始运行。可以先把进程当前执行所涉及的程序和数据放入内存中，其余部分可以根据需要临时调入。进程在运行时，如果它本次所要访问的已调入内存，便可继续执行下去；若本次所要访问的程序或数据尚未调入内存，此时程序应利用 OS 所提供的请求调入功能，将它们调入内存，以使进程能继续执行下去。如果此时内存已满，还须再利用置换功能，将内存中暂时不用的程序或数据调至磁盘上，腾出足够的内存空间，再将要访问的程序或数据调入内存，使程序继续执行下去。这样，便可使一个大的用户程序能在较小的内存空间中运行；也可在内存中同时装入更多的进程使它们并发执行。从用户角度看，该系统所具有的内存容量，将比实际内存容量大得多。但是必须说明的是，用户所看到的大容量只是一种感觉，是虚的，实际上系统的物理内存容量并没有增大，是操作系统和硬件相配合来完成内存和外存之间信息的动态调度。这样的计算机系统好像为用户提供了一个存储容量比实际内存大得多的存储器，人们把这样的存储器称为虚拟存储器。所谓虚拟存储器，是指具有请求调入功能和置换功能，能从逻辑上对内存容量加以扩充的一种存储器系统。

对用户来说，引入虚拟存储器概念相当于系统为每个用户建立了一个虚存，这个虚存就是用户的逻辑地址空间。用户在编程时可以不考虑实际内存的大小，认为自己编写多大的程序就有多大的虚拟存储器与之对应。每个用户可以在自己的逻辑地址空间中编程，在各自的虚拟存储器上运行，给用户编程带来了极大的方便。

当然，虚拟存储器的容量也不是无限的，一个虚拟存储器的逻辑容量由内存容量和外存容量之和来决定，但是它的最大容量取决于计算机的地址结构。例如，某计算机系统的内存大小为 64MB，其地址总线是 32 位的，则虚存的最大容量为 2^{32}=4GB，即用户编程的逻辑地址空间可高达 4GB，远比其内存容量大得多。

在虚拟存储器中，允许将一个作业分多次调入内存。如果采用连续分配方式，应将作业装入一个连续的内存区域中。为此，须事先为它一次性地申请足够的内存空间，以便将整个作业先后分多次装入内存。这不仅会使相当一部分内存空间都处于暂时或永久的空闲状态，造成内存资源的严重浪费，而且也无法从逻辑上扩大内存容量，因此，虚拟存储器的实现，都毫无例外地建立在离散分配的存储管理方式的基础上。下面介绍一种常见的虚存管理方式——请求式分页存储管理。

3.6.3 请求分页存储管理方式

请求分页存储管理是在分页式存储管理的基础上发展起来的，为了能支持虚拟存储器功能而增加了请求调页功能和页面置换功能。也就是说，先把内存空间划分成大小相等的块，将用户逻辑地址空间划分成与块相等的页，每页可装入到内存的任一块中。这都类似于分页式存储管理。但是当一个作业运行时，不要求把作业的全部信息装入内存，而只装入目前运行所要用到的几页，其余的仍保存在外存，等到需要时再请求系统调入。此时，每次调入和调出的基本单位都是长度固定的页面，这使得请求分页系统在实现上要比请求分段系统简单（后者在调入和调出时是可变长度的段），因此，请求分页便成为目前最常用的一种实现虚拟存储器的方式。

请求式分页存储管理中有关作业地址空间分页、主存存储空间分块的概念与页式存储管理完全相同。不同的是，请求页式存储管理中，只需将作业的部分页面装入主存即可开始运行。在执行过程中，当所需页面不在主存时，再将其调入；当主存空间不足而又需调入页面时，则按一定的策略淘汰内存中的某个页面；并且若被淘汰页面曾被修改过，则还要将其写回外存。

1. 页表

在请求分页系统中所需要的主要数据结构是页表，其基本作用仍然是实现页号到物理块号的映射，将用户地址空间中的逻辑地址变换为内存空间中的物理地址。由于只将应用程序的一部分调入内存，还有一部分仍在盘上，故应在页表中再增加若干项，供程序（数据）在调入、调出时参考。在请求分页系统中的每个页表项内容如图 3.30 所示。

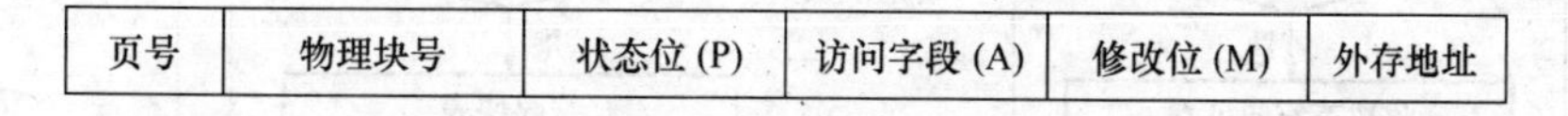

页号	物理块号	状态位 (P)	访问字段 (A)	修改位 (M)	外存地址

图 3.30 请求分页系统中的页表结构

其中一些字段的说明如下。

- 状态位（P）：用于指示该页是否已调入内存，供程序访问时参考。
- 访问字段（A）：用于记录本页在一段时间内被访问的次数，或记录本页最近已有多长时间未被访问，供选择调出页面时参考。
- 修改位（M）：表示该页在调入内存后是否被修改过，供置换页面时参考。由于内存中的每一页都在外存上保留一份副本，因此，若未被修改，在置换该页时就不需要将该页写回到外存上，以减少系统的开销和启动磁盘的次数；若已被修改，则必须将该页重写到外存上，以保证外存中所保留的始终是最新副本。

- 外存地址：用于指出该页在外存上的地址，通常是盘块号，供调入该页时参考。

2. 缺页中断机构

在请求分页系统中，每当所要访问的页面不在内存时，便产生缺页中断，请求 OS 将所缺之页调入内存。缺页中断作为中断，它们同样需要经历保护 CPU 环境、分析中断原因，转入缺页中断处理程序进行处理、恢复 CPU 环境等几个步骤。但缺页中断与一般中断相比，还是有着明显的区别。

（1）缺页中断是在执行一条指令期间，发现所要访问的指令或数据不在内存时所产生的中断，并立即转去处理，并且一条指令在执行期间，可能产生多次缺页中断；而一般中断则是在一条指令执行完毕后才检查是否有中断请求到达，若有才去响应和处理，否则继续执行下一条指令。

（2）缺页中断处理完成后，仍返回到原指令去重新执行；而一般中断则是返回到下一条指令去执行。

3. 地址变换机构

请求分页系统中的地址变换机构，是在分页系统地址变换机构的基础上，再为实现虚拟存储器而增加了某些功能而形成的，如产生和处理缺页中断，以及从内存中换出一页的功能等等。图 3.31 给出了请求分页系统中的地址变换过程。

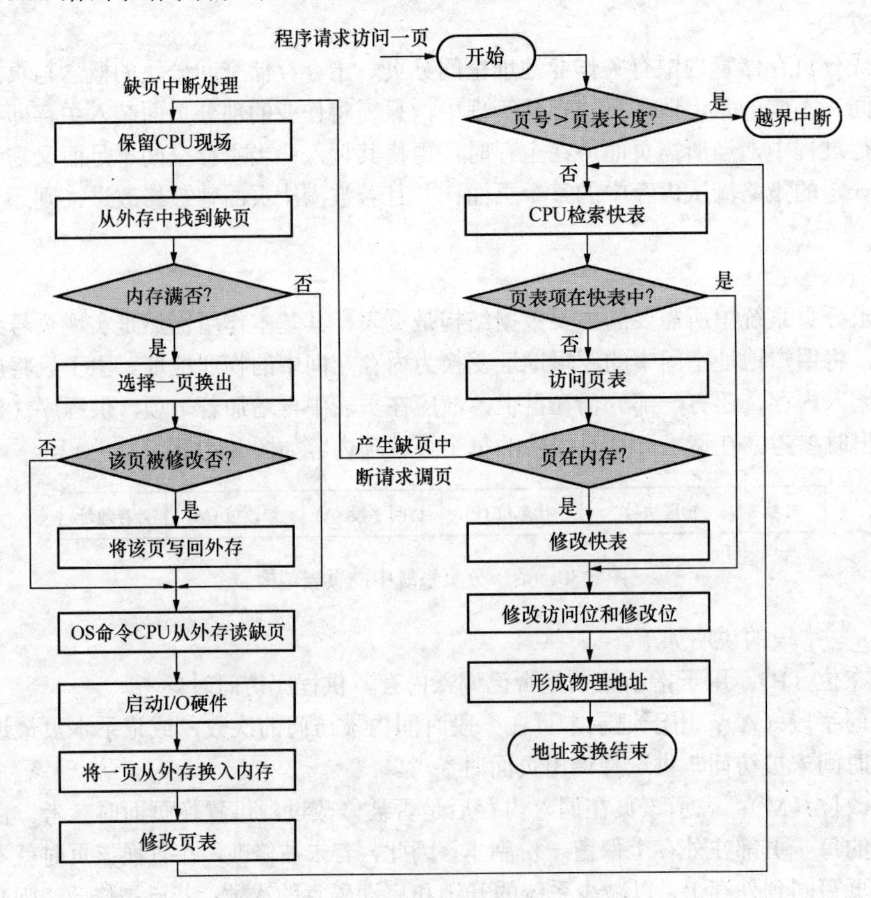

图 3.31 请求分页系统中的地址变换过程

在进行地址变换时，首先去检索快表，试图从中找出所要访问的页。若找到，便修改页表项中的访问位。对于写指令，还须将修改位置成“1”，然后利用页表项中给出的物理块号和页内地址，形成物理地址。地址变换过程到此结束。

如果在快表中未找到该页的页表项时，应到内存中去查找页表，再从找到的页表项中的状态位 P，来了解该页是否已调入内存。若该页已调入内存，这时应将此页的页表项写入快表，当快表已满时，应先调出按某种算法所确定的页的页表项，然后再写入该页的页表项；若该页尚未调入内存，这时应产生缺页中断，请求 OS 从外存把该页调入内存。

4. 物理块的分配策略

在请求分页系统中，可采取两种内存分配策略，即固定和可变分配策略。在进行置换时，也可采取两种策略，即全局置换和局部置换。于是可组合出以下 3 种适用的策略。

（1）固定分配局部置换（Fixed Allocation，Local Replacement）。这是指基于进程的类型或根据程序员、程序管理员的建议为每个进程分配一定数目的物理块，在整个运行期间都不再改变。采用该策略时，如果进程在运行中发现缺页，则只能从该进程在内存的 n 个页面中选出一页换出，然后再调入一页，以保证分配给该进程的内存空间不变。实现这种策略的困难在于，应为每个进程分配多少个物理块难以确定。若太少，会频繁地出现缺页中断，降低了系统的吞吐量；若太多，又必然使内存中驻留的进程数目减少，进而可能造成 CPU 空闲或其他资源空闲的情况，而且在实现进程对换时，会花费更多的时间。

（2）可变分配全局置换（Variable Allocation，Global Replacement）。这可能是最易于实现的一种物理块分配和置换策略，已用于若干个 OS 中。在采用这种策略时，先为系统中的每个进程分配一定数目的物理块，而 OS 自身也保持一个空闲的物理块队列。当某进程发现缺页时，由系统从空闲物理块队列中取出一个物理块分配给该进程，并将欲调入的（缺）页装入其中。这样，凡产生缺页（中断）的进程都将获得新的物理块。仅当空闲物理块队列中的物理块用完时，OS 才能从内存中选择一页调出，该页可能是系统中任一进程的页，这样，自然又会使那个进程的物理块减少，进而使其缺页率增加。

（3）可变分配局部置换（Variable Allocation，Local Replacement）。它同样是基于进程的类型或根据程序员的要求，为每个进程分配一定数目的物理块，但当某进程发现缺页时，只允许从该进程在内存的页面中选出一页换出，这样就不会影响其他进程的运行。如果进程在运行中频繁地发生缺页中断，则系统须再为该进程分配若干附加的物理块，直至该进程的缺页率减少到适当程度为止；反之，若一个进程在运行过程中的缺页率特别低，则此时可适当减少分配给该进程的物理块数，但不应引起其缺页率的明显增加。

5. 调页策略

（1）何时调入页面。为了确定系统将进程运行时所缺的页面调入内存的时机，可采取预调页策略或请求调页策略。

①预调页策略。如果进程的许多页是存放在外存的一个连续区域中，则一次调入若干个相邻的页，会比一次调入一页更高效些。但如果调入的一批页面中的大多数都未被访问，则又是低效的。我们可采用一种以预测为基础的预调页策略，将那些预计在不久之后便会被访问的页面预先调入内存。如果预测较准确，这种策略显然是很有吸引力的。但遗憾的是，目前预调页的成功率仅约 50%，故这种策略主要用于进程的首次调入时，由程序员指出应该先调入哪些页。

②请求调页策略。当进程在运行中需要访问某部分程序和数据时，若发现其所在的页面不在内存，便立即提出请求，由 OS 将其所需页面调入内存。由请求调页策略所确定调入的页，是一定会被访问的，再加之请求调页策略比较易于实现，故在目前的虚拟存储器中，大多采用此策略。但这种策略每次仅调入一页，故须花费较大的系统开销，增加了磁盘 I/O 的启动频率。

（2）从何处调入页面。在请求分页系统中的外存分为两部分：用于存放文件的文件区和用于存放对换页面的对换区。通常，由于对换区是采用连续分配方式，而文件是采用离散分配方式，故对换区的磁盘 I/O 速度比文件区的高。这样，每当发生缺页请求时，系统应从何处将缺页调入内存，一般可分成如下两种情况。

①系统拥有足够的对换区空间，这时可以全部从对换区调入所需页面，以提高调页速度。为此，在进程运行前，便须将与该进程有关的文件，从文件区复制到对换区。

②系统缺少足够的对换区空间，这时凡是不会被修改的文件，都直接从文件区调入；而当换出这些页面时，由于它们未被修改而不必再将它们换出，以后再调入时，仍从文件区直接调入。但对于那些可能被修改的部分，在将它们换出时，便须调到对换区，以后需要时，再从对换区调入。

（3）页面调入过程。每当程序所要访问的页面未在内存时，便向 CPU 发出缺页中断，中断处理程序首先保留 CPU 环境，分析中断原因后，转入缺页中断处理程序。该程序通过查找页表，得到该页在外存的物理块后，如果此时内存能容纳新页，则启动磁盘 I/O 将所缺之页调入内存，然后修改页表。如果内存已满，则需先按照某种置换算法从内存中选出一页准备换出；如果该页未被修改过，可不必将该页写回磁盘；但如果此页已被修改，则必须将它写回磁盘，然后再把所缺的页调入内存，并修改页表中的相应表项，置其存在位为“1”，并将此页表项写入快表中。在缺页调入内存后，利用修改后的页表形成所要访问数据的物理地址，再去访问内存数据。

3.6.4 页面置换算法

在进程运行过程中，若其所要访问的页面不在内存而需把它们调入内存，但内存已无空闲空间时，为了保证该进程能正常运行，系统必须从内存中调出一页程序或数据，送磁盘的对换区中。但应将哪个页面调出，需根据一定的算法来确定。通常，把选择换出页面的算法称为页面置换算法（Page-Replacement Algorithms）。置换算法的好坏，将直接影响到系统的性能。

一个好的页面置换算法，应具有较低的页面更换频率。从理论上讲，应将那些以后不再会访问的页面换出，或把那些在较长时间内不会再访问的页面调出。如果页面置换算法选择不当，就会出现刚刚被置换出去的页面又再次被访问到，这种由于中断频率太高及页面置换的算法选择不好，使处理机花在页面交换的时间太长，从而导致系统的性能急剧下降，称为颠簸（或抖动），这种情况甚至会导致系统崩溃。

目前存在着许多种置换算法，它们都试图更接近于理论上的目标。这里只讨论局部范围内的几种常用的置换算法。

1. 最佳置换算法

最佳置换算法是一种理论上的算法，其所选择的被淘汰页面，将是以后永不使用的，或者是在未来最长时间内不再被访问的页面。采用最佳置换算法，通常可保证获得最低的缺页率。但由于人们目前还无法预知一个进程在内存的若干个页面中，哪一个页面是未来最长时间内不再被访问的，因而该算法是无法实现的，但可以利用该算法去评价其他算法。现举例说明如下。

假定系统为某进程分配了 3 个物理块，并考虑有以下的页面号引用串：

1，4，3，2，1，5，4，3，2，3，5，1，3，5

进程运行时，当系统为该进程分配的 3 个物理块没有完全被占用时，先通过 3 次缺页中断分别将 1，4，3 三个页面装入内存。以后，当进程要访问页面 2 时，已经没有空闲的物理块，所以将会因产生缺页中断而导致页面置换。此时 OS 根据最佳置换算法，将选择页面 3 予以淘汰。这是因为页面 1 将作为第 5 个被访问的页面，页面 4 是第 7 个被访问的页面，而页面 3 则要在第 8 次页面访问时才需调入。下次访问页面 1 时，因它已在内存而不必产生缺页中断。当进程访问页面 5 时，又将引起页面 1 被淘汰；因为，它在现有的 1，4，2 三个页面中，页面 1 将是以后最晚才被访问的。图 3.32 给出了采用最佳置换算法时的置换图。由图可看出，采用最佳置换算法发生了 7 次缺页中断，产生了 4 次页面置换。

1	4	3	2	1	5	4	3	2	3	5	1	3	5
1	1	1	1		5		5				5		
	4	4	4		4		3				3		
		3	2		2		2				1		

图 3.32 采用最佳页面置换算法时的置换图

2. 先进先出置换算法

这是最早出现的置换算法。该算法总是淘汰最先进入内存的页面，即选择在内存中驻留时间最久的页面予以淘汰。该算法实现简单，只需把一个进程已调入内存的页面，按先后次序链接成一个队列，并设置一个指针，称为替换指针，使它总是指向最老的页面。但该算法与进程实际运行的规律不相适应，因为在进程中，有些页面经常被访问，FIFO 算法并不能保证这些页面不被淘汰。

我们仍用上面的例子，但采用 FIFO 算法进行页面置换。

进程运行时，先通过 3 次缺页中断分别将 1，4，3 三个页面装入内存。以后，当进程要访问页面 2 时，将会因产生缺页中断而导致页面置换。此时 OS 根据先进先出页面置换算法，将选择页面 1 予以淘汰。这是因为页面 1 是页面 1、4、3 中最先进入内存的。接下来访问页面 1 时，因它已不在内存而再次产生缺页中断，此时应从页面 2、4、3 中淘汰页面 4，因为页面 4 是目前三个页面中较早进入内存的。图 3.33 给出了采用先进先出页面置换算法时的置换图。由图可看出，采用先进先出置换算法发生了 12 次缺页中断，产生了 9 次页面置换，比最佳置换算法多了近一倍。

1	4	3	2	1	5	4	3	2	3	5	1	3	5
1	1	1	2	2	2	4	4	4		5	5	5	
	4	4	4	1	1	1	3	3		3	1	1	
		3	3	3	5	5	5	2		2	2	3	

图 3.33 采用先进先出页面置换算法时的置换图

理论上讲，若给一个进程分配的物理块越多，产生缺页中断和页面置换的次数也越少，但是，先进先出页面置换算法会产生一种异常现象，即物理块数越多时，缺页中断和页面置换的次数反而增加。例如，某进程的页面号引用串为1，2，3，4，1，2，5，1，2，3，4，5，当为该进程分配3个物理块时，产生9次缺页中断，若为其分配4个物理块，则产生了10次缺页中断。请读者自行验证。

3. 最近最久未使用置换算法

FIFO置换算法性能之所以较差，是因为它所依据的条件是各个页面调入内存的时间，可是页面调入的先后次序并不能确实地反映页面的使用情况。最近最久未使用（LRU）的页面置换算法是根据页面调入内存后的使用情况进行决策的。由于无法预测各页面将来的使用情况，只能利用“最近的过去”来预测“最近的将来”。因此，LRU 置换算法是选择最近最久未使用的页面予以淘汰。该算法赋予每个页面一个访问字段，用来记录一个页面自上次被访问以来所经历的时间 t，当需要淘汰一个页面时，选择现有页面中其 t 值最大的，即最近最久未使用的页面予以淘汰。

假定系统为某进程分配了4个物理块，并考虑有以下的页面号引用串：

1，4，3，2，1，5，4，3，2，3，5，1，3，5

利用LRU算法对上例进行页面置换的结果如图3.34所示。在系统所分配的4个物理块用完之后，当进程对页面5进行访问时，由于页面4是最近最久未被访问的，故将它置换出去。当进程又对页面4进行访问时，页面3成为了最近最久未使用的页，将它换出，……。采用LRU页面置换算法时，产生9次缺页中断，6次页面置换。

1	4	3	2	1	5	4	3	2	3	5	1	3	5
1	1	1	1		1	1	1	2			2		
	4	4	4		5	5	5	5			5		
		3	3		3	4	4	4			1		
			2		2	2	3	3			3		

图3.34 采用最近最久未使用页面置换算法时的置换图

有的时候，最近最久未使用页面置换算法与最佳置换算法比较相似，但这并非是必然的结果，因为，最佳置换算法是从“向后看”的观点出发的，即它是依据以后各页的使用情况；而LRU算法则是“向前看”的，即根据各页以前的使用情况来近似地判断以后各页的使用情况，而实际上页面过去和未来的走向之间并无必然的联系。

3.6.5 请求分段存储管理方式

在请求分段系统中，程序运行之前，只需先调入若干分段（不必调入所有的分段）便可以启动运行。当所访问的段不在内存中时，可请求操作系统将所缺的段调入内存。像请求分页系统一样，为实现请求分段存储管理方式，同样需要一定的硬件支持和相应的软件。

1. 段表机制

在请求分段式管理中所需要的主要数据结构是段表。由于在应用程序的许多段中，只有一部分段装入内存，其余的一些段仍留在外存上，故须在段表中增加若干项，以供程序在调入、调出时参考。下图3.35给出请求分段的段表项。

段号	段长	状态位(P)	访问位(A)	修改位(M)	R	W	E	A	起始地址

图3.35 请求分段系统中的段表结构

- 段号：一个程序段在内存中的唯一标号。
- 段长：该程序段的长度。
- 状态位（P）：该程序段是否在内存中。
- 访问位（A）：该程序段是否最近被使用过。
- 修改位（M）：该程序段内容在内存中是否被修改过。
- 存取权限：
  - ◆ R 是否允许读操作。
  - ◆ W 是否允许写操作。
  - ◆ E 是否允许执行此段程序。
  - ◆ A 增补位，是否允许在此段末尾追加信息。
- 起始地址：若该程序段在内存中，则存放该段在内存的起始地址，否则，用于指出该段在外存上的首地址。

2. 缺段中断机构

在请求分段系统中，每当发现运行进程所要访问的段尚未调入内存时，便由缺段中断机构产生一个缺段中断信号，进入操作系统后由缺段中断处理程序将所需的段调入内存。缺段中断机构与缺页中断类似，它同样需要在一条指令的执行期间产生和处理中断，以及在一条指令执行期间可能产生多次缺段中断。但由于分段是信息的逻辑单位，因而不可能出现一条指令被分割在两个分段中和一组信息被分割在两个分段中的情况。缺段中断的处理过程如图3.36所示。由于段不是定长的，这使对缺段中断处理要比对缺页中断处理复杂。

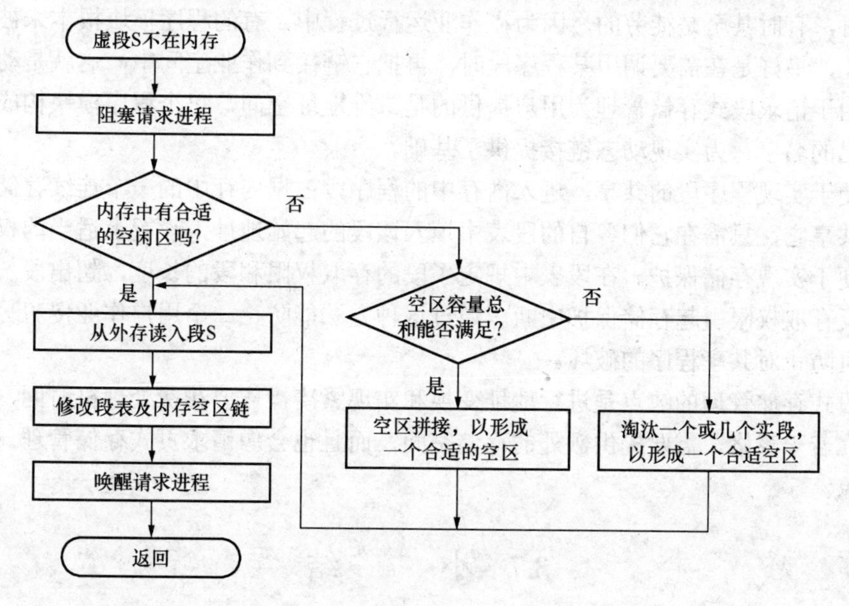

图 3.36 请求分段系统中的中断处理过程

3. 地址变换机构

请求分段系统中的地址变换机构，是在分段系统地址变换机构的基础上形成的。因为被访问的段并非全在内存，因而在地址变换时若发现所要访问的段不在内存，必须先将所缺的段调入内存，并修改段表，然后才能再利用段表进行地址变换。为此，在地址变换机构中又

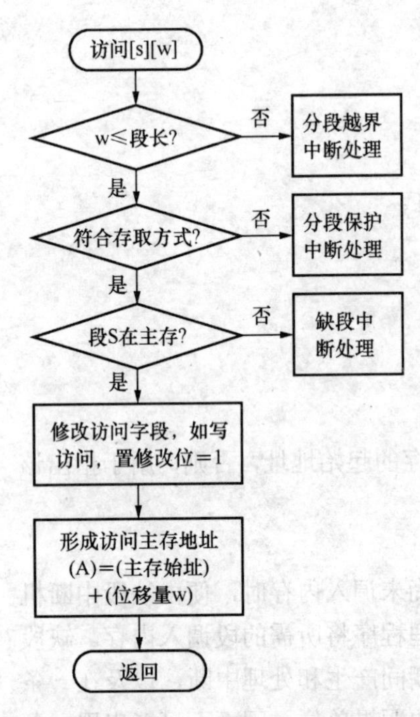

图 3.37 请求分段系统地址变换过程

增加了某些功能，如缺段中断的请求及处理等。图 3.37 给出了请求分段系统的地址变换过程。

4. 请求分段存储管理方式的优点和缺点

请求分段存储管理方式的优点如下。

（1）可提供大容量的虚存。与请求分页存储管理类似，一个作业运行时，内存只存放较少的段。在作业执行过程中，需要使用某段时再从外存调入。如果此时内存无空间，则需进行段的紧凑或是移出某些段。

（2）允许动态增加段的长度。对于一个较大的段，开始可以装入其中的一部分当程序员企图向段中增加新的内容或扩大段的长度时，可以动态增加段的长度。因为段表中有一个增补位，当访问的地址大于段长时，便产生越界中断。此时检查增补位，若为 1，则可增加段长度，可以通过紧凑或移去一些段的办法来实现。

（3）利用允许动态增长段的特性，容易处理变化的数据结构，如表格和数据段等。

（4）便于段的动态链接。一个作业可能由若干个程序段组成，在采用单一线性地址空间时，这些程序段要在执行之前完成链接和装配工作，产生出一个完整的连续空间，这个过程称为静态链接。这种工作不仅费时，有时甚至是徒劳的，因为在作业运行过程中，有的程序模块根本未被调用和执行过。为此，最好是在需要调用某程序段时，再把它链接到作业空间中，这就是动态链接。

（5）由于请求段式存储管理为用户提供的是二维地址空间，每个程序模块构成独立的分段，有自己的名字，为实现动态链接提供了基础。

（6）便于实现程序段的共享。进入内存中的程序段占据内存中的一个连续存储区。若多个作业要共享它，只需在它们各自的段表中填入该段的起始地址，设置上适当的权限即可。

（7）便于实现存储保护。在段表中规定了段的存取权限和段的长度，超出段长引起越界中断，违反存取权限引起存储保护中断。通过这种方法能防止一个用户作业侵犯另一个用户作业，也可防止对共享程序的破坏。

请求段式存储管理的缺点是进行地址变换和实现紧凑操作要花费处理机时间，为管理各分段要设立若干表格，需要提供额外的存储空间，而且也会像请求页式存储管理一样出现系统抖动现象。

3.7 小　　结

存储管理的研究对象主要是中央处理器能直接访问的内存储器，其目的一方面是为了在多道程序环境下，提高内存资源的利用率，另一方面也方便用户对内存储器这一关键性资源的使用。

本章首先介绍了存储管理的四大功能：内存分配与回收、逻辑地址重定位、存储保护、虚拟存储器。接着介绍了连续存储管理和离散存储管理。其中，连续存储管理包括固定分区存储管理和可变式分区存储管理两种实现方法，离散存储管理包括分页式存储管理、分段式存储管理和段页式存储管理。

虚拟存储技术是从逻辑上扩充内存的有效方法，实现这一技术的理论依据是程序的局部性原理。本章重点以请求页式存储管理和请求段式存储管理为例介绍了虚拟存储技术的实现方法。

习 题 3

一、填空题

1．将作业相对地址空间的相对地址转换成内存中的绝对地址的过程称为_______。

2．在请求调页系统中，若逻辑地址中的页号超过页表寄存器中的页表长度，则会产生_______。

3．静态重定位在程序_______时进行，动态重定位在程序_______时进行。

4．在请求分页的页表中，主要包含的信息有页号、块号、_______、_______和外存地址。

5．在分页系统中为实现地址变换而设置了页表寄存器，其中存放了_______和_______。

6．把逻辑地址分为页号和页内地址是由_______规定的，故分页的作业地址空间是_______维的。

7．分段保护中的越界检查是通过_______中存放的_______和段表中的_______实现的。

二、选择题

1．虚拟存储管理系统的理论依据是程序的（　　）原理。

A．静态性　　B．局部性

C．创造性　　D．可变性

2．在以下存储管理方案中，不适用于多道程序设计系统的是（　　）。

A．单用户连续分配　　B．固定式分区分配

C．可变式分区分配　　D．页式存储管理

3．在可变式分区分配方案中，某一作业完成后，系统收回其主存空间，并与相邻空闲区合并，为此需修改空闲区表，造成空闲区数减1的情况是（　　）。

A．无上邻空闲区，也无下邻空闲区

B．有上邻空闲区，但无下邻空闲区

C．有下邻空闲区，但无上邻空闲区

D．有上邻空闲区，也有下邻空闲区

4．下面的（　　）页面置换算法有时会产生异常现象。

A．先进先出　　B．最近久未使用　　C．最不经常使用　　D．最佳

5．系统出现抖动现象主要是由（　　）引起的。

A．置换算法选择不当　　B．交换的信息量太大

C．内存容量不足　　D．采用页式存储管理策略

6．虚拟存储器的最大容量是由（　　）决定的。

A．内外存容量之和　　B．计算机系统的地址结构

C．作业的相对地址空间　　D．作业的绝对地址空间

7．在请求分页系统的页表中增加了若干项，其中修改位供（　　）时参考。

A．分配页面　　B．置换算法

C．程序访问　　D．调出页面

8．下列关于虚拟存储器的论述中，正确的论述是（　　）。

A．为提高请求分页系统中内存的利用率，允许用户使用不同大小的页面。

B．在虚拟存储器中，为了能让更多的作业同时运行，通常只应装入某作业的 10～20%后便启动运行。

C．由于有了虚拟存储器，于是允许用户使用比内存更大的地址空间。

D．实现虚拟存储器的最常用的算法，是最佳适应算法 OPT。

9．动态重定位技术依赖于（　　）。

A．装入程序　　B．重定位寄存器

C．目标程序　　D．编译程序

10．通常情况下，在下列存储管理方式中，（　　）支持多道程序设计，管理最简单，但内存碎片多。

A．段式　　B．页式

C．固定分区　　D．可变分区

11．在请求调页系统中，若逻辑地址中的页号超过页表控制寄存器中的页表长度，则会引起（　　）。

A．输入/输出中断　　B．时钟中断

C．越界中断　　D．缺页中断

三、问答题

1．为什么要引入动态重定位？如何实现？

2．在采用首次适应算法回收内存时，可能出现哪几种情况？应怎样处理这些情况？

3．分页和分段存储管理有何区别？

4．虚拟存储器有哪些特征？其中最本质的特征是什么？

四、综合题

1．在一个请求分页系统中，采用 LRU 页面置换算法时，假如一个作业的页面走向为 1、3、2、1、3、5、1、3、2、1、5，当分配给该作业的物理块数 M 分别为 3 和 4 时，试计算在访问过程中所发生的缺页次数和缺页率，并比较所得结果。

2．在采用页式存储管理的系统中，作业 J 的逻辑地址空间为 4 页，每页 2 048 字节，且已知该作业的页面映象为：第 0、1、2、3 页被分别放入第 2、4、6、7 号物理块中，试求出有效逻辑地址 4 865 所对应的物理地址，并画出地址变换机构图。

3．在一分页存储管理系统中，逻辑地址长度为 16 位，页面大小为 4 096 字节，现有一逻辑地址为 2F6AH，且第 0、1、2 页依次放在物理块 5、10、11 中，问相应的物理地址为多少？

第4章　设　备　管　理

在计算机系统中，除了对处理器、存储器及文件系统的管理之外，还要对输入/输出设备进行有效管理，才能完成操作系统的主要功能。通常把各种外设及其接口线路、控制部件与管理软件统称为I/O系统。

随着计算机软、硬件技术的飞速发展，各种各样的计算机外设不断出现在我们的生活中，如扫描仪、数码相机等，同时在多道程序运行环境中要并行处理多个作业的I/O请求，对网络设备的使用等，这些都对设备管理提出了更高的要求。因此为了方便用户，提高外设的并行程度和利用率，由操作系统对种类繁多、特性和方式各异的外设进行统一管理显得极为重要。

本章重点讲述以下几方面内容：

（1）设备管理的任务和功能。

（2）输入/输出的硬件和软件组织。

（3）管理和分配系统中的设备。

（4）数据传输的各种控制方式。

（5）设备管理中常用的若干技术。

4.1　设备管理概述

现代计算机系统中常配有各种各样的设备，常见的有显示器、键盘、打印机、磁盘机、光盘驱动器、音频设备、数码照相机、闪存等。这些设备在性能上存在着很大的差异，这就使得设备管理成为操作系统中最繁杂且与硬件关系最密切相关的部分。

4.1.1　设备管理的目标与功能

研究设备管理就需要首先知道设备管理实现的目标及为实现该目标而应具备的功能。

1. 设备管理的目标

计算机配置操作系统的主要目的，一是为了提高系统资源利用率，二是方便用户使用计算机。设备管理的目标，完全体现了这两点。

（1）提高外部设备的利用率。在多道程序设计环境下，外部设备的数量肯定少于用户进程数，竞争不可避免。因此在系统运行过程中，如何合理地分配外部设备，协调它们之间的关系，如何充分发挥外部设备之间、外部设备与CPU之间的并行工作能力，使系统中的各种设备尽可能地处于忙碌状态，显然是一个非常重要的问题。

（2）为用户提供方便、统一的使用界面。“界面”是用户与设备进行交流的手段。计算机系统配备的外部设备类型多样，特性不一，操作各异。操作系统必须把各种外部设备的物理特性隐藏起来，也必须把各种外部设备的操作方式隐藏起来，这样，用户使用时才会感觉到方便，才会感觉到统一。

2. 设备管理的功能

要达到上述的两个目标，设备管理必须具有如下功能。

（1）提供一组 I/O 命令，以便用户进程能够在程序一级发出所需要的 I/O 请求，这就是用户使用外部设备的“界面”。

（2）进行设备的分配与回收。在多道程序设计环境下，多个用户进程可能会同时对某一类设备提出使用请求。设备管理软件应该根据一定的算法，决定把设备具体分配给哪个进程使用，对那些提出设备请求但暂时未分配设备的进程，应该进行管理（如组成设备请求队列），按一定次序等待。当某设备使用完毕后，设备管理软件应该及时将设备收回。如果有用户进程在等待该设备，还要再进行分配。

（3）对缓冲区的管理。一般来说，CPU 的执行速度、访问内存储器的速度都比较高，而外部设备的数据传输速度则相对很低，从而产生高速 CPU 与低速 I/O 设备之间速度不匹配的矛盾。为了解决这种矛盾，系统往往在内存中开辟一些区域称为“缓冲区”，CPU 和 I/O 设备都通过这种缓冲区传送数据，以达到设备与设备之间、设备与 CPU 之间的工作协调。在设备管理中，操作系统设有专门的软件对这种缓冲区进行管理。

（4）实现真正的 I/O 操作。用户进程在程序中使用了设备管理提供的 I/O 命令后，设备管理就要按照用户的具体请求，启动设备，通过不同的设备驱动程序，进行实际的 I/O 操作。I/O 操作完成之后，将结果通知用户进程。

4.1.2 输入/输出控制方式

输入/输出控制方式是随着操作系统的发展而发展的，具体有程序查询方式、中断驱动方式、DMA 方式和通道控制方式。

1. 程序查询方式

在早期的计算机系统中，外部设备的输入/输出管理主要采用查询方式。若进程需要使用外部设备进行输入/输出时，首先测试设备状态。当设备状态为“忙碌”时，继续以循环方式进行测试，直至设备“空闲”时，启动设备进行数据传送。这种方式造成的结果是 CPU 的绝大部分时间浪费在等待低速设备的操作上。CPU 除了主动进行测试设备状态以外无其他方法得知设备的工作情况，只能运行在一个循环程序上，直到设备空闲为止，程序 I/O 方式的流程如图 4.1（a）所示。可见，这是一种低效的 I/O 控制方式。

程序查询方式可以采用硬件提供的专用 I/O 指令，也可以采取内存操作指令完成。后者将设备地址映射为内存地址空间的一部分，是目前硬件通常提供的 I/O 指令形式，称为内存映射 I/O。

2. 中断驱动方式

引入中断之后，设备具有中断 CPU 的能力，使设备与 CPU 可以并行。处理机代表进程向相应设备发出 I/O 请求，然后仍返回中断处继续执行原来的任务。当 I/O 完成时，设备产生中断信号，CPU 进行中断处理，如果进程等待的 I/O 操作完成，则将进程唤醒，然后 CPU 继续执行被中断的程序，其流程如图 4.1（b）所示。

中断模式使设备与 CPU 可以并行，但对于不少设备而言每传输一个字节就会产生一次中断，当设备较多时对 CPU 的中断打扰很多。另外，中断伴随处理机的状态的切换，增加了系统开销。为使 CPU 从繁重的 I/O 操作中解脱出来，集中处理计算工作，产生了专门负责 I/O 操作的通道技术。通道造价比较高，主要用在大型和中小型计算机系统中，在微型计算机系统中流行的 DMA 技术借鉴了通道技术的思想，但其 I/O 控制功能和造价与通道有很大差别。

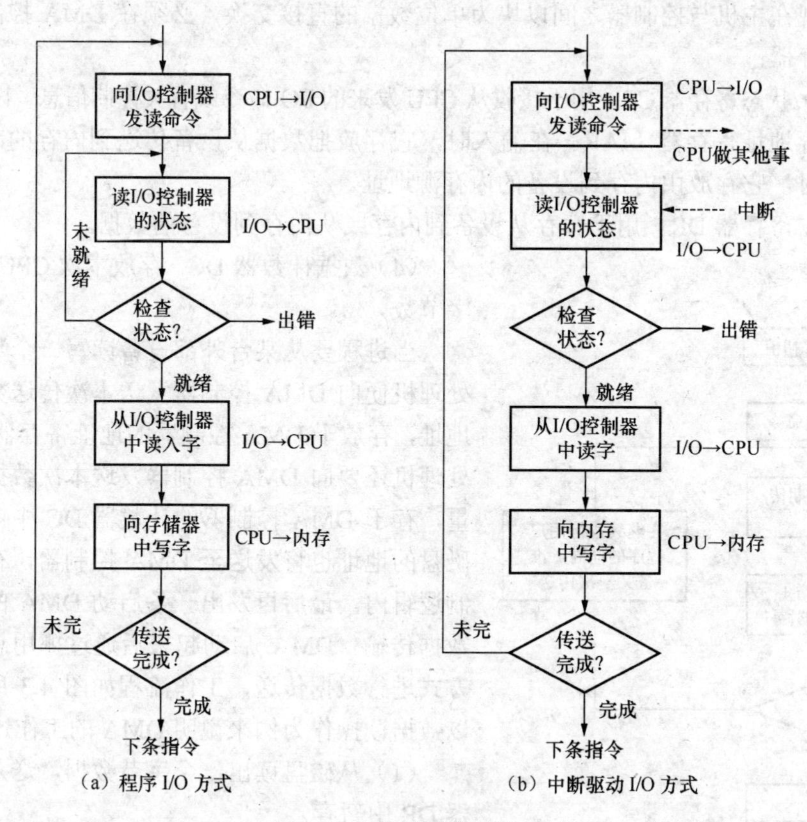

图 4.1 输入/输出控制方式

与查询方式一样，中断驱动 I/O 方式既可以采用硬件提供的专用 I/O 指令，也可以采用内存映射 I/O 指令完成。

3. DMA 方式

DMA（Direct Memory Access）是直接存储器访问的缩写。在 DMA 控制方式中，数据传送可以绕过处理机，直接利用 DMA 控制器实现内存和外设的数据交换。每交换一次，可传送一个数据块，因此，这是一种效率很高的传输方式。

图 4.2 是 DMA 控制器组成示意图。DMA 控制器由三部分组成：主机与 DMA 控制器的接口、DMA 控制器与块设备的接口、I/O 控制逻辑。这里主要介绍主机与控制器之间的接口。

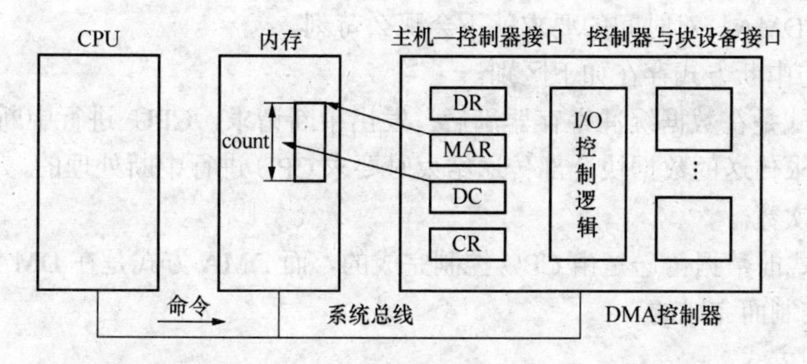

图 4.2 DMA 控制器的组成

为了实现在主机与控制器之间以块为单位数据的直接交换，必须在 DMA 控制器中设置如下 4 类寄存器：

（1）命令/状态寄存器 CR。用于接收从 CPU 发来的 I/O 命令或有关控制信息、设备的状态。

（2）内存地址寄存器 MAR。在输入时，它存放把数据从设备传送到内存的起始目标地址；在输出时，它存放由内存到设备的内存源地址。

（3）数据寄存器 DR。用于暂存从设备到内存或从内存到设备的数据。

（4）数据计数器 DC。存放本次 CPU 要读/写的字节数。

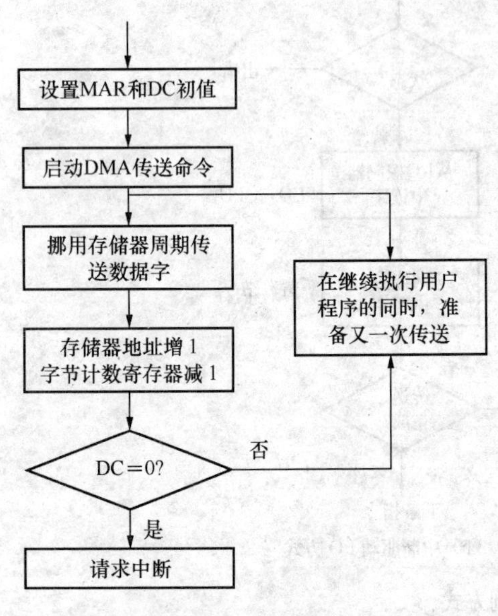

图 4.3　DMA 工作流程

当进程要从某台外部设备读写一个数据块时，处理机便向 DMA 控制器发送本次传送数据的内存地址，存放于 DMA 控制器的地址寄存器 MAR 内；处理机还要向 DMA 控制器发送本次数据传送的数量，存于 DMA 控制器的计数器 DC 中；此外访问磁盘的地址也将发送至 DMA 控制器，存于 I/O 控制逻辑内，最后再发出一条启动 DMA 的指令进行数据传输。DMA 启动起来后通过挪用总线周期的方式进行数据传送，工作流程如图 4.3 所示。下面以数据读操作为例来说明 DMA 的工作过程。

（1）从磁盘读出一个字节数据，送入数据寄存器 DR 中暂存。

（2）挪用一个系统总线周期（也就是内存周期），将该字节送到地址寄存器指示的内存单元中去。

（3）地址寄存器 MAR 自动加 1，同时让计数器 DC 减 1。

（4）若计数器的值不为 0，表示磁盘读操作尚未结束，转（1）准备接收下一个字节数据。

（5）若计数器的值为 0，表示磁盘读操作结束。DMA 控制器向处理机发出中断信号。

（6）处理机接到 DMA 发来的中断信号后，转入相应的中断处理程序，读 DMA 的状态，判断本次传送是否成功。依此作相应的处理。

目前，许多 DMA 中设有数据缓冲区来缓和数据传输中的速度不匹配。比如，在用 DMA 控制的磁盘存储系统中，磁盘一旦开始传输，无论 DMA 是否做好准备，数据流都以恒速从磁盘设备传来。如果总线正忙，DMA 不能成功地挪用总线周期，将可能出现数据丢失。而配置了缓冲区的 DMA，对时间的要求就不会那么苛刻。

DMA 方式与中断方式存在如下区别。

（1）中断方式是在数据缓冲寄存器满后，发出中断请求，CPU 进行中断处理的；DMA 方式则是在所要求传送的数据块全部传送结束时要求 CPU 进行中断处理的，大大减少了 CPU 进行中断处理的次数。

（2）中断方式的数据传送是由 CPU 控制完成的，而 DMA 方式是在 DMA 控制器的控制下不经过 CPU 控制而完成的。

4. 通道控制方式

通道控制方式是继 DMA 之后，让处理机摆脱 I/O 操作的又一项发明。通道方式可以进一步减少 CPU 的干预，即把 DMA 中对一个数据块的读写为单位的干预，减少为对一组数据块的读写及有关控制和管理为单位的干预。同时，又可实现 CPU、通道和 I/O 设备三者的并行操作，从而更有效地提高整个系统的资源利用率。例如，当 CPU 要完成一组相关的读（或写）操作及有关控制时，只需向 I/O 通道发送一条指令，以给出其所要执行的通道程序的首地址和要访问的 I/O 设备，通道接到该指令后，通过执行通道程序便可完成 CPU 指定的 I/O 任务。

通道是通过执行通道程序，并与设备控制器共同实现对 I/O 设备的控制的。通道程序是由一系列通道指令（或称为通道命令）所构成的。通道指令与一般的机器指令不同，在它的每条指令中都包含下列信息。

（1）操作码。它规定了指令所执行的操作，如读、写、控制等操作。

（2）内存地址。标明字符送入内存（读操作）和从内存取出（写操作）时的内存首址。

（3）计数。表示本条指令所要读（或写）数据的字节数。

（4）通道程序结束位（P）。用于表示通道程序是否结束。P=1 表示本条指令是通道程序的最后一条指令。

（5）记录结束标志（R）。R=0 表示本通道指令与下一条指令所处理的数据是同属于一个记录；R=1 表示这是处理某记录的最后一条指令。表 4.1 列出了一个由 6 条通道指令所构成的简单的通道程序。该程序的功能是将内存中不同地址的数据，写成多个记录。其中，前三条指令是分别将 813～892 单元中的 80 个字符和 1034～1173 单元中的 140 个字符及 5830～5889 单元中的 60 个字符写成一个记录；第 4 条指令是单独写一个具有 300 个字符的记录；第 5、6 条指令写含 500 个字符的记录。

表 4.1　　通 道 程 序 实 例

操　作	P	R	计　数	内存地址
Write	0	0	80	813
Write	0	0	140	1034
Write	0	1	60	5830
Write	0	1	300	2000
Write	0	0	250	1850
Write	1	1	250	720

4.2　输入/输出硬件组织

随着计算机技术的飞速发展，外设的种类越来越多，如果还让 CPU 来管理众多的输入/输出操作，必然会严重影响系统效率，因此，目前已广泛使用 DMA 和通道技术来减轻 CPU 的负担，提高输入/输出效率，本节主要介绍输入/输出系统中的设备控制器、通道等内容。

4.2.1　I/O 设备的类型

计算机系统配有各种各样的设备，常见的有显示器、键盘、打印机、磁带机、绘图仪等。可以从不同的角度对外部设备进行分类。

（1）基于设备的从属关系，可以把系统中的设备分为系统设备和用户设备。

①系统设备。操作系统生成时就纳入系统管理范围的设备就是系统设备，通常也称为“标准设备”，如键盘、显示器、磁盘驱动器等。

②用户设备。在完成任务过程中，用户特殊需要的设备称为用户设备。由于这些是操作系统生成时未经登记的非标准设备，因此对于用户来说，需要向系统提供使用该设备的有关程序（如设备驱动程序等）；对于系统来说，需要提供接纳这些设备的手段，以便将它们纳入系统的管理。

（2）基于设备的分配特性，可以把系统中的设备分为独享设备、共享设备和虚拟设备。

①独享设备。打印机、用户终端等大多数低速输入、输出设备都是所谓的“独享设备”。这种设备的特点是，一旦把它们分配给某个用户进程使用，就必须等它们使用完毕后，才能重新分配给另一个用户进程使用。否则无法保证所传送信息的连续性，也就是说，独享设备的使用具有排他性。

②共享设备。磁盘等设备是所谓的“共享设备”。这种设备的特点是，可以由几个用户进程交替地对它进行信息的读或写操作。从宏观上看，它们在同时使用，因此这种设备的利用率较高。

③虚拟设备。通过大量辅助存储器的支持，利用 SPOOLing 技术将独享设备“改造”成为可以共享的设备，但实际上这种共享设备是并不存在的，于是把它们称为“虚拟设备”。

4.2.2 设备控制器

通常，设备并不直接与 CPU 进行通信，而是与设备控制器通信。设备控制器是 I/O 设备中的电子部件，在个人计算机中它常常是一块可以插入主板扩展槽的印制电路板，也称接口卡，而设备本身则是 I/O 设备的另一组成部分——机械部分。操作系统一般不直接与设备打交道，而是把指令直接发送到设备控制器中。

为了实现设备的通用性和互换性，设备控制器和设备之间应采用标准接口，如 SCSI（小型计算机系统接口）或 IDE（集成设备电子器件）接口等。设备控制器上一般都有一个接线器可以通过电缆与标准接口相连接，它可以控制 2 个、4 个或 8 个同类设备。对于个人计算机和小型计算机系统来说，由于它们的 I/O 系统比较简单，所以 CPU 与设备控制器之间的通信采用单总线模型，如图 4.4 的所示。

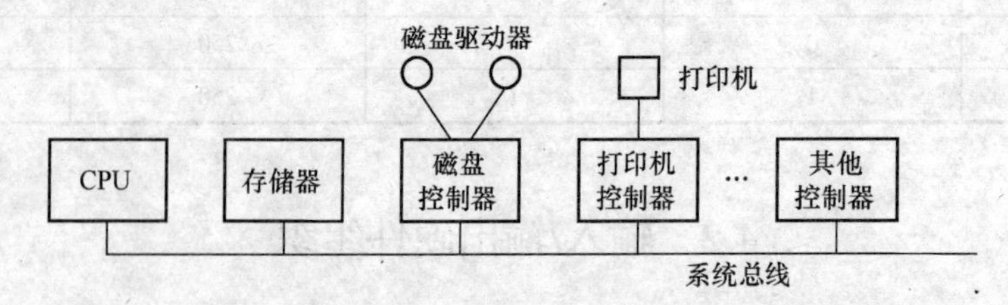

图 4.4 单总线型 I/O 系统结构

设备控制器是 CPU 与 I/O 设备之间的接口，它接收从 CPU 发来的命令，并去控制 I/O 设备工作，使处理器从繁杂的设备控制事务中解脱出来。设备控制器是一个可编址设备，当它仅控制一个设备时，只有一个唯一的设备地址，若连接多个设备，则具有多个设备地址，使每一个地址对应一个设备。

1. 设备控制器的功能

（1）接收和识别命令。CPU 会向设备控制器发送多种命令，这时它应该能够接收并识别这些命令。为此，在设备控制器中应设置相应的控制寄存器，用来存放接收的命令和参数，并对接收的命令进行译码。

（2）实现CPU与设备控制器、设备控制器与设备间的数据交换。为此，在设备控制器中需设置数据寄存器。

（3）随时让CPU了解设备状态。在设备控制器中设置一个状态寄存器，用其中的每一位来反映设备的某一种状态。

（4）识别设备地址。系统中的每一个设备都有一个地址，而设备控制器又必须能够识别它所控制的每个设备的地址。另外，为使CPU能向寄存器中写入或从寄存器中读出数据，这些寄存器应具有唯一地址。这样设备控制器为了能正确识别这些地址应配置地址译码器。

2. 设备控制器的组成

由于设备控制器处于CPU和设备之间，它既要与CPU通信，又要与设备通信，所以还应具有按照CPU所发来的命令去控制设备操作的功能。因此大多数设备控制器由以下三部分组成。

（1）设备控制器与CPU的接口。该接口用于实现设备控制器与CPU之间的通信，其中有3类信号线——数据线、地址线和控制线。数据线通常与两类寄存器相连接：数据寄存器和控制/状态寄存器。

（2）设备控制器与设备的接口。在一个设备控制器上可以连接一台或多台设备。相应地，在设备控制器中就有一个或多个设备接口，一个接口连接一台设备，在每个接口中都有3种类型的信号：数据信号、控制信号和状态信号。

（3）I/O逻辑。它用于对I/O的控制，通过一组控制线与CPU交互。CPU利用该逻辑向设备控制器发送命令，I/O逻辑对接收到的命令进行译码。每当CPU要启动一个设备时，一方面要将启动命令送给设备控制器，另一方面又同时通过地址线把地址送给设备控制器。由设备控制器的I/O逻辑对收到的地址进行译码，再根据译出的命令对所选的设备进行控制。设备控制器的结构组成如图4.5所示。

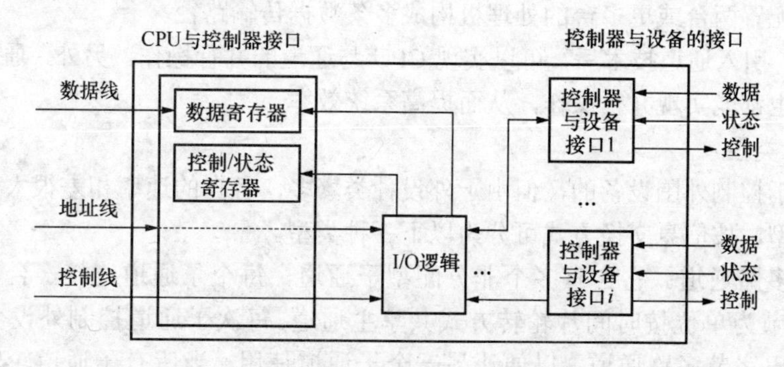

图4.5 设备控制器的组成结构

4.2.3 通道

当主机配置的外设很多时，仅有设备控制器是远远不够的，CPU的负担依然很重。于是在CPU和设备控制器之间又增设了通道，这样可使一些原来由CPU处理的I/O任务转由通道来承担，也就是我们前面讲过的使用通道控制方式进行I/O控制，从而把CPU从繁杂的I/O

任务中解脱出来，提高系统的工作效率。

1. 通道及通道与CPU间的通信

通道又称为I/O处理器，是一个独立于CPU的专管输入/输出控制的处理器，它控制设备与内存直接进行数据交换。通道具有执行I/O指令的功能，并通过执行通道程序来控制I/O操作。但I/O通道又与一般的处理器不同：一方面是其指令类型单一，由于通道硬件较简单，执行的指令也只是与I/O操作有关的指令；另一方面是通道没有自己的内存，它所执行的通道程序存放在主机的内存中，即通道与CPU共享内存。

有了通道之后，CPU与通道之间的关系是主从关系，CPU是主设备，通道是从设备，这样采用通道方式实现数据传输的过程为：当运行的程序要求传输数据时，CPU向通道发出I/O指令，命令通道开始工作，CPU就可以继续进行其他的数据处理；通道接收到CPU的I/O指令后，从内存中取出相应的通道程序，通过执行通道程序完成I/O操作；当I/O操作完成（或出错）时，通道以中断方式中断CPU正在执行的程序，请求CPU的处理。引入通道之后的I/O系统结构如图4.6所示。

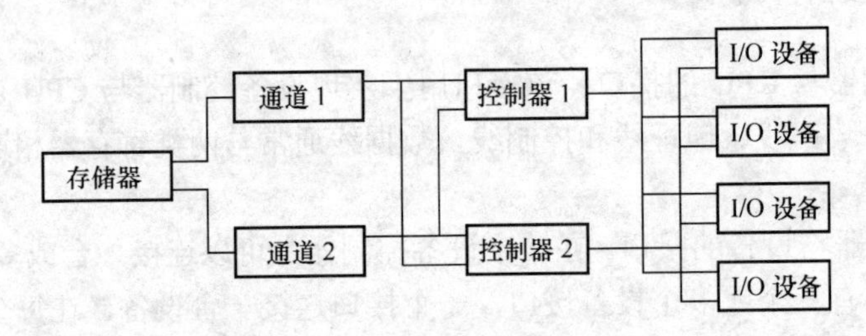

图4.6　具有通道的I/O系统结构

为了实现主机与外部设备的数据传送，系统至少要有一条数据传输路径。当然，从提高效率的观点上看，系统要设多条路径以防止负荷不平衡造成I/O狭口，即通常所指的“瓶颈”。从容错角度上看，系统也应当具有替代某些发生故障设备的路径。因此，通常希望系统中的每一台设备连接到两个或更多的设备控制器上，每个控制器连接到两台或更多台的通道设备上，甚至系统配置两台或更多台的处理机构成多条数据传输路径。

由此可见，引入通道技术后，可以实现CPU与通道的并行操作。另外，通道之间，以及通道上的外设也都能实现并行操作，从而提高系统效率。

2. 通道的类型

通道是用于控制外围设备的，但由于外设种类繁多，各自的速率相差很大，因而使得通道也有各种类型，按信息交换方式可分为以下3种类型。

（1）字节多路通道。它含有多个非分配型子通道，每个子通道连接一台I/O设备，这些子通道以字节为单位按时间片轮转方式共享主通道。每次子通道控制外设交换一个字节后，便立即让出字节多路通道，以便让另一个子通道使用。当所有子通道轮转一周后，就又返回来由第一个子通道去使用字节多路通道。但由于它的传送是以字节为单位进行的，要频繁进行通道的切换，因此输入/输出效率不高。它多用来连接低速或中速设备，如打印机等。

如图4.7所示为字节多路通道工作原理。它所含有的多个子通道A、B、C、D、……、N分别通过控制器与一台设备相连。假定这些设备的速率相近，且都同时向主机传送数据。设备 A 所传送的数据流为 A1、A2、A3、……，设备 B 所传送的数据流为 B1、B2、B3、……，把这些数据流合成后送往主机的数据流为 A1、B1、C1、D1、……，A2、B2、C2、D2、……。

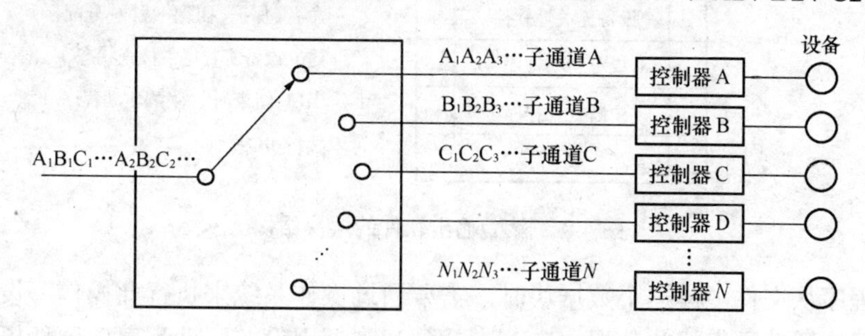

图 4.7 字节多路通道工作原理

（2）数组选择通道。它按成组方式进行数据传送，每次以块为单位传送一批数据，所以传输速度很快，主要用于连接高速外围设备，如磁盘等。但由于它只含有一个分配子通道，在一段时间内只能执行一个通道程序，控制一台设备进行数据传送，致使当某台设备占用了该通道后，便一直独占，直至它传送完毕释放该通道，其他设备才可以使用。可见，这种通道利用率较低。

（3）数组多路通道。数组选择通道虽然有很高的传输速率，但它每次只允许一个设备传送数据，因此将它的优点和字节多路通道分时并行操作的优点相结合，引入了数组多路通道。它含有多个非分配型子通道，可连接多种高速外围设备，以成组方式进行数据传送，多个通道程序、多种高速外围设备并行操作。这种通道主要用来连接中、高速设备，如磁带等。

数组多路通道先为某一台设备执行一条通道命令，传送一批数据，然后自动地转换为另一台设备执行一条通道命令。由于它在任何一个时刻只能为一台设备服务，这类似于选择通道，但它不等整个通道程序执行结束就为另一台设备的通道程序执行指令，这又类似于字节多路通道的分时功能。在本质上，数组多路通道相当于通道程序的多道程序设计技术的硬件实现。如果所有的通道程序都只有一条指令，那么数组多路通道就相当于数组选择通道。

4.3 输入/输出软件组织

前面我们了解了计算机系统中输入/输出的硬件组织，对设备如何输入/输出已有了初步认识，但要实现具体的输入输出操作还需要有相应的软件组织。

4.3.1 输入/输出软件的层次结构

输入/输出软件的设计目标就是将软件组织成一种层次结构，底层的软件用来屏蔽输入/输出硬件的细节，从而实现上层的设备无关性（即设备独立性），高层软件则主要为用户提供一个统一、规范、方便的接口。

为了实现这个目标，操作系统把输入/输出软件组织分成以下层次：中断处理程序、设备驱动程序、设备无关性软件、用户程序。图 4.8 所示为这 4 个层次及每层软件的主要功能，其中箭头表示控制流。

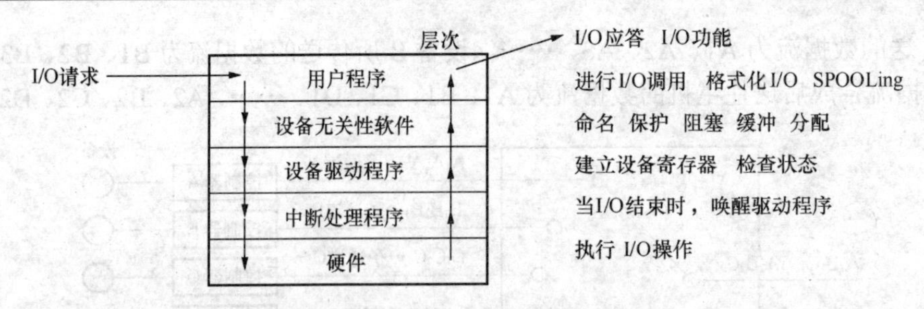

图 4.8 输入/输出软件的层次结构

当用户程序从文件中读一个数据块时，需要通过操作系统来执行此操作。设备无关性软件首先在数据块缓冲区查找此数据块。若未找到，则调用设备驱动程序向硬件提出相应的请求。用户进程随即阻塞，直至数据块读出。当磁盘操作结束时，硬件发出一个中断，它将激活中断处理程序。中断处理程序则从设备获得返回状态值，并唤醒被阻塞的用户进程来结束此次请求，随后用户进程将继续进行。

下面对这 4 个层次自底向上分别进行讨论。

4.3.2 中断处理程序

在设备控制器的控制下，I/O 设备完成了 I/O 操作后，设备控制器便向 CPU 发出一个中断请求，CPU 响应后便转向中断处理程序。无论是哪种 I/O 设备，其中断处理程序的处理过程都大体相同，主要有以下几个阶段。

（1）检查 CPU 响应中断的条件是否满足。如果有来自于中断源的中断请求，并且 CPU 允许中断，则 CPU 响应中断的条件满足，否则中断处理无法进行。

（2）CPU 响应中断后立即关中断。如果 CPU 响应中断，则它立即关中断，使其不能再次响应其他中断。

（3）保存被中断进程的 CPU 环境。为了在中断处理结束后能使进程正确地返回到断点，系统必须把当前处理的状态字 PSW 和程序计数器 PC 等内容保存在中断保留区（栈）中，对被中断进程的 CPU 现场要进行保留（也将它们压入中断栈中），包含所有的 CPU 寄存器，如段寄存器、通用寄存器等，因为在中断处理时可能会用到这些寄存器。

（4）分析中断原因，转入相应的设备中断处理程序。由处理器对各个中断源进行测试，识别中断类型（磁盘中断，还是时钟中断）和中断的设备号（如哪个磁盘引起的中断），处理优先级最高的中断源发出的中断请求，并发送一个应答信号给发出中断请求信号的进程，使之消除该中断请求信号，然后将该中断处理程序的入口地址装入到程序计数器中，使处理器转向中断处理程序。

（5）执行中断处理程序。对不同的设备有不同的中断处理程序。中断处理程序首先从设备控制器中读出设备状态看是否正常完成。如果正常完成，则驱动程序便可做结束处理；如果是还有数据要传送，则继续进行传送；如果是异常结束，则根据发生异常的原因进行相应的处理。

（6）恢复被中断进程的 CPU 现场。当中断处理完成后，便可将保存在中断栈中的被中断进程的现场信息取出，并装入到相应的寄存器中。这样当某程序是指令在 N 位置时被中断的，退出中断后，处理器再执行本程序时，便从 $N+1$ 开始，于是便返回了被中断的程序。

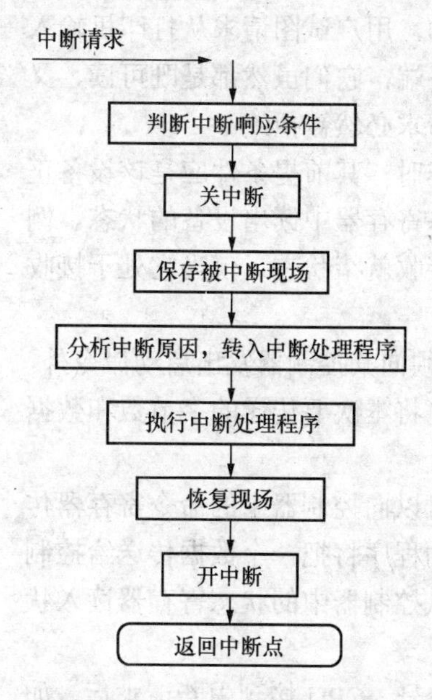

图 4.9　I/O 中断处理流程

（7）开中断，CPU 继续执行。I/O 操作完成后，驱动程序必须检查本次 I/O 操作中是否发生了错误，以便向上层软件报告，最终是向调用者报告本次执行情况。

中断处理的流程如图 4.9 所示。

4.3.3 设备驱动程序

不同类型的设备应有不同的设备驱动程序。所谓设备驱动程序是指驱动物理设备和 DMA 控制器或 I/O 控制等直接进行 I/O 操作的子程序集合。设备驱动程序主要负责启动指定设备，即负责设置与相关设备有关的寄存器的值，启动设备进行 I/O 操作，指定操作的类型和数据流向等。当然，在启动指定设备之前，还必须完成一些必要的准备工作，例如检验设备是否“空闲”等。在完成所有准备工作后，才向设备控制器发送一条启动命令。

系统完成 I/O 请求的具体处理过程是，用户进程发出 I/O 请求→系统接受这个 I/O 请求→设备驱动程序具体完成 I/O 操作→I/O 完成后，用户进程重新开始执行。图 4.10 所示为 I/O 请求处理过程示意图。

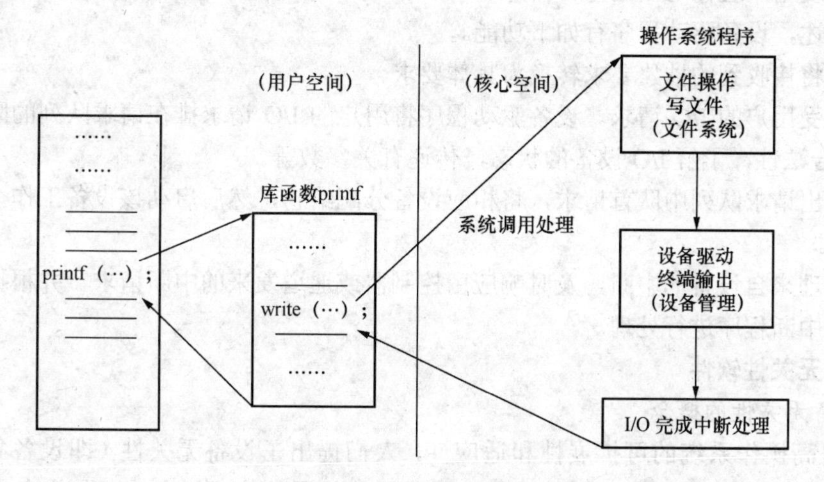

图 4.10　I/O 请求处理过程

下面简要说明此过程，其中重点叙述设备驱动程序的处理过程。

（1）将抽象要求转换为具体要求。通常在每个设备控制器中都含有若干个寄存器，它们分别用于暂存命令、数据和参数等。用户及上层软件对设备控制器的具体情况毫无了解，因而只能向它发出抽象的要求，但这些命令无法传送给设备控制器，因此，就需要将这些抽象的要求转换为具体要求。例如，将抽象要求中的盘块号转换为磁盘的盘面、磁道号及扇区。这一转换工作只能由驱动程序来完成，因为在操作系统中只有驱动程序才同时了解抽象要求和设备控制器中的寄存器情况；也只有它才知道命令、数据和参数应分别送往哪个寄存器。

（2）检查 I/O 请求的合法性。对于任何输入设备，都是只能完成一组特定的功能，若该设备不支持这次的 I/O 请求，则认为这次 I/O 请求非法。例如，用户试图请求从打印机输入数据，显然系统应予以拒绝。此外，还有些设备，如磁盘和终端，它们虽然都是既可读、又可写的，但若在打开这些设备时规定是只读的，则用户的写请求必然被拒绝。

（3）读出和检查设备状态。在启动某个设备进行 I/O 操作时，其前提条件应是该设备正处于空闲状态。因此在启动设备之前，要从设备控制器的状态寄存器中读出设备的状态。例如，为了向某设备写入数据，此前应先检查该设备是否处于接收就绪状态，仅当它处于接收就绪状态时，才能启动设备控制器，否则只能等待。

（4）传送必要的参数。有许多设备，特别是块设备，除必须向其控制器发出启动命令外，还需传送必要的参数。例如，在启动磁盘进行读/写之前，应先将本次要传送的字节数和数据应到达的主存始址送入控制器的相应寄存器中。

（5）启动 I/O 设备。在完成上述准备工作后，驱动程序可以向控制器中的命令寄存器传送相应的控制命令。对于字符设备，若发出的是写命令，驱动程序将把一个数据传送给控制器；若发出的是读命令，则驱动程序等待接收数据，并通过从控制器中的状态寄存器读入状态字的方法，来确定数据是否到达。

（6）I/O 完成。I/O 完成后，由通道（或设备）产生中断信号。CPU 接到中断请求后，如果条件符合，则响应中断，然后转去执行相应的中断处理程序，唤醒因等待 I/O 完成而阻塞的进程，调度用户进程继续运行。

综上所述，设备驱动程序有如下功能。

（1）可将接收到的抽象要求转换为具体要求。

（2）接受用户的 I/O 请求。设备驱动程序将用户的 I/O 请求排在请求队列的队尾，检查 I/O 请求的合法性，了解 I/O 设备的状态，传递有关参数等。

（3）取出请求队列中队首请求，将相应设备分配给它，然后启动该设备工作，完成指定的 I/O 操作。

（4）处理来自设备的中断，及时响应由控制器或通道发来的中断请求，并根据中断类型调用相应的中断程序进行处理。

4.3.4 设备无关性软件

1. 设备无关性的概念

为了提高操作系统的可扩展性和适应性，人们提出了设备无关性（即设备独立性）的概念。其含义是，用户编写的应用程序独立于具体使用的物理设备，即使设备更换了，应用程序也不用改变。为了实现设备独立性而引入了逻辑设备和物理设备的概念。所谓逻辑设备是实际物理设备属性的抽象，它并不局限于某个具体设备。例如一台名为 LST 的具有打印机属性的逻辑设备，它可能是 0 号或 1 号打印机，在某些情况下，也可能是显示终端，甚至是一台磁盘的某部分空间（虚拟打印机）。逻辑设备究竟与哪一个具体的物理设备相对应，要由系统根据当时的设备情况来决定或由用户指定。在应用程序中使用逻辑设备名来请求使用某类设备，而系统在实际执行时，使用物理设备名。当然系统必须具有将逻辑设备名转换成物理设备名的功能。这类似于存储器管理中所介绍的逻辑地址和物理地址的概念。在应用程序中，所使用的是逻辑地址，而系统在分配和使用内存时，必须使用物理地址。

引入设备无关性这一概念，使得用户程序可使用逻辑设备名，而不必使用物理设备名，这有以下优点。

（1）使得设备分配更加灵活。当多用户多进程请求分配设备时，系统可根据设备当时的忙闲情况合理调整逻辑设备名与物理设备名之间的对应情况，以保证设备的独立性。

（2）可以实现 I/O 重定向。所谓 I/O 重定向是指可以更换 I/O 操作的设备而不必改变应用程序。例如，在调试一个应用程序时，可将程序的结果输出送到屏幕上显示，而在程序调试完后，如需正式地将程序的运行结果打印出来，即更换输出设备，则只需将 I/O 重定向的数据结构——逻辑设备表中的显示终端改为打印机即可，而不必修改应用程序。

2. 设备无关性软件

设备驱动程序是一个与硬件（或设备）紧密相关的软件，为了实现设备独立性，就必须在驱动程序之上设置一层与设备无关的软件。它提供适用于所有设备的常用 I/O 功能，并向用户层软件提供一个一致的接口，其主要功能如下。

（1）向用户程序提供统一接口。无论哪种设备，它们向用户所提供的接口都相同。例如对各种设备的读操作，在应用程序中都用 read，而写操作都用 write。

（2）设备命名。设备无关性软件负责将设备名映射到相应的设备驱动程序，一个设备名对应一个 *i* 结点。其中包括主设备号和次设备号，由主设备号可以找到设备驱动程序，由次设备号提供参数给驱动程序，并指定具体的物理设备。

（3）设备维护。操作系统应向各个用户赋予不同的设备访问权限，以实现对设备的保护。在 UNIX 系统中，对设备提供的保护机制同文件系统一样，采用 rwx 权限机制，由系统管理员为每台设备设置合理的访问权限。

（4）提供一个独立于设备的块。设备无关性软件屏蔽了不同设备使用的数据块大小可能不同的特点，向用户软件提供了统一的逻辑块大小。例如，把若干个扇区作为一个逻辑块，这样用户软件就可以与逻辑块大小相同的抽象设备交互，而不管磁盘物理扇区的大小。

（5）对独占设备的分配与回收。有些设备在某一时刻只能由一个进程使用，这就需要操作系统根据对设备的使用要求和忙闲情况来决定是接受还是拒绝请求。对独占设备的分配和回收实际上属于对临界资源的管理。

（6）缓冲管理。字符设备和块设备都用到缓冲技术。对于块设备读写以块为单位进行，但用户可以读写任意大小的数据块。如果用户写半个块，操作系统将在内部利用缓冲管理技术保留这些数据，直到其他数据到齐后才一次性将这些数据写到块设备上。对于字符设备，用户向系统写数据的速度可能比向设备输出的速度快，所以也需要缓冲。

（7）差错控制。由于在 I/O 操作中的绝大多数错误都与设备有关，所以主要由设备驱动程序来处理，而与设备无关性软件只处理那些设备驱动程序无法处理的错误。例如，一种典型的错误是磁盘块受损导致不能读写，驱动程序在尝试若干次读写操作失败后，就向设备无关性软件报错。

4.3.5 用户程序

用户程序是 I/O 系统软件的最上层软件，负责与用户和设备无关性 I/O 软件通信，即它面向程序员，当接收到用户的 I/O 指令后，把具体的请求发送到设备无关性 I/O 软件，进行进一步的处理。它主要包含用于 I/O 操作的库例程和 SPOOLing 系统。

大部分 I/O 软件属于操作系统，但也有一小部分是和用户程序链接在一起的库例程，甚至是核心外运行的完整程序。例如，write 是写文件的系统调用，由它调用的库函数 write()

将和用户程序连在一起，放在可执行程序中。对软盘和磁盘的写操作都是 write()，这两个设备的具体参数完全不同，读写速度也有很大差异，但用户程序完全屏蔽了具体的硬件细节，向用户提供统一的接口。

SPOOLing 系统是用户程序的另一个重要类别。它是在多道程序设计中将一台独占设备改造成为共享设备的一种行之有效的技术。我们将在下一节具体讲述 SPOOLing 技术。

4.4　虚拟设备和缓冲技术

如前所述，虚拟性是操作系统的四大特征之一。如果说，可以通过多道程序技术将一台物理 CPU 虚拟为多台逻辑 CPU，从而允许多个用户共享一台主机，那么，通过 SPOOLing 便可以将一台物理 I/O 设备虚拟为多台逻辑 I/O 设备，同样允许多个用户共享一台物理 I/O 设备。

4.4.1　SPOOLing 技术

1. 什么是 SPOOLing

为了缓和 CPU 的高速性与 I/O 设备低速性间的矛盾而引入了脱机输入/输出技术。该技术是利用专门的外围控制机，将低速 I/O 设备上的数据传送到高速磁盘上；或者相反。事实上，当系统中引入了多道程序技术后，完全可以利用其中的一道程序来模拟脱机输入时的外围控制机功能，把低速 I/O 设备上的数据传送到高速磁盘上；再用另一道程序来模拟脱机输出时外围控制机的功能，把数据从磁盘传送到低速输出设备上。这样，便可在主机的直接控制下，实现脱机输入/输出功能。此时的外围操作与 CPU 对数据的处理同时进行，我们把这种在联机情况下实现的同时外围操作称为 SPOOLing，或称为假脱机操作。

2. SPOOLing 系统的组成

由上所述得知，SPOOLing 技术是对脱机输入/输出系统的模拟。相应地，SPOOLing 系统必须建立在具有多道程序功能的操作系统上，而且还应有高速随机外存的支持，这通常是采用磁盘存储技术。SPOOLing 系统主要有以下 3 部分组成。

（1）输入井和输出井。这是在磁盘上开辟的两个大存储空间。输入井是模拟脱机输入时的磁盘设备，用于暂存 I/O 设备输入的数据；输出井是模拟脱机输出时的磁盘，用于暂存用户程序的输出数据。

（2）输入缓冲区和输出缓冲区。为了缓和 CPU 与磁盘之间速度不匹配的矛盾，在内存中要开辟两个缓冲区：输入缓冲区和输出缓冲区。输入缓冲区用于暂存由输入设备送来的数据，以后再传送到输入井。输出缓冲区用于暂存从输出设备送来的数据，以后再传送到输出设备。

（3）输入进程 SP_i 和输出进程 SP_o。这里利用两个进程来模拟脱机 I/O 时的外围控制机。其中，进程 SP_i 模拟脱机输入时的外围控制机，将用户要求的数据从输入机通过输入缓冲区再送到输入井，当 CPU 需要输入数据时，直接从输入井读入内存；进程 SP_o 模拟脱机输出时的外围控制机，把用户要求输出的数据，先从内存送到输出井，待输出设备空闲时，再将输出井中的数据经过输出缓冲区送到输出设备上。图 4.11 给出了 SPOOLing 系统的组成。

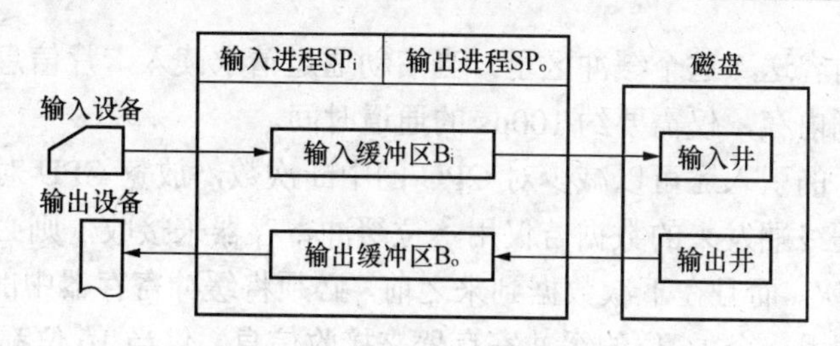

图 4.11　SPOOLing 系统的组成

3. 共享打印机

打印机是经常要用到的输出设备，属于独占设备。利用 SPOOLing 技术，可将其改造成为一台可供多个用户共享的设备，从而提高设备的利用率，也方便了用户。共享打印机技术已被广泛地用于多用户系统和局域网络中。当用户进程请求打印输出时，SPOOLing 系统同意为它打印输出，但并不真正立即把打印机分配给该用户进程，而只为它做两件事：一是由输出进程在输出井中为之申请一个空闲磁盘块区，并将要打印的数据送入其中；二是输出进程再为用户进程申请一张空白的用户请求打印表，并将用户的打印要求填入其中，再将该表挂到请求打印队列上。如果还有进程要求打印输出，系统仍可接受请求。

如果打印机空闲，输出进程将从请求打印队列的队首取出一张请求打印表，根据表中的要求将要打印的数据，从输出井传送到内存缓冲区，再由打印机进行打印。打印完成后，输出进程再查看请求打印队列中是否还有等待打印的请求表。若有，再取出队列的第一张表，并根据其中的要求进行打印，如此下去，直至打印请求队列为空，输出进程才将自己阻塞起来。

SPOOLing 除了用于打印机外，还可以用于在网络上进行文件传输，例如常用的电子邮件系统。Internet 通过许多网络将大量的计算机连在一起，当向某人发送电子邮件时，用户使用某一个程序，如 send，该程序接收到要发送的信件并将其送入一个固定的 SPOOLing 目录下，待以后由守护程序将其取出，然后发送。整个邮件系统在操作系统之外运行。

4.4.2　缓冲技术的引入

随着计算机技术的发展，外设也在迅速发展，速度也在不断提高，但它与 CPU 的速度仍相差甚远。CPU 的速度以微秒甚至纳秒计算，而外设一般的处理速度以毫秒甚至秒计算。这样就出现了 CPU 处理数据的速度与外设速度不匹配现象。例如，一般程序都是时而计算时而进行输入/输出的，当正在计算时，没有数据输出，打印机空闲，当计算结束时产生大量的输出结果，而打印机却因为速度慢，根本来不及在极短的时间内处理这些数据而使得 CPU 停下来等待。由此可见，系统中各个部件的并行程度仍不能得到充分发挥。

引入缓冲可以进一步改善 CPU 和 I/O 设备之间速度不匹配的情况。在上例中如果设置了缓冲区，则程序输出的数据先送到缓冲区，然后由打印机慢慢输出，那么 CPU 就不必等待，而可以继续执行程序，使 CPU 和打印机得以并行工作。事实上，凡是数据输入速率和输出速率不相同的地方都可以设置缓冲区，以改善速度不匹配的情况。

另外，虽然通道技术和中断技术为计算机系统的并行活动提供了强有力的支持，但往往由于通道数量不足而产生瓶颈现象，使得 CPU、通道和 I/O 设备之间的并行能力并未得到充分发挥。因此，缓冲技术的引入还可以减少占用通道的时间，从而缓和瓶颈现象，明显提高 CPU、通道和 I/O 设备的并行程度，提高系统的处理能力和设备的利用率。例如，卡片输入机预先把卡片内容送到内存大约占用通道 60ms，若设置一个 80 字节的缓冲区，那么卡片机可预先把这张卡片内容送入这个缓冲区里，当启动通道请求读入卡片信息时，便可把缓冲区里的内容高速地送到内存，仅需要约 100μs 的通道时间。

此外，缓冲技术的引入还可以减少对 CPU 的中断次数，放宽 CPU 对中断的响应时间的限制。例如，从远程终端发来的数据若仅用一位缓冲寄存器来接收，则必须在每收到一位数据后便中断 CPU 一次，而且在下次数据到来之前，必须将缓冲寄存器中的内容取走，否则会丢失数据。但如果调用一个 16 位的缓冲寄存器来接收信息，仅当 16 位都装满时才中断 CPU 一次，从而把中断的频率降低为原来的 1/16。

总之，引入缓冲技术的优点有：①缓和 CPU 与 I/O 设备之间速度不匹配的矛盾。②提高 CPU、通道与 I/O 设备间的并行性。③减少对 CPU 的中断次数，放宽 CPU 对中断响应时间的要求。

缓冲技术的实现主要是设置合适的缓冲区。缓冲区可以用硬件寄存器来实现缓冲，如打印机等都有这样的缓冲区。它的特点是速度虽然快，但成本很高，容量也不会很大，而且具有专用性，故不多采用。另一种较经济的办法就是设置软缓冲，即在内存中开辟一片区域充当缓冲区，缓冲区的大小一般与盘块的大小一样。缓冲区的个数可根据数据输入/输出的速率和加工处理的速率之间的差异情况来确定。主要有 3 种——单缓冲、双缓冲和缓冲池。

4.4.3 单缓冲

单缓冲指当一个进程发出一个 I/O 请求时，操作系统便在主存中为之分配一个缓冲区，用来临时存放输入/输出数据。它是操作系统提供的一种最简单的缓冲形式。单缓冲的输出情况是，当需要输出的信息很多时，可用一个缓冲区存放部分信息，当输出设备取空此缓冲区后，便产生中断，CPU 处理中断，然后很快又装满缓冲区，启动输出设备继续输出，而 CPU 转去执行其他程序，从而 CPU 与输出设备就实现了并行工作。输入设备与 CPU 并行工作的道理也是如此。

由于单缓冲只设置一个缓冲区，那么在某一时刻该缓冲区只能存放输入数据或输出数据，而不能既有输入数据又有输出数据，否则会引起缓冲区中数据的混乱。在单缓冲方式下，输入设备与输出设备的工作情况是，当数据输入到缓冲区时，输入设备忙着输入，而输出设备空闲，而当数据从缓冲区中输出时，输出设备忙着输出，而输入设备空闲。对缓冲区来说，信息的输入和输出是串行工作的。

由上述可知，单缓冲只能缓解输入设备、输出设备速度差异造成的矛盾，不能解决外设之间的并行问题。为解决并行问题，必须引入双缓冲。

4.4.4 双缓冲

双缓冲指在操作系统中为某一设备设置两个缓冲区，当一个缓冲区中的数据尚未被处理时可使用另一个缓冲区存放从设备读入的数据，以此来进一步提高 CPU 和外设的并行程度。图 4.12 所示为双缓冲示意图，A、B 为两个缓冲区。

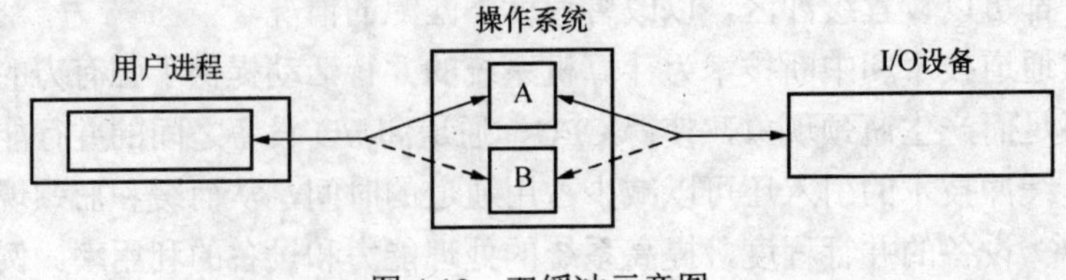

图 4.12　双缓冲示意图

当用户进程要求输入数据时，首先输入设备将数据送往缓冲区 A 中，然后用户进程从缓冲区 A 中取出数据进行计算，此时如果从输入设备又输入一些数据，操作系统将会把数据暂存到缓冲区 B 中，待用户进程处理完 A 中的数据后，从 B 中取数进行计算。与此同时，输入设备又可将数据送往 A，如此交替使用缓冲区 A 和 B，从而更加缓和了 CPU 与外设之间的速度矛盾，同时它们间的并行程度也进一步提高。当数据输出时与输入情况类似。

另外，双缓冲还实现了外设间的并行工作。以读卡机和打印机为例，具体实现过程为，首先读卡机将第一张卡片的信息读入缓冲区 A 中，装满后就启动打印机打印 A 的内容，同时可以启动读卡机向缓冲区 B 中读入下一张卡片的信息。如果信息的输入和输入速度相同时，那么正好在缓冲区 A 中的内容打印完时，缓冲区 B 也将被装满，然后交换动作，打印缓冲区 B 中的信息，读卡片信息到缓冲区 A 中。如此反复进行，使得读卡机和打印机能够完全并行工作，I/O 设备得到充分利用。

双缓冲与单缓冲相比，虽然比单缓冲方式能进一步提高 CPU 和外设的并行程度，并且能使外设并行工作，但是在实际中仍然少用，因为计算机外设越来越多，输入/输出工作频繁，使得双缓冲难以匹配 CPU 与设备的速度差异，所以现代计算机多采用多缓冲机制——缓冲池。

4.4.5 缓冲池

缓冲池（Buffer Pool）由内存中的一组缓冲区构成。操作系统与用户进程将轮流使用各个缓冲区，以改善系统性能。但是这里要注意，系统性能并不是随着缓冲区的数量不断增加而无休止的提高，当缓冲区到达一定数量时，对系统性能的提高微乎其微，甚至会使系统性能下降。缓冲池中多个缓冲区可供多个进程使用，既可用于输出又可用于输入，是一种现代操作系统经常采用的一种公用缓冲技术。

1. 缓冲池的组成

缓冲池中的缓冲区一般包含 3 种类型：空闲缓冲区、装满输入数据的缓冲区、装满输出数据的缓冲区。为了管理方便，系统将同一类型的缓冲区连成一个队列，形成 3 个队列。

①空闲缓冲区队列 emq：由空闲缓冲区所连成的队列。其队首指针 F（emq）和队尾指针 L（emq）分别指向该队列的首、尾缓冲区。

②输入队列 inq：由装满输入数据的缓冲区所连成的队列。其队首指针 F（inq）和队尾指针 L（inq）分别指向该队列的首、尾缓冲区。

③输出队列 outq：由装满输出数据的缓冲区所连成的队列。其队首指针 F（outq）和队尾指针 L（outq）分别指向该队列的首、尾缓冲区。

除了上述 3 个队列外，还应具有 4 种工作缓冲区。

①用于收容输入数据的工作缓冲区。

②用于提取输入数据的工作缓冲区。

③用于收容输出数据的工作缓冲区。

④用于提取输出数据的工作缓冲区。

2. 缓冲池管理的基本操作 Getbuf 过程和 Putbuf 过程

Getbuf（type）：用于从 type 所指定的队列的队首摘下一个缓冲区。

Putbuf（type，number）：用于将由参数 number 所指示的缓冲区挂在 type 队列上。

3. 缓冲池的工作方式

缓冲池工作在收容输入、提取输入、收容输出、提取输出 4 种方式下，如图 4.13 所示。

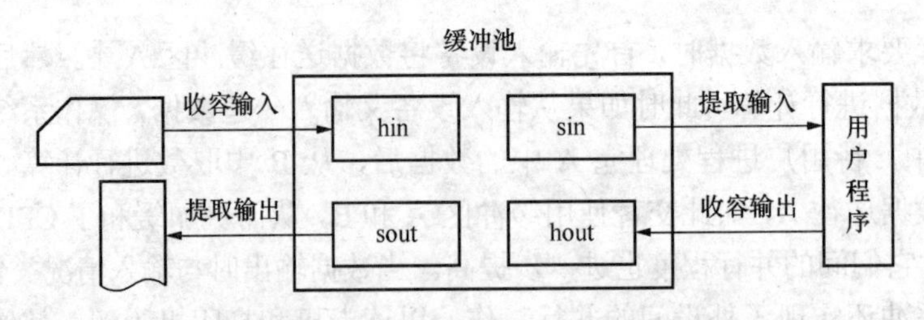

图 4.13 缓冲池的工作方式

（1）收容输入工作方式。在输入进程需要输入数据时，调用 Getbuf（emq）过程，从空缓冲区队列的队首摘下一个空的缓冲区，把它作为收容输入工作缓冲区。然后，把数据输入其中，装满后再调用 Putbuf（inq，hin）过程，将该缓冲区挂在输入队列的队尾。

（2）提取输入工作方式。当计算进程需要输入数据时，调用 Getbuf（inq）过程，从输入队列的队首取得一个缓冲区作为提取输入工作缓冲区，计算进程从中提取数据。计算进程用完该数据后，再调用 Putbuf（emq，sin）过程，将该缓冲区挂到空缓冲队列上。

（3）收容输出工作方式。当计算进程需要输出时，调用 Getbuf（emq）过程，从空缓冲队列的队首取得一个空缓冲区，作为收容输出工作缓冲区 hout。当其中装满输出数据后，又调用 Putbuf（outq，hout）过程，将该缓冲区挂在输出队列 outq 的队尾。

（4）提取输出工作方式。当要输出时，由输出进程调用 Getbuf（outq）过程，从输出队列的队首取一个装满输出数据的缓冲区，作为提取输出工作缓冲区 sout。在数据提取完后，再调用 Putbuf（emq，sout）过程，将它挂在空缓冲队列的队尾。

4.5 设备分配与回收

设备分配是用户对独享设备的使用方式。用户分得一台独享设备后可以自由地使用，直到使用完毕将设备释放为止。当用户请求进行 I/O 操作时，还要分配有关的数据传输通路，也就是分配通道和控制器。

共享设备是允许多个用户交替使用的设备，此类设备不能分给某个用户独占。

4.5.1 设备分配中的数据结构

设备分配中使用的数据结构要取决于系统的硬件配置结构。在进行设备分配时所需的数据结构有设备控制表（DCT）、控制器控制表（COCT）、通道控制表（CHCT）和系统设备表（SDT）。

图 4.14 给出了设备分配所需的数据结构表。其中图 4.14（a）为设备控制表，图 4.14（b）为控制器控制表，图 4.14（c）为通道控制表，图 4.14（d）为系统设备表。

1. 设备控制表（DCT）

计算机系统中的所有外部设备不论何种类型，都被登记在这个表格中，每台设备在该表中占用一行，登记该设备的使用情况。其各主要字段及其含义如下。

- 设备类型：本设备属于哪种类型，每台设备只属于一个设备类型。
- 设备标识：系统赋予物理设备的内部编码，每台设备都有自己的唯一标识，供管理使用。
- 设备属性：登记该设备是独享设备还是共享设备。

- 设备状态：登记独享设备的当前状态是空闲或是忙碌。
- 重复执行次数：是一个常数，表明本设备在数据传送时，若发生故障可重新传送的次数。
- 任务队列指针：凡因请求该设备未得以满足的进程，其 PCB 都应按照一定的策略排成一个队列，称为该设备的请求队列或简称设备队列。任务队列指针指向一个等待使用该设备的任务队列的队首。

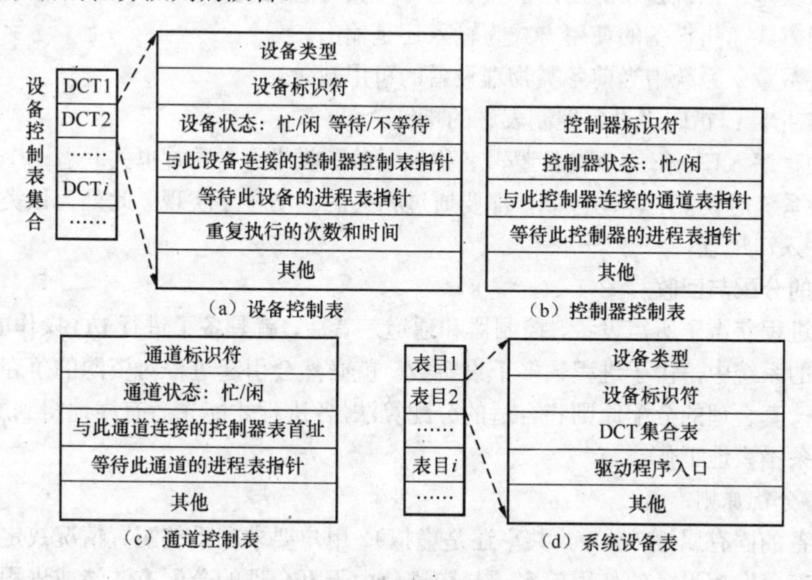

图 4.14 设备分配所需的数据结构

2. 控制器控制表（COCT）

为了使输入/输出任务能够顺利进行，还要有一个空闲的控制器和通道。系统要参照控制器表（COCT）和通道表（CHCT），分配一条数据传输路径。控制器控制表中主要字段含义如下。

- 控制器标识：系统为设备控制器命名的内部编码，每个设备控制器都有自己的唯一标识，供系统管理使用。
- 控制器状态：登记本设备控制器当前状态如何，如忙碌/空闲等。
- DCT 指针：指向“设备控制表”的指针。该指针指明了与本控制器相连接的第一台设备。
- CHCT 指针：指向“通道控制表”的指针。该指针指明了与本控制器相连接的第一个通道。

3. 通道控制表（CHCT）

通道控制表中主要字段含义如下。

- 通道标识：系统为通道命名的内部编码。每个通道有自己的唯一标识，供系统管理使用。
- 通道状态：登记该通道的当前状态，忙碌/空闲、正常/故障等。
- COCT 指针：指向“控制器控制表”的指针。该指针指明了与本通道相连接的第一个设备控制器。

- 任务队列指针：指向等待本设备进行数据传送的PCB队列。

4. 系统设备表（SDT）

这是一个登记系统设备配置情况的表格，用来登记系统拥有的所有设备类型及每种类型设备的配置情况。该表格供设备分配和回收使用，每种设备类型在该表中占用一行，其各字段及其含义如下。

- 设备类型：系统公布给用户的设备名称（又称逻辑设备名）。
- 访问方式：指设备的使用方式为输入还是输出。
- 设备数量：系统中当前各类物理设备的可用数量。
- DCT指针：指向“设备控制表”的指针。
- 驱动程序入口：每一个设备逻辑名称关联着一类设备，同时也关联着一个设备驱动程序。系统对设备的驱动控制，都要通过相关的驱动程序实现。此处为该类设备的驱动程序入口地址。

4.5.2 设备的分配与回收

当一个进程获得了所需设备、控制器和通道三者后，就具备了进行I/O操作的物理条件。但在多进程的系统中，由于进程数多于设备数，就必然会引起进程对资源的争夺。所以还需要系统提供一套合理的分配原则和合适的分配算法，各进程才能先后有序地得到所需的资源，系统才能有条不紊地工作。

1. 设备分配原则

根据设备的固有属性（独享、共享还是虚拟）、用户要求和系统配置情况决定设备分配总原则，既要充分发挥设备的使用效率，又应避免由于不合理的分配方法造成进程死锁，另外还要做到把用户程序与具体物理设备独立开来。即用户程序使用的是逻辑设备，而分配程序将逻辑设备转换成物理设备后，再根据要求的物理设备号进行分配，也就是前面所讲的设备独立性。

设备分配方式有静态分配和动态分配两种。静态分配方式是在用户进程开始执行之前，由系统一次分配给该进程所要求的全部设备、控制器、通道。一旦分配之后，这些资源就一直为该进程所占用，直到该进程被撤销。静态分配方式下不会产生死锁，但资源的使用效率低，因此，静态的分配方式并不符合设备分配的总原则。

动态分配是进程执行过程中根据执行需要进行分配。当进程需要设备时，通过系统调用向系统提出设备请求，由系统按照事先规定的策略给进程分配所需要的设备、控制器和通道，一旦用完之后，便立即释放。动态分配方式有利于提高系统资源利用率，但如果分配算法使用不当，则有可以造成进程死锁。

2. 设备分配算法

设备分配算法就是具体按照什么分配方法将设备分配给进程。对设备的分配算法与进程的调度算法有些相似之处，但它比较简单。一般多采用以下几种算法。

（1）先来先服务分配算法。当有多个进程对同一设备提出I/O请求，或者是在同一设备上进行多次I/O操作时，系统按照进程对该设备提出请求的先后顺序，将这些进程排成一个设备请求队列，其队首指向被请求设备的DCT。当设备空闲时，设备分配程序总是把此设备首先分配给队首进程。

（2）优先级算法。这种算法的设备I/O请求队列按请求I/O操作的进程优先级的高低排列，高优先级进程排在设备队列的前面，低优先级进程排在队列的后面。当有一个新进程要加入设备请求队列时，并不是简单地把它挂在队尾，而是根据进程的优先级插在适当的位置。这样就能保证在该设备空闲时，系统能从 I/O 请求队列的队首取下一个具有最高优先级的进程，并将设备分配给它。

3. 设备分配程序

我们通过一个具有 I/O 通道系统的例子来介绍设备分配的过程。当某进程提出 I/O 请求后，系统的设备分配程序可按以下步骤进行设备分配。

（1）分配设备。首先根据 I/O 请求中的物理设备名，查找系统设备表 SDT，从中找出该设备的 DCT，再根据 DCT 中的设备状态字段，可知该设备是否空闲。若不是，便将请求进程的 PCB 挂在请求设备的队列上；否则，便按照一定的分配算法来判断本次分配的安全性。如果不会导致系统进入不安全状态，便将设备分配给请求进程，否则不进行分配。

（2）分配控制器。在系统把设备分配给请求 I/O 的进程后，再到其 DCT 中找出与该设备连接的控制器的 COCT，从 COCT 的状态字中可知该控制器是否空闲。若忙，便将请求进程的 PCB 挂在该控制器的等待队列上；否则，便将该控制器分配给进程。

（3）分配通道。在该 COCT 中又可找到与该控制器连接的通道的 CHCT，再根据 CHCT 内的状态信息，可知该通道是否空闲。若忙，便将请求 I/O 的进程挂在该通道的等待队列上；否则，将该通道分配给进程。

只有在设备、控制器和通道三者都分配成功时，这次的设备分配才算成功。然后，便可启动该 I/O 设备进行数据传送。图 4.15 所示为独占设备的分配流程。

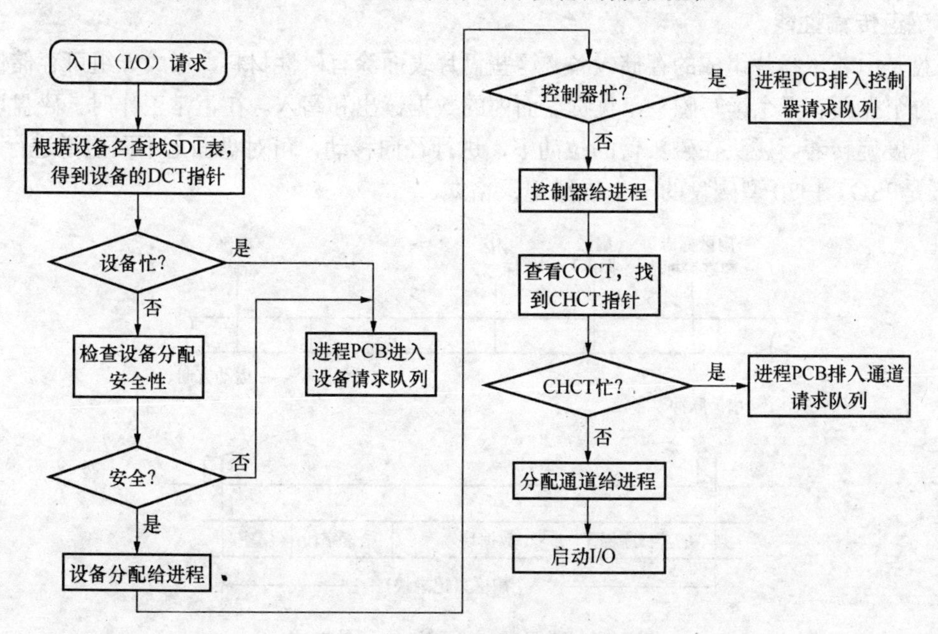

图 4.15 独占设备的分配流程

为了获得设备独立性，进程应使用逻辑设备名来请求 I/O。这样系统首先从 SDT 中找出第一个该类设备的 DCT，若该设备忙，又查找第二个该类设备的 DCT，仅当所有该类设备都忙时，才把进程挂在该类设备的等待队列上。

另外，为了防止在I/O系统中出现“瓶颈”现象，通常都采用多通路的I/O系统结构。此时对控制器和通道的分配，同样要经过几次反复。即若设备（或控制器）所连接的第一个控制器（或通道）忙时，应查看所连接的第二个控制器（或通道），仅当所有的控制器（或通道）都忙时，此次控制器（或通道）分配才算失败，才把进程挂在控制器（或通道）的等待队列上。而只要有一个控制器（或通道）可用，系统便可将它分配给进程。

4. 设备的回收

当某一作业或进程使用完设备后，则需释放设备，调用系统使用释放设备过程，释放所分配的设备。回收设备的过程是，首先修改设备数据块中状态，使之变为可用，并将已释放的设备所建立的数据结构清空。对于独占型设备，除具体释放设备外，若此时设备数据块中的设备分配队列中有等待者，则选择一个唤醒。对于共享设备，只需将设备释放即可。

4.6 I/O 磁盘调度

外部设备的操作速度是很慢的，即使较快的磁盘设备与主机的速度相比也要低4个数量级以上。为了解决输入/输出瓶颈，许多研究课题都在致力于如何提高设备的I/O速度。常见的措施有以下几个。

- 研制更高性能的外部设备，加快读写速度。
- 设置高速大容量的设备缓冲区。
- 采用好的I/O调度算法。

4.6.1 磁盘传输性能

磁盘是由若干盘片组成的存储设备。这些盘片表面涂有磁性材料，形成一组可存储信息的盘面。每个盘面有一个读写磁头，负责盘面内的数据读出和写入。在正常工作时，磁盘以一种稳定的速度旋转着。磁头在磁头臂的拉动下，进行径向移动，可对盘面上不同磁道进行访问。图4.16是ISOT-1370型磁盘的一个磁道记录格式。

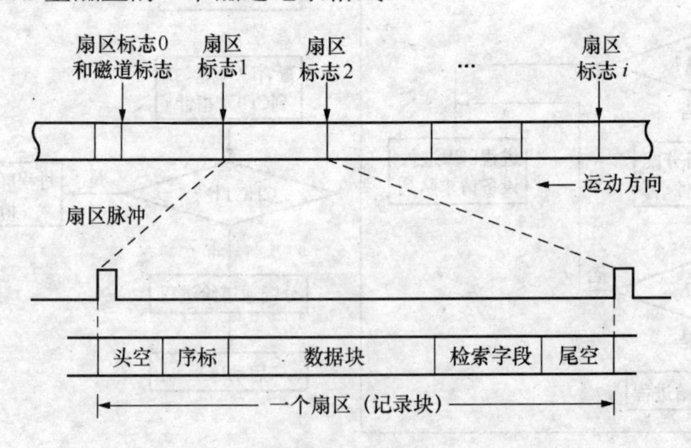

图4.16 磁盘的一个磁道的记录格式

图4.17是活动头的磁盘示意图。在活动头系统中，磁盘访问需要将磁头移动到要访问的磁道上。定位磁道所需的时间称为寻道时间。一旦选好磁道，磁盘控制器就开始等待，直到所要的扇区转到磁头下面。通常，将扇区到达磁头处的时间称为旋转延迟。扇区到达磁头处时磁盘控制器就开始工作，对扇区进行读写。扇区的读写时间也称为数据传输时间。

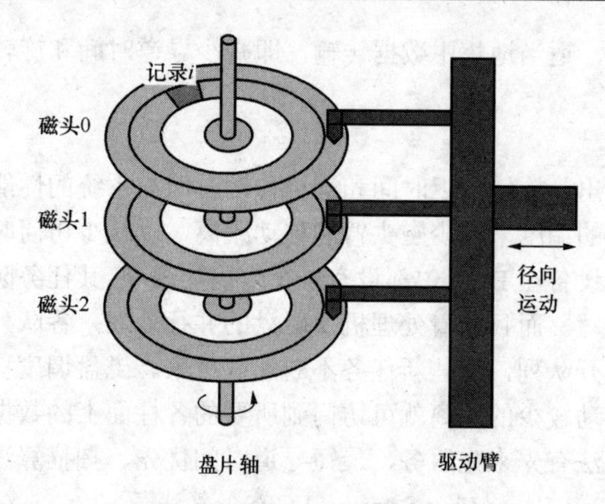

图 4.17 活动磁头磁盘示意图

1. 寻道时间

寻道时间即磁头寻找磁道的时间，也就是磁头臂进行径向移动最终定位到目标磁道的时间。这个时间由两部分组成，即最初启动时间及磁头臂需要横跨磁道的时间。受设备物理性能的限制，启动时间通常为数 ms，而当磁头臂达到一定速度后，平均每跨越一个磁道大约需要数十μs，乃至 0.1ms 左右。因此，寻道时间 T_s 可按下述计算公式进行估算：

$$T_s = s + mn$$

其中，s 是磁盘启动时间；m 是磁头平均跨越一道的时间；n 是跨越的道数。

应当注意，T_s 与 n 并非严格的线性关系，有许多性能因素无法描述，所以这里给出的计算公式只能进行粗略的估算。

2. 旋转延迟时间

旋转延迟时间是指磁头到达目标磁道以后，需要等待盘片旋转，直到目标扇区到达磁头位置的时间。它主要取决于硬件的性能和制作工艺。目前软盘的转速通常为 300～600r/min，硬盘转速通常为 5 400～10^4r/min。比如，对一台旋转速度为 10^4r/min 的硬盘来说，旋转一周的时间大约为 6ms，平均延迟时间只有 3ms。

3. 传输时间

传输时间取决于要传输的字节数量、磁表面的存储密度以及盘片的旋转速度。传输时间 T_t 的计算公式为

$$T_t = \frac{b}{rN}$$

其中，b 为要传输的字节数；N 为一个磁道中能容纳的字节数；r 为盘片旋转速度，单位是 r/s。

磁盘访问时间 T 是上述 3 部分的总和，即

$$T = T_s + \frac{1}{2r} + \frac{b}{rN}$$

由上式可以看出，在访问时间中，寻道时间和旋转延迟时间基本上都与所读/写数据的多少无关，而且它通常占据了访问时间中的大部分。例如，我们假定寻道时间和延迟时间平均为 20ms，而磁道的传输速率为 10MB/s，如果要传输 10KB 的数据，此时总的访问时间为 21ms，可见传输时间所占比例是非常小的。目前磁盘的传输速率已达 100MB/s 以上，数据传输时间

所占的比例更低。可见，适当地集中数据传输，即减少寻道时间和旋转延迟时间，将有利于提高传输的效率。

4.6.2 磁盘调度算法

从上面叙述可以看出，旋转延迟时间和数据传输时间与系统的性能密切相关。可以从寻道时间入手，通过合理的调度来减少磁头臂的移动距离，以减少访问时间。

系统中的每台磁盘设备在DCT中都设有一个专门的表项。其任务队列中挂有用户访问磁盘任务，有的读，有的写。而且随着处理机及磁盘的并行处理，各队列会不断发生变化，有些任务的I/O完成后离开队列，有些新任务不断加入进来。磁盘调度程序的目标是制定一种访问策略，使磁头臂移动较少的距离就可访问到所要的各柱面上的数据。

常见的磁盘调度算法有先来先服务、最短寻道时间优先、扫描算法和循环扫描算法等。

1. 先来先服务（First Come First Server，FCFS）算法

这是一种公平调度算法，该算法严格按照请求访问的先后顺序进行调度，先请求的先被调度。采用这种算法的系统中，可以将磁盘设备的任务队列按先来后到的原则排列好，让早到达的排在前面，晚到达的排在后面。每次调度时总是选择排在最前面的任务进行访问即可。该算法实现起来比较简单，但执行效率不高。

2. 最短寻道时间优先（Shortest Seek Track First，SSTF）算法

该算法以寻道距离最短为调度原则，不论是新到的请求，还是等候多时的，谁的扇区离磁头当前的位置最近就先调度谁。SSTF 的实现过程中需要随时记下磁头的当前位置，并比较所有访问请求，挑出一个距离最近的进行访问。

SSTF 算法是一个效率较高的算法，能够使系统访问磁盘时的磁头平均移动距离减少。但是它的致命缺点是，如果系统频繁收到一些近距离的访问请求，会使一些距离远的访问被长期推迟，处于“饥饿”状态。

3. 扫描（SCAN）算法

扫描算法也称电梯调度算法，其思想与电梯运行机制颇为相似。它将磁头臂的移动方向作为调度的重要因素来考虑，每次调度总是选择一个与磁头当前运行方向一致且距离最近的磁道进行访问。通常，磁头在一个方向上，边运行边访问，直到完成一个最远的访问后再反方向运行。在磁头的反方向运行中，依旧遵循“先近后远”原则进行访问，直至将全部存储块访问完毕为止。

该算法实现起来有较大难度，系统除了要记下磁头的当前位置，还要记下磁头的当前运行方向。其优点是，不会出现“饥饿”现象，算法的执行次序也比较理想。

4. 循环扫描（Circle SCAN，CSCAN）算法

这是扫描算法的一个修改算法。它每次调度也要选择一个与磁头当前运行方向一致、距离最近的扇区进行访问。当磁头在一个方向上，边运行边访问，直到完成一个最远的访问后，进行反方向运行时不再访问任何扇区，快速到达另一个端点。该运行机制就好比一个电梯，只负责一次次地将楼下的人员向上运，而不往下运。由于该算法不需要记下磁头的运行方向，实现起来稍容易些。

应当注意，SSTF、SCAN和CSCAN这3种算法的运行过程中都可能出现磁头行走缓慢的所谓“黏着”现象。黏着现象，即因不断收到一些距离磁头较近且处在前进方向上的访问请求，使得在一个局部区间内访问过于密集，磁头行走缓慢像被黏住一样。这种现象将可能导致新来

的请求因距离磁头近而很快得到服务，而另一部分早请求的任务却较长时间得不到响应。

5. N-STEP-SCAN 算法

这个算法限定磁盘请求队列的长度为 *N*。当一个队列保存了 *N* 个任务后，以后到达的访问请求将进入下一个队列。系统对先形成的队列进行调度，每个队列内的调度都按照 SCAN 算法进行。系统在每个队列上调度的任务数都小于等于 *N* 个，也就是说磁头最多行走 *N* 步。调度完一个队列后就自行调度下一个队列，这样，可避免出现黏着现象。

6. FSCAN 算法

这是 N-STEP-SCAN 算法的简化版。系统将任务请求分成两个队列，一个是当前正在调度的队列，另一个是调度收到的请求队列。调度算法按照 SCAN 算法对当前任务队列进行访问处理，并将新收到的请求任务挂入另一个队列上，等待当前队列调度完成后再进行调度处理。

表 4.2 对于一个给定的访问请求序列，比较了前 4 种算法的性能。

表 4.2　　4 种磁盘扫描算法的比较

请求序列	FCFS（磁头当前处于 50#）		SSTF（磁头当前处于 50#）		SCAN（磁头当前处于 50#，沿磁道号增大方向运行）		CSCAN（磁头当前处于 50#，沿磁道号增大方向运行）	
	访问顺序	跨越道数	访问顺序	跨越道数	访问顺序	跨越道数	访问顺序	跨越道数
18	18	32	51	1	51	1	51	1
39	39	21	41	10	66	15	66	15
41	41	2	39	2	125	59	125	59
137	137	96	35	4	137	12	137	12
25	25	112	25	10	170	33	170	33
9	9	16	18	7	184	14	184	14
170	170	161	9	9	41	143	9	175
66	66	104	66	57	39	2	18	9
184	184	118	125	59	35	4	25	7
35	35	149	137	12	25	10	35	10
125	125	90	170	33	18	7	39	4
51	51	74	184	14	9	9	41	2
平均寻道长度	975/12＝81.25		218/12＝18.2		309/12＝25.75		341/12＝28.4	

比较以上 4 种扫描算法，可以发现，其中 FCFS 算法的平均寻道时间最长，因而效率也是最低的；SSTF 扫描算法的平均寻道时间最短，但是最容易使一些进程外于“饥饿”状态；而后面两种扫描算法 SCAN 和 CSCAN 的平均寻道时间相差不大，要优于 FCFS，但稍差于 SSTF，但从系统整体性能的角度考虑，我们既不希望产生“饥饿”现象，也不希望出现“黏着”现象，而对于 4 种算法而言，后面 3 种均有可能产生黏着现象。

4.7 小　结

现代操作系统外部设备的多样性和复杂性，以及不同设备需要不同的设备处理程序，使得对设备的管理成了操作系统中最繁杂的部分。设备管理是操作系统中负责直接处理硬件设备的部分，它对硬件设备进行抽象，使用户程序通过操作系统完成对I/O设备的操作。当然，设备管理在完成控制各类设备和CPU进行I/O操作的同时，还要尽可能地提高设备之间、设备与CPU之间的并行操作及设备利用率，从而使整个系统获得最佳效率。另外，它还应该为用户提供一个透明、易于扩展的接口，使得用户不必了解具体设备的物理特性便可对设备进行更新与添加等操作。

本章首先讲解了设备管理的主要任务和功能，然后依次重点介绍与讨论了计算机的输入/输出硬件组织，包括设备分类、设备控制器与通道；输入/输出的软件组织，包括中断处理程序、设备驱动程序、设备无关性软件以及用户程序；缓冲技术，包括单缓冲、双缓冲和缓冲池；虚拟技术SPOOLing；设备的分配与回收及I/O磁盘调度。

中断处理程序和设备驱动程序是设备管理中的重要组成部分。本章重点介绍了它们的处理过程。缓冲技术的引入是为了缓和CPU、通道和I/O设备间速度不匹配的矛盾，提高它们之间的并行程度等，从单缓冲、双缓冲到缓冲池技术的引入都是为了这些目的，这一部分内容也是本章的重点。

系统具备了设备分配所需的数据结构之后，应该在一定的设备分配原则下，采取合适的分配算法来进行分配设备，以保证设备有较高的利用率和避免死锁。本章给出了设备分配程序的总控流程，并且介绍了独占设备的分配程序，另外，还简要叙述了设备的回收过程。对于磁盘的调度从磁盘访问时间上看，主要取决于寻道时间和旋转延迟时间，因此选择正确的磁盘调度算法对提高磁盘访问的效率有着重要的作用。

习　题　4

一、填空题

1．按照 I/O 设备与计算机系统传输数据的单位可将设备分为_______设备和_______设备。

2．I/O控制方式有程序I/O方式、_______方式、_______方式和_______方式。

3．操作系统中采用缓冲技术的目的是为了增强系统的_______能力，为了使多个进程能有效地同时处理输入和输出，最好使用_______来实现。

4．通道按传送数据的工作方式可以分成_______、_______和_______3类。

5．设备分配的任务是按照一定的策略为申请设备的进程分配合适的_______和_______。

6．磁盘访问时间由_______、_______和数据传输时间组成。

7．磁盘调度的目标是使多个进程访问磁盘的_______最短。

二、选择题

1．在一般大型计算机系统中，主机对外围设备的控制可通过通道、控制器和设备3个层次来实现。下面叙述中，叙述正确的是（　　）。

A．控制器可控制通道，设备在通道控制下工作

B．通道控制控制器，设备在控制器控制下工作

C．通道和控制器分别控制设备

D．控制器控制通道和设备

2. 为实现设备分配，应为每个设备设置一张（　　）表。

A. 系统设备　　B. 通道控制　　C. 逻辑设备　　D. 设备控制

3. 下列有关 SPOOLing 系统的叙述，正确的是（　　）。

A. 构成 SPOOLing 系统的基本条件是具有外围输入机和外围输出机

B. 构成 SPOOLing 系统的基本条件是只要具有大容量、高速硬盘作为输入井和输出井

C. V 系统建立在分时系统中

D. 构成 V 系统的基本条件是只要操作系统中采用多道程序技术

4. 下列设备属于独占设备的是（　　）。

A. 磁盘　　B. 软盘　　C. 打印机　　D. 硬盘

5. 通道是一种（　　）。

A. I/O 专用处理机　　B. 数据通道　　C. 软件工具　　D. I/O 接口

6. 对磁盘进行读写操作时，下列参数不需要的是（　　）。

A. 柱面号　　B. 磁头号　　C. 盘面号　　D. 扇区号

7. 磁盘高速缓冲设在（　　）中，其目的是为了提高磁盘 I/O 的速度。

A. 磁盘控制器　　B. 内存　　C. 磁盘　　D. Cache

8. 下列算法中用于磁盘移臂调度的是（　　）。

A. 时间片轮转法　　B. LRU 算法

C. 电梯算法　　D. 优先级高者优先算法

9. 下列关于驱动程序的论述中正确的一条是（　　）。

A. 驱动程序与 I/O 设备的特性紧密相关，因此应为每一设备配备一个专门的驱动程序

B. 驱动程序与 I/O 控制方式紧密相关，因此对 DMA 方式应以字节为单位去启动设备

C. 驱动程序与 I/O 设备的特性紧密相关，因此应全部用汇编语言编写

D. 对于一台多用户机，配置了相同的 8 个终端，此时可只配置一个由多个终端共享的驱动

10. 磁盘属于一种块设备，磁盘的 I/O 控制方式采用（　　）方式。

A. 程序 I/O 方式　　B. 程序中断

C. DMA 方式　　D. SPOOLing 技术

三、问答题

1. 请举例说明什么是独占设备，什么是共享设备。

2. 设备管理的主要功能是什么？

3. 试说明 DMA 的工作流程。

4. 什么是设备独立性？实现设备独立性将带来哪些好处？

5. 试说明缓冲池的工作情况。

6. 目前常用的磁盘调度算法有哪几种？每种调度算法优先考虑的问题是什么？

7. 试说明 SPOOLing 的组成。

8. 为实现设备的有效管理，应采用怎样的数据结构？

9. 什么是“饥饿”现象？什么是“黏着”现象？

10. 设备中断处理程序通常要完成哪些工作？

11. 实现 CPU 与设备控制器之间的通信，设备控制器应具备哪些功能？

四、综合题

1. 假定有一个具有200个磁道（编号为0～199）的移动磁盘，在完成了磁道125处的请求后，当前正在磁道143处为一个请求服务。若请求队列以FIFO次序存放，即86、147、91、177、94、150、102、175、130。对下列每一个磁盘调度算法，若要满足这些要求，则总的磁头移动次数为多少？

（1）FCFS。

（2）SSTF。

（3）SCAN。

（4）CSCAN。

2. 某移动臂磁盘的柱面由外向里顺序编号，假定当前磁头停在100号柱面且移动方向是向里，现有下面请求序列在等待访问磁盘，190、10、160、80、90、125、30、20、140、25。

（1）写出分别采用SSTF和SCAN算法时，实际处理上述请求的次序。

（2）针对本题比较上述两种算法，就移动臂所花的时间而言，哪种算法更合适？

3. 磁盘请求的柱面按10、22、20、2、40、6、38的次序到达磁盘的驱动器，寻道时间每个柱面移动需要6ms。计算按以下算法调度时的寻道时间。

（1）CSCAN。

（2）FCFS。

（3）SSTF。

（4）SCAN。

第5章 文件管理

在现代计算机系统中，要用到大量的程序和数据，由于内存容量有限，且不能长期保存数据，故而平时总是把它们以文件的形式存放在外存中，需要时可随时将它们调入内存。如果由用户直接管理外存上的文件，不仅要求用户熟悉外存特性，了解各种文件的属性，以及它们在外存上的位置，而且在多用户环境下，还必须能保持数据的安全性和一致性。显然，这是用户所不能胜任、也不愿意承担的工作。取而代之的，便是在操作系统中增加了文件管理功能，构成一个文件系统，负责管理在外存上的文件，并把对文件的存取、共享和保护等手段提供给用户。这不仅方便了用户，保证了文件的安全性，还可有效地提高系统资源的利用率。

本章重点讲述以下几方面内容。

（1）文件系统及文件系统的功能。

（2）文件的逻辑结构和物理结构。

（3）目录管理。

（4）文件的共享与安全。

（5）外存空间的管理。

5.1 文件系统概述

在现代操作系统中，几乎毫无例外地是通过文件系统来组织和管理在计算机中所存储的大量程序和数据的，或者说，文件系统的管理功能，是通过把它所管理的程序和数据组织成一系列文件的方法来实现的。

5.1.1 文件和文件系统

1. 文件

文件是指由创建者所定义的、具有文件名的一组相关元素的集合，可分为有结构文件和无结构文件两种。在有结构的文件中，文件由若干个相关记录组成；而无结构文件则被看成是一个字符流。文件在文件系统中是一个最大的数据单位，它描述了一个对象集。例如，可以将一个班的学生记录作为一个文件。一个文件必须要有一个文件名，它通常是由一串ASCII码或（和）汉字构成，名字的长度因系统不同而异。如在有的系统中把名字规定为8个字符，而在有的系统中又规定可用14个字符。用户利用文件名来访问文件。

此外，文件应具有自己的属性，属性可以包括如下几个方面。

（1）文件类型：可以从不同的角度来规定文件的类型，如源文件、目标文件及可执行文件等。

（2）文件长度：指文件的当前长度，长度的单位可以是字节、字或块，也可能是最大允许的长度。

（3）文件的物理位置：它通常是用于指示文件在哪一个设备上及在该设备的哪个位置的指针。

（4）文件的建立时间：指创建文件的时间和最后一次的修改时间等。

2. 文件系统

操作系统中负责管理和存取文件信息的软件机构称为文件管理系统，简称文件系统。文件系统由三部分组成：与文件管理有关的软件、被管理的文件以及实施文件管理所需的数据结构。从系统角度来看，文件系统是对文件存储器的存储空间进行组织和分配，负责文件的存储并对存入的文件进行保护和检索的系统。具体地说，它负责为用户建立文件，存入、读出、修改、转储文件，控制文件的存取，当用户不再使用时撤销文件等。

在操作系统中增设了文件管理部分后，为用户带来了如下好处。

（1）使用的方便性：由于文件系统实现了按名存取，用户不再需要为他的文件考虑存储空间的分配，因而无需关心他的文件所存放的物理位置。特别是，假如由于某种原因，文件的位置发生了改变，甚至连文件的存储设备也换了，在具有按名存取能力的系统中，对用户不会产生任何影响，因而也用不着修改他们的程序。

（2）数据的安全性：文件系统可以提供各种保护措施，防止无意或有意地破坏文件。例如，有的文件可以规定为“只读文件”，如果某一用户企图对其修改，那么文件系统可以在存取控制验证后拒绝执行，因而这个文件就不会被误操作而遭到破坏。另外，用户可以规定他的文件除本人使用外，只允许核准的几个用户共同使用。若发现事先未核准的用户要使用该文件，则文件系统将认为其非法并予以拒绝。

（3）接口的统一性：用户可以使用统一的广义指令或系统调用来存取各种介质上的文件。这样做简单、直观，而且摆脱了对存储介质特性的依赖以及使用 I/O 指令所做的烦琐处理。从这种意义上看，文件系统提供了用户和外存的接口。

5.1.2 文件的分类及文件系统的功能

1. 文件的分类

在现代操作系统中，不但将信息组织成文件，而且为了操作的方便性和一致性，对设备的访问也是基于文件进行的。例如，打印数据就是向打印机设备文件写数据，从键盘接收数据就是从键盘设备文件读数据。因此，站在不同的角度对文件有各种分类方式。

（1）按文件性质和用途分类。按文件性质和用途可将文件分为系统文件、库文件和用户文件。

- 系统文件：由操作系统和其他系统程序的信息所组成的文件。
- 库文件：由标准子程序和常用应用程序组成的文件，这类文件一般不允许用户修改。
- 用户文件：由用户建立的文件，如源程序、目标程序和数据文件。

（2）按信息保存期限分类。按信息保存期限可将文件分为临时文件、档案文件和永久文件。

- 临时文件：保存临时信息的文件。如用户在一次算题过程中建立的中间文件，撤离系统时，这些文件也随之被撤销。
- 档案文件：保存在作为“档案”用的磁带上，以备查证和恢复时使用的文件。
- 永久文件：要长期保存的文件。

（3）按文件的保护方式分类。按文件的保护方式可将文件分为只读文件、读写文件、可执行文件和不保护文件。

- 只读文件：只允许文件主和核准的用户读，但不允许写。

- 读写文件：只允许文件主和核准的用户读、写，但未核准的用户不允许读和写。
- 可执行文件：只允许文件主和核准的用户执行。
- 不保护文件：所有的用户都可以存取。

文件分类的目的是对不同文件进行管理，提高系统效率，提高用户界面的友好性。当然，根据文件的存取方法和物理结构的不同还可以将文件分为不同的类型，这将在文件的逻辑结构和文件的物理结构中介绍。

2. 文件系统的基本功能

从用户使用角度或从系统外部来看，文件系统主要实现了“按名存取”；从系统管理角度或从系统内部来看，文件系统主要实现了对文件存储器空间的组织和分配、对文件信息的存储、以及对存入的文件进行保护和检索。具体地说，它要借助组织良好的数据结构和算法有效地对文件信息进行管理，提供简明的手段，使用户方便地存取信息。综合上述两方面的考虑，操作系统中的文件管理部分应具有如下功能。

（1）文件的结构及有关存取方法。

（2）文件的目录机构和有关处理。

（3）文件存储空间的管理。

（4）文件的共享和存取控制。

（5）文件操作和使用。

以下各节分别讲述上述五个基本功能，从而使读者对文件系统有一个全面的了解。

5.2 文件的逻辑结构

通常，文件是由一系列的记录组成的。文件系统设计的关键要素，是将这些记录构成一个文件的方法，以及将一个文件存储到外存上的方法。事实上，对于任何一个文件，都存在着以下两种形式的结构，即文件的逻辑结构和文件的物理结构。

（1）文件的逻辑结构（File Logical Structure）。这是从用户观点出发所观察到的文件组织形式，是用户可以直接处理的数据及其结构，它独立于文件的物理特性，又称为文件组织。

（2）文件的物理结构（File Physical Structure）。又称为文件的存储结构，是指文件在外存上的存储组织形式。这不仅与存储介质的存储性能有关，而且与所采用的外存分配方式有关。

无论是文件的逻辑结构，还是物理结构，都会影响对文件的检索速度。这里我们首先介绍文件的逻辑结构。

5.2.1 文件的逻辑结构

文件的逻辑结构可分为两大类：一类是有结构文件，它是由一个以上的记录构成的文件，故又称为记录式文件；二是无结构的流式文件，它是由一串顺序字符流构成的文件。

1. 有结构的记录式文件

在记录式文件中，所有的记录通常都是描述一个实体集的，有着相同或不同数目的数据项，记录的长度可分为定长和不定长两类。

（1）定长记录：是指文件中所有记录的长度都是相同的，所有记录中的各个数据项，都处在记录中相同的位置，具有相同的顺序及相同的长度，文件的长度可用记录数目表示，如图 5.1 所示。定长记录的特点是处理方便，开销小，是目前较常用的一种记录格式，被广泛用于数据处理中。

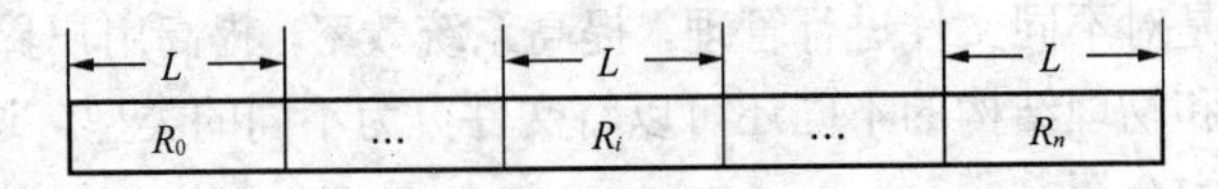

图 5.1　定长记录格式

（2）变长记录：是指文件中各记录的长度不相同。这是因为：①一个记录中所包含的数据项数目可能不同。如书的著作者、论文中的关键词等；②数据项本身的长度不确定，如图 5.2 所示。例如，病历记录中的病因、病史，科技情报记录中的摘要等。但不论是哪一种记录，在处理前每个记录的长度是可知的。

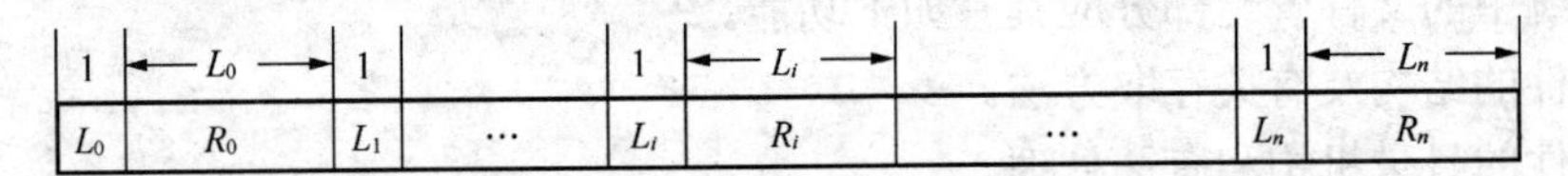

图 5.2　变长记录格式

根据用户和系统管理上的需要，可采用多种方式来组织这些记录，形成下述的几种文件。

（1）顺序文件。这是由一系列记录按某种顺序排列所形成的文件。其中的记录通常是定长记录，因而能用较快地速度查找文件中的记录。

（2）索引文件。当记录为可变长度时，通常为之建立一张索引表，并为每个记录设置一个表项，以加快对记录检索的速度。

（3）索引顺序文件。这是上述两种文件构成方式的结合。它为文件建立一张索引表，为每一组记录中的第一个记录设置一个表项，而每组记录又采用顺序方式管理。

2. 无结构的流式文件

无结构的流式文件的文件体为字节流，不划分记录。无结构的流式文件通常采用顺序访问方式，并且每次读写访问可以指定任意数据长度，其长度以字节为单位。对流式文件的访问，是指利用读写指针指出下一个要访问的字符。可以把流式文件看做是记录式文件的一个特例。在 UNIX 系统中，所有的文件都被看做是流式文件，即使是有结构的文件，也被视为流式文件，系统不对文件进行格式处理。

5.2.2 顺序文件

1. 逻辑记录的排序

文件是记录的集合。文件中的记录可以是任意顺序的，因此，它可以按照各种不同的顺序进行排列。一般地，可归纳为以下两种情况。

第一种是串结构，各记录之间的顺序与关键字无关。通常的办法是由时间来决定，即按存入时间的先后排列，最先存入的记录为第一条记录，其次存入的为第二条记录，……依此类推。第二种情况是顺序结构，指文件中的所有记录按关键字排列。

对顺序结构文件可有更高的检索效率，因为在检索串结构文件时，每次都必须从头开始，逐个记录地查找，直至找到指定的记录，或查完所有的记录为止。而对顺序结构文件，则可以利用某种有效的查找算法，如折半查找法、插值查找法等来提高检索的效率。

2. 对顺序文件的读/写操作

顺序文件中的记录可以是定长的，也可以是变长的。对于定长记录的顺序文件，如果已知当前记录的逻辑地址，便很容易确定下一个记录的逻辑地址。在读一个文件时，可设置一个读指针 Rptr，令它指向下一个记录的首地址，每当读完一个记录时，便执行以下操作如图 5.3（a）所示。

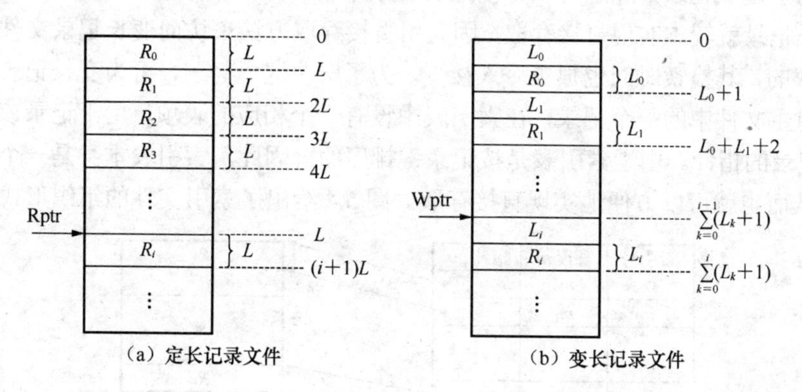

图 5.3 定长记录文件读和写

Rptr:=Rptr+L

使之指向下一个记录的首地址，其中 L 为记录的长度。类似地，在写一个文件时，也应设置一个写指针 Wptr，使之指向要写的记录的首地址。同样，在每写完一个记录时，又须执行以下操作。

Wptr:=Wptr+L

3. 顺序文件的优缺点

顺序文件的最佳应用场合是在对诸记录进行批量存取时，即每次要读/写一大批记录。此时，对顺序文件的存取效率是所有逻辑文件中最高的；此外，也只有顺序文件才能存储在磁带上，并能有效地工作。

顺序文件的一个缺点是，在交互应用场合，如果用户程序要求查找或修改单个记录，为此系统便要去逐个地查找诸记录，这时，顺序文件所表现出来的性能就可能很差，尤其是当文件较大时，情况更为严重。例如，有一个含有 10^4 个记录的顺序文件，如果对它采用顺序查找法去查找一个指定的记录，则平均需要查找 5×10^3 个记录；如果是可变长记录的顺序文件，则为查找一个记录所需付出的开销将更大，这就限制了顺序文件的长度。

顺序文件的另一个缺点是，如果想增加或删除一个记录，都比较困难。为了解决这一问题，可以为顺序文件配置一个运行记录文件或称为事务文件，将试图增加、删除或修改的信息记录其中，规定每隔一定时间，将运行记录文件与原来的主文件加以合并，产生一个按关键字排序的新文件。

5.2.3 索引文件

对于定长记录文件，如果要查找第 i 个记录，可直接根据下式计算来获得第 i 个记录相对于第一个记录首地址的地址：

$$A_i=i\times L$$

然而，对于可变长度记录的文件，要查找其第 i 个记录时，需首先计算出该记录的首地址。为此，需顺序地查找每个记录，从中获得相应记录的长度 L_i，然后才能按下式计算出第 i 个记录的首地址。假定在每个记录前用一个字节指明记录的长度，则

$$A_i=\sum_{i=0}^{i-1}L_i+i$$

可见，对于定长记录，除了可以方便地实现顺序存取外，还可较方便地实现直接存取。然而，对于变长记录就较难实现直接存取，因为用直接存取方法来访问变长记录文件中的一个记录是十分低效的，其检索时间也很难令人接受。为了解决这一问题，可为变长记录文件建立一张索引表，对主文件中的每个记录，在索引表中设有一个相应的表项，用于记录该记录的长度 L 及指向该记录的指针。由于索引表是按记录键排序的，因此，索引表本身是一个定长记录的顺序文件，从而也就可以方便地实现直接存取。图 5.4 给出了索引文件的组织形式。

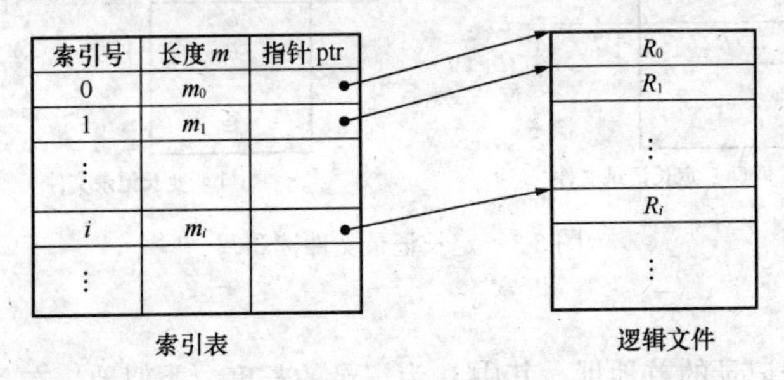

图 5.4 索引文件的组织

在对索引文件进行检索时，首先是根据用户程序提供的关键字，并利用折半查找法去检索索引表，从中找到相应的表项，再利用该表项中给出的指向记录的指针值，去访问所需的记录。而每当要向索引文件中增加一个新记录时，便需对索引表进行修改。由于索引文件可有较快的检索速度，所以主要用于对信息处理的及时性要求较高的场合，例如，民航订票系统等。使用索引文件的主要问题是，它除了有主文件外，还需配置一张索引表，而且每个记录都要有一个索引项，因此提高了存储成本。

5.2.4 索引顺序文件

索引顺序文件可能是最常见的一种逻辑文件形式。它有效地克服了变长记录文件不便于直接存取的缺点，而且所付出的代价也不算太大。前面已经介绍它是顺序文件和索引文件相结合的产物，它将顺序文件中的所有记录分为若干个组，为顺序文件建立一张索引表，在索引表中为每组记录的第一个记录建立一个索引项，其中含有该记录键值和指向该记录的指针。索引顺序文件的组织形式如图 5.5 所示。

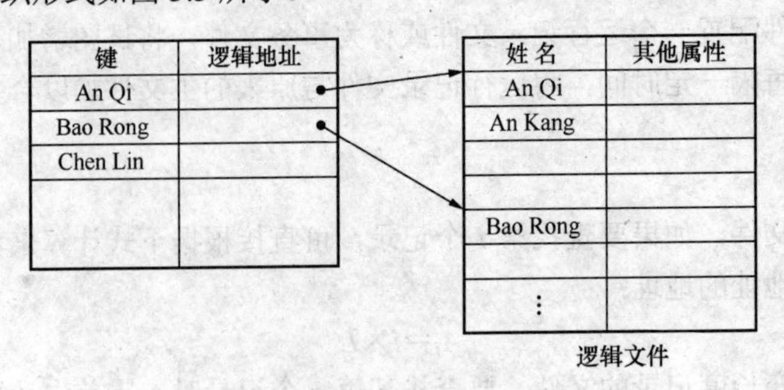

图 5.5 索引顺序文件

在对索引顺序文件进行检索时，首先也是利用用户程序所提供的关键字以及某种查找算法，去检索索引表，找到该记录所在记录组中第一个记录的表项，从中得到该记录组第一个记录在主文件中的位置，然后，再利用顺序查找法去查找主文件，从中找到所要求的记录。

但对于一个非常大的文件，为找到一个记录而需查找的记录数目仍然很多，为了进一步提高检索效率，可以为顺序文件建立多级索引，即为索引文件再建立一张索引表，从而形成两级索引表。

5.3 外存分配方式

文件的物理结构是指逻辑文件在文件存储器上的存储结构。它和文件的存取方法密切相关。文件物理结构的好坏，直接影响到文件系统的性能。因此，只有针对文件系统的适用范围建立起合适的物理结构，才能既有效地利用存储空间，又便于系统对文件进行处理。

通常文件是存储在磁盘等外部存储设备上的。由于磁盘具有可直接访问的特性，因此，当利用磁盘来存放文件时，具有很大的灵活性。在为文件分配外存空间时所要考虑的主要问题是：怎样才能有效地利用外存空间和如何提高对文件的访问速度。目前常用的外存分配方法有连续分配、链接分配和索引分配三种。通常在一个系统中，仅采用其中的一种方法来为文件分配外存空间。

在采用不同的分配方法时，将形成不同的文件物理结构。在采用连续分配方式时的物理文件结构，将是顺序式的文件结构；采用链接分配方式时将形成链接式文件结构；而采用索引分配方式将形成索引文件结构。

为了有效地分配文件存储器的空间，通常把它们分成若干块，并以块为单位进行分配和管理。每个块称为物理块，块中的信息称为物理记录。物理块大小通常是固定的，在软盘上常以 128 字节为一块，在磁带或磁盘上常以 1 024 字节（1KB）、4 096 字节（4KB）等为一块。

5.3.1 连续分配

1. 连续分配方式

连续分配要求为每一个文件分配一组相邻接的盘块。一组盘块的地址定义了磁盘上的一段线性地址。例如，第一个盘块的地址为 B，则第二个盘块的地址为 $B+1$，第三个盘块的地址为 $B+2$，……。通常，它们都位于一条磁道上，在进行读/写时，不必移动磁头，仅当访问到一条磁道的最后一个盘块后，才需要移动到下一条磁道，于是又去连续地读/写多个盘块。在采用连续分配方式时，可把逻辑文件中的记录顺序地存储到邻接的各物理盘块上，这样所形成的文件结构称为顺序文件结构，此时的物理文件称为顺序文件。

这种分配方式保证了逻辑文件中的记录顺序与存储器中文件占用盘块的顺序的一致性。为使系统能找到文件存放的地址，应在目录项的“文件物理地址”字段中记录该文件第一个记录所在盘块号和文件所占的盘块总数。图 5.6 给出了连续分配的情况。

如同内存的动态分区分配一样，随着文件建立时空间的分配和文件删除时空间的回收，将使磁盘空间被分割成许多小块，这些较小的连续区已难以用来再存储文件，此即外存的碎片。同样，我们也可以利用紧凑的方法，将盘上所有文件紧凑在一起，把所有的碎片拼接成一大片连续的存储空间，但为了将外存空间进行一次紧凑，所花费的时间远比将内存空间进行一次紧凑所花费的时间多得多。

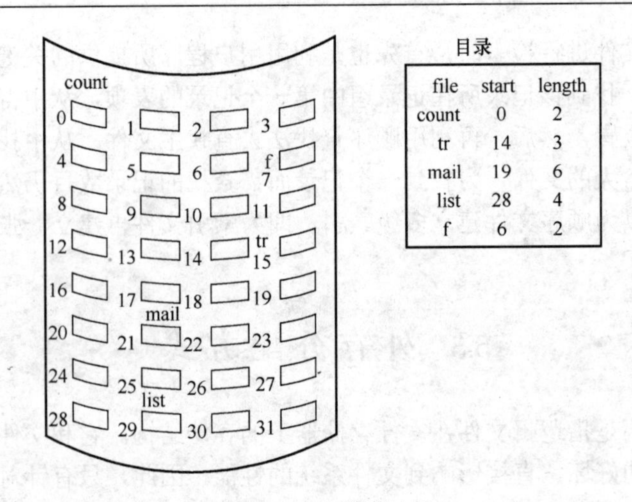

图 5.6 文件连续结构

2. 连续分配的主要优缺点

连续分配的主要优点如下。

(1) 顺序访问容易。访问一个占有连续空间的文件，非常容易。系统可以从目录中找到该顺序文件所在的第一个盘块号，从此开始顺序地、逐个盘块地往下读或写。连续分配也支持直接存取。例如，要访问一个从 B 块开始存入的文件中的第 i 盘块的内容，就可以直接访问 $B+i$ 号盘块。

(2) 顺序访问速度快。因为由连续分配所装入的文件，其所占用的盘块可能是位于一条或几条相邻接的磁道上，这时，磁头的移动距离最少，因此，这种对文件访问的速度是几种存储空间分配方式中最高的一种。

连续分配的主要缺点如下。

(1) 要求有连续的存储空间。要为每一个文件分配一段连续的存储空间，这样，便会产生出许多外部碎片，严重地降低了外存空间的利用率。如果是定期地利用紧凑方法来消除碎片，则又需要花费大量的机器时间。

(2) 必须事先知道文件的长度。要将一个文件装入一个连续的存储空间，必须事先知道文件的大小，然后根据其大小，在存储空间中找出一块其大小足够的存储区，将文件装入。在有些情况下，这只能靠估算，如果估计的文件大小比实际文件小，就可能因存储空间不足而中止文件的复制。对于那些动态增长的文件，由于开始时文件很小，在运行中逐渐增大，比如，这种增长要经历几天、几个月。在此情况下，即使事先知道文件的最终大小，在采用预分配存储空间的方法时，显然也将是很低效的，因为它使大量的存储空间长期地空闲。

5.3.2 链接分配

如同内存管理一样，连续分配所存在的问题就在于：必须为一个文件分配连续的磁盘空间。如果在将一个逻辑文件存储到外存上时，并不要求整个文件分配一块连续的空间，而是可以将文件装到多个离散的盘块中，这样也就可以消除上述缺点。在采用链接分配方式时，可通过在每个盘块上的链接指针，将同属于一个文件的多个离散的盘块链接成一个链表，把这样形成的物理文件称为链接文件。

由于链接分配是采用离散方式，消除了外部碎片，故而显著地提高了外存空间的利用率；

又因为是根据文件的当前需要，为它分配必需的盘块，当文件动态增长时，可动态地再为它分配盘块，因此无需事先知道文件的大小。此外，对文件的增加、删除、修改也十分方便。

链接方式又可分为隐式链接和显式链接两种形式。

1. 隐式链接

在采用隐式链接分配方式时，在文件目录的每个目录项中，都必须包含指向链接文件第一个盘块和最后一个盘块的指针。图 5.7 给出了一个占用 5 个盘块的链接式文件。在相应的目录项中，指示了其第一个盘块号是 9，最后一个盘块号是 25。而在每个盘块中都含有一个指向下一个盘块的指针，如在第一个盘块 9 中设置了第二个盘块的盘块号是 16；在 16 号盘块中又设置了第三个盘块号 1……

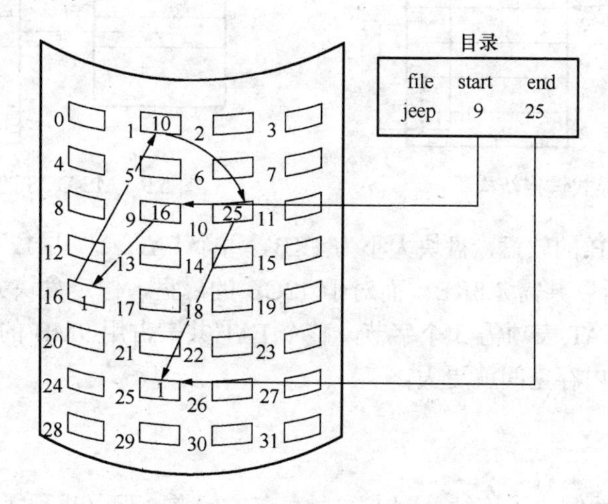

图 5.7 磁盘空间的链接分配

隐式链接分配方式的主要问题在于：它只适合于顺序访问，它对随机访问是极其低效的。如果要访问文件所在的第 i 个盘块，则必须先读出文件的第一个盘块，由第一个盘块中读取第二个盘块的盘块号，……就这样顺序地查找直至第 i 块。可见，随机访问的速度多么低。此外，只通过链接指针来将一大批离散的盘链接起来，其可靠性也较差，因为只要其中的任何一个指针出现问题，都会导致整个链接的断开。

为了提高检索速度和减小指针所占用的存储空间，可以将几个盘块组成一个簇。在进行磁盘分配时，以簇为单位，在链接文件中的每个元素也是以簇为单位，这样将会成倍地减小查找指定块的时间，而且也可以减小所占用的存储空间，但却增大了内部碎片，而且这种改进也是非常有限的。

2. 显式链接

这是指把用于链接文件各物理块的指针，显式地存放在内存的一张链接表中。该表在整个磁盘仅设置一张，如图 5.8 所示。表的序号是物理盘块号，从 0 开始，直至 $N-1$；N 为盘块总数。在每个表项中存放链接指针，即下一个盘块号。在该表中，凡是属于某一文件的第一个盘块号，或者说是每一条链接首指针所对应的盘块号，均作为文件地址被填入相应文件的 FCB 的“物理地址”字段中。由于查找记录的过程是在内存中进行的，因而不仅显著地提高了检索速度，而且大大减少了访问磁盘的次数。由于分配给文件的所有盘块号都放在该表中，故把该表称为文件分配表 FAT（File Allocation Table）。MS-DOS 操作系统就是采用的这种分配方式，如图 5.9 所示。但由于 FAT 随着磁盘存储空间的增大而增大，其所占用的内存空间也就随之增大，因此，目前的许多操作系统已很少采用。

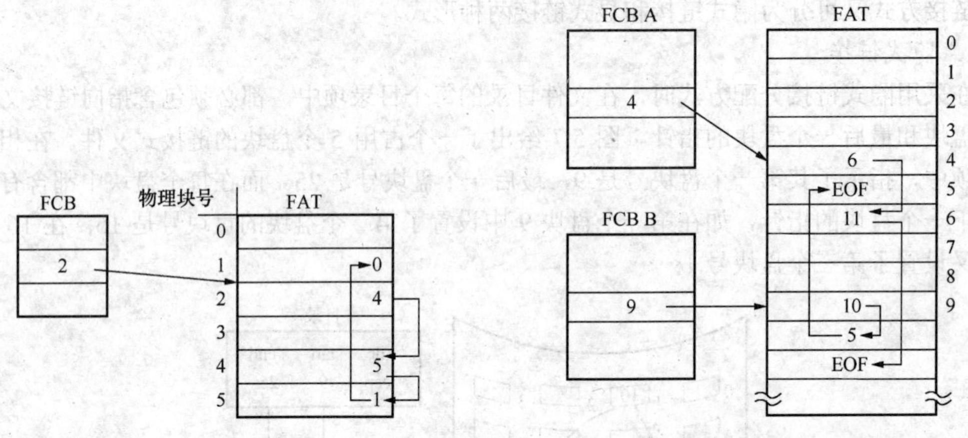

图 5.8　显式链接结构　　　　图 5.9　MS-DOS 的文件物理结构

例如，对于 1.2MB 的软盘，盘块大小为 1KB，每个 FAT 表项占 12 位，在每个 FAT 中共含有 1.2K 个表项，所以共需 1.8KB。而对于 12GB 的磁盘，假定盘块大小为 4KB 时，共有 3M 个盘块，而每个 FAT 表项需 3 个字节，整个 FAT 共需占用 9MB 的内存。如果磁盘容量更大，则 FAT 占用的内存空间就更大。

5.3.3　索引分配

1. 单索引分配

链接分配方式虽然解决了连续分配方式所存在的问题，但又出现了另外两个问题。一是不能支持高效的直接存取。二是 FAT 需占用较大的内存空间。由于一个文件所占用的盘块号是随机地分布在 FAT 中的，因而只有将整个 FAT 调入内存，才能保证在 FAT 中找到一个文件的盘块号。

事实上，在打开文件时，只需把该文件占用的盘块的编号调入内存即可，完全没有必要将整个 FAT 调入内存。为此，应将每个文件所对应的盘块号集中地放在一起。索引分配方法就是基于这种思想形成的一种分配方法。它为每个文件分配一个索引块，再把分配给该文件的所有盘块号，都记录在该索引块中，因而该索引块就是一个含有许多盘块号的数组。在建立一个文件时，便须在为之建立的目录项中，填写指向该索引块的指针。图 5.10 给出了磁盘空间的索引分配图。

索引分配方式支持直接访问。当要读文件的第 i 个盘块时，可以方便地直接从索引块中找到第 i 个盘块的盘块号；此外，索引分配方式也不会产生外部碎片。当文件较大时，索引分配方式无疑要优于链接分配方式。

索引分配方式的主要问题是：可能要花费较多的外存空间。每当建立一个文件时，便需为之分配一个索引块，将分配给该文件的所有盘块号记录于其中。但在一般情况下，总是中、小型文件居多，甚至有不少文件只需 1～2 个盘块，这时如果采用链接分配方式，只需设置 1～2 个指针。如果采用索引分配方式，则同样仍须为之分配一个索引块。通常是采用一个专门的盘块作为索引块，其中可存放成百上千个盘块号。可见，对于小文件采用索引分配方式时，其索引块的利用率是极低的。

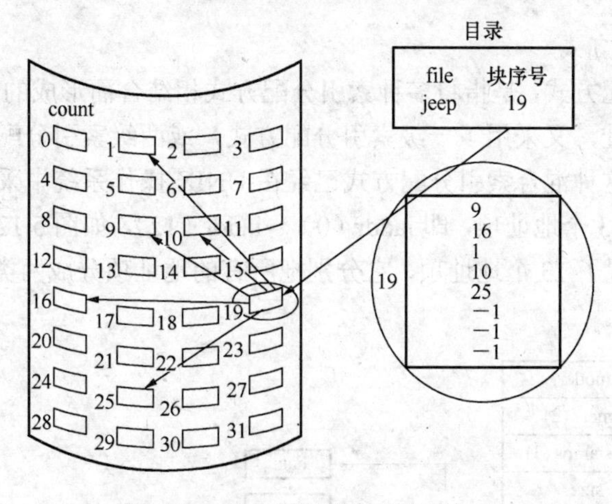

图 5.10 磁盘空间的索引分配方式

2. 多级索引分配

当操作系统为一个大文件分配磁盘空间时，如果所分配出去的盘块号已经装满一个索引块时，操作系统便为该文件分配另一个索引块，用于将以后继续为之分配的盘块号记录于其中。依此类推，再通过链接指针将各索引块按序链接起来。显然，当文件太大，其索引块太多时，这种链接文件是低效的。此时，作为第一级索引的索引块，将第一索引块、第二索引块等索引块的盘块号，填入到此索引表中，这样便形成了两级索引分配方式。如果文件非常大时，还可用三级、四级索引分配方式。

图 5.11 给出了两级索引分配方式下各索引块之间的链接情况。如果每个盘块的大小为 1KB，每个盘块号占 4 个字节，则在一个索引块中可存放 256 个盘块号。这样，在两级索引时，最多可包含的存放文件的盘块号总数 $N=256\times256=64\text{K}$ 个盘块号，则采用两级索引时，所允许的文件最大长度为 64MB。倘若盘块的大小为 4KB，在采用单级索引时所允许的最大文件长度为 4MB，而采用两级索引时所允许的最大文件长度可达 4GB。

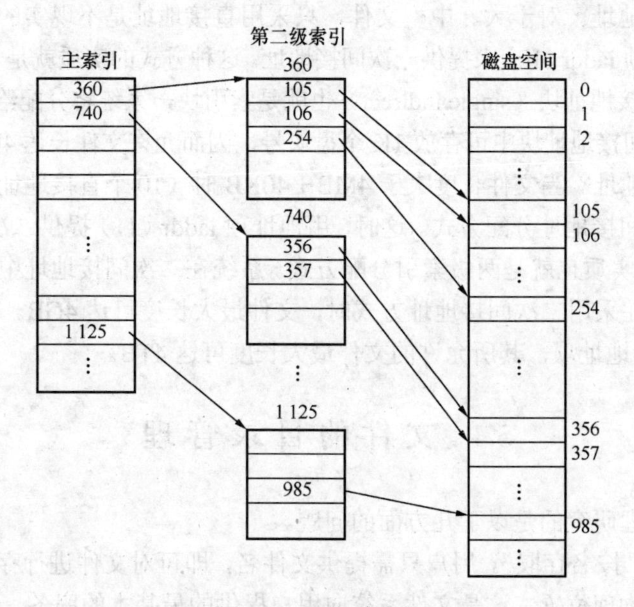

图 5.11 两索引分配

3. 混合索引分配方式

所谓混合索引分配方式，是指将多种索引分配方式相结合而形成的一种分配方式。例如，系统既采用了直接地址，又采用了一级索引分配方式，或两级索引分配方式，甚至还采用了三级索引分配方式。这种混合索引分配方式已经在UNIX操作系统中采用。在UNIX系统的索引结点中，共设有13个地址项，即iaddr（0）～iaddr（12），如图5.12所示。在BSD UNIX的索引结点中，共设置了13个地址项，它分别把所有的地址项分成两类，即直接地址和间接地址。

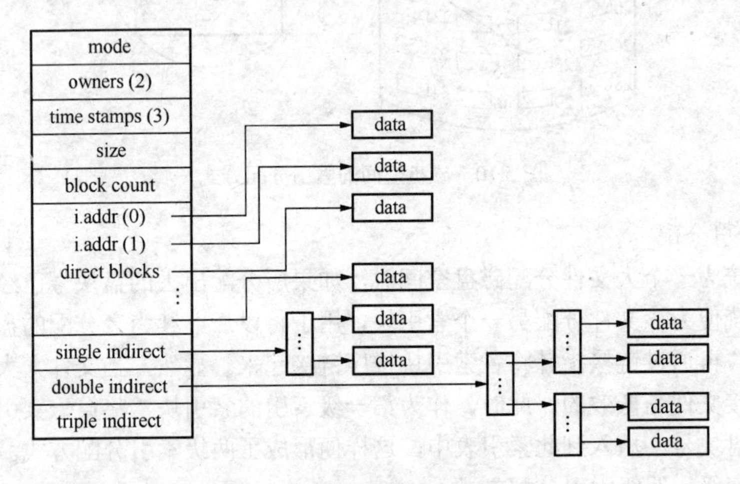

图5.12 混合索引分配方式

（1）直接地址。为了提高对文件的检索速度，在索引结点中可设置10个直接地址项，即用iaddr（0）～iaddr（9）来存放直接地址。换言之，在这里的每项中所存放的是该文件数据盘块的盘块号。假如每个盘块的大小为4KB，当文件不大于40KB时，便可直接从索引结点中读出该文件的全部盘块号。

（2）一次间接地址。对于大、中型文件，只采用直接地址是不现实的。为此，可再利用索引结点中的地址项iaddr（10）来提供一次间接地址。这种方式的实质就是一级索引分配方式。图5.12中的一次间接地址块（single indirect）也就是索引块，系统将分配给文件的多个盘块号记入其中。在一次间接地址块中可存放1K个盘块号，因而允许文件长达4MB。

（3）多次间接地址。当文件长度大于4MB+40KB时（10个直接地址和一次间接地址），系统还须采用二次间接地址分配方式。这时，用地址项iaddr（11）提供二次间接地址（double indirect），该方式的实质也就是两级索引分配方式。系统在二次间接地址中记入所有一次间接地址块的盘块号。在采用二次间接地址方式时，文件最大长度可达4GB。同理，地址项iaddr（12）作为三次间接地址项，其所允许的文件最大长度可达4TB。

5.4 文件的目录管理

文件目录的管理研究的是以下几方面的问题。

（1）如何实现“按名存取”。用户只需提供文件名，即可对文件进行存取。将文件名转换为该文件在外存的物理位置，这是文件系统向用户提供的最基本的服务。

（2）如何提高对目录的检索速度。研究的是如何合理地组织目录结构，加快对目录的检索速度，从而加快对文件的存取速度。这是在设计一个大、中型文件系统时所追求的主要目标。

（3）如何实现文件共享。例如，在多用户系统中，应允许多个用户共享一个文件，这样，只需在外存中保留一份该文件的副本，供不同用户使用，就可节省大量的存储空间并方便用户。

（4）如何解决文件重名问题。系统应允许不同用户对不同文件采用相同的名字，以便于用户按照自己的习惯命名和使用文件。

5.4.1 文件目录的内容

为了实现“按名存取”，系统必须为每个文件设置用于描述和控制文件的数据结构，它至少要包括文件名和存放文件的物理地址，这个数据结构称为文件控制块 FCB。文件控制块的有序集合称为文件目录。换句话说，文件目录是由文件控制块组成的，专门用于文件的检索。文件控制块 FCB 也称为文件的说明或文件目录项（简称目录项）。

1. 文件控制块 FCB

文件控制块 FCB 中包含以下三类信息：基本信息类、存取控制信息类和使用信息类。

（1）基本信息类：包括文件名和文件的物理地址。

文件名：标识一个文件的符号名，在每个系统中文件必须具有唯一的名字。

文件的物理地址：它因文件的物理结构的不同而不同。对于连续文件，它就是文件的起始块号和文件总块数；对于 MS-DOS，它是文件的起始族号和文件总字节数；对于 UNIX，它是文件所在设备的设备号、13 个地址项、文件长度和文件块数等。

（2）存取控制信息类：是指文件的存取权限。例如，UNIX 把用户分成文件主、同组用户和一般用户三类，存取控制信息类就是指这三类用户的读写执行（RWX）的权限。

（3）使用信息类：包括文件建立日期、最后一次修改日期、最后一次访问的日期及当前使用的信息（打开文件的进程数和在文件上的等待队列等）。需要说明的是，文件控制块的信息因操作系统的不同而不同。UNIX 文件系统命令 ls-l 对文件的长列表显示的 FCB 信息如下：

—r—xr—xr-t 1 bin bin 43296 May252006 /bin/hello．c

显示的各项信息分别为文件类型和存取权限、链接数、文件主、组名、文件长度、最后一次修改日期及文件名。

2. 文件目录

文件目录是由文件控制块组成的，专门用于文件的检索。文件目录可以存放在文件存储器的固定位置，也可以以文件的形式存放在磁盘上，我们将这种特殊的文件称之为目录文件。

5.4.2 目录结构

文件目录结构的组织方式直接影响到文件的存取速度，并关系到文件的共享性和安全性，因此组织好文件的目录是设计文件系统的重要环节。常见的目录结构有三种：一级目录结构、二级目录结构和多级目录结构。

1. 一级目录结构

一级目录的整个目录组织是一个线性结构，如图 5.13 所示。在整个系统中只需建立一张目录表，系统为每个文件分配一个目录项（文件控制块）。一级目录结构简单，但缺点是查找速度慢，不允许重名，不便于实现文件共享等，因此它主要用在单用户环境中。

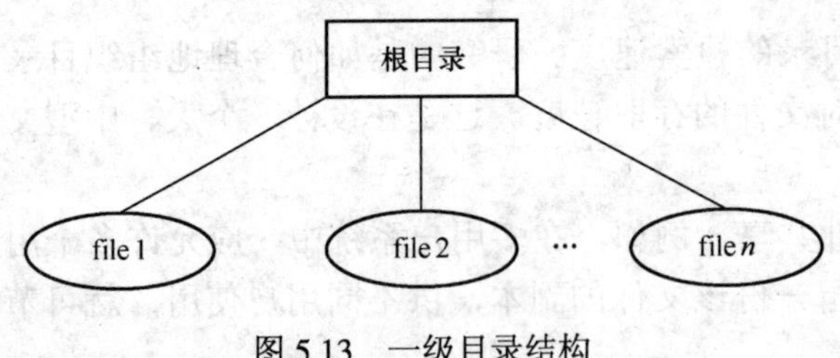

图 5.13 一级目录结构

2. 二级目录结构

为了克服一级目录结构存在的缺点，引入了二级目录结构。二级目录结构是由主文件目录 MFD（Master File Directory）和用户目录 UFD（User File Directory）组成的。在主文件目录中，每个用户文件目录都占有一个目录项，其目录项中包括用户名和指向该用户目录文件的指针。用户目录是由用户所有文件的目录项组成。二级目录结构如图 5.14 所示。

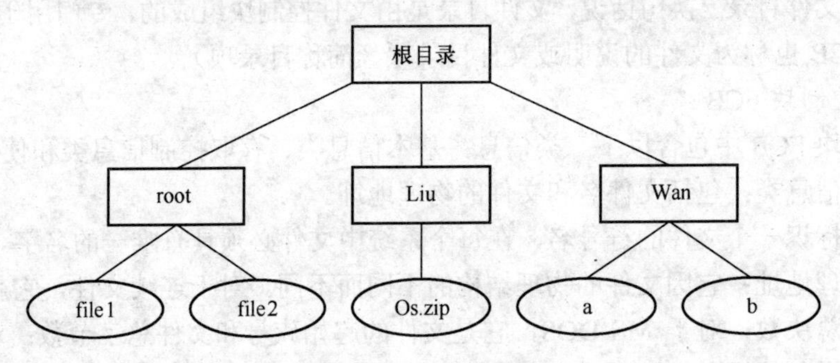

图 5.14 二级目录结构

采用二级目录（Two Level Directory）结构后，用户可以请求系统为之建立一个用户文件目录（Use File Directory，UFD）。如果用户不再需要 UFD，也可以请求系统管理员将它撤销。当用户要创建一新文件时，操作系统只需检查该用户的 UFD，判定在该 UFD 中是否已有同名的另一个文件。若有，用户必须为新文件重新命名；若无，便在 UFD 中建立一个新的目录项，将新文件名及其有关属性填入目录项中。当用户要删除一个文件时，操作系统也只需查找该用户的 UFD，从中找出指定文件的目录项，回收该文件所占用的存储空间，并将该目录项清除。

二级目录结构基本上克服了单级目录的缺点，其优点如下。

（1）提高了检索目录的速度。如果在主目录中有 n 个子目录，每个用户目录最多有 m 个目录项，则找到一指定的目录项，最多只需检索 $n+m$ 个目录项。但如果采取单级目录结构，则最多需检索 $n\times m$ 个目录项。假定 $n=m$，可以看出，采用二级目录可使检索效率提高 $n/2$ 倍。

（2）较好地解决了重名问题。在不同的用户目录中，可以使用相同的文件名，只要保证用户自己的 UFD 中的文件名唯一。例如，用户 wang 可以用 Auto.pol 来命名一个文件；而用户 zhang 也可用 Auto.pol 来命名一个文件。

采用二级目录结构也存在一些问题。该结构虽然能有效地将多个用户隔离开，但这种隔离在各个用户之间完全无关时是一个优点，当多个用户之间要相互合作去共同完成一个大任务，且一用户又需去访问其他用户的文件时，这种隔离便成为一个缺点，因为这种隔离使诸用户之间不便于共享文件。

3. 多级目录结构

为了解决以上问题，在多道程序设计系统中常采用多级目录结构，这种目录结构像一棵倒置的有根树，所以也称为树形目录结构。从树根向下，每一个结点是一个目录，叶结点是文件。MS-DOS 和 UNIX 等操作系统均采用多级目录结构。图 5.15 为多级目录结构。

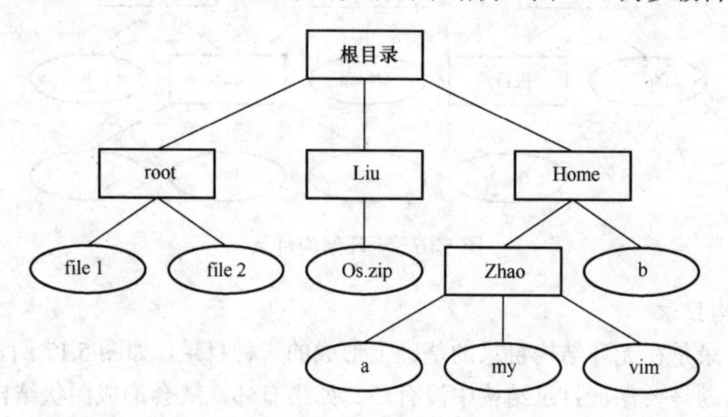

图 5.15 多级目录结构

采用多级目录结构的文件系统中，用户要访问一个文件，必须指出文件所在的路径名。路径名是从根目录开始到该文件的通路上所有的各级目录名的组合。各目录名之间，目录名与文件名之间需要用分隔符隔开。例如，在 MS-DOS 中分隔符为“\”，在 UNIX 中分隔符为“/”。

绝对路径名（absolute path name）是指从根目录“/”开始的完整文件名，即它是由从根目录开始的所有目录名以及文件名构成的。

例如，图中访问命令文件 my 的路径名为/home/zhao/my，通常也称之为文件全名。

在多级目录中存取一个文件需要用文件全名，这就意味着允许用户在自己的目录中使用与其他用户文件相同的文件名。由于各用户使用了不同的目录，因此两者即使用了相同的文件名，但它们的文件全名仍不相同，这就解决了重名问题。

采用多级目录结构提高了检索目录的速度。例如，采用单级目录查找一个文件，最多需要查遍系统目录文件中的所有文件目录项，平均也要查一半文件目录项。而用多级目录查找一个文件，最多只需查遍文件路径上根目录文件和子目录文件中的目录项。

例如，图 5.15 中要查找文件 my，只要检索根目录目录、home 目录和 zhao 目录，便可以找到文件 my 的目录项，得到文件 my 在磁盘上的物理地址。

4. 无环结构目录

无环结构目录是多级层次目录的推广，如图 5.16 所示。多级层次目录不直接支持文件或目录的共享。为了使文件目录可以被不同的目录所共享，可以把多级层次目录的层次关系加以推广，形成无环结构目录。在无环结构目录中，不同的目录可以共享一个文件或目录，而不是各自拥有文件或目录的复本。

无环结构目录比树形目录更灵活，可以实现不同用户共享同一个文件，但实现比较复杂。在无环结构目录中，有些问题需要仔细考虑。例如，一个文件可以有多个绝对路径名，也就是不同的文件名可以指向同一个文件。只有当指向同一个文件的所有链接都被删除时，文件才会被真正从磁盘上清除。当需要遍历整个文件系统而不希望多次访问共享文件时，问题也比较复杂。

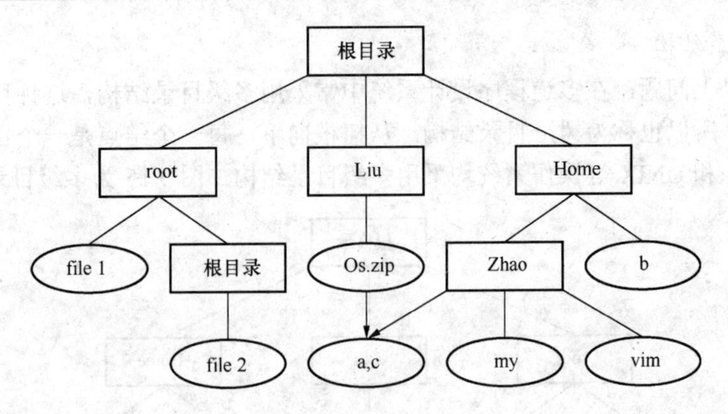

图 5.16 无环结构目录

5. 图状结构目录

图状结构目录是在无环结构目录的基础上形成的一种目录，如图 5.17 所示。无环结构目录存在的一个问题是要保证目录结构中没有环。如果有环，就会形成图状结构。在图状结构目录中通过 link 文件实现文件的共享。当 Zhao 目录要共享 Home 目录时，只需在 Zhao 目录下创建一个 link 文件，该文件包含指向 Home 目录的指针即可。在图状结构目录中，实现目录的遍历和文件的删除等操作时，可能会存在问题。相对于无环结构目录，图状结构目录需要有一些额外的措施来解决上述问题，如采用“垃圾收集”机制来解决文件的删除问题等。

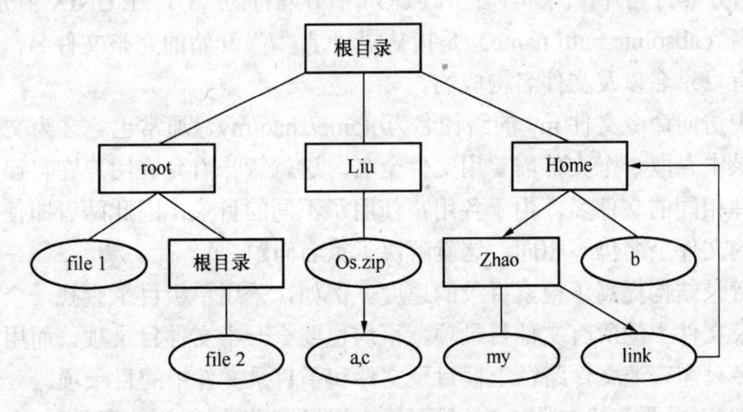

图 5.17 图状结构目录

5.4.3 文件目录操作

文件操作相对来说比较统一，而目录操作变化较大，这里介绍几种常用的目录操作。

- 创建目录：目录是多个文件的属性的集合，创建目录就是在外部存储介质中，创建一个目录文件以备存取文件属性信息。
- 删除目录：也就是从外部存储介质中，删除一个目录文件。通常而言，只有当目录为空时，才能删除。
- 检索目录：要实现用户对文件的按名存取，这就涉及文件目录的检索。系统按步骤为用户找到所需的文件，首先，系统利用用户提供的文件名，对文件目录进行查询，以找到相应的属性信息，然后，根据这些属性信息，得出文件所在外部存储介质的物理位置，最后，如果需要，可启动磁盘驱动程序，将所需的文件数据读到内存中。

- 打开目录：如果要使用的目录不在内存，则需要打开目录，从外存上读入相应的目录文件。
- 关闭目录：当所用目录使用结束后，应关闭目录以释放内存空间。

目录实现的算法对整个文件系统的效率、性能和可靠性有很大的影响。下面讨论几种常用的算法。

1. 线性表算法

目录实现的最简单的算法是一个线性表，每个表项由文件名和指向数据块的指针组成。当要搜索一个目录项时，可以采用线性搜索。这个算法实现简单，但运行很耗时。比如创建一个新的文件时，需要先搜索整个目录以确定没有同名文件存在，然后再在线性表的末尾添加一条新的目录项。

线性表算法的主要缺点就是寻找一个文件时要进行线性搜索。目录信息是经常使用的，访问速度的快慢会被用户觉察到。所以很多操作系统常常将目录信息放在高速缓存中。对高速缓存中的目录的访问可以避免磁盘操作，以加快访问速度。当然可以采用有序的线性表，使用二分搜索来降低平均搜索时间。然而，这会使实现复杂化，而且在创建和删除文件时，必须始终维护表的有序性。

2. 哈希表算法

采用哈希表算法时，目录项信息存储在一个哈希表中。进行目录搜索时，首先根据文件名来计算一个哈希值，然后得到一个指向表中文件的指针。这样该算法就可以大幅度地减少目录搜索时间。插入和删除目录项都很简单，只需要考虑两个目录项冲突的情况，就是两个文件返回的数值一样的情形。哈希表的主要难点是选择合适的哈希表长度与适当的哈希函数。

3. 其他算法

除了以上方法外，还可以采用其他数据结构，如B＋树。NTFS文件系统就使用了B＋树来存储大目录的索引信息。B＋树数据结构是一种平衡树。对于存储在磁盘上的数据来说，平衡树是一种理想的分类组成方式，这是因为它可以使得查找一个数据项所需的磁盘访问次数减少到最小。

由于使用B＋树存储文件，文件按顺序排列，所以可以快速查找目录，并且可以快速返回已经排好序的文件名。同时，因为B＋树是向宽度扩展而不是向深度扩展，NTFS的快速查找时间不会随着目录的增大而增加。

5.5 文件存储空间的管理

文件管理要解决的重要问题之一是如何为新创建的文件分配存储空间。其解决方法与内存的分配情况有许多相似之处，即同样可采取连续分配方式或离散分配方式。前者具有较高的文件访问速度，但可能产生较多的外存零头；后者能有效地利用外存空间，但访问速度较慢。不论哪种分配方式，存储空间的基本分配单位都是磁盘块而非字节。

为了实现存储空间的分配，系统首先必须能记住存储空间的使用情况。为此，系统应为分配存储空间而设置相应的数据结构；其次，系统应提供对存储空间进行分配和回收的手段。下面介绍几种常用的文件存储空间的管理方法。

5.5.1 空闲表法和空闲链表法

1. 空闲表法

（1）空闲表。空闲表法属于连续分配方式，它与内存的动态分配方式雷同，它为每个文件分配一块连续的存储空间。系统为外存上的所有空闲区建立一张空闲表，每个空闲区对应一个空闲表项，其中包括表项序号、该空闲区的第一个盘块号、该区的空闲盘块数等信息。再将所有空闲区按其起始盘块号递增的次序排列，如表 5.1 所示。

表 5.1 空闲盘块表

序 号	第一空闲盘块号	空闲盘块数	序 号	第一空闲盘块号	空闲盘块数
1	2	4	3	15	5
2	9	3	…	…	…

（2）存储空间的分配与回收。空闲盘区的分配与内存的动态分配类似，同样是采用首次适应算法、循环首次适应算法等。例如，在系统为某新创建的文件分配空闲盘块时，先顺序地检索空闲表的各表项，直至找到第一个其大小能满足要求的空闲区，再将该盘区分配给用户（进程），同时修改空闲表。系统在对用户所释放的存储空间进行回收时，也采取类似于内存回收的方法，即要考虑回收区是否与空闲表中插入点的前区和后区相邻接，对相邻接者应予以合并。

应该说明，在内存分配上，虽然很少采用连续分配方式，然而在外存的管理中，由于它具有较高的分配速度，可减少访问磁盘的 I/O 频率，故它在诸多分配方式中仍占有一席之地。

2. 空闲链表法

空闲链表法是将所有空闲盘区拉成一条空闲链。根据构成链所用基本元素的不同，可把链表分成两种形式：空闲盘块链和空闲盘区链。

（1）空闲盘块链。这是将磁盘上的所有空闲空间，以盘块为单位拉成一条链。当用户因创建文件而请求分配存储空间时，系统从链首开始，依次摘下适当数目的空闲盘块分配给用户。当用户因删除文件而释放存储空间时，系统将回收的盘块依次插入空闲盘块链的末尾。这种方法的优点是用于分配和回收一个盘块的过程非常简单，但在为一个文件分配盘块时，可能要重复操作多次。

（2）空闲盘区链。这是将磁盘上的所有空闲盘区（每个盘区可包含若干个盘块）拉成一条链。在每个盘区上除含有用于指示下一个空闲盘区的指针外，还应有能指明本盘区大小（盘块数）的信息。分配盘区的方法与内存的动态分区分配类似，通常采用首次适应算法。在回收盘区时，同样也要将回收区与相邻接的空闲盘区相合并。

5.5.2 位示图法

1. 位示图

位示图是利用二进制的一位来表示磁盘中一个盘块的使用情况。当其值为“0”时，表示对应的盘块空闲；为“1”时，表示已分配。有的系统把“0”作为盘块已分配的标志，把“1”作为空闲标志（它们在本质上是相同的，都是用一位的两种状态来标志空闲和已分配两种情况）。磁盘上的所有盘块都有一个二进制位与之对应，这样，由所有盘块所对应的位构成一个集合，称为位示图。通常可用 $m \times n$ 个位数来构成位示图，并使 $m \times n$ 等于磁盘的总块数，如图 5.18 所示。位示图也可描述为一个二维数组 map：

Var map：array[1…m，1…n]　of bit；

	1	2	3	4	5	6	7	8	9	10	11	12	13	14	15	16
1	1	1	0	0	0	1	1	1	0	0	1	0	0	1	1	0
2	0	0	0	1	1	1	1	1	1	0	0	0	0	1	1	1
3	1	1	1	0	0	0	1	1	1	1	1	1	0	0	0	0
4																
…																

图 5.18　位示图

2. 盘块的分配

根据位示图进行盘块分配时，可分三步进行。

（1）顺序扫描位示图，从中找出一个或一组其值为“0”的二进制位（“0”表示空闲时）。

（2）将所找到的一个或一组二进制位，转换成与之相应的盘块号。假定找到的其值为“0”的二进制位，位于位示图的第 i 行、第 j 列，则其相应的盘块号应按下式计算：

$$b=n\ (i-1)\ +j$$

式中，n 代表每行的位数。

（3）修改位示图，令 map[i，j]=1。

3. 盘块的回收

盘块的回收分两步。

（1）将回收盘块的盘块号转换成位示图中的行号和列号。转换公式为

$$i=\ (b-1)\ \mathrm{DIV}\ n+1$$

$$j=\ (b-1)\ \mathrm{MOD}\ n+1$$

（2）修改位示图。令 map[i，j]=0。

这种方法的主要优点，是从位示图中很容易找到一个或一组相邻接的空闲盘块。例如，我们需要找到 6 个相邻接的空闲盘块，这只需在位示图中找出 6 个其值连续为“0”的位即可。此外，由于位示图很小，占用空间少，因而可将它保存在内存中，进而使在每次进行区分配时，无须首先把盘区分配表读入内存，从而节省了许多磁盘的启动操作。

5.5.3　成组链接法

空闲表法和空闲链表法都不适用于大型文件系统，因为这会使空闲表或空闲链表太长。在 UNIX 系统中采用的是成组链接法，这是将上述两种方法相结合而形成的一种空闲盘块管理方法，它兼备了上述两种方法的优点而克服了两种方法均有的表太长的缺点。

1. 空闲盘块的组织

（1）空闲盘块号栈。用来存放当前可用的一组空闲盘块的盘块号（最多含 100 个号），以及栈中尚有的空闲盘块号数目 N。顺便指出，N 还兼作栈顶指针使用。例如，当 N=100 时，它指向 S.free（99）。由于栈是临界资源，每次只允许一个进程访问，故系统为栈设置了一把锁。图 5.19 左部示出了空闲盘块号栈的结构。其中，S.free（0）是栈底，栈满时的栈顶为 S.free（99）。

（2）文件区中的所有空闲盘块，被分成若干个组，比如，将每 100 个盘块作为一组。假定盘上共有 10 000 个盘块，每块大小为 1KB，其中第 201～7 999 号盘块用于存放文件，即作为文件区，这样，该区的最末一组盘块号应为 7 901～7 999；次末组为 7 801～7 900，……倒数第二组的盘块号为 301～400；第一组为 201～300，如图 5.19 所示。

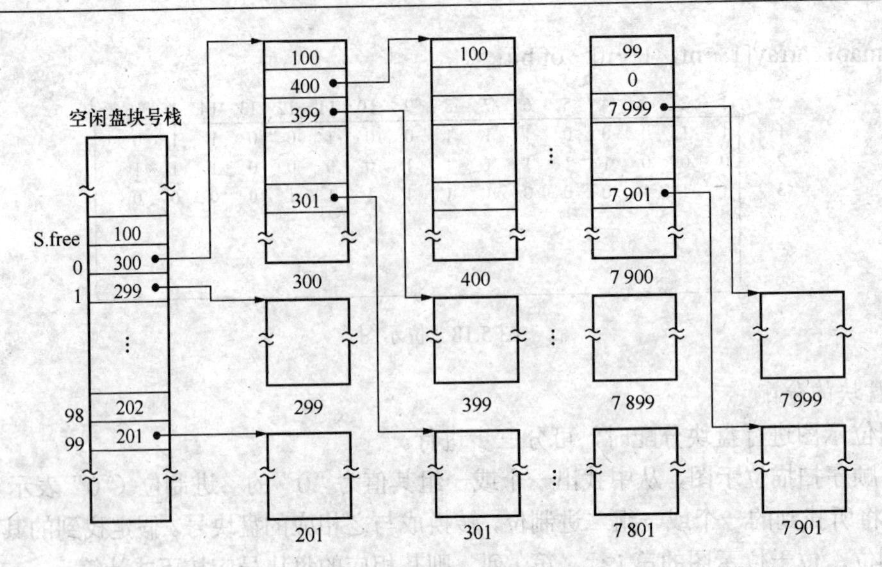

图 5.19 空闲盘块的成组链接法

(3) 将每一组含有的盘块总数 N 和该组所有的盘块号，记入其前一组的第一个盘块 S.free（0）中。这样，由各组的第一个盘块可链接成一条链。

(4) 将第一组的盘块总数和所有的盘块号，记入空闲盘块栈中，作为当前可供分配的空闲盘块号。

(5) 最末一组只有 99 个盘块，其盘块分别记入其前一组的 S.free（1）～S.free（99）中，而在 S.free（0）中则存放“0”，作为空闲盘块链的结束标志。

2. 空闲盘块的分配与回收

当系统要为用户分配文件所需的盘块时，需调用盘块分配过程来完成。该过程首先检查空闲盘块号栈是否上锁，如未上锁，便从栈顶取出一个空闲盘块号，将与之对应的盘块分配给用户，然后将栈顶指针下移一格。若该盘块号已是栈底，即 S.free（0），这是当前栈中最后一个可分配的盘块号。由于在该盘块号所对应的盘块中记有下一组可用盘块号，因此，需调用磁盘读过程，将栈底盘块号所对应的盘块的内容读入栈中，作为新的盘块号栈的内容，并把原栈对应的盘块分配出去（其中的有用数据已经读入栈中）。然后，再分配一个相应的缓冲区（作为该盘块的缓冲区）。最后，把栈中的空闲盘块数减 1 并返回。

在系统回收空闲盘块时，需调用盘块回收过程进行回收。它是将回收盘块的盘块号记入空闲盘块号栈的底部，并执行空闲盘块数加 1 操作。当栈中空闲盘块号数目已达到 100 时，表示栈已满，便将现有栈中的 100 个盘块号，记入新回收的盘块中，再将其盘块号作为新栈底。

5.6 文件的使用和文件的存取控制

文件系统将用户的逻辑文件按一定的组织方式转换成物理文件存放到文件存储器上，也就是说，文件系统为每个文件与该文件在磁盘上的存放位置建立了对应关系。当用户使用文件时，文件系统通过用户给出的文件名，查出对应文件的存放位置，读出文件的内容。在多用户环境下，为了文件安全和保护起见，操作系统为每个文件建立和维护关于文件访问权限等方面的信息。因此操作系统在操作级（命令级）和编程级（系统调用和函数）向用户提供文件操作。操作系统提供的文件操作主要有创建和撤销文件、打开和关闭文件、读和写文件及设置文件权限。

5.6.1 文件的使用

1. 建立文件

当用户进程将信息存放到文件存储器上时，需要向系统提供文件名、设备号、文件属性及存取控制信息（文件类型、记录大小、保护级别等），以便“建立”文件。因此，文件系统应完成如下功能。

（1）根据设备号在所选设备上建立一个文件目录，并返回一个用户标识。用户在以后的读写操作中可以利用此文件标识。

（2）将文件名及文件属性等信息填入文件目录中。

（3）调用文件存储空间管理程序为文件分配物理块。

（4）需要时发出提示装卷信息（如可装卸磁盘、磁带）。

（5）在内存活动文件表中登记该文件的有关信息。

在某些文件系统中，可以隐含地执行文件“建立”操作，即系统发现有一批信息要写入一个尚未建立的文件中时，就自动先建立一个临时文件，当用户进程要真正写文件时才将信息写入用户命名的文件中。

2. 打开文件

使用已经存在的文件之前，要通过“打开”文件操作建立起文件和用户之间的联系。打开文件应完成如下功能。

（1）在内存活动文件表中申请一个空表目，用来存放该文件的文件目录信息。

（2）根据文件名查找目录文件，将找到的文件目录信息复制到活动文件表中。如果打开的是共享文件，则应进行处理，如将共享用户数加 1。

（3）文件定位，卷标处理。文件一旦打开，可被反复使用直至文件关闭。这样做的优点是减少了查找目录的时间，加快了文件的存取速度，提高系统的运行效率。

3. 读/写文件

文件打开以后，就可以使用读/写文件的系统调用访问文件。要“读/写”文件应给出文件名（或文件句柄）、内存地址、读/写字节数等有关信息。读/写文件应完成如下功能。

（1）根据文件名（或文件描述字）从内存活动文件表中找到该文件的文件目录。

（2）按存取控制说明检查访问的合法性。

（3）根据文件目录指出该文件的逻辑和物理组织方式以及逻辑记录号或字符个数。

（4）向设备管理发 I/O 请求，完成数据的传送操作。

4. 关闭文件

一旦文件使用完毕，应当关闭文件，以便其他用户使用。关闭文件系统要做的主要工作如下。

（1）从内存活动文件表中找到该文件的文件目录，将“当前使用用户数”减 1，若减为 0 则撤销此目录。

（2）若活动文件表中该文件的表目被修改过，则应写回文件存储器上，以保证及时更新文件目录。

5. 删除文件

当一个文件不再使用时，可以向系统提出删除文件。删除文件系统要做的主要工作如下。

（1）在目录中删除该文件的目录项。

（2）释放文件所占用的文件存储空间。

5.6.2 文件的存取控制

1. 存取控制矩阵

存取控制矩阵是一个二维矩阵：一维列出系统中的所有用户，另一维列出系统中的全部文件。矩阵中的每个元素用来表示某一用户对某一文件的存取权限。存取控制矩阵法就是通过查询矩阵来确定某一用户对某一文件的可访问性。例如，设计算机系统中有 n 个用户 U_1、U_2、…、U_n；系统中有 m 个文件 F_1、F_2、…、F_m，于是可列出存取控制矩阵如下。

$$R=\begin{pmatrix} R_{11} & R_{12} & \cdots & R_{1n} \\ R_{21} & R_{22} & \cdots & R_{2n} \\ R_{31} & R_{32} & \cdots & R_{3n} \\ \cdots & \cdots & \cdots & \cdots \\ R_{m1} & R_{m2} & \cdots & R_{mn} \end{pmatrix}$$

其中，R_{ij}（$i=1, 2, \cdots, m$；$j=1, 2, \cdots, n$）表示用户 U_j 对文件 F_i 的存取权限。存取权限可以是读（R）、写（W）、执行（X）以及它们的任意组合。表 5.2 给出了一个存取控制矩阵的例子。

表 5.2 存取控制矩阵

文件 用户	DATAFILE	TEXTFILE	SORT	REPORT	…
WANG	RWX	…	R-X	…	…
ZHANG	R-X	…	RWX	R-X	…
LIU	…	RWX	R-X	R-X	…
ZHAO	…	…	…	RWX	…
…	…	…	…	…	…

当一个用户向文件系统提出存取要求后，存取控制验证模块利用这个矩阵把该用户对这个文件的存取权限与存取要求进行比较，如果不一致，则拒绝存取。

存取控制矩阵法的优点是简单，缺点是不够经济。存取控制矩阵通常存放在内存，矩阵本身将占据大量空间，尤其是文件系统较大用户较多时更是如此。因此，存取控制矩阵没有得到普遍采用。

2. 存取控制表

对存取控制矩阵进行分析，可以发现某一文件只与少数几个用户有关。也就是说，这样的矩阵是一个稀疏矩阵，因而可以简化。对此，我们可以把对某一文件有存取要求的用户按某种关系分成几种类型，文件主、A 组、B 组和其他。同时规定每一类用户的存取权限，这样就得到了一个文件的存取控制表，如表 5.3 和表 5.4 所示。

表 5.3 文件存取控制表例

存取权限 \ 文件 \ 用户	BOOK
文件主	RWX
A 组	RX
B 组	X
其他	None

表 5.4 用户权限表例

存取权限 \ 文件 \ 用户	ZHANG
SORT	RX
TEXT	RX
BOOK	RW
BEST	R

显然，系统中每一文件都应有一张存取控制表。实际上该表的项数较少，可以把它放在文件目录项中。当文件被打开时，它的目录项被复制到内存，供存取控制验证模块检验存取要求的合法性。

3. 用户权限表

上述的存取权限表是以文件为单位建立的，但也可以用户或用户组为单位建立存取控制表，这样的表称为用户权限表。将一个用户（或用户组）所要存取的文件集中起来存入一张表中，其中每个表目指明用户（组）对相应文件的存取权限，如表 5.4 所示。

通常把所有用户的用户权限表存放在一个用特定存储键保护的存储区中，且只允许存取控制验证模块访问这些权限表，当用户对一个文件提出存取要求时，系统通过查访相应的权限表，就可判定其存取的合法性。

4. 口令

使用口令，必须事先进行口令的登记。文件主在建立一个文件时，一方面进行口令登记，另一方面把口令告诉允许访问该文件的用户。文件的口令通常登记在该文件的目录中，或者登记在专门的口令文件上。在登记口令时，通常也把文件的保护信息登记进去。保护信息如下。

（1）该文件要不要进行保护。

（2）该文件只进行写保护。

（3）该文件读、写均需保护。

口令的形式采用最多 8 个字符的字母数字串，同时，还可以规定文件的保护方式。

（1）无条件地允许读，口令正确时允许写。

（2）口令正确时允许读，也允许写。

（3）口令正确时允许读，不管口令正确与否均不能写。

（4）无条件地允许读，不管口令正确与否均不允许写。

口令、文件保护信息被登记后，系统在下述条件下进行口令核对，以实现对文件的保护。

（1）打开文件时。

（2）作业结束要删除文件时。

（3）文件改名时。

（4）系统要求删除该文件时。

5. 密码

上述四种方法的共同特点是在系统中要保留文件的保护信息，因此保密性不强。还有一种方法是对需要保护的文件进行加密。这样，虽然所有用户均可存取该文件，但是只有那些掌握了译码方法的用户，才能读出正确的信息。

文件写入时的编码及读出时译码，都由系统存取控制验证模块承担。但是，要由发出存取请求的用户提供一个变元——代码键。一种简单的编码是，利用这个键作为生成一串相继随机数的起始码。编码程序把这些相继的随机数加到被编码文件的字节中去。译码时，用和编码时相同的代码键启动随机数发生器，并从存入的文件中的各字节依次减去所产生的随机数，这样就能恢复原来的数据。由于只有核准的用户才知道这个代码键，因而他可以正确地存取该文件。

在这个方案中，由于代码键不存入系统，只当用户要存取文件时，才需要将代码键送给系统。这样，对于那些不诚实的系统程序员来说，由于他们在系统中找不到各个文件的代码键，所以也就无法偷读或篡改他人的文件了。

密码技术具有保密性强、节省存储空间的优点，但这是以花费大量编码和译码的时间为代价换来的。

5.7 文件的共享与安全

系统中的文件，有些可供多个用户共同使用，但有些只能由文件主使用，而不能被其他用户使用。对于这样的文件需要采取保护措施，防止非法用户存取文件。除此之外，共享文件有不同的共享级别，要求文件主指定哪些用户可以存取它的文件，哪些用户不能存取，同时说明允许哪一种类型的存取等。

5.7.1 文件的共享

文件共享是指不同用户进程使用同一文件，它不仅是不同用户完成同一任务所必须的功能，而且还可以节省大量的内存空间，减少由于文件复制而增加的访问外存的次数。

文件共享有多种形式，在UNIX系统中允许多用户基于索引结点的共享，或利用符号链接共享同一个文件。

1. 基于索引结点的共享方式

采用文件名和文件说明分离的目录结构有利于实现文件共享。UNIX 操作系统就是将文件说明分为目录项和索引结点两部分，所以便于文件的共享。基于索引结点的共享方式分为静态共享和动态共享两种。

（1）静态共享。如果文件系统中允许一个文件同时属于多个文件目录项，但是实际上文件仅有一处物理存储，这种多个文件目录项对应一个文件实体的多对一关系叫做文件链接(file link)。用户在使用文件的过程中，经常需要在多处使用同一文件，或多个用户共享同一文件，这时可以使用不同路径名来使用同一文件，也可以使用不同文件名来使用同一文件。如果各个用户使用不同的物理拷贝，即把文件拷贝到各自的目录下，容易导致数据的不一致性，也会因冗余（多个副本）而浪费磁盘空间。在UNIX系统中，两个或多个用户可以通过对文件链接达到对同一个文件共享的目的。由于这种共享关系不管用户是否在使用系统，其文件的链接关系都存在，故称其为静态共享。

在UNIX系统中，是通过索引结点（inode）来实现文件共享链接的，并且只允许链接到文件，不允许链接到目录。文件链接的系统调用形式如下：

link（oldnamep, newnamep）

该系统调用的执行步骤如下。

①检索目录，查找 oldnamep 所指向文件的索引结点编号。

②再次检索目录，查找 newnamep 所指向的父目录文件的用户，并将已存在的索引结点编号与别名构成目录项记入父目录文件中。

③将已存在的文件索引结点 inode 的链接计数 i_nlink 加“1”。

（2）动态共享。动态共享是指进程间的共享关系只有进程存在时才可能出现。例如，两个不同用户的进程或同一用户的不同进程并发地访问同一文件，一旦用户进程消亡，这种共享关系也就自动消失。

2. 利用符号链接共享文件

将两个文件目录表目指向同一个索引结点的链接称为文件的硬链接，文件硬链接不利于文件主删除它拥有的文件，因为文件主删除它拥有的共享文件，必须首先删除（关闭）所有的硬链接，否则就会造成共享该文件的用户的目录表目指针悬空。为此又提出另一种链接方法：符号链接。系统为共享的用户创建一个 link 类型的新文件，将这新文件登记在该用户共享目录项中，这个 link 型文件包含链接文件的路径名。

采用符号链接可以跨越文件系统，甚至可以通过计算机网络链接到世界任何地方的机器中的文件，此时只需提供该文件所在的地址以及在该机器中的文件路径。

符号链接的缺点：其他用户读取符号链接的共享文件比读取硬链接的共享文件需要更多读盘操作。因为其他用户去读符号链接的共享文件时，系统会根据给定的文件路径名，逐个分支地去查找目录，通过多次读盘操作才能找到该文件的索引结点，而用硬链接的共享文件的目录文件表目中已包括了共享文件的索引结点号。

5.7.2 文件系统的安全

文件系统的安全性是要确保未经授权的用户不能存取某些文件，这涉及两类不同的问题，一类涉及技术、管理、法律、道德和政治等问题，另一类涉及操作系统的安全机制。随着计算机应用范围的扩大，在所有稍具规模的系统中，都要从多个级别上来保证系统的安全性。一般从 4 个级别上对文件进行安全性管理：系统级、用户级、目录级和文件级。

1. 系统级安全管理

系统级安全管理的主要任务是不允许未经许可的用户进入系统，从而也防止了他人非法使用系统中的各类资源（包括文件）。系统级管理的主要措施如下。

（1）注册。注册的主要目的是使系统管理员能够掌握要使用的各用户的情况，并保证用户在系统中的唯一性。例如，UNIX 操作系统中的 Passwd 文件为系统的每一个账号保存一行记录，这条记录给出了每个账号的一些属性，如用户的真实名字、口令等。Passwd 是 ASCII 文件，普通用户可读，只有 root 可写。为使口令保密，使用 shadow 命令可使 Passwd 文件中存放口令的地方放上一个“*”。

而加密口令和口令有效期信息存放在 Shadow 文件中，只有 root 才能读取。任何一个新用户在使用系统前，必须先向系统管理员申请，由系统管理员 root 使用 adduser 命令创建用户账号。当用户不再使用系统时，由 root 使用 userdel 命令删除该账号和账号的主目录。

（2）登录。用户经注册后就成为该系统用户，但在上机时还必须进行登录。登录的主要目的是通过核实该用户的注册名及口令来检查该用户使用系统的合法性。Windows NT 需用户同时按下 Ctrl＋Alt＋Del 键来启动登录界面，提示输入用户名和口令。在用户输入后，系统调用身份验证包来接收登录信息，并与安全账号管理库中存放的用户名和口令进行对比，如果找到匹配，则登录成功，于是允许用户进入系统。为了防止非法用户窃取口令，在用户键入口令时，系统将不在屏幕上给予回显，凡未通过用户名及口令检查的用户，将不能进入系统。

为了进一步保证系统的安全性，防止恶意者通过多次尝试猜口令方式而进入系统，SCO UNIX 可设置访问注册限制次数，当不成功注册次数超过这个限度后，账号和终端就被封锁，这称为凶兆监视（threat monitoring）。系统还可设置参数控制口令的有效时间，当一口令到了失效时间，口令死亡，该用户账号也被封闭。Windows NT 采用 Ctrl＋Alt＋Del 组合键来启动登录界面也是为了防止非法程序模拟登录界面扮作操作系统来窃取用户名和口令。

2. 用户级安全管理

用户级安全管理是通过对所有用户分类和对指定用户分配访问权，即对不同的用户、不同的文件设置不同的存取权限来实现的。例如，在 UNIX 系统中将用户分为文件主、组用户和其他用户。有的系统将用户分为超级用户、系统操作员和一般用户。

3. 目录级安全管理

目录级安全管理是为了保护系统中的各种目录而设计的，它与用户权限无关。为保证目录的安全，规定只有系统核心才具有写目录的权利。

用户对目录的读、写和执行与对一般文件的读、写和执行的含义有所不同，对于目录的读权限，意味着允许打开并读该目录的信息。例如，UNIX 系统使用 ls 命令可列出该目录的子目录和文件名。对于目录的写权限，意味着可以在此目录中创建或删除文件。禁止对于某个目录的写权限并不意味着在该目录中的文件不能被修改，只有在一个文件上的写权限才真正地控制着修改文件的能力。对于一个目录的执行权限，意味着系统在分析一个文件时可检索此目录。禁止一个目录的执行权限可真正地防止用户使用该目录中的文件，用户不能使用进入子目录命令来进入此目录。

4. 文件级安全管理

文件级安全管理是通过系统管理员或文件主对文件属性的设置来控制用户对文件的访问的。通常可设置以下几种属性。

只执行：只允许用户执行该文件，主要针对.exe 和.com 文件。

隐含：指示该文件为隐含属性文件。

索引：指示该文件是索引文件。

修改：指示该文件自上次备份后是否还可被修改。

只读：只允许用户对该文件读。

读/写：允许用户对文件进行读和写。

共享：指示该文件是可读共享的文件。

系统：指示该文件是系统文件。

用户对文件的访问，将由用户访问权、目录访问权限及文件属性三者的权限所确定，或者说由有效权限和文件属性的交集决定。例如，对于只读文件，尽管用户的有效权限是读/写，但都不能对只读文件进行修改、更名和删除。对于一个非共享文件，将禁止在同一时间内由多个用户对它进行访问。

通过上述四级文件保护措施，可有效地对文件进行保护。

5.8 文件系统性能的改善

访问磁盘要比访问内存慢得多，在内存中读取一个字往往只需要几十 ns，而从硬盘上读取一个块则需要 50 多 ms，此外还需要加上 10ms 以上的寻道时间，然后再等待要读取的扇区移到读写头的下面。如果只读一个字，内存访问要比磁盘快 100 000 倍，因此，许多文件系统在设计时都尽量减少磁盘的访问次数。

1. 高速缓存

减少磁盘访问次数最常用的技术是磁盘块的高速缓存。在这里，高速缓存是一些盘块，它们在逻辑上属于磁盘，但基于性能的考虑而保存在内存中。

在管理高速缓存时，用到了不同的算法。一个常用的算法是，检查所有的读请求，看看所需的块是否在高速缓存中。如果在，无需访问磁盘便可进行读操作。如果块不在高速缓存中，首先把它读到高速缓存中，再复制到所需的地方。之后，对该块的读写请求都通过高速缓存完成。

如果高速缓存已满，此时要调入新的块，需要把原来的某一块调出高速缓存。如果要调出的块自上次调入以后作过修改，则需要把它写回磁盘。这种情况与分页非常相似，因此，所有的分页调度算法，如 FIFO 算法、LRU 算法等都适用于高速缓存。分页和高速缓存的不同之处在于，高速缓存引用相对要少，因此可以把所有块按精确的 LRU 顺序用链表链接起来。

当分配块时，系统尽量把文件的连续块存放在同一柱面上，加以交叉以获取最大吞吐量。这样，如果磁盘的旋转延迟为 16.67ms，并且用户进程需花 4ms 来请求并读取一块数据，则每个数据块的位置应距离前一块至少 1/4 磁道。所以，对于某些机器，在 BIOS 中低级格式化磁盘时，选择合适的交叉因子对于提高磁盘的性能非常重要。

在使用 *i* 结点或者与 *i* 结点等价结构的系统中，另一个性能瓶颈在于，即使读取一个很短的文件也要访问两次磁盘：一次是读取 *i* 结点，另一次是读取文件块。通常情况下，*i* 结点的放置如图 5.20（a）所示。图中，所有 *i* 结点都靠近磁盘开始位置，因此 *i* 结点和相应块之间的平均距离是柱面总数的一半，这需要很长的寻道延迟。

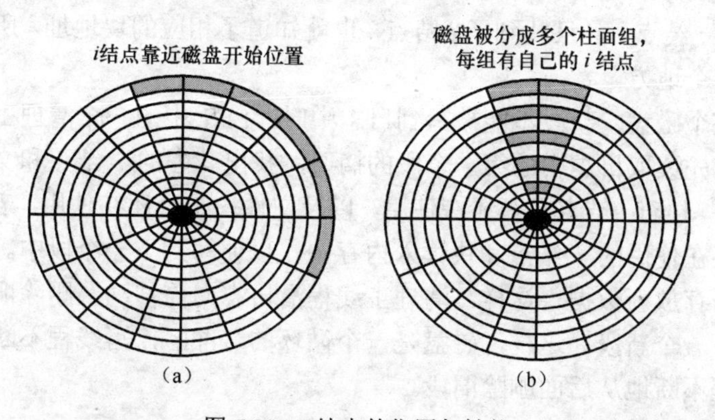

图 5.20 *i* 结点的位置与性能

一个简单的改进方法是把 *i* 结点放在磁盘中部。这时，在 *i* 结点和第一块之间的平均寻道时间减少为原来的一半。另一种想法是：把磁盘分成多个柱面组，每个柱面组有自己的 *i* 结点、数据块和空闲表，如图 5.20（b）所示。在创建文件时，可以选取一个 *i* 结点，分配块时，在该 *i* 结点所在的柱面组上进行查找。如果该柱面组中没有空闲的数据块，就查找与之相邻的柱面组。

2. 日志结构的文件系统

技术的改进使得当前的文件系统面临着很大的压力。CPU 速度越来越快，磁盘容量不断增大，成本不断降低（但访问速度并没有很大提高），内存容量呈指数增长，然而有一个参数没有得到迅速改进，这就是磁盘寻道时间。所有这些因素结合在一起，表明在许多文件系统中存在着一个瓶颈。Berkeley 学院设计了一种全新的文件系统，即日志结构的文件系统（Log-structured File System，LFS），试图减轻这个问题。本节简要地讲述 LFS 的工作原理。

LFS 设计的想法是：CPU 速度越来越快，RAM 内存越来越大，磁盘高速缓存的容量迅速增加。因此，无需访问磁盘，从文件系统的高速缓存中就可能满足所有读请求。将来大多数磁盘访问是写操作，在大多数文件系统中，写操作都是以小块为单位进行的，效率很差。因为在 50μs 的写磁盘之前，需要有 10ms 的寻道延迟和 6ms 的旋转延迟。由于后者的存在，使得磁盘效率还不足 1%。

为了写文件，必须对目录的 *i* 结点、目录块、文件的 *i* 结点和文件本身执行写操作。尽管这些写操作可以延迟进行，但是延迟写在系统崩溃时，很容易使文件系统产生严重的一致性问题。因此，*i* 结点一般都是立即写入的。

基于上述推理，LFS 的设计人员希望即使在有大量小块随机写的情况下，也能获得磁盘的全部带宽。基本思想是把整个磁盘作为日志，所有写操作都存放在内存的缓冲区中，并定期收集到一个单独的段中，作为日志尾部的相邻段写回磁盘。因此，每个段都含有 *i* 结点、目录块、数据块等，并且是它们的混合体。在每段的起始位置还有一个摘要，给出了该段中的内容。如果段的平均长度为 1MB，那么几乎所有的磁盘带宽都能利用。

在这一设计中，*i* 结点依然存在，但是这些 *i* 结点并不放在磁盘的固定位置，而是分散在日志之中。一旦找到 *i* 结点，可以用通常的方法找到相应块。

LFS 的工作方式是：所有写的数据开始时都存放在缓冲区中，并且定期地把这些缓冲区中的数据以一个段的形式写到磁盘中，放在日志的尾部。打开一个文件首先要在 *i* 结点映射表中查找该文件的 *i* 结点，一旦找到了 *i* 结点，也就知道了相应的块地址，所有的块也存放在段中，即日志的某个地方。

当日志占满整个磁盘，新段不能被写到日志中时，LFS 中的一个清理工线程循环地浏览和压缩磁盘。它首先读取日志中的第一个段的摘要，找出其中的 *i* 结点和文件。接着查找当前的 *i* 结点映射表，检查 *i* 结点是否还在使用，以及文件块是否还在使用。若没有使用，这些信息将被丢弃。还在使用的 *i* 结点和块读入内存中，以便写到下一个段中。原来的段标记空闲，以便日志用于存放新数据。这样，清理工线程沿日志向前移动，删除旧段，把有效数据读入内存，写入下一个新段。这样，磁盘是一个循环的缓冲区，写线程不断地在前面添加新段，而清理工线程不断地从后面删除旧段。

3. 文件系统可恢复性

由于磁盘速度远远低于内存与处理机的速度，磁盘读写就成为计算机整体速度的瓶颈。对此，常常通过使用缓存来改善性能，文件只要通过缓存读写，而不需要通过磁盘读写来完成。虽然文件读操作不会破坏磁盘文件一致性，但是由于文件写操作是间接通过缓存而不是直接通过磁盘来完成的，可能由于突然掉电等原因而导致文件系统的不一致性。因此，不同的写操作方式直接影响着文件系统的可恢复性。

下面从文件系统的一致性和性能两个方面，讨论文件系统的写入设计方式。这里主要分析最具代表性的三种写入方式：谨慎写文件系统、延迟写文件系统和事务日志文件系统。

（1）谨慎写文件系统。谨慎写是对写入操作进行逐个排序的写入方式。当收到一个更新磁盘的请求时，会首先按一定顺序完成几项子操作，然后再进行磁盘的更新。例如，当为一个文件分配磁盘存储空间时，文件系统首先在它的位图文件中设置位标记，然后再分配空间。在这个过程中如果磁盘发生中断，可能会出现文件系统的不一致性，但是现有的数据不会被损坏。这样，通过运行专用的应用程序，在系统崩溃时所引起的卷错误是可以恢复的。

FAT 文件系统使用类似的通写技术，使得磁盘修改立即会写到磁盘上，而不需要把写操作排序以防止不一致性。

（2）延迟写文件系统。谨慎写虽然提供了对文件系统的可恢复性支持，但却是以牺牲速度为代价的。延迟写则通过利用“回写”高速缓存的方法获得了高速度。也就是说，系统中是把文件的修改写入高速缓存，然后在适当时候选用一种最佳方式把高速缓存的内容刷新到磁盘上。

计算机的磁盘操作一般都是比较低速的，使用延迟写技术大大减少了磁盘操作的频率，从而极大地改善了系统的性能。但是，在系统崩溃时极有可能导致严重的磁盘不一致性，甚至无法进行文件系统的恢复，因而具有一定的风险。

（3）可恢复性文件系统。可恢复性文件系统试图既超越谨慎写文件系统的安全性，也达到延迟写文件系统的速度性能。可恢复性文件系统采用事务日志来实现文件系统的写入。下面以 NTFS 为例，简要讨论一下可恢复性文件系统。

NTFS 通过基于事务处理模式的日志记录技术，成功保证了 NTFS 卷的一致性，实现了文件系统的可恢复性。当系统启动后，文件记录服务就开始记录对所有文件的变动。这些记录包括文件的创建、打开、更新和其他操作。文件更新时系统会让高速缓存记录哪些文件变动了，同时事务日志将记录文件的更新操作。如果文件更新的磁盘操作失败了，事务日志就可以帮助恢复；如果文件更新的磁盘成功了，则事务日志也就会被更新。

NTFS 的可恢复性保证了卷结构不被破坏，从而保证了即使在系统失败时仍然可以访问所有文件。虽然 NTFS 不能完全保证用户数据的安全——有些变动可能会从高速缓存中丢失，但是这些数据结构的改变都已被记录在日志文件里，文件系统的变动完全可以从日志文件中恢复。同时，NTFS 对用户文件的记录有足够的可扩展性，用户可能通过 FtDisk 等工具来设置并保持冗余的数据存储。

采用这些措施所付出的代价，可以通过高速缓存的延迟技术来弥补，甚至可以增加高速缓存刷新之间的时间间隔。这样做不仅弥补了进行记录活动的系统耗费，有时甚至有所超越。

5.9 小 结

从外部看来，文件系统是一组文件和目录，以及对文件和目录的操作。而从内部看来，文件系统考虑到文件存储区是如何分配以及系统是如何记录文件的使用。我们还看到，不同的文件系统具有不同的目录结构。文件系统的安全性、可靠性以及其他性能也是文件系统设计者要考虑的至关重大的问题。

本章以什么是文件和文件系统开始，以文件使用及共享与安全和文件系统性能改善为结尾，介绍了操作系统中文件和目录管理的基本概念和主要功能；介绍了文件的结构以及目录的结构；介绍了文件存取空间的管理以及文件的共享和文件的存取控制等内容。

习　题　5

一、填空题

1．一个文件的文件名是在______时给出的。

2．所谓“文件系统”，由与文件管理有关的______、被管理的文件以及管理所需要的数据结构三部分组成。

3．______是辅助存储器与内存之间进行信息传输的单位。

4．在用位示图管理磁盘存储空间时，位示图的尺寸由磁盘的______决定。

5．采用空闲区表法管理磁盘存储空间，类似于存储器管理中采用______方法管理内存储器。

6．操作系统是通过______感知一个文件的存在的。

7．按用户对文件的存取权限将用户分成若干组，规定每一组用户对文件的访问权限。这样，所有用户组存取权限的集合称为该文件的______。

8．根据在辅存上的不同存储方式，文件可以有顺序、______和索引三种不同的物理结构。

二、选择题

1．操作系统为每一个文件开辟一个存储区，在它的里面记录着该文件的有关信息，这就是所谓的（　）。

A．进程控制块　B．文件控制块　C．设备控制块　D．作业控制块

2．文件控制块的英文缩写符号是（　）。

A．PCB　B．DCB　C．FCB　D．JCB

3．一个文件的绝对路径名总是以（　）打头。

A．磁盘名　B．字符串　C．分隔符　D．文件名

4．一个文件的绝对路径名是从（　）开始，逐步沿着每一级子目录向下，最后到达指定文件的整个通路上所有子目录名组成的一个字符串。

A．当前目录　B．根目录　C．多级目录　D．二级目录

5．从用户的角度看，引入文件系统的主要目的是（　）。

A．实现虚拟存储　B．保存用户和系统文档

C．保存系统文档　D．实现对文件的按名存取

6．按文件的逻辑结构划分，文件主要有两类：（　）。

A．流式文件和记录式文件　B．索引文件和随机文件

C．永久文件和临时文件　D．只读文件和读写文件

7．位示图用于（　）。

A．文件目录的查找　B．磁盘空间的管理

C．主存空间的共享　D．文件的保护和保密

8．用户可以通过调用（　　）文件操作，来归还文件的使用权。

A．建立　　B．打开　　C．关闭　　D．删除

三、问答题

1．文件系统应具备哪些基本功能？

2．文件存储空间管理有哪些常用的方法？试比较各种方法的优缺点？

3．为什么位示图法适用于分页式存储管理和对磁盘存储空间的管理？如果在存储管理中采用可变分区存储管理方案，也能采用位示图法来管理空闲区吗？为什么？

4．有些操作系统提供系统调用命令 rename 给文件重新命名。同样，也可以通过把一个文件复制到一个新文件、然后删除旧文件的方法达到给文件重新命名的目的。试问这两种做法有何不同？

5．“文件目录”和“目录文件”有何不同？

6．一个文件的绝对路径名和相对路径名有何不同？

7．试述“创建文件”与“打开文件”两个系统调用在功能上的不同之处。

8．试述“删除文件”与“关闭文件”两个系统调用在功能上的不同之处。

9．为什么在使用文件之前，总是先将其打开后再用？

10．一个树形结构的文件系统如图 5.21 所示：该图中的框表示目录，圈表示文件。

（1）可否进行下列操作：

a．在目录 D 中建立一个文件，取名为 A。

b．将目录 C 改名为 A。

（2）若 E 和 G 分别为两个用户的目录：

a．用户 E 欲共享文件 Q，应用什么条件，如何操作？

b．在一段时间内，用户 G 主要使用文件 S 和 T。为简便操作和提高速度，应如何处理？

c．用户 E 欲对文件 I 加以保护，不许别人使用，能否实现？如何实现？

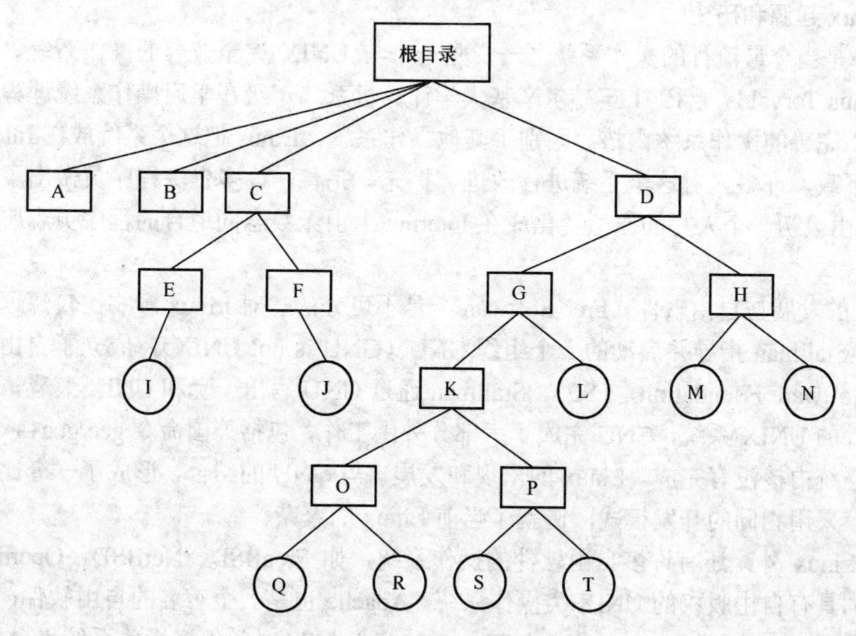

图 5.21　文件系统图

第 6 章　Linux 操作系统分析

Linux 是为 Intel 架构的个人计算机和工作站设计的操作系统，它提供高效的字符界面和功能齐全的 GUI，以稳定性、可扩展性、高度开放性著称。经过十多年的发展，广大程序员的努力，Linux 已被应用到多个领域，小到手机、PDA 等嵌入式系统，大至万亿次超级计算机以及金融、太空探索等对稳定性要求极高的高端系统。Linux 已经成为典型的操作系统代表，分析 Linux 对于探索操作系统原理及应用具有深远的意义。

本章重点讲述以下几方面内容：

（1）Linux 操作系统的产生、优点及结构。

（2）Linux 的进程管理。

（3）Linux 的存储管理。

（4）Linux 的文件管理。

（5）Linux 的设备管理。

（6）Linux 的 Shell 接口。

6.1　Linux　概　述

了解 Linux 的发展历程比较容易把握住该操作系统的本质和技术路线，为此探究 Linux 的起源和历史，分析 Linux 成功的原因，给出 Linux 制胜的优点。并初步分析了 Linux 操作系统的层次结构，便于把握其整体。

6.1.1　Linux 起源和历史

Linux 是当今最流行的操作系统之一，是一个与 UNIX 完全兼容的操作系统。它起源于芬兰人 Linus Torvalds 于 1991 年赫尔辛基大学计算机系二年级在学习操作系统课程时编写完成的一个不完善的操作系统内核。区别于其他操作系统，Linus 把这个系统放在 Internet 上，允许自由下载，许多人对这个系统进行改进、扩充、完善，许多资深程序员做出了关键性贡献。Linux 由最初一个人写的原型变化成在 Internet 上由无数志同道合的程序员志愿参与的一场运动。

Linux 的发展与自由软件（Free Software）是不可分的。对 Linux 影响比较深远的是美国人 Richard Stallman 指导并启动的一个组织 GNU（GNU is not UNIX），成立了自由软件基金会（Free Software Foundation，FSF）。Stallman 通过 GNU 写出一套和 UNIX 兼容，但同时又是自由软件的 UNIX 系统，GNU 完成了大部分外围工作，包括外国命令 gcc/gcc++、shell 等，但是操作系统内核没有完成。Linux 的出现和发展，与 GNU 的结合，形成了一套比较完整的操作系统，采用相同的开发模式，造就了当前 Linux 的繁荣。

除了 Linux 外，还有许多自由软件的操作系统，如 FreeBSD、NetBSD、OpenBSD 等都是较优秀的具有自由版权的 UNIX 类操作系统。Apache 也是一个著名的自由软件，已在服务器上广泛使用，支持包括 Linux、FreeBSD、Solaris 及 HP-Vx 等很多操作系统平台。GNU 工程下还有其他很多自由软件，如 Perl、Fortran、COBOL、bash/tcsh 和 bin86 等。

短短几年，Linux 操作系统已得到广泛使用，支持的硬件范围越来越广，从嵌入式计算机、微型计算机到大型计算机以及巨型计算机。许多大公司如 IBM、Intel、Oracle、Sun、HP 等都大力支持 Linux 操作系统，各种大型软件纷纷移植到 Linux 平台上，运行在 Linux 下的应用软件越来越多，大大促进了 Linux 的发展。开源的 Linux 来到中国，替代了引进 UNIX 系统，红旗、蓝点等 Linux 的中文版已开发出来，Linux 已经开始在中国流行，同时，也为发展我国自主操作系统提供了良好条件。

Linux 是一个开放源代码、UNIX 类的操作系统。它继承了历史悠久和技术成熟的 UNIX 操作系统的特点和优点外，还作了许多改进，成为一个真正的多用户、多任务通用操作系统。它可以比较容易地使用 UNIX 已有的工具，大大提高了 Linux 的应用程度。除了操作系统通常应具备的功能外，它还具有许多新功能，如异种通信联网、符合 POSIX 标准，支持多达 32 种文件系统，支持并行处理和实时处理，强大的远程管理功能等。

Linux 的开源性使 Linux 在多家公司或团体的开发下，拥有众多的版本，为了避免走向 UNIX 分裂发展老路，为此 Linux 内核的开发和规范一直是由 Linux 社区控制着，版本也是唯一的。实际上，操作系统的内核版本指的是在 Linus 本人领导下的开发小组开发出的系统内核的版本号，其他版本的 Linux 是在这个操作系统内核上开发。1991 年 11 月，Linux 0.10 版本推出，0.11 版本随后在 1991 年 12 月推出。当 Linux 非常接近于一种可靠的、稳定的系统时，Linus 决定将 0.13 版本称为 0.95 版本。1994 年 3 月，正式的 Linux 1.0 出现了，这差不多是一种正式的独立宣言。截至那时为止，它的用户基数已经发展得很大，而且 Linux 的核心开发队伍也建立起来了。每隔一段时间，就有新的内核发布，至今最新内核为 2.6.28。为了保持“小就是美”，Linux 的内核功能扩充比较谨慎，与其他操作系统相比，虽然最新内核经过长时间蔓延，其内核还是比较小的。

从 Linux 的发展可以看出，是 Internet 孕育了 Linux，没有 Internet 就不可能有 Linux 今天的成功。从某种意义上来说，Linux 是 UNIX 和 Internet 结合的一个产物。自由软件 Linux 是一个充满生机，已有巨大用户群和广泛应用领域的操作系统，目前看来它是唯一能与 UNIX 和 Windows 较量和抗衡的一个操作系统了。

6.1.2 Linux 的优点

1. 开源平台

Linux 的开源具有强大的生命力，虽然在许多方面 Linux 都模仿了 UNIX，但在某些重要方面却与 UNIX 不同。如 Linux 内核是独立于 BSD 和 System V 实现的；Linux 进一步的发展是在世界各地精英的共同努力下进行的；Linux 使得商业人士和个人计算机用户很容易地获得 UNIX 的功能。现在，通过 Internet，熟练的程序员可将对操作系统的补充和改进直接提交给 Linus Torvalds 本人或者 Linux 的其他作者，审查后加入到下一版本 Linux 内核中。

2. 大量应用软件

Linux 在实际应用中有着很多的选择，可在免费版和商业版之间选择，也可在多种工具中选择，如图形、文字处理、网络、安全、管理、Web 服务器等工具。一些较大的软件公司已经发现支持 Linux 可带来利润，并且雇佣了大量的专职程序员对 Linux 内核、GNU、KDE 及其他一些运行在 Linux 上的软件进行设计和编码。Linux 越来越符合 POSIX 标准，有些发布版和一些发布版的部分内容与该标准一致。这些事实表明 Linux 将越来越成为主流，并且与其他流行的操作系统相比，它无疑也是非常具有吸引力的。

3. 外围设备驱动

Linux 另一个吸引用户的方面在于它支持外围设备的范围广和对新外围设备速度的支持。Linux 经常是在其他公司之前提供对外围设备和接口卡的支持。遗憾的是，某些类型的外围设备制造商不能及时地发行相关规范和驱动程序源代码，这使得 Linux 对它们的支持将有所落后。

4. 兼容软件

大量的可用软件对用户来说是同样重要的。不仅要有这些软件的源代码（需要编译），还要有预先编译好，并且容易安装和运行的二进制文件。只有自由软件是不够的。例如，Netscape 最初是在 Linux 下使用，而且 Linux 在许多商业卖主之前提供了对 Java 的支持。现在，作为 Netscape 的同胞 Mozilla，也是一个很好的浏览器，它的邮件客户端、新闻阅读器等功能都不错。

5. 支持硬件平台范围广

Linux 并不仅仅基于 Intel 平台，它还可以移植并运行在 Power PC 上，如 Apple 机（ppclinux）、基于 Alpha 或基于 MIPS 的计算机、基于 Motorola 68K 的计算机和 IBM S/390 等机。并且 Linux 不仅仅运行在单处理器的计算机上，版本 2.0 可运行在多处理机（SMP）上。Linux 的版本 2.5.2 包括一个 O（1）调度器，该调度器可明显增加在 SMP 计算机上的可伸缩性。

6. 模拟器

Linux 还支持运行在其他操作系统上的程序模拟器。通过使用这些模拟器，能在 Linux 下运行 DOS、Windows 和 Macintosh 程序。Wine（www.winehq.com）是 Windows API 在 UNIX/Linux 上的开源实现。QEMU 是一个仅对 CPU 模拟的模拟器，它可在非 x86 的 Linux 系统下执行 x86 的 Linux 二进制文件。

6.1.3 Linux 的基本结构

Linux 体系结构基本上属于层次结构，如图 6.1 所示。它从内到外，可分为 5 层，如图 6.1 所示。

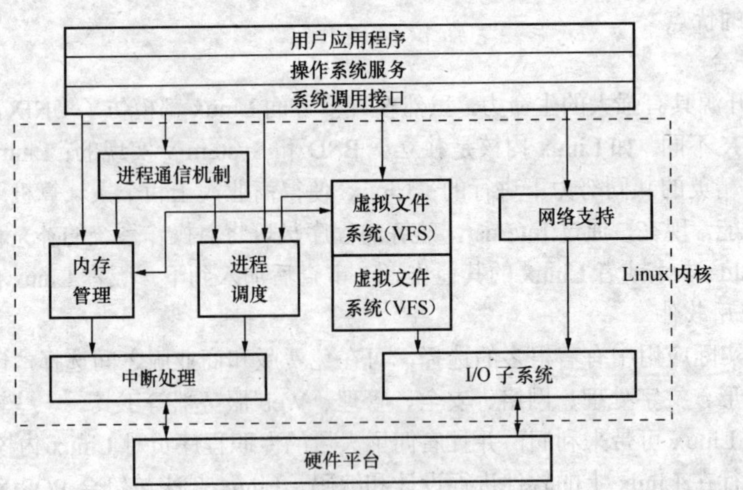

图 6.1 Linux 系统结构示意图

1. 硬件平台

Linux 运行需要的所有可能的物理设备，包括 CPU、内存、I/O 接口、外部存储设备等，它是所有程序运行的物质基础，提供运算、存储、传输能力。

2. Linux 内核

内核是操作系统的灵魂，是抽象的资源操作到具体硬件操作细节之间的接口。Linux 内核包括进程管理、存储管理、文件管理、设备管理等核心程序，这些程序相互合作完成计算机系统资源的管理和控制。

3. 系统调用接口

应用程序是过程系统调用接口来调用操作系统内核中特定的过程（系统调用），以实现特定的服务。系统调用也是由若干条指令构成的过程，但与一般过程不同，它运行在核心态，能够执行特权指令，实现软硬件的管理功能，它是内核的一部分，系统调用接口是用户程序与内核的唯一接口。

4. 操作系统服务

通常被视为操作系统的一个部分，其实它是独立的一层，在 Linux 中它由 Shell 和使用程序组成，属于特定的用户程序。Shell 介于系统调用接口和应用程序之间，是用户和 Linux 内核之间的接口。它接收并解释用户输入的命令，转变为系统调用，并将其送入内核执行。Linux 在本层提供了大量的实用工具程序和服务程序为用户使用，这也是 Linux 成为流行操作系统的一个重要的支持。Shell 具有编程的能力，通过变量和控制语言，编写脚本文件自动执行，把系统提供的多个命令和程序综合起来完成特定的任务，提高效率。

5. 用户程序

用户程序是运行在 Linux 系统最外层的一个庞大的软件集合，是用户完成特定的任务执行的程序。如售票系统、银行窗口系统、画图软件等。

6.2　Linux 的进程管理

进程管理是负责创建程序员使用的进程抽象并提供措施以便于一个进程的创建、撤销、同步和保护其他进程。在Linux中，为了便于进程的管理和调度，进程的状态分为核心态和用户态两种。图6.2描述了Linux进程环境，便于理解一个程序执行过程中不同的级别。

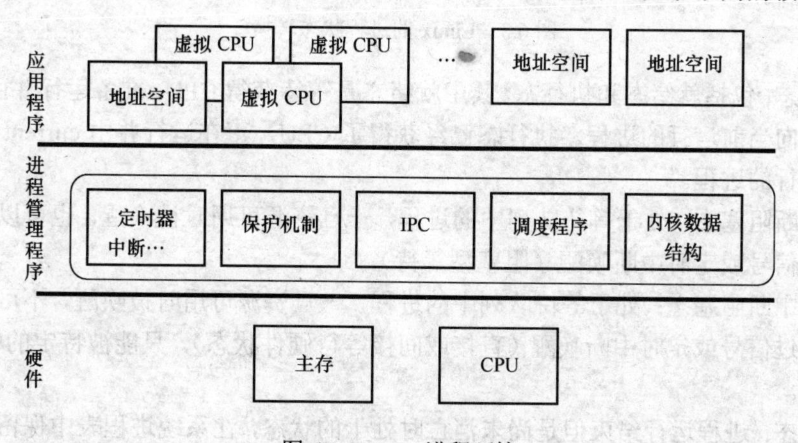

图 6.2　Linux 进程环境

（1）硬件层。硬件从程序计数器（PC）指定的内存地址中取出一条指令并执行它，然后再取下一条指令执行，直到程序执行完毕。在本层中各个程序之间并未区分，所有程序都是主存中指令的集合。

（2）进程管理程序层。进程管理程序创建一组理想化的虚拟机器，当它们运行于用户态时每个都具有主 CPU 的性质。进程管理程序通过使用定时器、中断、各种保护机制、进程间通信（IPC）、同步机制、调度程序以及一组内核数据结构来使用硬件来创建 Linux 进程。应用程序与进程程序通过系统调用接口（API）进程交互。创建虚拟机器的实例，使用 fork()系统函数。加载一个特定程序的地址空间，使用 exec()系统函数。父子进程可以使用 wait()系统函数实现同步。

（3）应用程序层。即传统的 Linux 进程，其地址空间是虚拟机内存，每个进程都有文本段、用户堆栈和数据段、系统堆栈和数据段，这三部分构成进程的内存映像。进程管理程序必须操作硬件进程和物理资源来执行一组虚拟机，还需在单个物理机之上操作多个虚拟机执行。

6.2.1 Linux 的进程

1. 进程和进程状态

Linux 的进程概念与传统操作系统中的进程概念完全一致，它目前不支持线程概念（从 Linux 2.2.x 开始，内核支持 SMP 线程化），它是采用轻型进程来替代线程。进程是操作系统调度的最小单位，如图 6.3 所示，Linux 的进程状态共有 6 种。

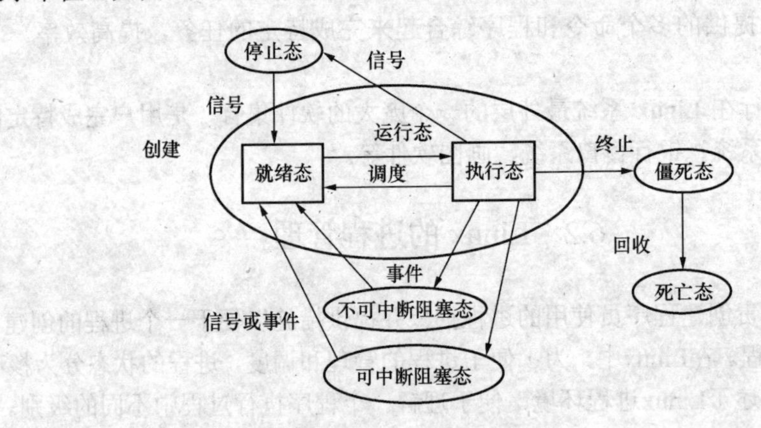

图 6.3 Linux 的进程状态转换

- 运行态：包括就绪态和执行态，其中就绪态是等待获得 CPU，准备运行并由 current 指针指向当前运行的进程。执行态已经获得了 CPU，正在运行并由 current 指针指向当前运行的进程。
- 可中断阻塞态：处于等待队列中的进程，一旦资源可用时被唤醒，也可以由其他进程通过信号或定时中断唤醒（阻塞型等待）。
- 不可中断阻塞态：处于等待队列中的进程，一旦资源可用时被唤醒，不可以由其他进程通过信号或定时中断唤醒（直接或间接等待硬件状态），只能被特定的中断（事件）唤醒。
- 僵死态：进程运行结束但是尚未消亡时处于的状态，在系统进程表中保留了其进程控制块，其他的已经被回收，为此成为“僵死”。

- 停止态：进程被暂停，正在等待其他进程发出的唤醒信号。
- 死亡态：等待其父进程回收其控制块的状态，进程结束其生命周期。

创建一个进程可以采用系统调用 sys_fork( )或 sys_clone( )，这两者都通过调用 do_fork( )函数来完成进程的创建。在 do_fork( )函数中，首先分配进程控制块 task_struct 的内存和进程所需的堆栈，并检测系统是否可以增加新的进程；然后，拷贝当前进程的内容，并对一些数据成员进行初始化；再为进程的运行做准备；最后，返回生成的新进程的进程标识号（pid）。如果进程是根据 sys_clone( )产生的，那么，它的进程标识号就是当前进程的进程标识号，并且对于进程控制块中的一些成员指针并不进行复制，而仅仅把这些成员指针的计数 count 增加 1。从而父子进程可以有效地共享资源。

进程终止的系统调用 sys_exit( )通过调用 do_exit( )函数实现。函数 do_exit( )首先释放进程占用的大部分资源，然后进入僵死状态，调用 exit_notify( )通知父子进程，调用 schedule( )重新调度。

2. Linux 的进程表

在 Linux 操作系统中，进程与任务是一个概念，核心态中称任务，而用户态中就叫进程。进程表（process table）是由 NR-TASKS 个任务结构 task_struct 组成的静态数组，包含在/include/linux/sched.h 中，在 Linux 2.2.10 中其大小为 512，对于 x86 微机来说，NR-TASKS 最大为 4096。Linux 为每个进程分配一个 task-struct 的数据结构，相当于前面所说的 PCB。task-struct 的主要内容见表 6.1。

表 6.1　task-struct 的构成

调度用数据成员	state	进程状态
	flags	进程标识
	priority	进程静态优先级
	rt_priority	进程实时优先级
	counter	进程动态优先级（时间片）
	policy	调度策略
信号处理	signal	记录接收到信号，共32位，每位对应一种信号
	blocked	屏蔽信号的屏蔽位，置位为屏蔽，复位为不屏蔽
	*sig	信号对应的自定义或默认处理函数
进程队列指针	*next_task *prev_task	进程PCB双向链接指针，即前向和后向链接指针
	*next_run *prev_run	运行或就绪队列进程PCB，双向链接指针
	*p_opptr、*p_pptr *p_cptr *p_ysptr、*p_osptr	指向原始父进程、父进程，子进程、新老兄弟进程的队列指针
进程标识	uid、gid	运行进程的用户标识和用户组标识
	Groups[NGROUPS]	允许进程同时拥有的一组用户组号
	euid、egid	有效的uid和gid，用于系统安全考虑
	fsuid、fsgid	文件系统的uid和gid
	suid、sgid	系统调用改变uid/gid时，用于存放真正的uid/gid
	pid、pgrp、session	进程标识号、组标识号、session标识号
	leader	是否是session的主管，布尔量

续表

时间数据成员	timeout	进程间隔多久被重新唤醒，用于软实时，tick为单位
	it_real_value it_real_incr	用于间隔计时器软件定时，时间到发SIGALRM
	real_timer	一种定时器结构（新定时器）
	it_virt_value it_virt_incr	进程用户态执行间隔计时器软件定时，时间到时发SIGVTALRM
	it_prof_value it_prof_incr	进程执行间隔计时器软件定时（包括用户和核心态），时间到时发SIGPROF
	utime、stime、cutime cstime、start_time	进程在用户态、内核态的运行时间，所有层次子进程在用户态、内核态运行时间总和，创建进程的时间
信号量	*semundo	进程每次操作信号量对应的undo操作
	*semsleeping	信号量集合对应的等待队列的指针
上下文	*ldt	进程关于段式存储管理的局部描述符指针
	tss	保存任务状态信息，如通用寄存器等
	saved_kernel_stack	为MS-DOS仿真程序保存的堆栈指针
	saved_kernel_page	内核态运行时，进程的内核堆栈基地址
文件系统	*fs	保存进程与VFS的关系信息
	*files	系统打开文件表，包含进程打开的所有文件
	link_count	文件链的数目
内存数据成员	*mm	指向存储管理的mm_struct结构
	swappable	指示进程占用页面是否可以换出，1为可换出
	swap_address	进程下次可换出的页面地址从此开始
	min_flt，maj_flt	该进程累计的minor和major缺页次数
	nswap	该进程累计换出的页面数
	cmin_flt，cmaj_flt	该进程及其所有子进程累计的缺页次数
	cnswap	该进程及其所有子进程累计换入和换出的页面计数
	swap_cnt	下一次循环最多可以换出的页数
SMP支持	processor	SMP系统中，进程正在使用的CPU
	last_processor	进程最后一次使用的CPU
	lock_depth	上下文切换时系统内核锁的深度
其他	used_math	是否使用浮点运算器FPU
	Comm[16]	进程正在运行的可执行文件的文件名
	rlim	系统使用资源的限制，资源当前最大数和资源可有的最大数
	errno	最后一次系统调用的错误号，0表示无错误
	Debugreg[8]	保存调试寄存器值
	*exec_domain personality	与运行iBCS2标准程序有关
	*binfmt	指向全局执行文件格式结构，包括a.out、script、elf、java等11种
	exit_code，exit_signal	引起进程退出的返回代码，引起出错的信号名
	dumpable	出错时是否能够进行memory dump，布尔量
	did_exec	用于区分新老程序代码，POSIX要求的布尔量
	tty_old_pgrp	进程显示终端所在的组标识
	*tty	指向进程所在的显示终端的信息
	*wait_chldexit	在进程结束需要等待子进程时处于的等待队列

6.2.2 Linux的进程调度

Linux是一个基于非抢占式的多任务的分时系统，在用户进程的调度上采用抢占式策略，但在内核依然沿用了时间片轮转的方法，如果有个内核态的进程恶性占有了CPU不释放，那么系统无法从中解脱出来，所以实时性并不是很强。

Linux进程调度子程序schedule()负责协调进程的运行，管理进程对CPU的使用，让每一个就绪进程都能相对公平地共享CPU时间，并能最大限度地提高CPU利用率。调度程序必须确保一个进程所获得的CPU访问时间和其指定的优先级及进程类型匹配，确保消除任何进程对CPU资源处于饥饿状态。

在每一个进程的task_struct结构中，都存放有与进程调度有关的重要参数，供调度程序使用，主要参数如下。

（1）policy：即进程调度策略，进程可以通过宏定义来区分三类进程，即policy有三种值。

- #define SCHED_OTHER 0：为非实时进程，采用基于优先级的时间片轮转法调度。只要有实时进程就绪，这类进程便不能运行。
- #define SCHED_FIFO 1：为先进先出实时类任务，符合POSIX.1b的FIFO规定。它会一直运行（相当于时间片硕大），除非它自己出现等待事件或有另一个具有更高rt_priority的实时进程出现时，才出让CPU。
- #define SCHED_RR 2：为轮转法实时类任务，符合POSIX.1b的RR规定。除了时间片是一个定量外，和SCHED_FIFO类似。当时间片耗尽后，就使用相同的rt_priority排到原队列的队尾。

（2）priority：即进程静态优先级，这是从－20～20的整数（内核转化为1～40的整数），不随时间而改变，但能由用户进行修改。它指明在被迫和其他进程竞争CPU之前，该进程被允许运行的时间片最大值（滴答次数）。当然，可能由于一些原因，在该时间片耗尽前进程就被迫出让CPU。

（3）rt_priority：即实时进程才具有的实时优先级，是从0～99的一个整数，用来区分实时进程的等级，较高权值的进程总优先于较低权值的进程。rt_priority＋1000给出实时进程的优先级，因此，实时进程的优先级总高于普通进程（普通进程优先级必小于999，实际上仅使用0～56）。

（4）counter：指出进程在这个时间片中的剩余时间量，可被看做动态优先级。只要进程占有了CPU，它就随着时间不断减小，当counter小于等于0时，标记进程时间片耗尽应重新调度。

从上面的讨论可以看出，实时进程有很高的优先级，这样同时存在普通和实时进程时，如果一个实时进程准备运行，调度子程序调用 goodness()函数保证实时进程优先于普通进程被调度。实时进程有两种可选的调度算法，先进先出与轮转法调度，用轮转法调度时，每一个能运行的实时进程将依次运行；用先进先出调度，每一个能运行的实时进程将依排在运行队列中的次序运行，该次序不能被改变。因此，Linux进程共有三种进程调度策略。

用户进程可以使用系统调用 sched_setscheduler()改变自己的调度策略和实时优先级，通过系统调用 sys_setpriority()改变静态优先级，一旦进程变为实时进程，其新产生的子进程也是实时进程。

由于 Linux 进程的优先级会随时间动态变化，所以，每个进程还有动态优先级的概念。只要进程占用 CPU，它就随着时间的流失而不断减小，当它小于 0 时，标志着进程要被重新调度，动态优先级指明了在这个时间片中所剩余的时间量。Linux 的动态优先级与 task_struct 中的 counter 有关，它被规定为：在抢占中断调度之前，该进程在这个时间片中还能连续运行的时间（除非进程自己放弃 CPU），而且其值较大的会有较高的调度优先级。所以，可以把 counter 看作动态优先级。由于时钟中断发生的周期为 10ms（一个滴答），因而，一个进程的动态优先级为 60 的话，那么该进程这次还能连续运行 600ms。

下面讨论动态优先级 counte 是如何产生和变化的，这与静态优先级 priority 有关。一个进程的静态优先级 priority、实时优先级 rt_priority 和调度策略 policy 是在其创建时从父进程处继承来的，且在进程整个生命周期保持不变，除非使用相关系统调用设置它。在进程被创建时，它的动态优先级 counter 的初值为 priority 的值，此后，每当发生时钟中断时，正在运行的进程的 counter 值减 1，直到发生以下情况后停止。

- 当 counter 递减到 0 时，运行进程被迫从运行态进入就绪态。但系统中处于就绪态的进程，其动态优先级不一定全为 0，一个从等待态进入就绪态的进程，其动态优先级通常不为 0。从运行态进入就绪态的那些进程，会在就绪态中一直保持动态优先级为 0，直到系统中所有就绪态进程的动态优先级全为 0 时（因为不为 0 的那些进程会很快获得处理机执行，直到动态优先级减为 0 或进入等待态），调度程序重置各进程的 counter 为静态优先级的值，然后按动态优先级的值大小依次进入运行态运行。
- 处于等待态的进程的动态优先级通常会逐渐增加，也可能不变，但不可能减小。因为当所有就绪进程的动态优先级都为 0 时，系统将重新计算进程的动态优先级，这既包括了就绪态进程，也包括了等待态进程。计算方法为：将每个进程的动态优先级的值右移一位，再加上该进程的静态优先级的值，就得到了该进程的动态优先级的新值。对于就绪态进程来说，由于其动态优先级都为 0，所以，计算结果仍为赋值（priority 的值）。但对于等待态进程就不一样了，此时它们的动态优先级都不为 0，所以，计算结果等待态进程的动态优先级会大于静态优先级（priority＋counter/2），但绝不会比静态优先级两倍更大。

按照上述算法，等待态进程会有较高的优先级，处于等待态越久的进程，其进程的动态优先级会越高，这就意味着，I/O 较多的进程由于其等待时间久，会有较高的优先级；计算较多的进程因其占用 CPU 多使优先级会较低，这不仅因为它不会像等待态进程那样增加优先级，还因为它会在就绪态中停留较长时间直到系统中所有就绪态进程的动态优先级为 0。

现在来讨论 Linux 的调度工作，Linux 进程调度的时机有多种，如下所示。

- 当前运行进程进入等待队列，因 CPU 空闲时。
- 当进程执行一个系统调用的结尾时。
- 当系统定时器将运行进程的时间片 counter 减至 0 时。

每当 Schedule( )工作时，主要完成以下任务。

（1）处理当前进程 Schedule( )运行队列管理和 bottom half 中断处理程序，当新的进程投入运行之前，必须对正在执行的进程作相应处理，以确保这个进程在以后能正确再次运行。

- 如果当前进程的调度策略为轮转法，则保持执行状态，并把它追加到运行队列的尾部。
- 如果某进程是可中断状态，且收到了一个中断信号，那么，把其状态修改为执行。
- 如果当前进程超时（这时 counter＝0），则其状态修改为执行状态。
- 如果当前进程的状态为执行状态，则保持执行状态。
- 把既非执行状态又非可中断状态的进程从运行队列中移出，这些进程暂无资格被调度。把进程 need-reached 清为 0。

（2）选择进程运行。当 CPU 空闲时，调度子程序扫描运行队列所有活动进程，从运行队列中选择一个合适进程运行。

- 如果执行队列中有实时进程，则选择一个优先级最高（goodness 最大）的进程。普通进程的权值为 counter 的值，范围为 0～999（实际仅用 0～56）；而实时进程的权值为 counter＋1 000，范围为 1 001～1 099，这就保证了实时进程总比普通进程优先执行。
- 如果运行队列中的进程有相同优先级，则耗时多（counter 值较大）的进程比耗时少的进程优先调度。
- 如果优先级相同且 counter 值也相等，则位于队列前面的进程被优先调度。

（3）切换进程。当 CPU 从运行队列中选中一个合适的进程后，就按照 task_struct 结构中的信息进行进程上下文切换；如果当前进程或新进程使用了虚拟内存，那么，相关页表必须同步更新。

（4）SMP 进程调度 Linux 2.0.0 版本开始支持对称多处理器 SMP，多处理器系统中每个 CPU 都可以运行一个进程，因此，实施进程调度时，可供选择的 CPU 不止一个。在 SMP 中，每一个进程的 task_struct 结构中都含有当前运行所用的 CPU 编号及最后一次使用的 CPU（last_processor）编号，虽然系统不限制进程每次必须在不同的 CPU 上运行，但可以利用 processor_mask 掩码字限制进程只能在某些 CPU 上运行。如果掩码字的第 N 位设置为 1，则该进程可以在第 N 个 CPU 上运行，也就是说，进程可以与某个 CPU 绑定（也称亲缘关系）。进行进程调度时，调度程序总是优先考虑进程在它最后一次使用的 CPU 上运行，因为，该 CPU 的高速 cache 中最有可能包含此进程的一些特定数据，改变 CPU 会增加起它对存储器的访问，在一定程度上影响系统的效率。然而，使用亲缘关系必须特别仔细，在某个进程限制于特定 CPU 而没有其他进程能够在该 CPU 上执行时，CPU 亲缘关系很有意义。

6.2.3　Linux 进程间的通信

Linux 支持进程通信有消息队列、共享内存和信号量三种，其余的管道、套接字等可以参考其他教材自学习来掌握。

1. 消息队列

消息队列本身是操作系统核心为通信双方进程建立的数据结构，两个用户进程间通过发送和接收系统调用来借助消息队列传递和交换消息，这样通信进程间不再需要共享变量。如图 6.4 所示，进程间的通信通过消息队列进行，消息队列可以是单消息队列，也可以是多消息队列（按消息类型）；既可以单向，也可以双向通信；既可以仅和两个进程有关，也可以被多个进程使用。消息队列所用数据结构如下。

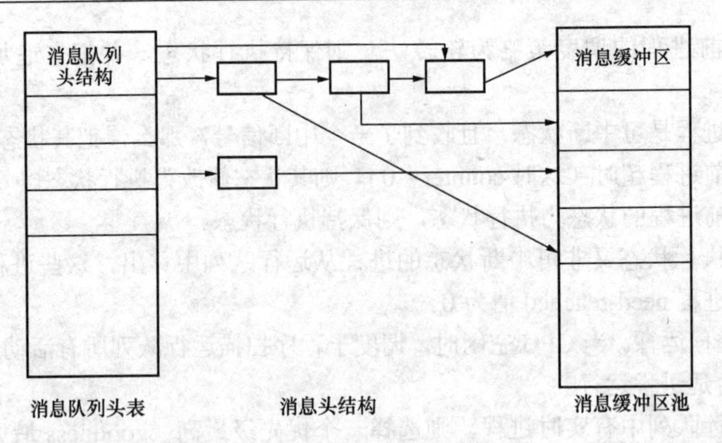

图 6.4 Linux 消息队列数据结构

- 消息缓冲池和消息缓冲区（msgbuf），前者包含消息缓冲池大小和首地址；后者除存放消息正文外，还有消息类型字段。
- 消息头结构和消息头表，消息头表是由消息头结构组成的数组，个数为 100。消息头结构包含消息类型、消息正文长度、消息缓冲区指针和消息队列中下一个消息头结构的链指针。
- 消息队列头结构和消息队列头表，由于可有多个消息队列，于是对应每个消息队列都有一个消息队列头结构，消息队列头表是由消息队列头结构组成的数组。消息队列头结构包括：指向队列中第一个消息的头指针、指向队列中最后一个消息的尾指针、队列中消息个数、队列中消息数据的总字节数、队列允许的消息数据最大字节数、最近一次发送/接收消息进程标识和时间。

Linux 消息传递机制的系统调用有四个。

- 建立一个消息队列 msgget。
- 向消息队列发送消息 msgsnd。
- 从消息队列接收消息 msgrcv。
- 取或送消息队列控制信息 msgctl。

当用户使用 msgget 系统调用来建立一个消息队列时，内核查遍消息队列头表以确定是否已有一个用户指定的关键字的消息队列存在，如果没有，内核创建一个新的消息队列，并返回给用户一个队列消息描述符；否则，内核检查许可权后返回。进程使用 msgsnd 发送一个消息，内核检查发送进程是否对该消息描述符有写许可权，消息长度不超过规定的限制等；接着分配给一个消息头结构，链入该消息头结构链的尾部；在消息头结构中填入相应信息，把用户空间的消息复制到消息缓冲池的一个缓冲区，让消息头结构的指针指向消息缓冲区，修改数据结构；然后，内核便唤醒等待该消息队列消息的所有进程。进程使用 msgrcv 接收一个消息，内核检查接收进程是否对该消息描述符有读许可权，根据消息类型（=0，<0，>0）找出所需消息（=0 时取队列中的第一个消息；>0 时取队列中给定类型的第一个消息；<0 时取队列中小于或等于所请求类型的绝对值的所有消息中最低类型的第一个消息。），从内核消息缓冲区复制内容到用户空间，消息队列中删去该消息，修改数据结构，如果有发送进程因消息满而等待，内核便唤醒等待该消息队列的所有进程。用户在建立了消息队列后，可使

用 msgctl 系统调用来读取状态信息并进行修改，如查询消息队列描述符、修改消息队列的许可权等。

2. 共享内存

内存中开辟一个共享存储区，如图 6.5 所示，诸进程通过该存储区实现通信，这是进程通信中最快捷和有效的方法。进程通信之前，向共享存储区申请一个分区段，并指定关键字；若系统已为其他进程分配了这个分区，则返回关键字给申请者，于是该分区段就可连到进程的虚地址空间，以后，进程便像通常存储器一样共享存储区段，通过对该区段的读、写来直接进行通信。

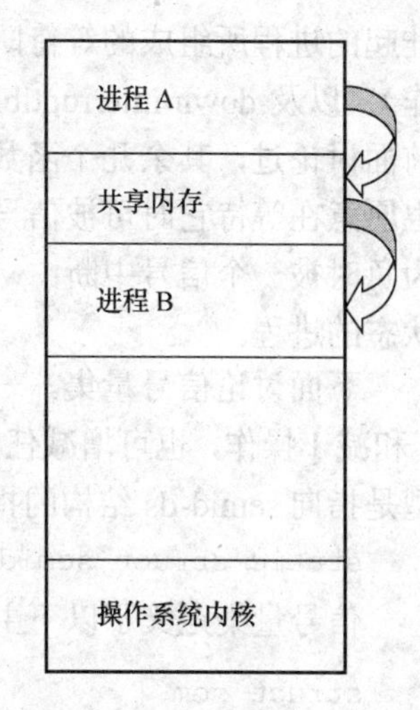

图 6.5 共享存储区通信机制

Linux 与共享存储有关的系统调用有 4 个。

- shmget（key，size，permflags）：用于建立共享存储段，或返回一个已存在的共享存储段，相应信息登入共享存储段表中。size 给出共享存储段的最小字节数；key 是标识这个段的描述字；permflags 给出该存储段的权限。
- shmat（shm-id，daddr，shmflags）：用于把建立的共享存储段连入进程的逻辑地址空间。shm-id 标识存储段，其值从 shmget 调用中得到；daddr 用户的逻辑地址；permflags 表示共享存储段可读可写或其他性质。
- shmdt（memptr）：用于把建立的共享存储段从进程的逻辑地址空间中分离出来。memptr 为被分离的存储段指针。
- shmctl（shm-id，command，&shm-stat）：实现共享存储段的控制操作。shm-id 为共享存储段描述字；command 为规定操作；&shm-stat 为用户数据结构的地址。

当执行 shmget 时，内核查找共享存储段中具有给定 key 的段，若已发现这样的段且许可权可接受，便返回共享存储段的 key；否则，在合法性检查后，分配一个存储段，在共享存储段表中填入各项参数，并设标志指示尚未存储空间与该区相连。执行 shmat 时，首先，查证进程对该共享段的存取权，然后，把进程合适的虚空间与共享存储段相连。执行 shmdt 时，其过程与 shmat 类似，但把共享存储段从进程的虚空间断开。

3. 信号量

在 Linux 中，有两类信号量，一类主要被内核使用的信号量称内核信号量，另一类用户和内核都可使用的信号量称信号量集。内核信号量的定义如下：

```
struct semaphore {
    atomic-t count;
    int waking;
    struct wait-queue *wait;
};
```

其中，仅有三个分量，资源计数器 count 表示可用的某种资源数，若为正整数则尚有这些资源可用；若为 0 或负整数则资源已用完，且因申请资源而等待的进程有|count|个。sema-init 宏用于初始化 count 为任何值，可以是 1（二元信号量），可以是任意正整数（一般信号量）。唤醒计数器 waking 用来记录等待该资源的进程个数，也是当该资源被占用时等待唤醒的进程个数，up 工作期间使用。wait-queue 用于因等待这个信号量代表的资源再次可用而被

挂起的进程所组成的等待队列。内核信号量上定义的函数有 down（即 P 操作）、up（即 V 操作），以及 down-interruptible、wake-up、wake-up-interruptible 等。down 和 up 的含义已经在前面讨论过，其余几个函数的含义如下：down-interruptible 函数被进程用于获得信号量，但也愿意在等待它时可被信号中断，当函数的返回的值为 0 时获得了信号量，当函数的返回值为负时被一个信号中断；wake-up 唤醒所有等待进程；wake-up-interruptible 仅唤醒处可中断状态的进程。

下面讨论信号量集。一次可以对一组信号量即信号量集进行操作，不但能对信号量做加 1 和减 1 操作，也可增减任意整数。Linux 维护着一个信号量集的数组 semary，数组的元素类型是指向 semid-ds 结构的指针：

```
static struct semid-ds *smeary[SEMMNI]
```

信号量集定义了以下主要数据结构：

```
struct sem {
    int semval;
    int sempid;
};
```

每个信号量占一个 struct sem 数据结构，它有两个成员：semval 若为 0 或正值，表示可用资源数，若为负值则绝对值为等待访问信号量的进程数。缺省为二元信号量，可使用 sys-semctl 变为计数型的。sempid 存储最后一个操作该信号量的进程的 pid。semid-ds 结构如图 6.6 所示。

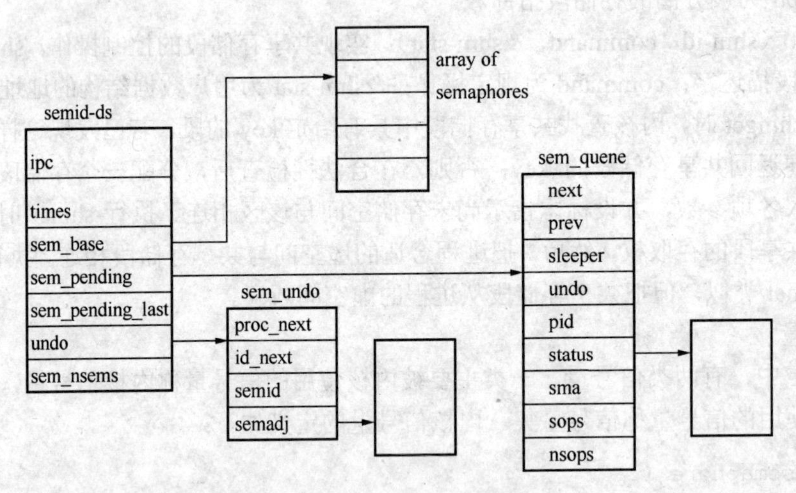

图 6.6 SystemV IPC 信号量

semid-ds 数据结构跟踪所有关于单独一个信号量及在它上面所执行的一系列操作的信息。sem-base 指向一个信号量数组，其中包含了多个信号量，该数组信号量总和称“信号量集合”，其容量大小是固定的，由 SEMMSL 决定。sem-pending 信号量操作的等待队列，仅当操作让进程等待时，这个队列才会增加结点。sem-pending-last 跟踪挂起的信号量操作队列的队尾，它并不直接指向最后一个结点而是指向最后一个结点的指针。undo 当各个进程退出时所应该执行的操作的一个队列。

在信号量集上定义的系统调用主要有 semget、semop 和 semctl。semget 用于创建和打开一个信号量集；semop 用于对信号量用操作值（加或减的数值）进行操作，决定是否阻塞或唤醒；semctl 用于获取、设置或删除某信号量集的信息。每次操作给出三个参数：信号量索引值（信号量数组的索引）、操作值和一组标志。Linux 检查操作是否成功，如果操作值与信号量当前值相加大于 0，或操作值与信号量均为 0，操作均会成功。如果操作失败，仅仅把那些操作标志没有要求系统调用为非阻塞类型的进程挂起，这时必须保存信号量操作的执行状态并将当前进程放入等待队列 sleeper 中，系统还在堆栈上建立 sem-queue 结构并填充各个域，这个 sem-queue 结构利用 sem-pending 和 sem-pending-last 指针放到此信号量等待队列的尾部，然后启动调度程序重新选择其他进程执行。执行释放操作时，Linux 依次检查挂起队列 sem-pending 中的每个成员，看看信号量操作能否继续进行。如果可以，则将其 sem-queue 结构从挂起链表中删除并对信号量集发出信号量操作，同时还将唤醒处于阻塞状态的进程并使之成为下一个可执行进程。如果挂起队列中有的进程的信号量操作不能完成，系统将在下一次处理信号量时重复这个过程，直到所有信号量操作完成且没有进程需要继续阻塞。为了防止进程错误使用信号量而可能产生的死锁，Linux 通过维护一组描述信号量数组变化的链表来实现，具体做法是：将信号量设置为进程对其进行操作之前的状态，这些状态值保存在使用该信号量数组进程的 semid-ds 和 task-struct 结构的 sem-undo 结构中。

6.3 Linux 的存储管理

Linux 采用的是虚拟存储技术，在 32 位计算机中用户的虚拟地址空间可达 4GB。用户要对虚拟地址空间进行寻址，必须通过三级页表转换得到物理地址。而且不同的系统中页面的可能相同，也可能不同，为了便于管理，实现 Linux 的跨平台运行，Linux 将虚拟地址向物理地址转换采用宏实现，从而在操作系统内核无需存储页表的入口地址。

6.3.1 Linux 虚拟内存的抽象模型

在 x86 的 32 位计算平台硬件的限制下，Linux 中的每个用户进程可以访问 4GB 的线性虚拟内存地址空间。其中从 0～3GB 的虚拟内存地址是用户空间，用户进程独占并可以直接对其进行访问。从 3～4GB 的虚拟内存地址是内核态空间，由所有核心态进程共享，存放仅供内核态访问的代码和数据，用户进程处于用户态时不能访问。当中断或系统调用发生，用户进程进行模式切换（处理器特权级别从 3 转为 0），即操作系统把用户态切换到内核态。

在 Linux 中，所有进程从 3～4GB 的虚拟内存地址都是一样的，有相同的页目录项和页表，对应到同样的物理内存区域。这个区域用于存放操作系统代码，所有在内核态（即系统模式）下运行的进程共享这个区域的操作系统代码和数据。其中，虚拟内存地址从 3GB 到 3GB＋4MB 的一段，被映射到物理空间 0～4MB 的区域。因此，进程处于内核态运行时，只要通过访问 3GB 到 3GB＋4MB 段，即访问了物理空间 0～4MB 段，如图 6.7 所示。

Linux 采用请求页式虚拟存储管理。页表分为三层：页目录 PGD（Page Directory）、中间页目录 PMD（Page Middle Directory）和页表 PT（Page Table）。每一个进程都有一个页目录，其大小为一个页面，页目录中的每一项指向中间页目录的一页，每个活动进程的页目录必须在主存中。中间页目录可能跨多个页，它的每一项指向页表中的一页。页表也可能跨多个页，每个页表项指向该进程的一个虚页，如图 6.8 所示。

用户进程
0GB
用户态
1GB
用户态
2GB
用户态
3GB
内核态
3GB+4MB
4GB
内存
0GB
4MB

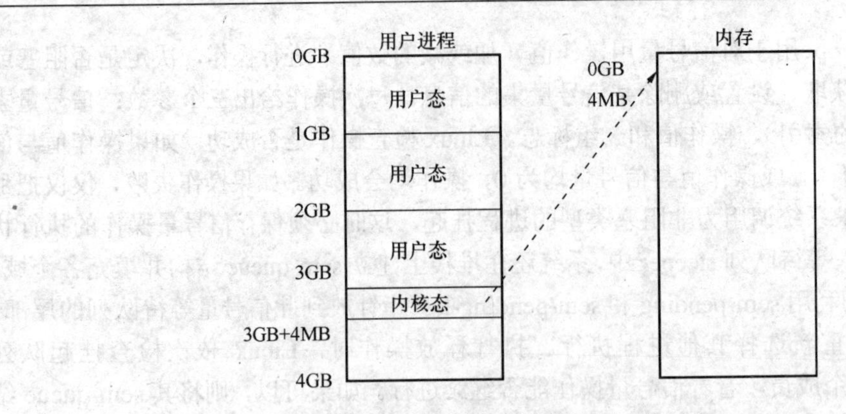

图 6.7 用户进程虚拟地址空间组成

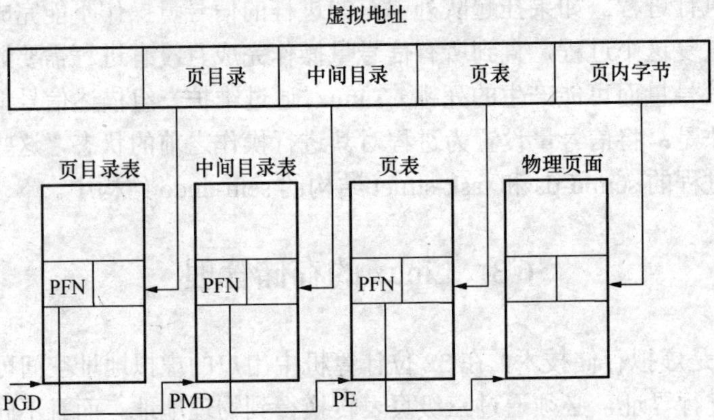

虚拟地址
页目录
中间目录
页表
页内字节
页目录表
中间目录表
页表
物理页面
PFN
PFN
PFN
PGD
PMD
PE

图 6.8 Linux 的三级页表地址映射图

当使用 fork( )创建一个进程时，分配内存页面的情况如下。

- 进程控制块 1 页。
- 内核态堆栈 1 页。
- 页目录 1 页。
- 页表若干页。

而使用 exec( )系统调用时，分配内存页面的情况如下。

- 可执行文件的文件头 1 页。
- 用户堆栈的 1 页或几页。

这样，当进程开始运行时，如果执行代码不在内存中，将产生第 1 次缺页中断，让操作系统参与分配内存，并将执行代码装入内存。此后，按照需要，不断地通过缺页中断调进代码和数据。当系统内存资源不足时，由操作系统决定是否调出一些页面。

Linux 将每个用户进程 4GB 的虚拟地址空间划分成 2KB 或 4KB（默认方式为 4KB）大小的固定页面，采用分页方式进行管理，由此带来的管理开销相当大，仅一个进程 4GB 空间的页表将占用 4MB 物理内存。事实上目前也没有应用进程大到如此规模，因此，有必要显式地表示真正被进程使用到的那部分虚拟地址空间。这样一来，虚拟地址空间就由许多个连续虚地址区域构成，Linux 中采用了虚存段 vma（virtual memory area）及其链表来表示。

一个 vma 是某个进程的一段连续的虚存空间，在这段虚存里的所有单元拥有相同特征，如属于同一进程、相同的访问权限、同时被锁定、同时受保护等。vma 段由数据结构 vm_area_struct 描述。

进程通常占用几个 vma，分别用于代码段、数据段、堆栈段等。在 Linux 中对 vma 是如下来管理的，每当创建一个进程时，系统便为其建立一个 PCB，称 task_struct 结构，在这个结构中内嵌了一个包含此进程存储管理有关信息的 mm_struct 结构。

从每个进程控制块的内嵌 mm_struct 可以找到内存管理数据结构，从内存管理数据结构的指向 vma 段的链接指针 mmap 就可找到用 vm_next 链接起来的进程的所有 vma。此外，每个进程都有一个页目录 pgd，存储该进程所使用的内存页面情况，Linux 根据“惰性”请页调度原则只分配用到的内存页面，从而避免了页表占用过多的物理内存空间。

6.3.2 Linux 的高速缓存

Linux 虚存管理的缓冲机制主要包括 swap cache、kmalloc cache 和 page cache。

1. swap cache

如果以前被调出到交换空间的页面由于进程再次访问而调入物理内存，只要该页面调入后未被修改过，那么，它的内容与交换空间中内容是一样的，这种情况下，交换空间中的备份是有效的。因此，该页再度换出时，就没有必要执行写操作。

Linux 采用 swap-cache 表描述的 swap cache 来实现这种思想。swap cache 实质上是关于页表项的一个列表，表的首地址为 unsigned long *swap-cache；每一物理页框都在 swap-cache 中占有一个表项，该表项的总数就是物理页框总数。若该页框的内容是新创建的；或虽曾换出过；但换出后，该页框已被修改过时，则该表项清 0。内容非 0 的表项，正好是某个进程的页表项，描述了页面在交换空间中的位置。当一个物理页框调出到交换空间时，它先查 swap cache。如果其中有与该面对应有效的页表项，那就不需要将该页写出，因为原有空间中内容与待换出的页面是一致的。

2. page cache

页缓冲的作用是加快对磁盘文件的访问速度。文件被映射到内存中，每次读取一页，而这些页就保存到 page cache 中，Linux 用 hash 表 page-hash-table 来访问 page cache，它是指向由 page 类型结点组成的链表指针。

每当需要读取文件一页时，总是先通过 page cache 读取。如果所需页面就在其中，就通过指向表示该页面的 mem-map-的指针；否则必须从申请一个页框，再将该页从磁盘文件中调入。

如果可能的话，Linux 还发出预读一页的读操作请求，根据程序局部性原理，进程在读当前页时，它的下一页很可能被用到。

随看越来越多的文件被读取、执行，page cache 会越来越大。进程不再需要的页面应从 page cache 中删除。当系统发现内中的物理页框越来越少时，它将缩减 page cache。

3. kmalloc cache

进程可用 kmalloc()和 kfree()函数向系统申请较小的内存块，而这两个函数共同维护了一个称作 kmalloc cache 的缓冲区，其主要目的是加快释放物理内存的速度。

6.3.3 管理内存空间的数据结构

在 Linux 操作系统控制下，物理内存划分成页框，其长度与页面相等。系统中的所有物理页框都由 men-map 表描述，它在系统初始化时通过 free-area-init()函数创建。men-map 本身是由 men-map-t 组成的一个数组，每个 men-map-t 描述一个物理页框，其定义为：

```
typedef struct page{
    struct page *next,*prev;     /*由搜索算法约定,这两项要先定义*/
    struct inode *inode;unsigned long offset;
                                 /*若该页框内容为文件,则指定文件的 inode 和位移*/
    struct page *next_hash;      /*page 快存的 hash 表中,链表后继指针*/
    atomic_t  count;             /*访问此页框的进程计数*/
    unsigned flags;              /*一些标志位*/
    unsigned dirty;              /*页框修改标志*/
    unsigned age ;               /*页框年龄,越小越先换出*/
    struct wait_queue *wait;
    struct page *prev_hash;            /*pager 快存的 hash 表中,链表前向指针*/
    struct buffer_head *buffers;       /*若页框作为缓冲区,则指示地址*/
    unsigned long swap_unlock_entry;
    unsigned long map_nr;              /*页框在 mem_map 表中的下标*/
}mem_map_t;
```

在物理内存的低端，紧靠 mem_map 表的 bitmap 以位示图方式记录了所有物理页框的空闲状况，该表也在系统初始化时由 free_area_init( )函数创建。与一般位示图不同的是，bitmap 分割成 NR_MEM_LISTS（缺省时为 6）个组。

首先是第 0 组，初始化时设定长度为 end_mem-start_mem/PAGE_SIZE/20＋3，每位表示 20 个页框的空闲状况，置位表示已被占用。接着是第一组，初始化时设定长度为 end_mem-start_mem/PAGE_SIZE/21＋3，每位表示 21 个页框的空闲状况，位表示其中 1 个或 2 个页框已被占用。类似地，对于第 i 组，初始化时设定长度为 end_mem-start_mem/PAGE_SIZE/2i＋3，每位表示连续 2i 个页框的空闲状况，置 1 表示其中 1 个或几个页框已被占用。Linux 用 free_area 数组记录空闲物理页框，该数组由 NR_MEM_LISTS 个 free_area_struct 结构类型的数组元素构成，每个元素均作为一条空闲链表头。

```
struct free_area_struct{
    struct page *next ,*prev ;/*此结构的 next 和 prev 指针与 struct page 匹配*/
    unsigned int *map;         /*指向 bitmap 表*/
    };
    static struct free_area_struct free_area[NR_MEM_LISTS];
```

与 bitmap 的分配方法一样，所有单个空闲页框组成的链表挂到 free_area 数组的第 0 项后面，连续 2i 个空闲页框被挂到 free-area 数组的第 i 项后面。Linux 采用 buddy 算法分配空闲块，块长可以是 2i 个（0≤i<NR_MEM_LISTS）页框，页框的分配由_get_free_pages( )执行，释放页框可以用 free_pages( )函数执行。

当分配长度是 2i 页框的块时，从 free_area 数组的第 i 条链表开始搜索，找不到再搜索第 i+1 条链表，依此类推。若找到的空闲块长正好等于需求的块长，则直接将它从 free_area 中删除，返回第一个页框的地址。若找到的空闲块大于需求的块长，则将空闲块前半部分插入 free_area 中前一条链表，取后半部分，若还大，则继续对半分，留一半取一半，直到相等。同时，bitmap 表从第 i 组到第 NR_MEM_LISTS 组的对应的 bit 置 1。

回收空闲时，change_bit( )函数根据 bitmap 表的对应组，判断回收块的前后邻块是否也为空闲。若空则要合并，并修改 bitmap 表的对应位，并从 free_area 的空闲链表中取下该相邻块。

这一算法可递归进行，直到找不到空闲邻块为止，将最后合并成的最大块插入 free_area 的相应链表中。

6.3.4　内存区的分配和页面淘汰策略

用户进程可以使用 vmalloc()和 vfree()函数申请和释放大块存储空间，分配的存储空间在进程的虚地址空间中是连续的，但它对应的物理页框仍需经缺页中断后，由缺页中断处理例程分配，所分配的页框也不是连续的。

可分配的虚地址空间在 3GB＋high_memory＋HOLE_8M 以上的端，由 vmlist 表管理。3GB 内核态赖以访问的物理内存始址，high_memory 是安装在机器中实际可用的物理内存的最高地址，因而，3GB＋high_memory 也就是虚拟地址空间中看到的物理内存上写。HOLE_8M 则为长度 8MB 的“隔离带”，起到越写保护作用。这样，vmlist 管辖的虚地址空间既不与进程用户态 0～3GB 虚地址空间冲突，也不与进程内核映射到物理空间的 3GB 到 3GB＋high_memory 的虚地址空间冲突。

尽管 vmalloc( )返回高于任何物理地址的高端地址，但因为同时更改页表或页目录，处理器仍能正确访问这些高端连续地址。

vmlist 链表的结点类型 vm_struct 定义为：

```
struct vm-struct{
        unsigned long flags;            /*虚拟内存块占用标志*/
        void *addr;                     /*虚拟内存块的起址*/
        unsigned long size;             /*虚拟内存块的长度*/
        struct vm-struct *next          /*下一个虚拟内存块*/
};
static struct vm-struct *vmlist=NULL;
```

初始时，vmlist 仅一个结点，vmlist.addr 置为 VMALLOC_START（段地址 3GB，位移 high_memory＋8MB。动态管理过程中，vmlist 的虚拟内存块按起始地址从小到大排序，每个虚拟内存块之后都有一个 4KB 大小的“隔离带”，用以检测访问指针的越界错误，如图 6.9 所示。

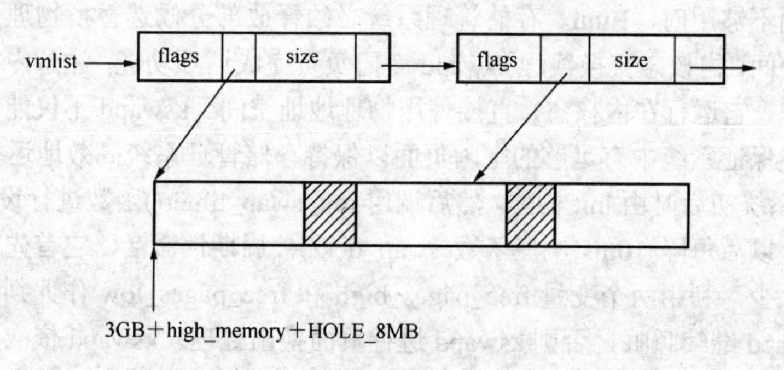

图 6.9　vmlist 虚拟内存

用户进程申请和释放块连续虚拟内存分别使用 vmalloc()和 vfree()函数，其执行进程大致如下：申请时需给出申请的长度，然后，调用 set-vm-area 内部函数向 vmlist 索取虚存空间。如果申请成功，将会在 vmlist 中插入一个 vm-struct 结构，并返回首地址，当申请到的虚地址空间更改页目录和页表。释放时需给出虚拟空间首地址，找到表示该虚拟内存块的 vm-struct

结构，并从 vmlist 表中删除，同时清除与释放虚存空间有关的目录项和页表项。

计算机的物理内存是影响机器性能的关键因素。相对于以 GB 计算的硬盘空间，内存的容量显得太少，尤其在多任务系统中更是如此。所以存储管理系统应该设法把暂时不用的内存数据转储到外存中。早期操作系统的解决方法是“交换”，即把暂时没有拥有 CPU 的进程整体性地转存到外存空间，直到进程重新获得 CPU 之后才被整体装回内存。显然这一交换操作会影响到效率。20 世纪 70 年代后，按需调页算法得到应用，该算法以页为单位进行转出和调入，大幅度提高了读写效率。现在，主流 CPU 体系结构都支持按需调页策略，Linux 也采用此策略进行虚拟存储管理。

在 Linux 中，内核态内存空间的内容不允许对换，道理很简单，因为驻留该空间的函数和数据结构都用于系统管理，有的甚至是为虚拟存储管理服务的，必须时刻准备着给 CPU 引用。

Linux 采用两种方式保存换出的页面。一是使用整个块设备，如硬盘的一个分区，称作交换设备；另一种是使用文件系统的一个固定长度的文件，称作交换文件。两者统称为交换空间。

交换设备和交换文件的内部格式是一致的。前 4096 个字节是一个以字符串“SWAP_SPACE”结尾的位图。位图的每一位对应于一个交换空间地页面，置位表示对应的页面可以用于换页操作，第 4096 字节之后是真正存放换出页面的空间。这样每个交换空间最多可以容纳（4096−10）×8−1=32 687 个页面。如果一个交换空间不够用，Linux 最多允许管理 MAX_SWAPFILES（缺省值为 8）个交换空间。

交换设备远比交换文件更加有效。在交换设备中，属于同一页面的数据总是连续存放的，第一个数据块地址一经确定，后续的数据块可以按照顺序读出或写入。而在交换文件中，属于同一页面的数据虽然在逻辑上是连续的，但数据块的实际存储位置可能是分散的，需要通过交换文件的 inode 检索，这决定于拥有交换文件的文件系统。在大多数文件系统中，交换这样的页面，必须多次访问磁盘扇区，这意味着磁头的反复移动、寻道时间的增加和效率的降低。

当物理页面不够用时，Linux 存储管理系统必须释放部分候选替换物理页面，把它们的内容写到交换空间。内核态交换线程 kswapd 专门负责完成这项功能，注意内核态线程是没有虚拟空间的线程，它运行在内核态，直接使用物理地址空间。kswapd 不仅能够把页面换出到交换空间，也能保证系统中有足够的空闲页面以保持存储管理系统高效地运行。

kswapd 在系统初启时由 init 创建，然后调用 init_swap_timer()函数进行设定时间间隔，并马上转入睡眠。以后每隔 10ms 响应函数 swap_tick()被周期性激活，它首先察看系统中空闲页面是否变得太少，利用两个变量 free_pages_high 和 free_pages_low 作评判标准。如果空闲页面足够，kswapd 继续睡眠，否则 kswapd 进行页面换出处理。kswapd 依次从三条途径缩减系统使用的物理页面。

- 缩减 page cache 和 buffer cache。
- 换出共享内存占用的页面。
- 换出或丢弃进程占用的页面。

磁盘中的可执行文件映像一旦被映射到一个进程的虚拟空间，它就开始执行。由于一开始只有该映像区的开始部分被调入内存，因此进程迟早会执行那些未被装入内存的部分。当一个进程访问了一个还没有有效页表项的虚拟地址时，处理器将产生缺页中断，通知操作系统，并把缺页的虚拟地址（保存在 CR2 寄存器中）和缺页时访问虚存的模式一并传给 Linux 的缺页中断处理程序。

系统初始化时首先设定缺页中断处理程序为 do_page_fault( )。根据控制寄存器 CR2 传递的缺页地址，Linux 必须找到用来表示出现缺页的虚拟存储区 vm_area_struct 结构，如果没有找到，那么说明进程访问了一个非法存储区，系统将发出一个信号告知进程出错。然后系统检测缺页时访问模式是否合法，如果进程对该页的访问超越权限，系统也将发出一个信号，通知进程的存储访问出错。通过以上两步检查，可以确定缺页中断是否合法，进而进程进一步通过页表项中的位 P 来区分缺页对应的页面是在交换空间（P=0 且页表项非空）还是在磁盘中某一执行文件映像的一部分。最后进行页面调入操作。

Linux 使用最少使用频率替换策略，页替换算法在 clock 算法基础上作了改进，使用位被一个 8 位的 age 变量所取代。每当一页被访问时，age 增加 1。在后台由存储管理程序周期性地扫描全局页面池，并且当它在主存中所有页间循环时，对每个页的 age 变量减 1。age 为 0 的页是一个“老”页，已有些时候没有被使用，因而，可用作页替换的候选者。age 值越大，该页最近被使用的频率越高，也就越不适宜于替换。

6.4 Linux 的文件管理

Linux 的文件系统是 Linux 操作系统的重要组成部分，Linux 的文件系统以快速、稳定、灵活而著称于世。Linux 不仅支持多种文件系统，而且通过虚拟文件系统（VFS）实现多种文件系统之间的相互访问。

6.4.1 Linux 文件系统的构成

文件结构是文件存放在磁盘等存储设备上的组织方法。主要体现在对文件和目录的组织上。目录提供了管理文件的一个方便而有效的途径。用户能够从一个目录切换到另一个目录，而且可以设置目录和文件的权限，设置文件的共享程度。

与 Windows 下一样，在 Linux 中也是通过目录来组织文件的。但不同的是，在 Linux 下只有一个根目录，而不像 Windows 那样一个分区一个根目录。Linux 目录采用多级树形结构，图 6.10 表示了这种树形等级结构。用户可以浏览整个系统，可以进入任何一个已授权进入的目录，访问那里的文件。

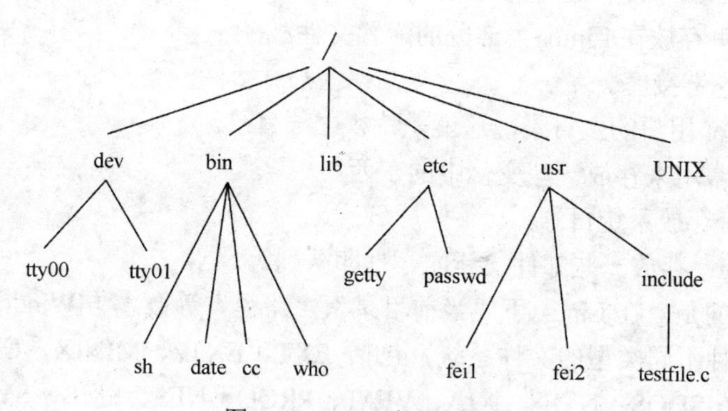

图 6.10 Linux 的树形目录

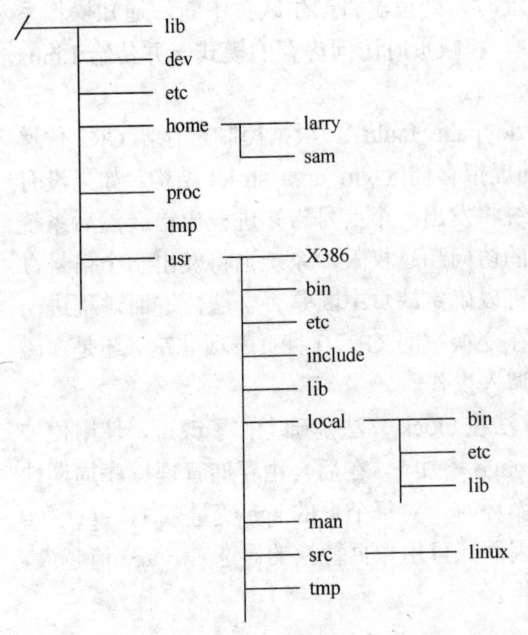

图 6.11 Linux 的目录结构

文件结构的相互关联性使共享数据变得容易，几个用户可以访问同一个文件。Linux 是一个多用户系统，操作系统本身的驻留程序存放在以根目录开始的专用目录中，有时被指定为系统目录。图 6.11 中那些根目录下的目录就是系统目录。

Linux 目录用途如下。

（1）/bin：存放着 100 多个 Linux 下常用的命令、工具。

（2）/dev：存放着 Linux 下所有的设备文件。

（3）/home：用户主目录，每建一个用户，就会在这里新建一个与用户同名的目录，给该用户一个自己的空间。

（4）/lost＋found：顾名思义，一些丢失的文件可能在这里找到。

（5）/mnt：外部设备的挂接点，通常用 cdrom 与 floppy 两个子目录。它的存在简化了光盘与软盘的使用。只需在放入光盘后，运行：mount/mnt/cdrom，就可以将光盘上的内容 mount 到/mnt/cdrom 上，就可以访问了。使用完成后，应该离开该目录，并执行 umount/mnt/cdrom。同样，软盘就是 mount/mnt/floppy 和 umount/mnt/floppy 了。

（6）/proc：这其实是一个假的目录，通过这里可以访问到内存中的内容。

（7）/sbin：这里存放着系统级的命令与工具。

（8）/usr：通常用来安装各种软件的地方。

（9）/usr/X11R6：X-Window 目录。

（10）/usr/bin 与/usr/sbin：一些后安装的命令与工具。

（11）/usr/include、/usr/lib 及/usr/share：存放一些共享链接库。

（12）/usr/local：常用来安装新软件。

（13）/usr/src：Linux 源程序。

（14）/boot：Linux 就是从这里启动的。

（15）/etc：这里存放在 Linux 大部分的配置文件。

（16）/lib：静态链接库。

（17）/root：root 用户的主目录，这就是特权之一目录。

（18）/var：通常用来存放一些变化中的东西。

（19）/var/log：存放系统日志。

（20）/var/spool：存放一些邮件、新闻、打印队列等。

另外，要说明的是，在 Linux 下“当前目录”、“路径”等概念与 Windows 下是一样的。

Linux 支持多种不同类型的文件系统，包括 EXT、EXT2、MINIX、UMSDOS、NCP、ISO9660、HPFS、MSDOS、NTFS、XIA、VFAT、PROC、NFS、SMB、SYSV、AFFS 以及 UFS 等。由于每一种文件系统都有自己的组织结构和文件操作函数，并且相互之间的差别很大，从而，给 Linux 文件系统的实现带来了一定的难度。为支持上述的各种文件系统，Linux 在实现文件系统时借助了虚拟文件系统 VFS（Virtual File System）。VFS 只存在于内存中，在系统启动时产生，并随着系统的关闭而注销。它的作用是屏蔽各类文件系统的差异，给用户、应用程序和 Linux 的其他管理模块提供一个统一的接口。管理 VFS 数据结构的组成部分主要包括超级块和 inode。

Linux 的文件操作面向外存空间，它采用缓冲技术和 hash 表来解决外存与内存在 I/O 速度上的差异。在众多的文件系统类型中，EXT2 是 Linux 自行设计的具有较高效率的一种文件系统类型，它建立在超级块、块组、inode、目录项等结构的基础上。

一个安装好的 Linux 操作系统究竟支持几种不同类型的文件系统，是通过文件系统类型注册链表来描述的，VFS 以链表形式管理已注册的文件系统。向系统注册文件系统类型有两种途径，一是在编译操作系统内核时确定，并在系统初始化时通过函数调用向注册表登记；另一种是把文件系统当作一个模块，通过 kerneld 或 insmod 命令在装入该文件系统模块时向注册表登记它的类型。

每一个具体的文件系统不仅包括文件和数据，还包括文件系统本身的树形目录结构，以及子目录、链接 link、访问权限等信息，它还必须保证数据的安全性和可靠性。

Linux 操作系统不通过设备标识访问某个具体文件系统，而是通过 mount 命令把它安装到文件系统树形目录结构的某一个目录结点，该文件系统的所有文件和子目录就是该目录的文件和子目录，直到用 umount 命令显式地卸载该文件系统。

当 Linux 自举时，首先装入根文件系统，然后根据/etc/fstab 中的登记项使用 mount 命令自动逐个安装文件系统。此外，用户也可以显式地通过 mount 和 umount 命令安装和卸装文件系统。当装入/卸装一个文件系统时，应使用函数 add_vfsmnt/remove_vfsmnt 向操作系统注册/注销该文件系统。另外，函数 lookup_vfsmnt 用于检查注册的文件系统。

超级用户安装一个文件系统的命令格式如下。

```
mount 参数　文件系统类型　文件系统设备名　文件系统安装目录
```

文件管理接收 mount 命令的处理过程如下。

步骤 1：如果文件系统类型注册表中存在对应的文件系统类型，转步骤 3。

步骤 2：如果文件系统类型不合法，则出错返回；否则在文件系统类型注册表注册对应的文件系统类型。

步骤 3：如果该文件系统对应的物理设备不存在或已经被安装，则出错返回。

步骤 4：如果文件系统安装目录不存在或已经安装有其他文件系统，则出错返回。

步骤 5：向内存超级块数组 super_bl ocks[] 申请一个空闲的内存超级块。

步骤 6：调用文件系统类型结点提供的 read_super 函数读入安装文件系统的外存超级块，写入内存超级块。

步骤 7：申请一个 vfsmount 结点，填充正确内容后，假如文件系统注册表。

在使用 umount 卸装文件系统时，首先必须检查文件系统是否正在被其他进程使用，若正在被使用 umount 操作必须等待，否则可以把内存超级块写回外存，并在文件系统注册表中删除相应结点。

6.4.2　EXT2 对磁盘的组织

扩展文件系统 EXT（1992 年）和第二代扩展文件系统 EXT2（1994 年）是专门为 Linux

设计的可扩展的文件系统。在EXT2中，文件系统组织成数据块的序列，这些数据块的长度相同，块大小在创建时被固定下来。如图6.12所示，EXT2把它所占用的磁盘除引导块（boot block）外，逻辑分区划分为块组（block group），每一个块组依次包括超级块（super group）、组描述符表（group descriptors）、块位图（block bitmap）、inode位图（inode bitmap）、inode表（inode table）以及数据块（data blocks）区。块位图集中了本组各个数据块的使用情况；inode位图则记录了inode表中inode的使用情况。inode表保存了本组所有的inode，inode用于描述文件，一个inode对应一个文件和子目录，有一个唯一的inode号，并记录了文件在外存的位置、存取权限、修改时间、类型等信息。

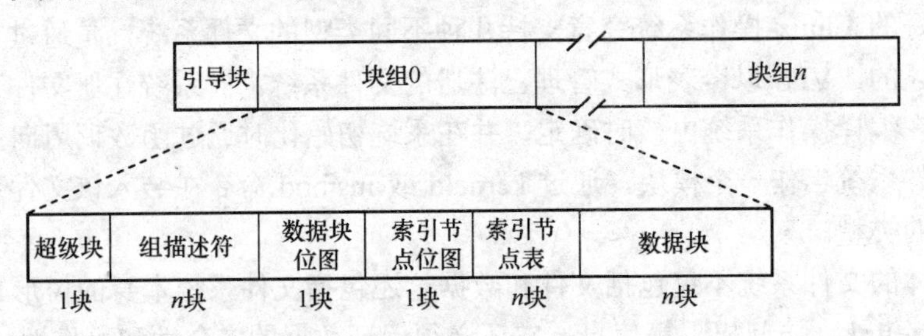

图6.12 EXT2文件系统的磁盘结构

同其他操作系统一样，Linux 支持多个物理硬盘，每个物理磁盘可以划分为一个或多个磁盘分区，在每个磁盘分区上就可以建立一个文件系统。一个文件系统在物理数据组织上一般划分成引导块、超级块、inode区以及数据区。引导块位于文件系统开头，通常为一个扇区，存放引导程序、用于读入并启动操作系统。超级块由于记录文件系统的管理信息，根据特定文件系统的需要超级块中存储的信息不同。inode区用于登记每个文件的目录项，第一个inode是该文件系统的根结点。数据区则存放文件数据或一些管理数据，如图6.12所示。

采用块组划分的目的是使数据块靠近其inode点，文件inode结点靠近其目录inode结点，从而将磁头定位时间减到最少，加快访盘的速度。

1. EXT2的超级块

EXT2 的超级块用来描述目录和文件在磁盘上的静态分布，包括尺寸和结构。每个块组都有一个超级块，一般来说只有块组0的超级块才被读入内存超级块，其他块组的超级块仅仅作为恢复备份。EXT2文件系统的超级块主要包括inode数量、块数量、保留块数量、空闲块数量、空闲 inode 数量、第一个数据块位置、块长度、片长度、每个块组块数、每个块组片数、每个块组 inode 数，以及安装时间、最后一次写时间、安装信息、文件系统状态信息等内容。Linux中引入了片（fragment）的概念，若干个片可组成块，当EXT2文件最后一块不满时，可用片计数。

2. EXT2的组描述符

每个块组都有一个组描述符，组描述符记录了该块组的块位图位置、inode位图位置、inode结点位置、空闲块数、inode数、目录数等内容。

所有的组描述符一个接一个地存放，构成了组描述符表。同超级块一样，组描述符表在每个块组中都有备份，这样，当文件系统崩溃时，可以用来恢复文件系统。

3. EXT2的inode

inode用于描述文件，一个inode对应一个文件，一个子目录是一个特殊的文件。每个inode

有一个唯一的 inode 号，并记录了文件的类型及存取权限、用户和组标识、修改/访问/创建/删除时间、link 数、文件长度和占用块数、在外存的位置以及其他控制信息，如图 6.13 所示。

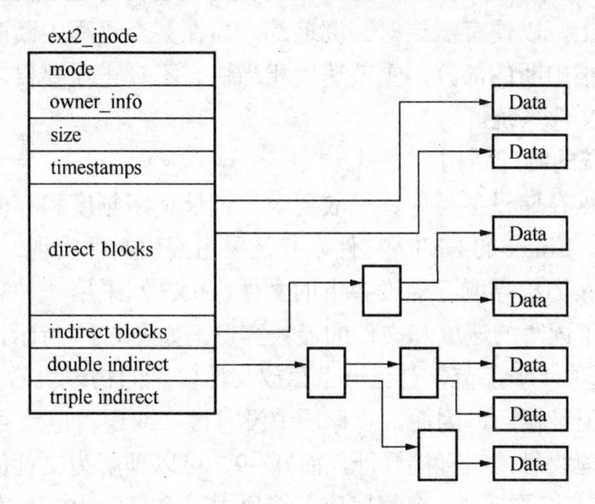

图 6.13 Linux EXT2 inode 结点

4. EXT2 的目录文件

目录是用来创建和保存对文件系统中的文件的存取路径的特殊文件，它是一个目录项的列表，其中头两项是标准目录项“.”（本目录）和“..”（父目录）。目录项的数据结构如下：

```
struct ext2_dir_entry {
    _u32     inode;                        /*该目录项的 inode 号*/
    _u16     rec_len;                      /*目录项长度*/
    _u16     name_len;                     /*文件名长度*/
    char name[EXT2_NAME_LEN];              /*文件名*/
};
```

5. 数据块分配策略

文件空间的碎片是每个文件系统都要解决的问题，它是指系统经过一段时间的读写后，导致文件的数据块散布在盘的各处，访问这类文件时，致使磁头移动急剧增多，访问盘的速度大幅下降。操作系统都提供“碎片合并”实用程序，定时运行可把碎片集中起来，Linux 的碎片合并程序叫 defrag（defragmentation program）。而操作系统能够通过分配策略避免碎片的发生则更加重要，EXT2 采用了两个策略来减少文件碎片。

（1）原地先查找策略：为文件新数据分配数据块时，尽量先在文件原有数据块附近查找。首先试探紧跟文件末尾的那个数据块，然后试探位于同一个块组的相邻的 64 个数据块，接着就在同一个块组中寻找其他空闲数据块；实在不得已才搜索其他块组，而且首先考虑 8 个一簇的连续的块。

（2）预分配策略：如果 EXT2 引入了预分配机制（设 EXT2_PREALLOCATE 参数），就从预分配的数据块取一块来用，这时紧跟该块后的若干个数据块空闲的话，也被保留下来。当文件关闭时仍保留的数据块给予释放，这样保证了尽可能多地数据块被集中成一簇。EXT2 文件系统的 inode 的 ext2_inode_info 数据结构中包含两个属性——prealloc_block 和 prealloc_count，前者指向可预分配数据块链表中第一块的位置，后者表示可预分配数据块的总数。

EXT3 是 EXT2 的下一代，也就是保有 EXT2 的格式之下再加上日志功能。EXT3 是一种日志式文件系统（Journal File System），最大的特点是：它会将整个磁盘的写入动作完整地记录在磁盘的某个区域上，以便有需要时回溯追踪。当在某个过程中断时，系统可以根据这些记录直接回溯并重整被中断的部分，重整速度相当快。不真正需要日志的用户可以继续使用良好而老式的 EXT2 文件系统。

6.4.3 EXT2 文件系统的物理结构

文件系统往往根据存储设备类型、存取要求、记录使用频度和存储空间容量等因素提供若干种文件存储结构。Linux 的 EXT2 文件系统是采用索引文件实现一种非连续的存储方法，适合于数据记录保存在随机存取存储设备上的文件。EXT2 采用一种巧妙的方法实现了一种多重索引结构，保持了读写的速度和文件的最大容量。如图 6.13 所示，每个文件的索引表规定为 13 个索引项，每项 4 个字节，登记一个存放文件信息的物理块号。由于 Linux 文件系统仅提供流式文件，无记录概念，因而，登记项中没有键（或逻辑记录号）与之对应。前面 10 项存放文件信息的物理块号，叫直接寻址，而 0～9，可以理解为文件的逻辑块号。如果文件大于 10 块，则利用第 11 项指向一个物理块，该块中最多可放 128 个存放文件信息的物理块的块号叫一次间接寻址，每个大型文件还可以利用第 12 和 13 项作二次和三次间接寻址，因为，每个物理块存放 512 个字节，所以 Linux 每个文件最大长度达 11 亿字节。这种方式的优点是与一般索引文件相同，其缺点是多次间接寻址降低了查找速度。对分时使用环境统计表明，长度不超过 10 个物理块的文件占总数的 80%，通过直接寻址便能找到文件的信息。对仅占总数的 20%的超过 10 个物理块的文件才施行间接寻址。

6.4.4 虚拟文件系统的数据结构

虚拟文件系统（VFS）是物理文件系统与服务之间的一个接口层，它对每一个具体的文件系统的所有细节进行抽象，使得 Linux 用户能够用同一个接口使用不同的文件系统。VFS 只是一种存在于内存的文件系统，拥有关于各种特殊文件系统的公共接口，如超级块、inode、文件操作函数入口等，特殊的文件系统的细节统一由 VFS 的公共接口来翻译，当然对系统内核和用户进程是透明的。VFS 在操作系统自举时建立，在系统关闭时消亡。它的主要功能如下。

- 记录可用的文件系统的类型。
- 把设备与对应的文件系统联系起来。
- 处理一些面向文件的通用操作。
- 涉及针对具体文件系统的操作时，把它们映射到与控制文件、目录以及 inode 相关的物理文件系统。

在引入了 VFS 后，Linux 文件管理的实现层次如图 6.14。当某个进程发出了一个文件系统调用时，内核将调用 VFS 中相应函数，这个函数处理一些与物理结构无关的操作，并且把它重新定向为真实文件系统中相应函数调用，后者再来处理那些与物理结构有关的操作。

VFS 描述系统文件使用超级块和 inode 的方式。当系统初启时，所有被初始化的文件系统类型都要向 VFS 登记。每种文件系统类型的读超级块 read_super 函数必须识别该文件系统的结构，并且把信息映射到一个 VFS 超级块数据结构上。

为了保证文件系统的性能，物理文件系统上超级块必须驻留在内存中，具体来说，就是利用 super_block.u 来存储具体的超级块。VFS 超级块包含了一个指向文件系统中的第一个 inode 的指针 s-mounted，对于根文件系统，它就是代表根目录的 inode 结点。

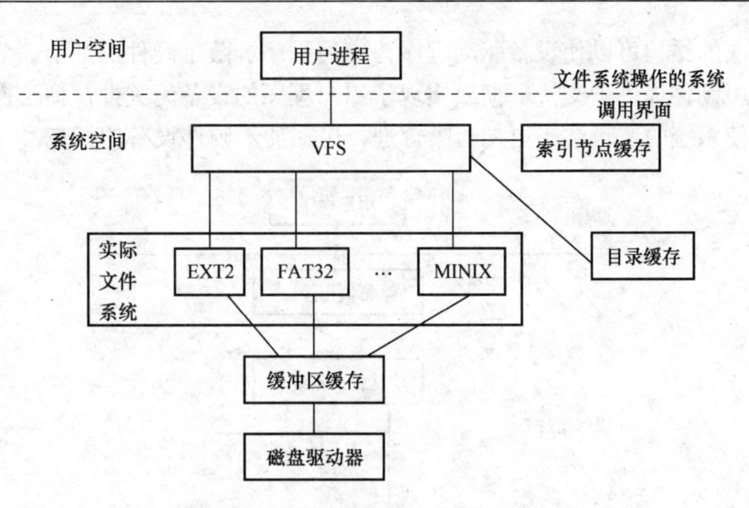

图 6.14 Linux 文件管理的实现层次

文件系统中的每一个子目录和文件对应于一个唯一的 inode，它是 Linux 管理文件系统的最基本单位，也是文件系统连接任何子目录、任何文件的桥梁。VFS inode 可通过 inode_cache 访问，其内容来自于物理设备上的文件系统，并有文件系统指定的操作函数填写。

同超级块一样，inode.u 用于存储每一个特定文件系统的特定 inode。系统所有的 inode 通过 i_prev，i_next 连接成双向链表，头指针是 first_inode。每个 inode 通过 i_dev 和 i_ino 唯一地对应到某一个设备上的某一个文件或子目录。i_count 为 0 时表明该 inode 空闲，空闲的 inode 总是放在 first_inode 链表的前面，当没有空闲的 inode 时，VFS 会调用函数 grow_inodes 从系统内核空间申请一个页面，并将该页面分割成若干个空闲 inode，加入 first_inode 链表。围绕 first_inode 链，VFS 还提供一组操作函数，主要有 insert_inode_free( )、remove_inode_free( )、put_last_free( )、insert_inode_hash( )、remove_inode_hash( )、clear_inode( )、get_empty_inode( )、lock_inode( )、unlock_inode( )、write_inode( )等。

6.5 Linux 的设备管理

在 Linux 操作系统中，每个设备都被映射为一个特殊的设备文件，使得用户程序可以像对其他文件一样方便地对设备文件进行读写操作。

6.5.1 Linux 设备管理概述

Linux 输入/输出设备可以分为字符设备、块设备和网络设备。块设备把信息存储在可寻址的固定大小的数据块中，数据块均可以被独立地读写，建立块缓冲，能随机访问数据块。字符设备可以发送或接收字符流，通常无法编址，也不存在任何寻址操作。网络设备在 Linux 中是一种独立的设备类型，有一些特殊的处理方法。也有一些设备无法利用上述方法分类，如时钟，它们也需要特殊的处理。

Linux 采用了虚拟文件系统（VFS）进行设备管理，向用户提供设备文件的系统调用，向下硬件设备内核将控制权交给设备驱动程序，由其完成底层的设备驱动，如图 6.15 所示。系统调用是操作系统内核和应用程序之间的接口，设备驱动程序是操作系统内核和机器硬件之间的接口。层次的结构可以使设备驱动程序为应用程序屏蔽了硬件的细节，为应用程序采用文件操作来使用硬件提供了支持，彻底实现了用户程序的设备无关性，便于操作系统对设备的统一管理，使系统的逻辑结构更加清晰合理，更加便于硬件设备的扩充。

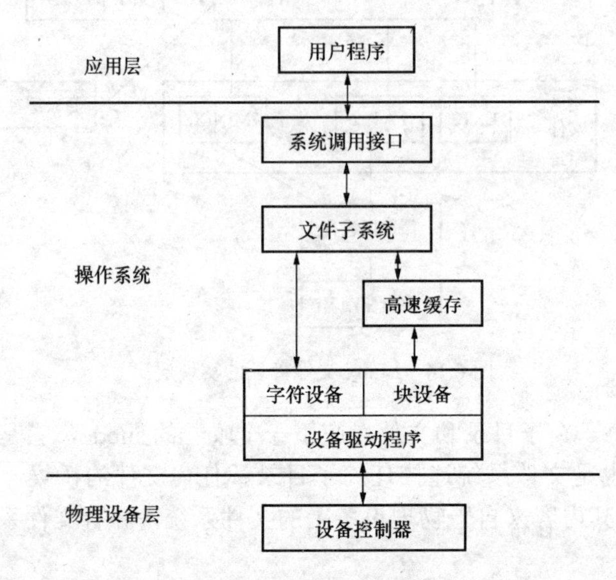

图 6.15 Linux 设备管理系统结构

在 Linux 中可以使用标准的文件操作对设备进行操作。对于字符设备和块设备，其设备文件用 mknod 命令创建，用主设备号和次设备号标识，同一个设备驱动程序控制的所有设备具有相同的主设备号，并用不同的次设备号加以区别。网络设备也是当作设备文件来处理，不同的是这类设备由 Linux 创建，并由网络控制器初始化。

Linux 核心具体负责 I/O 设备的操作，这些管理和控制硬件设备控制器的程序代码称为设备驱动程序，它们是常驻内存的底层硬件处理子程序，具体控制和管理 I/O 设备。虽然设备驱动程序的类型很多，它们都有以下的共同特性。

- 核心代码：设备驱动程序是 Linux 核心的重要组成部分，在内核运行。如果出现错误，则可能造成系统的严重破坏。
- 核心接口：设备驱动程序提供标准的核心接口，供上层软件使用。
- 核心机制和服务：设备驱动程序使用标准的核心系统服务，如内存分配、中断处理、进程等待、队列等待。
- 可装载性：绝大多数设备驱动程序可以根据需要以核心模块的方式装入，在不需要时可以卸装。
- 可配置性：设备驱动程序可以编译并链接进入 Linux 核心。当编译 Linux 核心时，可以指定并配置你所需要的设备驱动程序。
- 动态性：系统启动时将监测所有的设备，当一个设备驱动程序对应的设备不存在时，该驱动程序将被闲置，仅占用了一点内存而已。Linux 的设备驱动程序可以通过查询、中断和直接内存存取等多种形式来控制设备进行输入/输出。

为解决查询方式的低效率，Linux 专门引入了系统定时器，以便每隔一段时间才查询一次设备的状态，从而解决忙式查询带来的效率下降问题。Linux 的软盘驱动程序就是以这样一种方式工作的。即便如此，查询方式依然存在着效率问题。

一种高效率的 I/O 控制方式是中断方式。在中断方式下，Linux 核心能够把中断传递到发出 I/O 命令的设备驱动程序。为了做到这一点，设备驱动程序必须在初始化时向 Linux 核心注册所使用的中断编号和中断处理子程序入口地址，/proc/interrupts 文件列出了设备驱动程序所使用的中断编号。

Linux 核心与设备驱动程序以统一的标准方式交互，因此，设备驱动程序必须提供与核心通信的标准接口，使得 Linux 核心在不知道设备具体细节的情况下，仍能够用标准方式来控制和管理设备。

字符设备是最简单的设备，Linux 把这种设备当作文件来管理。在初始化时，设置驱动程序入口到 device_struct（在 fs/devices.h 文件中定义）数据结构的 chrdev 向量内，并在 Linux 核心注册。设备的主标识符是访问 chrdev 的索引。device_struct 包括两个元素，分别指向设备驱动程序和文件操作块。而文件操作块则指向诸如打开、读写、关闭等一些文件操作例行程序的地址。

块设备的标准接口及其操作方式非常类似于字符设备。Linux 采用 blk_devs 向量管理块设备。与 chrdev 一样，blk_devs 用主设备号作为索引，并指向 blk_dev_struct 数据结构。除了文件操作接口以外，块设备还必须提供缓冲区缓存接口，blk_dev_struct 结构包括一个请求子程序和一个指向 request 队列的指针，该队列中的每一个 request 表示一个来自于缓冲区的数据块读写请求。

6.5.2 Linux 中的设备驱动

Linux 设备驱动程序是内核的一部分，由于设备种类繁多、设备驱动程序也有许多种，为了能协调设备驱动程序和内核的开发，必须有一个严格定义和管理的接口。Linux 的设备驱动采用层次模式进行开发，如图 6.16 所示。当前常用的接口有 UNIX SVR4 提出了 DDI/DKI（Device-Driver Interface/Driver-Kernel Interface、设备-驱动程序接口/设备驱动程序-内核接口）规范。Linux 的设备驱动程序与外界的接口与 DDI/DKI 类似，可分为三部分。

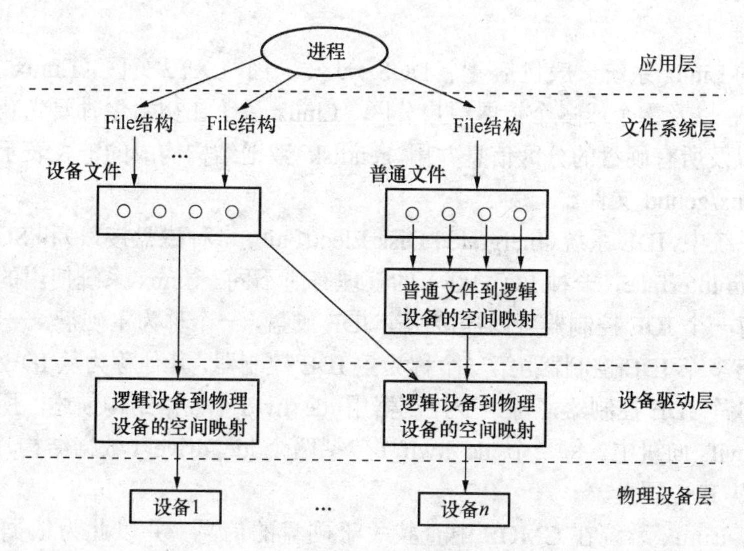

图 6.16　设备驱动的分层次结构图

- 驱动程序与内核的接口。I/O子系统向内核其他部分提供一个统一的标准的入设备接口，这是通过数据结构file-operations来完成的。常用的访问接口有重新定位读写位置lseek( )、从字符设备读数据read( )、向字符设备写数据write( )、多路设备复用select( )、把设备内存映射到进程地址空间mmap( )、打开设备open( )、关闭设备release( )、实现内存与设备间的同步通信fsync( )和实现内存与设备间异步通信等。
- 驱动程序与系统引导的接口。这部分利用驱动程序对设备进行初始化。
- 驱动程序与设备的接口。这部分描述了驱动程序如何与设备进行交互，这与具体设备密切相关。根据功能，设备驱动程序的代码可分成如下几个部分：驱动程序的注册与注销；设备的打开与释放；设备的读写操作；设备的控制操作和设备的中断及轮询处理。

系统引导时，通过sys-setup( )进行系统初始化，而sys-setup( )又调用device-setup( )进行设备初始化。进一步还分成字符设备与块设备的初始化，将会调用不同的初始化程序*xxx*-init( )完成初始化工作，最后，通过不同的注册过程向内核注册登记。同样，关闭字符或块设备时，通过不同的注销过程向内核注销。

打开设备是由open( )完成的，例如，lp-open( )打开打印机，hd-open( )打开硬盘。打开操作要执行以下任务：检查设备状态、初始化设备（首次打开）、确定次设备号、递增设备使用的计数器等。释放设备由release( )完成，其任务与打开大致相反。

字符设备使用各自的read( )和write( )对设备进行数据读写，块设备则使block-read( )和block-write( )来进行数据读写。对于块设备除了使用内存缓冲区外，还会优化诸读写请求，以便缩短总的数据传输时间。除了读写操作外，有时还要控制设备，可以通过ioctl( )完成，如对光驱控制可使用cdrom-ioctl( )。

对于不支持中断的设备，读写时需要轮询设备状态，以决定是否继续进行数据传输。例如，打印机驱动程序在缺省时，轮流查询打印机的状态。如果设备支持中断，则可按中断方式处理。

6.5.3 设备管理实例

1. 硬盘管理

一个典型的Linux系统一般包括一个DOS分区，一个EXT2分区（Linux主分区），一个Linux交换分区，以及零个或多个扩展用户分区。Linux系统在初始化时要先获取系统所有硬盘的结构信息以及所有硬盘的分区信息并用 gendisk 数据结构构成的链表表示，其细节可以参见/include/linux/genhd文件。

在Linux系统中，IDE系统（Inergrated Disk Electronic，一种磁盘接口）和SCSI系统（Small Computer System Interface，一种I/O总线）的管理有所不同。Linux系统使用的大多数硬盘都是IDE硬盘，每一个IDE控制器可以挂接两个IDE硬盘，一个称为主硬盘，一个称为从硬盘。一个系统可以有多个IDE控制器，第一个称为主IDE控制器，其他称为从IDE控制器。Linux系统最多支持4个IDE控制器，每一个控制器用ide_hwif_t数据结构描述，所有这些描述集中存放在ide_hwifs向量中。每一个ide_hwif_t包括两个ide_drive_t数据结构，分别用于描述主IDE硬盘和从IDE硬盘。

初始化时，Linux系统在CMOS中查找关于硬盘的信息，并以此为依据构造上面的数据结构。Linux 系统将按照查找到的顺序给 IDE 硬盘命名。主控制器上的主硬盘的名字为/dev/hda，以下依次为/dev/hdb、/dev/hdc 等。IDE 子系统向 Linux 注册的是的 IDE 控制器而不是硬盘，主 IDE 控制器的主设备号为 3，从 IDE 控制器的主设备号为 22。这意味着，如果系统只有两个 IDE 控制器，blk_devs 中只有两个元素，分别用 3 和 22 标识。

SCSI 总线是一种高效率的数据总线，每条 SCSI 总线最多可以挂接 8 个 SCSI 设备。每个设备有唯一的标识符，并且这些标识符可以通过设备上的跳线来设置。总线上的任意两个设备之间可以同步或异步地传输数据，在数据线为 32 位时数据传输率可以达到 40MB/s。SCSI 总线可以在设备间同时传输数据与状态信息。

Linux SCSI 子系统包括两个基本组成部分，其数据结构分别用 host 和 device 来表示。Host 用来描述 SCSI 控制器，每个系统可以支持多个相同类型的 SCSI 控制器，每个均用一个单独的 SCSI host 来表示。Device 用来描述各种类型的 SCSI 设备，每个 SCSI 设备都有一个设备号，登记在 Device 表中。

2. 网络设备

网络设备是传送和接收数据的一种硬件设备，如以太网卡，与字符设备和块设备不一样，网络设备文件在网络设备被检测到和初始化时由系统动态产生。在系统自举或网络初始化时，网络设备驱动程序向 Linux 内核注册。网络设备用 device 数据结构描述，该数据结构包含一些设备信息以及一些操作例程，这些例程用来支持各种网络协议，可以用于传送和接收数据包。Device 数据结构包括以下几个方面的内容。

（1）名称。网络设备名称是标准化的，每一个名字都能表达设备的类型，同类设备从 0 开始编号，如：/dev/ethN（以太网设备）、/dev/seN（SLIP 设备）、/dev/pppN（PPP 设备）、/dev/lo（回路测试设备）。

（2）总线信息。总线信息被设备驱动程序用来控制设备，包括设备使用的中断 irq、设备控制和状态寄存器的基地址 base address、设备所使用的 DMA 通道编号 DMA channel。

（3）接口标志。接口标志用来描述网络设备的特性和能力，如是否点到点连接、是否接收 IP 多路广播帧等。

（4）协议信息。协议信息描述网络层如何使用设备，其中：MTU 表示网络层可以传输的最大数据包尺寸；协议表示设备支持的协议方案，如 internet 地址方案为 AF_INET；类型表示所连接的网络介质的硬件接口类型，Linux 支持的介质类型有以太网、令牌环、X.25、SLIP、PPP 及 Apple Localtalk；地址包括域网络设备有关的地址信息。

（5）包队列。等待由该网络设备发送的数据包队列，所有的网络数据包用 sk_buff 数据结构描述，这一数据结构非常灵活，可以方便地添加或删除网络协议信息头。

（6）支持函数。指向每个设备的一组标准子程序，包括设置、帧传输、添加标准数据头、收集统计信息等子程序。

6.6 Linux 的 Shell

Shell 是系统的用户界面，提供了用户与内核进行交互操作的一种接口。它接收用户输入的命令并把它送入内核去执行。

Shell 实际上是一个命令解释器，它解释由用户输入的命令并且把它们送到内核。不仅如此，Shell 有自己的编程语言用于对命令的编辑，它允许用户编写由 Shell 命令组成的程序。

Shell 编程语言具有普通编程语言的很多特点，比如它也有循环结构和分支控制结构等，用这种编程语言编写的 Shell 程序与其他应用程序具有同样的效果。

Linux 也提供了像 Microsoft Windows 那样的可视的命令输入界面--X Window 的图形用户界面（GUI）。它提供了很多窗口管理器，其操作就像 Windows 一样，有窗口、图标和菜单，所有的管理都是通过鼠标控制。现在比较流行的窗口管理器是 KDE 和 GNOME。

每个 Linux 系统的用户可以拥有他自己的用户界面或 Shell，用以满足他们自己专门的 Shell 需要。同 Linux 本身一样，Shell 也有多种不同的版本。Linux 缺省使用 Shell 的是 Bash。

6.6.1 Shell 的工作原理

Linux 系统的 Shell 作为操作系统的外壳，为用户提供使用操作系统的接口。它是命令语言、命令解释程序及程序设计语言的统称。

Shell 是用户和 Linux 内核之间的接口程序，如果把 Linux 内核想象成一个球体的中心，Shell 就是围绕内核的外层。当从 Shell 或其他程序向 Linux 传递命令时，内核会做出相应的反应。

Shell 是一个命令语言解释器，它拥有自己内建的 Shell 命令集，Shell 也能被系统中其他应用程序所调用。用户在提示符下输入的命令都由 Shell 先解释然后传给 Linux 核心。

有一些命令，比如改变工作目录命令 cd，是包含在 Shell 内部的。还有一些命令，例如拷贝命令 cp 和移动命令 rm，是存在于文件系统中某个目录下的单独的程序。对用户而言，不必关心一个命令是建立在 Shell 内部还是一个单独的程序。

Shell 首先检查命令是否是内部命令，若不是再检查是否是一个应用程序（这里的应用程序可以是 Linux 本身的实用程序，如 ls 和 rm，也可以是购买的商业程序，如 xv，或者是自由软件，如 emacs）。然后 Shell 在搜索路径里寻找这些应用程序（搜索路径就是一个能找到可执行程序的目录列表）。如果键入的命令不是一个内部命令并且在路径里没有找到这个可执行文件，将会显示一条错误信息。如果能够成功地找到命令，该内部命令或应用程序将被分解为系统调用并传给 Linux 内核。

Shell 的另一个重要特性是它自身就是一个解释型的程序设计语言，Shell 程序设计语言支持绝大多数在高级语言中能见到的程序元素，如函数、变量、数组和程序控制结构。Shell 编程语言简单易学，任何在提示符中能键入的命令都能放到一个可执行的 Shell 程序中。

当普通用户成功登录，系统将执行一个称为 Shell 的程序。正是 Shell 进程提供了命令行提示符。作为默认值（Turbo Linux 系统默认的 Shell 是 Bash），对普通用户用“$”作提示符，对超级用户（root）用“#”作提示符。

一旦出现了 Shell 提示符，就可以键入命令名称及命令所需要的参数。Shell 将执行这些命令。如果一条命令花费了很长的时间来运行，或者在屏幕上产生了大量的输出，可以从键盘上按 Ctrl＋C 发出中断信号来中断它（在正常结束之前，中止它的执行）。

当用户准备结束登录对话进程时，可以键入 logout 命令、exit 命令或文件结束符（EOF）（按 Ctrl＋D 实现），结束登录。

```
$ make work
make:***No rule to make target 'work'. Stop.
$
```

注释：make 是系统中一个命令的名字，后面跟着命令参数。在接收到这个命令后，Shell 便执行它。本例中，由于输入的命令参数不正确，系统返回信息后停止该命令的执行。

在例子中，Shell 会寻找名为 make 的程序，并以 work 为参数执行它。make 是一个经常被用来编译大程序的程序，它以参数作为目标来进行编译。在“make work”中，make 编译的目标是 work。因为 make 找不到以 work 为名字的目标，它便给出错误信息表示运行失败，用户又回到系统提示符下。

另外，用户键入有关命令行后，如果 Shell 找不到以其中的命令名为名字的程序，就会给出错误信息。例如，如果用户键入：

```
$ myprog
bash:myprog:command not found
$
```

可以看到，用户得到了一个没有找到该命令的错误信息。用户敲错命令后，系统一般会给出这样的错误信息。

6.6.2　Shell 的种类

Linux 中的 Shell 有多种类型，其中最常用的几种是 Bourne Shell（sh）、C Shell（csh）和 Korn Shell（ksh）。三种 Shell 各有优缺点。Bourne Shell 是 UNIX 最初使用的 Shell，并且在每种 UNIX 上都可以使用。Bourne Shell 在 Shell 编程方面相当优秀，但在处理与用户的交互方面做得不如其他几种 Shell。Linux 操作系统默认的 Shell 是 Bourne Again Shell，它是 Bourne Shell 的扩展，简称 Bash，与 Bourne Shell 完全向后兼容，并且在 Bourne Shell 的基础上增加、增强了很多特性。Bash 放在/bin/bash 中，它有许多特色，可以提供如命令补全、命令编辑和命令历史表等功能，它还包含了很多 C shell 和 Korn Shell 中的优点，有灵活和强大的编程接口，同时又有很友好的用户界面。

C Shell 是一种比 Bourne Shell 更适于编程的 Shell，它的语法与 C 语言很相似。Linux 为喜欢使用 C Shell 的人提供了 Tcsh。Tcsh 是 C Shell 的一个扩展版本。Tcsh 包括命令行编辑、可编程单词补全、拼写校正、历史命令替换、作业控制和类似 C 语言的语法，它不仅和 Bash Shell 是提示符兼容，而且还提供比 Bash Shell 更多的提示符参数。

Korn Shell 集合了 C Shell 和 Bourne Shell 的优点并且和 Bourne Shell 完全兼容。Linux 系统提供了 pdksh（ksh 的扩展），它支持任务控制，可以在命令行上挂起、后台执行、唤醒或终止程序。

Linux 并没有冷落其他 Shell 用户，还包括了一些流行的 Shell 如 ash、zsh 等。每个 Shell 都有它的用途，有些 Shell 是有专利的，有些能从 Internet 网上或其他来源获得。要决定使用哪个 Shell，只需读一下各种 Shell 的联机帮助，并试用一下。

用户在登录到 Linux 时由/etc/passwd 文件来决定要使用哪个 Shell。例如：

```
# fgrep lisa /etc/passwd
lisa:x:500:500:TurboLinux User:/home/lisa:/bin/bash
```

Shell 被列每行的末尾（/bin/bash）

6.6.3　Bash Shell 的命令

Bash Shell 命令分为两类：Shell 内部命令和 Shell 外部命令。其中 Shell 内部命令是最简单最常用的命令，在 Shell 启动时进入内存。Shell 外部命令是独立的可执行程序，多是一些要使用工具程序。

Linux 命令的格式如下：

命令体［选项］［命令的参数，命令的对象］

如何获得命令的帮助：

（1）命令-h 或命令—h。

（2）man 命令。

（3）info：info 是 GNU 的超文本帮助系统。

（4）help 命令。

1. 命令选项和参数

用户登录到 Linux 系统时，可以看到一个 Shell 提示符，标识了命令行的开始。用户可以在提示符后面输入任何命令及参数。例如：

```
$ date
二 11 23 01:34:58 CST 1999
$
```

用户登录时，实际进入了 Shell，它遵循一定的语法将输入的命令加以解释并传给系统。命令行中输入的第一个字必须是一个命令的名字，第二个字是命令的选项或参数，命令行中的每个字必须由空格或 TAB 隔开，格式如下：

```
$ Command Option Arguments
```

选项是包括一个或多个字母的代码，它前面有一个减号（减号是必要的，Linux 用它来区别选项和参数），选项可用于改变命令执行的动作的类型。例如：

```
$ ls
motd passwd
$
```

这是没有选项的 ls 命令，可列出当前目录中所有文件，只列出各个文件的名字，而不显示其他更多的信息。

```
$ ls -l
total 2
-rw-r--r-- 2 wzh book 22 Apr 20 20:37 motd
-rw-r--r-- 2 wzh book 796 Apr 20 20:37 passwd
$
```

加入－l 选项，将会为每个文件列出一行信息，诸如数据大小和数据最后被修改的时间。

大多数命令都被设计为可以接纳参数。参数是在命令行中的选项之后键入的一个或多个单词，例如：

```
$ ls -l text
-rw-r--r-- 2 wzh book 22 Apr 20 20:37 motd
-rw-r--r-- 2 wzh book 796 Apr 20 20:37 passwd
$
```

将显示 text 目录下的所有文件及其信息。

有些命令，如 ls 可以带参数，而有一些命令可能需要一些最小数目的参数。例如，cp 命令至少需要两个参数，如果参数的数目与命令要求不符，shell 将会给出出错信息。例如：

```
$ cp -i mydata newdata
```

注意：命令行中选项先于参数输入。

2. Shell 变量

在Linux中，用户可以设置自己的环境，特定的Shell环境是由一些变量和这些变量的值来决定的。这些变量成为Shell变量。一个Shell变量是一个标识符串，它的值可以是一定范围内的字母和数字。Shell变量分为两类，即标准Shell变量和用户自定义的变量。

Shell在开始执行时就已经定义了一些和系统的工作环境有关的变量，用户还可以重新定义这些变量，这些变量称为标准Shell变量一种，常用的Shell环境变量如下。

（1）HOME：用于保存注册目录的完全路径名。

（2）PATH：用于保存用冒号分隔的目录路径名，Shell将按PATH变量中给出的顺序搜索这些目录，找到的第一个与命令名称一致的可执行文件将被执行。

（3）TERM：终端的类型。

（4）UID：当前用户的识别字，取值是由数位构成的字串。

（5）PWD：当前工作目录的绝对路径名，该变量的取值随cd命令的使用而变化。

（6）PS1：主提示符，在特权用户下，默认的主提示符是#，在普通用户下，默认的主提示符是$。

（7）PS2：在Shell接收用户输入命令的过程中，如果用户在输入行的末尾输入“\”然后回车，或者当用户按回车键时Shell判断出用户输入的命令没有结束时，就显示这个辅助提示符，提示用户继续输入命令的其余部分，默认的辅助提示符是>。

预定义变量和环境变量相类似，也是在Shell一开始时就定义了的变量。所不同的是，用户只能根据Shell的定义来使用这些变量，而不能重定义它。所有预定义变量都是由$符和另一个符号组成的，常用的Shell预定义变量如下。

（1）$#：位置参数的数量。

（2）$*：所有位置参数的内容。

（3）$?：命令执行后返回的状态。

（4）$$：当前进程的进程号。

（5）$!：后台运行的最后一个进程号。

（6）$0：当前执行的进程名。

用户可以按照下面的语法规则定义自己的变量：

变量名＝变量值

要注意的一点是，在定义变量时，变量名前不应加符号$，在引用变量的内容时则应在变量名前加$；在给变量赋值时，等号两边一定不能留空格，若变量中本身就包含了空格，则整个字串都要用双引号括起来。

在编写Shell程序时，为了使变量名和命令名相区别，建议所有的变量名都用大写字母来表示。

3. 命令行特征

命令行实际上是可以编辑的一个文本缓冲区，在按回车之前，可以对输入的文本进行编辑。比如，利用Backspace键可以删除刚输入的字符，可以进行整行删除，还可以插入字符，使得用户在输入命令，尤其是复杂命令时，若出现键入错误，无须重新输入整个命令，只要

利用编辑操作，即可改正错误。

利用上箭头可以重新显示刚执行的命令，利用这一功能可以重复执行以前执行过的命令，而无需重新输入该命令。

bash 保存着以前输入过的命令的列表，这一列表被称为命令历史表。按动上箭头，便可以在命令行上逐次显示各条命令。同样，按动下箭头可以在命令列表中向下移动，这样可以将以前的各条命令显示在命令行上，用户可以修改并执行这些命令。

在一个命令行中还可以置入多个命令，用分号将各个命令隔开。例如：

```
$ ls -F;cp -i mydata newdata
```

也可以在几个命令行中输入一个命令，用反斜杠将一个命令行持续到下一行。

```
$ cp -i
mydata
newdata
```

上面的 cp 命令是在三行中输入的，开始的两行以反斜杠结束，把三行作为一个命令行。

Shell 中除使用普通字符外，还可以使用一些具有特殊含义和功能的特殊字符。在使用它们时应注意其特殊的含义和作用范围。下面分别对这些特殊字符加以介绍。

（1）元字符。元字符用于模式匹配，如文件名匹配、路径名搜索、字符串查找等。常用的元字符有*、?和括在方括号[ ]中的字符序列。用户可以在作为命令参数的文件名中包含这些元字符，构成一个所谓的“模式串”，在执行过程中进行模式匹配。

代表任何字符串（长度可以不等），例如，“f”匹配以 f 打头的任意字符串。但应注意，文件名前的圆点（.）和路径名中的斜线（/）必须显式匹配。例如，“*”不能匹配.file，而“.*”才可以匹配.file。?代表任何单个字符。其他的常见元字符见表 6.2 所示。

表 6.2 Linux Shell 常用元字符

?	匹配文件名中的任何单个字符
()	括号中的内容理解为一条命令
&	后台执行命令
$0，$1，…$n	替换命令行中的参数
$ Var	Shell 变量 Var 的值
;	命令表的分隔符
'comd '	执行反引号中的命令，并在输出时用该命令执行的结果替换命令
部分 Var=V	将值赋给 Shell 变量
comdl ‖ comd2	如果不成功执行命令 comd2，否则执行 comdl
comd1 && comd2	如果不成功执行命令 comd1，否则执行 comd2
#	忽略所有在#之后的内容

（2）引号。在 Shell 中引号分为三种：单引号、双引号和反引号。

- 单引号（'）。由单引号括起来的字符都作为普通字符出现。特殊字符用单引号括起来以后，也会失去原有意义，而只作为普通字符解释。例如：

```
$ string='$PATH'
```

```
$ echo $string
$PATH
$
```

可见$保持了其本身的含义，作为普通字符出现。

- 双引号（"）。由双引号括起来的字符，除$、'、和"这几个字符仍是特殊字符并保留其特殊功能外，其余字符仍作为普通字符对待。对于$来说，就是用其后指定的变量的值来代替这个变量和$；对于而言，是转义字符，它告诉Shell不要对其后面的那个字符进行特殊处理，只当作普通字符即可。在双引号中需要在前面加上的只有四个字符$,，'和"本身。而对"号，若其前面没有加，则Shell会将它同前一个"号匹配。

例如，假定PATH的值为.:/usr/bin:/bin，输入如下命令：

```
$ TestString="$PATH\"$PATH"
$ echo $TestString
.:/usr/bin:/ bin"$PATH
$
```

试看结果如何？

- 反引号（`）。反引号（`）这个字符所对应的键一般位于键盘的左上角，不要将其同单引号（'）混淆。反引号括起来的字符串被Shell解释为命令行，在执行时，Shell首先执行该命令行，并以它的标准输出结果取代整个反引号（包括两个反引号）部分。例如：

```
$ pwd
/home/xyz
$ string="current directory is `pwd`"
$ echo $string
current directour is /home/xyz
$
```

Shell执行echo命令时，首先执行`pwd`中的命令pwd，并将输出结果/home/xyz取代`pwd`这部分，最后输出替换后的整个结果。

利用反引号的这种功能可以进行命令置换，即把反引号括起来的执行结果赋值给指定变量。例如：

```
$ today=`date
$ echo Today is $today
Today is Mon Apr 15 16:20:13 CST 1999
$
```

反引号还可以嵌套使用。但需注意，嵌套使用时内层的反引号必须用反斜线将其转义。例如：

```
$ abc=`echo The number of users is `who| wc-l``
$ echo $abc
The number of users is 5
$
```

在反引号之间的命令行中也可以使用Shell的特殊字符。Shell为得到``中命令的结果，它实际上要去执行``中指定的命令。执行时，命令中的特殊字符，如$，"，?等又将具有特殊含义，并且``所包含的可以是任何一个合法的 Shell 命令，如：

```
$ ls
note readme.txt Notice Unix.dir
$ TestString="`echo $HOME ` ` ls [nN]*`"
$ echo $TestString
/home/yxz note Notice
$
```

其他情况，可以依次类推。

（3）注释符。在 Shell 编程中经常要对某些正文行进行注释，以增加程序的可读性。在 Shell 中以字符“#”开头的正文行表示注释行。

此外还有一些特殊字符，如用于输入/输出重定向与管道的<、>、<<、>>和|；执行后台命令的&；命令执行操作符&&和||及表示命令组的{}将在下面各小节中加以介绍。

4. Shell 常用命令

不同版本的 Linux 命令数量不一样，这里笔者把它们中比较重要的和使用频率最多的命令，按照它们在系统中的。

作用分成几个部分介绍给大家，通过这些基础命令的学习我们可以进一步理解 Linux 系统。

（1）安装和登录命令：login、shutdown、halt、reboot、mount、umount、chsh。

（2）文件处理命令：file、mkdir、grep、dd、find、mv、ls、diff、cat、ln。

（3）系统管理相关命令：df、top、free、quota、at、lp、adduser、groupadd kill、crontab、tar、unzip、gunzip、last。

（4）网络操作命令：ifconfig、ip、ping、netstat、telnet、ftp、route、rlogin rcp、finger、mail、nslookup。

（5）系统安全相关命令：passwd、su、umask、chgrp、chmod、chown、chattr、sudo。

6.6.4 Bash Shell 编程

其实，作为命令语言互动式地解释和执行用户输入的命令只是 Shell 功能的一个方面，Shell 还可以用来进行程序设计，它提供了定义变量和参数的手段以及丰富的程序控制结构。使用 Shell 编程类似于 DOS 中的批处理文件，称为 Shell script，又叫 Shell 程序或 Shell 命令文件。

和其他高级程序设计语言一样，Shell 提供了用来控制程序执行流程的命令，包括条件分支和循环结构，用户可以用这些命令创建非常复杂的程序。与传统语言不同的是，Shell 用于指定条件值的不是布尔运算式，而是命令和字串。

1. 测试命令

test 命令用于检查某个条件是否成立，它可以进行数值、字符和文件 3 个方面的测试，其测试符和相应的功能分别如下。

（1）数值测试。

-eq 等于则为真。

-ne 不等于则为真。

-gt 大于则为真。

-ge 大于等于则为真。

-lt 小于则为真。

-le 小于等于则为真。

（2）字串测试。

= 等于则为真。

!= 不相等则为真。

-z 字串 字串长度伪则为真。

-n 字串 字串长度不伪则为真。

（3）文件测试。

-e 文件名 如果文件存在则为真。

-r 文件名 如果文件存在且可读则为真。

-w 文件名 如果文件存在且可写则为真。

-x 文件名 如果文件存在且可执行则为真。

-s 文件名 如果文件存在且至少有一个字符则为真。

-d 文件名 如果文件存在且为目录则为真。

-f 文件名 如果文件存在且为普通文件则为真。

-c 文件名 如果文件存在且为字符型特殊文件则为真。

-b 文件名 如果文件存在且为块特殊文件则为真。

另外，Linux 还提供了与（!）、或（-o）、非（-a）三个逻辑操作符，用于将测试条件连接起来，其优先顺序为：! 最高，-a 次之，-o 最低。

2. if 条件语句

Shell 程序中的条件分支是通过 if 条件语句来实现的，其一般格式为：

```
if 条件命令串
then
    条件为真时的命令串
else
    条件为假时的命令串
fi
```

3. for 循环

for 循环对一个变量的可能的值都执行一个命令序列。赋给变量的几个数值既可以在程序内以数值列表的形式提供，也可以在程序以外以位置参数的形式提供。for 循环的一般格式为：

```
for 变量名    [in 数值列表]
do
   若干个命令行
done
```

变量名可以是用户选择的任何字串，如果变量名是 var，则在 in 之后给出的数值将顺序替换循环命令列表中的$var。如果省略了 in，则变量 var 的取值将是位置参数。对变量的每一个可能的赋值都将执行 do 和 done 之间的命令列表。

4. while 和 until 循环

while 和 until 命令都是用命令的返回状态值来控制循环的。While 循环的一般格式为：

```
while
    若干个命令行 1
```

```
do
      若干个命令行 2
done
```

只要 while 的“若干个命令行 1”中最后一个命令的返回状态为真，while 循环就继续执行 do…done 之间的“若干个命令行 2”。

until 命令是另一种循环结构，它和 while 命令相似，其格式如下：

```
until
      若干个命令行 1
do
      若干个命令行 2
done
```

until 循环和 while 循环的区别在于：while 循环在条件为真时继续执行循环，而 until 则是在条件为假时继续执行循环。

Shell 还提供了 true 和 false 两条命令用于创建无限循环结构，它们的返回状态分别是总为 0 或总为非 0。

5. case 条件选择

if 条件语句用于在两个选项中选定一项，而 case 条件选择为用户提供了根据字串或变量的值从多个选项中选择一项的方法，其格式如下：

```
case string in
exp-1)
     若干个命令行 1
;;
exp-2)
     若干个命令行 2
;;
…
*)
其他命令行
esac
```

Shell 通过计算字串 string 的值，将其结果依次和运算式 exp-1，exp-2 等进行比较，直到找到一个匹配的运算式为止。如果找到了匹配项，则执行它下面的命令直到遇到一对分号(;;)为止。

在 case 运算式中也可以使用 Shell 的通配符（“*”、“？”、“[ ]”）。通常用*作为 case 命令的最后运算式以便在前面找不到任何相应的匹配项时执行“其他命令行”的命令。

6. 无条件控制语句 break 和 continue

break 用于立即终止当前循环的执行，而 continue 用于不执行循环中后面的语句而立即开始下一个循环的执行。这两个语句只有放在 do 和 done 之间才有效。

7. 函数定义

在 Shell 中还可以定义函数。函数实际上也是由若干条 Shell 命令组成的，因此它与 Shell 程序形式上是相似的，不同的是它不是一个单独的进程，而是 Shell 程序的一部分。函数定义的基本格式为：

```
functionname    {
      若干命令行
}
```

调用函数的格式为：

```
functionname param1 param2…
```

Shell 函数可以完成某些例行的工作，而且还可以有自己的退出状态，因此函数也可以作为 if、while 等控制结构的条件。

在函数定义时不用带参数说明，但在调用函数时可以带有参数，此时 Shell 将把这些参数分别赋予相应的位置参数$1，$2，…及$*。

6.7 小 结

本章主要介绍了 Linux 操作系统的形成和发展，以及 Linux 的进程管理、Linux 的存储管理、Linux 的设备管理等内容，让大家对 Linux 操作系统有个充分的认识。

习 题 6

1．简述开放源代码对 Linux 操作系统发展的影响。

2．Linux 操作系统的特点有哪些？

3．以图的形式描绘出 Linux 操作系统的系统结构。

4．Linux 操作系统的进程状态有哪些？它们之间是哪些原因引起状态转换？

5．使用 Linux 的 GCC 编写出父子进程，运行并查看这两个进程的 PID。

6．在 Linux 环境中编写两个进程实现消息队列的通信。

7．在 Linux 环境中编写两个进程实现共享内存的通信。

8．Linux 操作系统中编写一个程序能接受信号量并给出反映。使用 Linux 的命令向运行的该程序发送信号，进行测试。

9．简述 Linux 进程管理的特点。

10．简述 Linux 操作系统的三种高速缓存，并比较各自优缺点。

11．简述 Linux 的轻型进程和线程的区别？Linux 进程运行的缺点。

12．简述 Linux 内核的版本发展情况。

13．简述 Linux 的虚拟存储策略。

14．对比 Linux 的页面淘汰策略和 UNIX 操作系统的时钟页面替换算法。

15．什么是消息队列机制？叙述其工作原理。

16．试叙述进程的低级通信工具和高级通信工具。

17．在 Linux 操作系统中试利用一般信号量机制编程解决读者-写者问题。

18．在 Linux 环境中编程采用动态申请内存的形式实现双向链表。

19．简述 Linux 的三级页表实现的虚拟存储原理。

20．在 Linux 虚拟存储系统中，分析下列程序设计风格对系统性能的影响：①迭代法；②递归法；③常用 goto 语句；④转子程序；⑤动态数组。

21．叙述 Linux 系统的设备的系统结构和模型。
22．叙述 Linux 支持哪些类型的设备驱动程序。
23．简述 Linux 下编写设备驱动程序的一般过程。
24．编写 Linux 以太网卡驱动程序的网络过滤驱动程序。
25．Linux 的文件控制属性有哪些？
26．写出 Linux 命令的格式。
27．论述 Linux 操作中管道的作用，如何影响 Linux 的脚本程序。
28．简述 EXT2 的数据块分配策略，并和 FAT32 进行比较。
29．Linux 与 Windows 操作系统的磁盘管理的不同是哪些？Linux 存在哪些优势？
30．简述 Linux 的 Shell 编程与通用编程语言的区别和联系？
31．Linux 的文件共享有哪些种，如何进行区分？
32．简述 EXT2 的超级块如何实现硬盘管理。
33．简述 VFS 与 NFS 的区别和联系。
34．B-Shell 的控制语句有哪些？在语法上与 C 语言进行简单比较。
35．简述 Linux 与 Windows 在 GUI 编程上有什么不同。各自有什么优势？
36．Linux 常见的文件分类有哪些？
37．请给出 5 种 Linux 下编程语言和编译工具。
38．Shell 编程实现对一篇英文文章的单词统计。
39．以文件为存储的学生成绩管理任务采用 GCC 在 Linux 下编程实现。
40．Shell 编程实现源程序行数的统计？

第7章 操作系统管理

随着计算机技术与信息技术的发展，人们对计算机系统的依赖也越来越大。通常，政府机关和企、事业单位，都将大量的重要信息高度集中地存储在计算机系统中。如何正确地使用操作系统？如何对操作系统进行维护？如何确保在计算机系统中存储和传输数据的保密性、完整性和可用性，也成为一项重要的工作。

本章主要介绍以下几方面的内容。

（1）操作系统使用。

（2）操作系统维护。

（3）操作系统保护。

（4）操作系统安全。

7.1 操作系统使用

随着计算机的普及，使用计算机完成各种工作已经成为当今社会必须的发展趋势。而计算机的使用是离不开操作系统的。

7.1.1 操作系统的生成

可以为每一台具体的机器及其配置情况设计一个操作系统，然而这是不经济、也是不现实的。一般来说，一个操作系统的设计通常以一种类型的机器为目标，并适应于该种类型机器的各种系列以及不同的硬件配置。此时，当一个操作系统被安装到该类型某一具体机器上时，需要根据该机器所属系列以及配置情况产生与之相适应的系统，这一过程称为系统生成。即使对于同一台机器的相同配置情况，在不同时刻也可根据不同需要生成与之相适应的操作系统。

商业发行的操作系统通常存储于磁盘或磁带上。为生成操作系统，需要一个系统生成程序，该程序可通过读系统配置文件或向系统操作员询问等方式得知硬件配置情况及系统参数。

（1）处理机为何型号？有无扩展指令集？有无浮点处理功能？

（2）对于多处理机来说需给出每台处理机的描述。

（3）内存容量是多少？这也可以通过内存检测来确定。

（4）设备配置情况如何？各个设备编号、类型、型号及其他有关特性。

（5）选用何种操作系统选择项和参数值？如定义多少个缓冲区以及缓冲区长度的确定、处理机调度算法的确定、资源管理方式的确定、内存最多进程个数的确定等。

系统生成程序根据上述信息生成系统，这有如下三种方法。

1. 编译生成法

根据系统生成信息对于操作系统源程序的一个副本进行修改，修改可能涉及常量定义、数据说明、初始化程序以及条件编译等成分。然后对修改后的源程序重新加以编译，产生适合于具体机器和具体要求的操作系统运行程序。

2. 连接生成法

操作系统由已经预先编译好的若干个模块构成。系统生成程序根据生成信息在这些模块中，选择所需要的模块并将其连接在一起，产生适合于具体机器和具体要求的操作系统运行程序。这种方法可以避免将不需要的模块连接到生成的系统中，例如，可根据设备的配置情况连接所需要的设备驱动程序，未安装的设备驱动程序将不被连到生成系统中。

3. 运行生成法

所构成的操作系统完全由表来驱动。所有代码都有可能是构成操作系统的组成部分，但选择是在运行，而不是在编译时或连接时做出的。操作系统生成时仅产生一个描述系统的驱动表。

操作系统生成后，可以将其保存在磁盘等存储设备上，以后可以多次装入内存。当硬件配置等发生变化时，可根据新情况重新生成系统。

7.1.2 操作系统装入

操作系统装入也称操作系统自举、自荐或导引，是将已经生成的操作系统由磁盘等存储设备读入内存指定区域中。

大家知道，用户作业进入机器是在操作系统控制下完成的，即操作系统程序已在机器内并已完成初启，处于可工作状态。但在操作系统进入机器之前，计算机是“空”的，即内存中没有有意义的信息。于是就存在一个如何将操作系统装入内存的问题。

此处的关键问题在于，在没有操作系统的条件下如何驱动外部设备将最初的可执行程序读入内存。为此，一般机器上都有专门的按键用于系统自举，它实际上是驱动一个固化的程序，该程序驱动外部设备输入操作系统。一般来说，固化程序非常单纯，它只能输入“绝对码”，即不需要处理直接可为硬件识别的信息，这有时是不方便的。为此，固化自举程序先引入一段软自举程序，软自举程序完成操作系统的输入和输入过程中的某些必要处理。

操作系统成功装入后，转到系统初启程序完成系统初始化工作。

7.1.3 操作系统初启

操作系统初启的任务是对系统中各种表、链、变量等设置初值，如进程表、缓冲区链、信号量等。在某些操作系统中，初启还需要创建一组系统进程，一个系统进程通常执行一个死循环程序，负责完成操作系统高层中某些比较单一的功能，如作业调度、假脱机输入/输出、内外存交换等。

初启由操作系统中的一个初启模块完成，该模块在系统装入后开始运行，此时系统处于管态。初启程序执行完毕后，转向低级调度程序，该程序将选中闲逛进程，并将其投入运行，此时系统“活”了。

系统初启一般是“一劳永逸”的，即初启程序只执行一次。初启完成后系统便一直工作，除非出现故障、系统受到破坏或正常关机。

7.1.4 操作系统运行

操作系统启动后，开始正常运行。在此期间，系统操作员需要监视系统的运转情况，并通过适当的干预手段，使系统负荷合理，效率得到充分发挥。

负荷亦称负载，是衡量系统“吃得饱”、“吃不饱”与“吃得过饱”的尺度。无论负荷过轻还是负荷过重，都会影响系统各方面的性能。负荷管理的目的是保持系统负荷轻重适当，以使系统达到良好性能。

容易理解，系统负荷是动态变化的。为了实现对于系统负荷的管理，需要了解系统负荷并动态地调整系统负荷。这就需要操作系统提供监视系统负荷和动态调整系统负荷的手段。

1. 监视系统负荷

了解系统负荷包括如下几个方面。

（1）一天中的每一时刻，系统上典型用户数是多少？

（2）每个工时内，各种任务的典型响应时间是多长？

（3）峰值工时是多少？

（4）哪些作业通常在一天的哪段时间内运行？

（5）通常运行作业哪些偏重使用处理机？哪些偏重使用设备？

（6）系统瓶颈在何处？

为了掌握上述系统负荷指标，操作员可以使用操作系统所提供的运行监视程序，它可作为进程在后台连续运行，记载并建立与系统性能有关的数据库，作为系统负荷调整的依据。

2. 调整系统负荷

根据已经掌握的系统负荷情况，可以对系统负荷进行相应的调整。通常可以采取如下一些措施。

（1）将作业作为批处理来运行，或调整大作业使其具有较低的优先级别，或将大作业放在交互式用户较少的时间段运行。

（2）限制系统中用户数目，不允许同时注册用户的数目多于系统在适当响应时间内所能支持用户的数目，或控制系统中并发进程的数目，或规定并分散不同用户的登录时间。

（3）设计应用程序应当尽量避免对于系统中瓶颈资源的要求。

7.2 操作系统维护

操作系统维护是指对已配备系统上交付用户使用的操作系统所进行的软件工程活动。在操作系统开发阶段结束后，它作为软件产品，移交给用户，开始试运行阶段。事实表明，操作系统在其运行阶段中仍然有必要进行一些改动，其原因如下。

1. 改正新发现的软件错误和设计上的缺陷

对于交付使用的操作系统，设计和开发人员总希望它能正常工作，同时尽可能稳定地为用户提供服务。然而，客观上一个软件在经过验收和测试后，都无法保证其不再有错误。大、中型软件尤其如此。随着频繁地使用，用户会发现错误以及使用上的不便之处。所发现的错误往往是遇到了某些特殊输入和特殊事件的组合，或硬件与软件之间接口不正确等。显然，必须修改所发现的错误，弥补其使用上的不便之处。

2. 适应特定的工作环境

大家知道，计算机技术近年来发展得越来越快，硬件、外部设备、通信设备不断更新换代，系统结构也不断变革，各种软件日益丰富。在操作系统设计过程中不能周密地考虑到这些因素，只能在使用阶段予以弥补和修改，以适应环境的变化。

3. 提高原有性能，增加新功能

用户在使用操作系统过程中，可能需要某些系统原来没有提供的功能，不同的使用者对于同一操作系统的功能要求通常不同。此外，用户可能希望在系统运行过程中提高其处理效率、压缩程序长度、提高系统可维护性等。

综上所述，操作系统的维护分为如下三类。

（1）改正性维护：改正那些在设计和开发过程中形成的，在调试过程中未发现的错误。

（2）适应性维护：随着操作系统环境的变化而进行相应的变动。

（3）完善性维护：扩充功能和改善性能。

可以看出，操作系统的维护与硬件的维护有很大的不同。对于硬件来说，维护意味着部件的更新和保养，不影响其使用性能。操作系统的维护则不同，它不仅包括对于源程序的改进，而且包括功能的扩充和提高。

操作系统的维护可划分为如下三个阶段。

首先，分析和理解被维护的系统及用户要求；其次，修改源程序，对于新增加的功能需要编写代码；最后，测试修改或扩充后的操作系统。其中，第一步是维护的基础，第二步是维护的核心，第三步是校验。由于必须考虑修改部分、扩充部分与原系统的恰当衔接和协调工作做到天衣无缝，第二步具有较大的难度和复杂度。在修改之后，还必须经过严密的测试，再对相关的资料进行必要的修正。

通常所说的操作系统“版本”，即起源于操作系统的维护。新版本与旧版本之间的差别包括两个方面：一是修改错误，二是扩充功能和提高性能。这里有一点需要特别强调：新版本需要具有旧版本所拥有的全部功能，否则原来的上层软件可能无法运行，此即操作系统的向下兼容性。

7.2.1 改正性维护

改正性维护是由于用户在使用操作系统的过程中发现错误，通报操作系统生产厂家，厂家对此进行修正。为此，开发厂家最好应当为用户提供自动记录故障现场、进行维护的手段。否则，由于操作系统的并发性和随机性，使得维护人员很难推断故障的内幕，更无法查出故障的原因。那么，操作系统需要提供哪些有助于维护的手段呢？通常需要如下两个程序。

1. 故障登记程序

该程序自动地记录与故障有关的事件信息，并用这些信息形成用户可以编排的报告形式。

2. 故障分析程序

该程序向用户提供操作系统故障分析报告，包括故障类别、发生的时间、发生故障时正运行的进程、寄存器值、核心栈内容、系统数据区内容、进程控制块、设备控制块、中断向量等。系统操作员可根据这些信息做出故障诊断。

故障发生并识别后，操作系统使用者应当通报操作系统厂家，对其加以改正，这可能使操作系统版本升级。

7.2.2 适应性维护

由于适应性维护与具体低层硬件环境和高层应用环境有关，因而进行这种维护应当按照如下步骤进行。

1. 适应低层硬件环境

主要是硬件配置方面的变化，如旧设备的淘汰、新设备的增加等。为适应这些变化，应当撤销旧的设备驱动程序，并编制新的设备驱动程序。这些一般对于操作系统上层模块没有明显的影响。

2. 适应高层应用环境

这是为了满足上层软件及用户命令的新要求，如增加或修改系统调用命令、增加或修改终端命令等。这种维护应当尽量在操作系统的高层进行，避免改动操作系统低层代码，以免影响原系统其他部分。

7.2.3 完善性维护

完善性维护是为了扩充和提高操作系统功能而进行的软件工程活动。这种维护可能涉及原有系统的局部，也可能涉及原有系统的大部甚至全部。这种维护通常可能导致操作系统版本的升级。

1. MS-DOS/Windows 的进化

MS-DOS 由最初版本 1.0 到最新版本 6.2 经历了多次完善性维护。最初的 1.0 版本仅包括一个基本文件系统和一个命令解释程序；2.0 版本增加了硬盘管理功能，文件改为树形结构，增加了 I/O 重定向和管道操作，同时增加了系统调用命令和交互式命令的数量；版本 3.0 增加了故障处理、文件保护等功能；5.0 进一步扩充了内存的容量等。Windows 系列将命令行用户界面改为图形界面，更加方便使用。在 Windows 95/98/ME/XP/Vista 的进化过程中，系统功能不断增强，可靠性和稳定性也不断提高。

2. UNIX 的进化

UNIX 从诞生至今已经推出了多个版本，其扩展方向不尽相同，有的增加了实时和多处理机调度功能，有的增加了虚拟存储功能，有的增加了网络和分布式处理功能。

7.3 操作系统保护

保护与安全都是与系统可靠性相关的问题。保护一般相对系统的内部合法用户，安全一般相对系统外部非授权用户。保护和安全都是操作系统设计必须认真对待的问题。

对于系统的合法用户来说，操作系统需要保证这些用户在互相不干扰的前提下相互协同。安全更为重要，人们通常说的软件安全、数据库安全、网络安全都是建立在操作系统安全基础上的，没有操作系统安全，不可能真正解决数据库安全、网络安全和其他软件安全问题。

保护的目标是提供一种机制以保证某种策略的实施。这里机制是相对稳定的，表示如何去做某件事；而策略是可变的，表示具体做什么。

7.3.1 域结构

访问权限（access-right）定义为二元组<object-name，right-set>，其中 object-name 为保护对象的标识，right-set 为对该对象所能进行的所有合法操作集合的子集合。域（domain）定义为访问权限的集合。图 7.1 给出了三个域 D_1、D_2、D_3，其中 D_2、D_3 具有相交的访问权限。

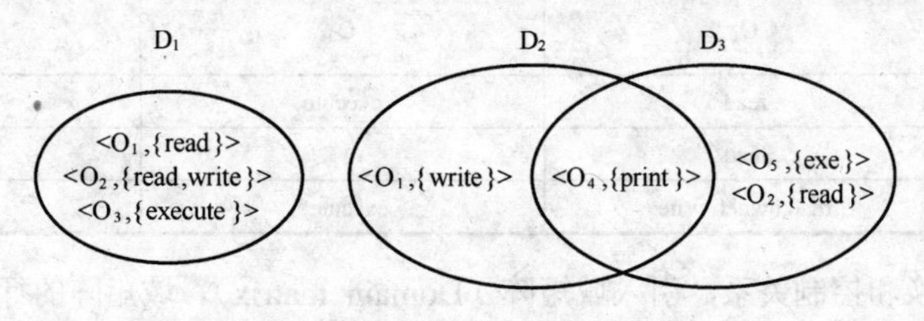

图 7.1 域的例子

在操作系统实现中，域通常与用户或进程相对应。对于前者，域由用户标识确定，用户标识的改变伴随着域的变化；对于后者域由进程标识确定，进程切换伴随域的变化。UNIX系统提供了一种称为 set-uid 的功能，对于一个可执行的文件，如果其 set-uid 位开关为 on，则执行该程序的进程的用户身份 uid 暂时被修改为可执行文件主的身份，这种域的变化导致访问权限的变化。

7.3.2　访问矩阵

域与对象之间的访问权限可用一矩阵表示，矩阵的行为域，列为对象，元素为权限集合，称为访问矩阵，如表 7.1 所示。D_i 可以对 O_j 执行操作 op，系统判断 op∈Access（i，j）。访问矩阵本身是被保护的数据结构，只有操作系统能够对其进行存取。

表 7.1　　访 问 矩 阵

域 \ 对象	O_1	O_2	O_3	O_4
D_1	read		write	
D_2				read,write
D_3		execute,read	read	
D_4	read	execute		

为了实现动态保护需要对权限加以扩充，以实现权限的增加和删除，该操作通常由对象所有者执行。为此增加一种特殊的权限 owner。如果 owner∈Access（i，j），则 D_i 可以扩展其对 O_j 的访问权限，可以授权或收回其他域对 O_j 的访问权限。为表达非所有者对对象的访问控制，增加 copy 权限，表示为 op*，如果 op*∈Access（i，j），则 D_i 可以扩展其对 O_j 的访问权限 op 复制给其他域，复制可以包括带复制权和不带复制权的复制。表 7.2 给出了一个具有 owner 权限和 copy 权限的访问矩阵，其中 execute*∈Access（D_3，O_2），D_3 可将 execute 权限复制给 D_1，D_1 不能继续复制；owner∈Access（D_3，O_1），D_3 将自身的权限集合由{read，owner}扩大为{read，owner，write}，并将 read 权限复制给 D_2。因此，owner 权限大于 copy 权限。

表 7.2　　**具有 owner 和 copy 权限的访问矩阵**

域 \ 对象	O_1	O_2	O_3
D_1	read		
D_2			read,write
D_3	read,owner	execute*	

域 \ 对象	O_1	O_2	O_3
D_1	read	execute	
D_2	read		read,write
D_3	read,owner,write	execute*	

为表示域转换和控制关系，引入域矩阵（Domain matrix）。域矩阵的行和列均为域，权限为 switch 和 control。若 switch∈Domain（i，j），则 D_i 可以切换到 D_j；若 control∈Domain

(i，j)，则 D_i 可以控制 D_j，如收回 D_j 的权限。表 7.3 所示的例子，由 D_1 可以切换到 D_3，由 D_2 可以切换到 D_1，由 D_3 可以切换到 D_2。

表 7.3　　　　域　矩　阵

域＼域	D_1	D_2	D_3	D_4
D_1			switch	
D_2	switch			control
D_3		switch		
D_4			control	

由于域的数量和对象的数量都很大，access matrix 是一个大而稀疏的矩阵，而且由于对矩阵的访问方式，传统的稀疏矩阵压缩算法并不适用。常见的实现方法有三种。

（1）全局表（global table）：三元组<D_i，O_j，R_k>的集合，其中 D_i 为域，O_j 为对象，R_k 为权限集合。当域 D_i 对对象 O_j 实施 M 操作时，在全局表中找到对应三元组，判断 $M \in R_k$ 是否成立<D_i，R_k>。这种方法的缺点是全局表很大，一般需要存放在外存，可能涉及额外的 I/O 操作。另外，也不能对域或对象进行分组。

（2）访问表（access list）：基于列的组织方式，每个对象对应一个二元组<D_i，R_k>集合。当域 D_i 对对象 O_j 实施 M 操作时，在 O_j 对应的访问表中找<D_i，R_k>，判断 $M \in R_k$ 是否成立。

（3）权力表（capability list）：基于行的组织方式，每个域对应一个二元组<O_j，R_k>集合。当域 D_i 对对象 O_j 实施 M 操作时，在 D_i 对应的权利表中找<O_j，R_k>，判断 $M \in R_k$ 是否成立。

7.4 操作系统安全

操作系统的安全性（security）既是用户关心的问题，也是系统管理员和操作员所关心的问题，因为它不仅关系到用户的切身利益，也关系到系统是否能够正常运行。尤其在计算机联网之后，操作系统的安全性引起用户和操作系统设计者的关注。

操作系统的安全威胁来自如下方面。

（1）用户不负责任：指用户有意或无意地造成明显的破坏，比如，将账号交给其他人使用，口令选取过于随意，一个被授权存取某些文件的用户自制一份关键的文件去出售。

（2）用户刺探：指用户盗用没有受到充分保护的系统部分。某些用户认为能够获得对禁止的系统部分的访问权是一个智力挑战，于是就与系统开玩笑。他们的动机有的并无恶意，有的则是盗窃数据，甚至破坏数据。

（3）用户侵入：指用户冲破安全控制以获得对于系统的访问权限，如窃取了系统操作员的用户名及口令后以系统操作员的身份登录系统，进行越权操作。

对安全性的威胁（threat）来自系统外部。闯入者非法进入系统，或非法程序获得在系统执行的机会。对系统安全的威胁可分为四类，即①阻断（interruption）：系统资产被毁损或变成不可用、不能用，如病毒破坏 BIOS，删除系统文件；②截取（interception）：非授权方得到系统资产，如盗取保密数据；③篡改（modification）：系统数据被非授权者改变，如驾驶员违章记录被删除；④伪造（fabrication）：非授权者将假对象加入系统。

7.4.1 闯入与身份认证

系统中具有账户（用户名和口令）的用户称为合法用户，反之为非法用户。非法用户通过某种手段进入系统称为闯入（intrusion），闯入用户称为闯入者（intruder）。身份认证（authentication）是确认一个来访者是否为系统合法用户的过程。身份认证最常用的手段是口令，用户每次登录系统时要求进行口令对答，为防止口令猜测（password guessing），系统规定对答次数（如三次），错误回答登记在系统日志（system log）中，以便事后审记时用。

用户口令在账户建立时连同登录名一起记载在系统 passwd 文件中（UNIX：/etc/passwd，Linux：/etc/shadow）。由于 passwd 文件通常对系统操作员是不保密的，同时也防止 password 文件本身被盗取，口令通常经过加密处理后存于 password 文件中，即若 s 为口令，$f(s)$而非 s 本身被存在 passwd 文件中。这时 f 为单向加密函数，易于计算但难以取反。

加密对口令保护起到重要作用，但有经验的闯入者仍可能破译加密后的口令，来看一下闯入者是如何工作的：首先收集所有可能的口令并编撰一个口令词典，然后对于所要攻击的系统，设法得到其 passwd 文件以及加密算法（这一般并不难），passwd 文件中含有加密后的口令。下一步的工作就是对于口令词典运行加密算法得到加密口令，并与 passwd 文件中的加密口令进行比较，一旦发现匹配者则破译成功。初看起来这种方法很笨拙，但报道显示其成功率却是不可忽视的，由于加密和比较都是由程序离线完成的，闯入者并不介意破译所需的运行时间。

1. 口令的选取

不少用户的口令选择比较随意，1234、出生日期、姓名等常被用作口令，而且长期使用不做修改。这样的用户可能认为他（她）在系统中没有保存什么重要的文件或数据，并不介意这些信息被盗取或被损毁。对这类用户的忠告是：口令不仅是保护个人利益的手段，更是维护系统安全的手段，攻击者常以一个盗取的账户口令为突破口对系统进行攻击，甚至从事犯罪活动，因而选取不易破译的口令并定期更新不仅是对自身利益的保护，更是对系统安全的负责。

推荐的口令选取原则是：①混合使用字母（大小写）、数字；②采用一个熟悉句子中出现的单词的首字母，如 MfnisB（My Father's Name is Bob）。

2. UNIX 口令

为防止加密口令被破译，UNIX 系统在加密之前对口令拼加“salt”，salt 是随机产生的长度为 12 位的附加值，将其与口令 s（56 位）串接在一起，然后对其结果再运行 crypt（3）算法，加密后的结果连同 salt 一起存在 passwd 文件中，如图 7.2 所示。口令验证时根据用户提供的口令 s，由 passwd 文件中取出 salt 串接后运行 crypt（3）算法，然后与 passwd 文件中的加密口令相比较，如图 7.3 所示。

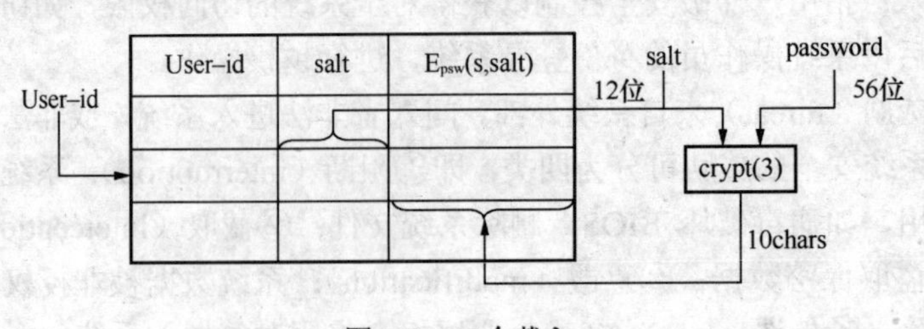

图 7.2 口令载入

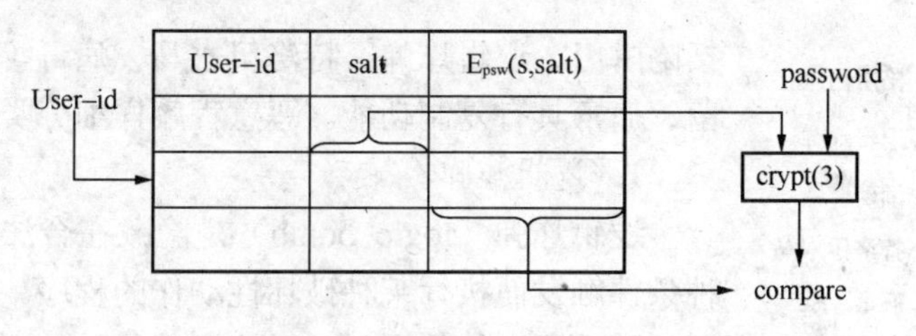

图 7.3 UNIX 口令验证

对于闯入者所编撰的口令词典中的每一个可能的口令，需要附加 12 位后再进行加密，这样增加 4096 种可能性，大大增加了破译难度。

3. 一次性口令

在远程登录环境中，为防止口令在网络传输过程中被截取，通常采用一次性口令（one-time password）。所谓一次性是指口令传输的非重复性，而用户每次登录所使用的口令并无变化，一次性口令基于单向函数

$$y=f(x)$$

该函数具有如下性质：给定 x，可以很容易地计算 y；反之给定 y，从计算上来说不可能求得 x。

用户首先选定一个保密口令 s，同时指定一个整数 n（口令使用次数），第一代口令为 $p_1=f^n(s)$，第二代口令为 $p_2=f^{n-1}(s)$，……，第 n 代口令为 $p_n=f(s)$。

口令定义时，主机（host）将初始值 $p_0=f(p_1)$和 n 记在 passwd 文件中，即初始口令信息为(p_0，n)。对于远程用户的第一次登录请求，主机响应 n，远程用户输入口令 s，在客户端计算出 $p_1=f^n(s)$并传送给主机。主机计算出 $p_0=f(p_1)$并将其与 passwd 文件中的 p_0 相比较。如果相同则登录成功，主机用 p_1 取代 passwd 文件中的 p_0，并将 n 减 1。这样第一次登录之后 passwd 文件中的口令信息更新为(p_1，$n-1$)。

第二次登录请求时，主机响应 $n-1$，远程用户输入口令 s，在客户端计算出 $p_2=f^{n-1}(s)$并传送给主机。主机计算出 $p_1=f(p_2)$并将其与 passwd 文件中的 p_1 相比较。如果相同则登录成功。主机用 p_2 取代 passwd 文件中的 p_1，并将 n 减 1。这样一次登录之后 passwd 文件中的口令信息更新为(p_2，$n-2$)。依次下去，在 n 次登录之后 n 减为 0，此时需要重新选择一个保密口令和整数 n。

容易看出，由于每次在网上传输的口令是不同的，即使口令被截取甚至截取者知道函数 f，但由于反函数不存在也不能得到下一次登录的口令，因而保密性很好。

7.4.2 程序威胁

攻击者并不登录系统，而设法将一个具有攻击能力的程序在目标系统中运行，而且程序可能具有传播扩散的功能，影响范围更大。一个有问题的程序获得在系统中执行的机会一般有两种渠道：①系统合法用户主动执行来源不可靠的程序，如下载程序、盗版软件、电子邮件，纯粹是捣乱和破坏；②网上攻击上载，利用网络连接（如 UNIX rsh、ping、finger、sendmail 等）等网络服务程序，将具有破坏性质的代码以参数的形式上传到目标系统，并使其得以执行。后者必须对网络服务程序具有深入的研究，只有计算机领域的行家才具有这种攻击能力，通常被称为“黑客”（hacker），他们视这种攻击为具有挑战性的行为。

来自程序的威胁有独立程序和寄生程序之分。独立程序包括细菌、蠕虫等；寄生程序包

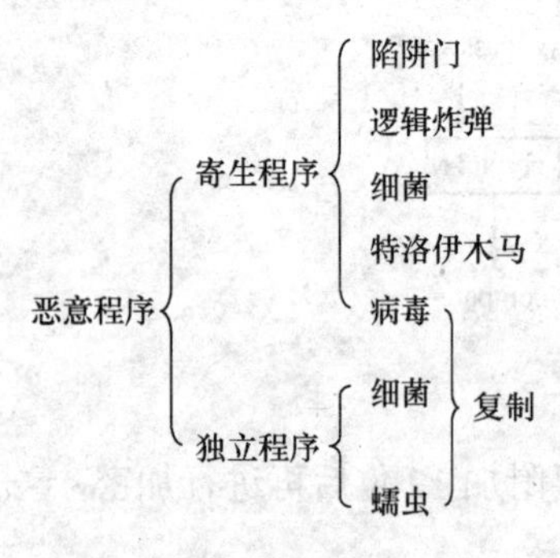

图 7.4 威胁性程序分类

括陷阱门、逻辑炸弹、特洛伊木马、病毒等。其中，蠕虫、细菌、病毒具有复制功能。恶意程序详细分类如图 7.4 所示。

1. 逻辑炸弹

逻辑炸弹（logic bomb）是隐藏在合法程序中的可以被某种条件触发而执行某种破坏性动作的程序。软件开发者可以采用这种手段制约使用者，以达到某种目的。逻辑炸弹程序的设计是容易的，一般编程人员都能实现，但要伪装得好、不易被发现，则需要一定的技巧和编程经验。

2. 特洛伊木马

特洛伊木马（Trojan horse）是嵌入于某合法程序中的秘密例程，合法程序的执行将导致秘密例程的执行，是具有伪装的攻击程序。攻击者利用程序的伪装诱使受骗者接受并执行这个程序。

例如，乙欲得到甲的文件 F，因无权限不能直接访问，便编写一个游戏程序 G 并邀请甲玩，甲运行 G，这确实是一个游戏程序，但在后台 G 将 F 复制到乙用户的目录下，达到了文件窃取的目的。

防止特洛伊木马的破坏，一方面要增强权限检查和控制，如限制存取灵活性；另一方面要提高自我防范意识，慎重使用来历不明的软件。

信道是特洛伊木马攻击系统的一个关键标志，尽管强制访问控制技术可以防止进程之间利用公开信道进行通信，但隐蔽信道往往可以绕开检查。例如，一个进程通过存储空间可以观察到另一进程书写的信息。

3. 后门

后门（trapdoor）是程序中绕过例行检查的入口，这种非正常入口在程序开发过程中普遍存在，一旦系统发布，所有后门均应关闭。发行系统中遗留的后门一般有两种情况：一是忘记关闭，二是有意保留。有分析证实 Windows 95、Windows 98 都存在后门。后门是系统安全的严重隐患。

4. 细菌

细菌（bacteria）是比病毒更早的一种良性程序，通过复制等手段消耗系统资源，包括进程复制、细菌文件复制等。进程复制将消耗进程表、CPU、内存等系统资源，文件复制将消耗磁盘空间。细菌可能指数级增长，并导致系统瘫痪。与病毒不同，细菌是不依附其他程序的独立程序，而且一般没有破坏性动作。

细菌程序的编制是容易的。例如，在 UNIX 系统中，可以使用 fork 命令创建子进程，每创建一个子进程便消耗一个 proc 表目，由于系统中 proc 表目是有限的，最终必将导致该表被耗尽而使系统崩溃。

5. 病毒

按照 Fred Cohen 的定义，计算机病毒（virus）是传染其他程序的程序，它通过修改其他程序使之包含病毒自身的精确拷贝版本、可能的深化版本或者其他繁衍体。当病毒进入某个程序，就称该程序被病毒感染了，同时被病毒感染的程序也就成为病毒继续扩散和传染其他程序的传染源。

病毒不是一个独立的程序，而是寄生于某一合法程序上的一段代码，该合法程序的执行将触发病毒代码，其危害包括两个方面：①传播。使其他文件感染上该病毒；②破坏。具体破坏动作多种多样，如删除系统文件等。

早期的程序感染病毒后因附加的病毒代码导致原程序长度发生变化，如果被感染的程序是一个长度已知的程序，感染病毒后只要检查一下程序长度就很容易被发现，因而这种病毒的隐蔽性很差。现在一般病毒代码附加到某合法程序上后，原程序长度并不发生变化，这是病毒在感染之前，对原合法程序进行了压缩，压缩后的程序附上病毒代码后长度与原合法程序的长度相同，因而简单地检查文件长度不能发现这种压缩病毒。为使压缩后的程序能正常执行，执行之前由病毒代码对其解压缩。

病毒防御通常将系统的存取控制、实体保护等安全机制结合起来，通过专门的防御程序模块为计算机建立病毒免疫系统和报警系统。防御的重点在操作系统敏感的数据结构、文件系统、存储机构以及I/O驱动程序上。操作系统敏感的数据结构包括进程表、文件表、关键缓冲区、共享数据段、系统记录、中断向量表和指针表等。病毒会试图篡改甚至删除其中的数据和记录，使系统在运行时出错。针对病毒的各种攻击，病毒防御机制采用存储映像、备份数据、修改许可、区域保护、动态检疫等方式来保护敏感数据结构。

6. 蠕虫

蠕虫（worm）是独立程序，危害有：①复制和传播。通过自身复制消耗系统资源，在网上从一个计算机传播到另一个计算机；②除利用spawn复制和传播外，可能伴随执行不期望的动作。

Morris的蠕虫利用了UNIX服务器finger命令和C语言对调用参数检查不严的漏洞，将蠕虫以参数的形式通过网络传到服务器结点，导致服务器栈溢出，以蠕虫的地址覆盖正常返回地址，从而获得执行的机会。

7.4.3 安全策略

1. 口令管理

（1）初始口令。当给一个用户建立用户名时，为其规定一个登录口令，每次用户登录系统时，都需要进行口令对答。口令可以人为地规定，也可由系统自动生成。

（2）关卡口令。为某些关键目录、关键文件等设置口令，可以防止非授权的用户对其进行访问，达到保护的目的。

（3）主副口令。即设置两个口令：一个为主口令，另外一个为副口令。主副口令分别由两个不同的用户掌握，仅当两者都在场时才能成功对答通过。

2. 防火墙

防火墙（firewall）是网络上分离可信系统与非可信系统的常用方法，由介于可靠系统与非可靠系统之间的一台计算机或一个路由器构成。其作用是限制两个不同安全域之间的相互访问，并动态监视和记录所有连接。

通过防火墙设置，可以阻断某些协议通过。例如，网络服务器按照http协议与Web浏览器交往，防火墙可以允许http协议通过，而finger等可能导致受蠕虫攻击的协议可以被阻断。实际上，防火墙可以将网络分割为若干个安全域，通常将因特网定义为不可信域，内部局域网定义为安全域，而介于两者之间的域定义为“非军事区”（Demilitarzed Zone）。此时，允许因特网到非军事区的连接以及由局域网到因特网的连接，而不允许由因特网或非军事区到内部网络的连接。

3. 加密

加密的思想是伪装信息，使局外人不可理解信息的真正含义。加密信息的安全性取决于对密钥的管理。加密保护可以防止信息被截取（interception），但不能防止信息被篡改。

一个加密系统可由五元素定义：S={P，C，K，E，D}，其中 P 为明文空间，C 为密文空间，K 为密钥空间，E 为加密算法，D 为解密算法。令 K_E 和 K_D 分别代表加密和解密的密钥，加密和解密的工作原理如图 7.5 所示。

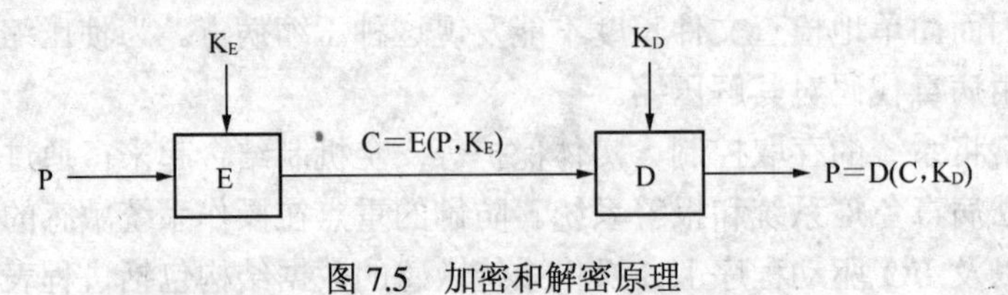

图 7.5 加密和解密原理

RSA 是基于数论非对称性的加密算法，大整数的素因子难以分解是 RSA 算法的基础。

4. 审计

审计（auditing）作为事后追踪的手段来保证系统安全。审计将涉及系统安全的操作，记录在系统监听日志（audit log）中，以便在发生安全问题后对违反系统安全规则的事件，能够有效地追查事件发生时间、地点与过程。审计是一个相对独立的过程，应当将其与操作系统其他功能隔离开。操作系统必须能够动态生成、保护审计过程，使其免遭修改、非法访问及破坏。特别要保护审计数据，严格限制未经授权的用户访问它。

审计一般应记录以下类型的事件：①使用识别和认证机制（如注册过程）；②将某客体引入某个用户的地址空间（如打开文件）；③删除客体；④系统管理员和安全管理员执行的操作。

对所记录的事件，审计工作需要识别事件的发生地点（如网络 IP 地址）、时间、产生这一事件的用户、事件类型及成功与否。

根据审计信息，利用数据挖掘技术进行特征抽取，可以发现安全威胁来源，结合报警功能，实现安全防护。可审计的事件包括：①对系统资源的访问；②使用某种特权对系统资源进行访问；③注册/退出操作；④修改系统或用户口令；⑤不成功的登录操作。

审计功能会增加系统开销，所以在实际系统中，通常选择最主要的事件进行审计。审计是应对计算机犯罪的重要手段。

5. 备份与恢复

备份与恢复是抗御信息破坏的安全措施。导致信息破坏的恶意可能是人为的，如文件被非法删除；也可能是自然原因造成的，如存储介质失效、自然灾害等。无论系统是否采取其他安全措施，备份都是绝对必要的。系统的安全和可靠性与备份是密不可分的。

系统操作员必须定期地对系统中的重要数据进行转储，转储内容不仅包括用户数据文件，也包括系统关键数据（如 passwd 文件、系统 log 等）。备份一般由专门的系统程序控制完成。

7.4.4 可信系统

在安全领域，经常使用可信系统（trusted system）这一术语，它比安全系统（secure system）的规格更高。可信系统具有形式化描述的安全需求，并在设计和实现上满足这些需求。可信系统的核心是最小的可信计算基（Trusted Computing Base，TCB）。TCB 由强制实施所有安全规则的硬件和软件构成，一个完全按照安全规范工作的可信计算基可完全保障系统的安全性，无论是否存在其他错误。

TCB 通常由三部分组成：①绝大多数硬件（I/O 设备除外，因为它们不影响安全性）；②操作系统核心中的一部分；③其他具有特权用户权限的用户程序（例如，UNIX 系统中的 setuid 的 root 程序）。操作系统中的 TCB 通常包括进程创建、进程切换、存储映射管理、部分文件和设备 I/O 管理。

对于安全设计，TCB 通常与操作系统的其他功能相分离，以便使其尽量小巧并易于验证。TCB 的一个主要成分是访问监视器，监视器截取所有与安全有关的系统调用，如打开文件，并决定是否应当继续执行。这样一来访问监视器成为所有安全决策的集中地，所有涉及安全的操作都不可能绕过它，如图 7.6 所示。

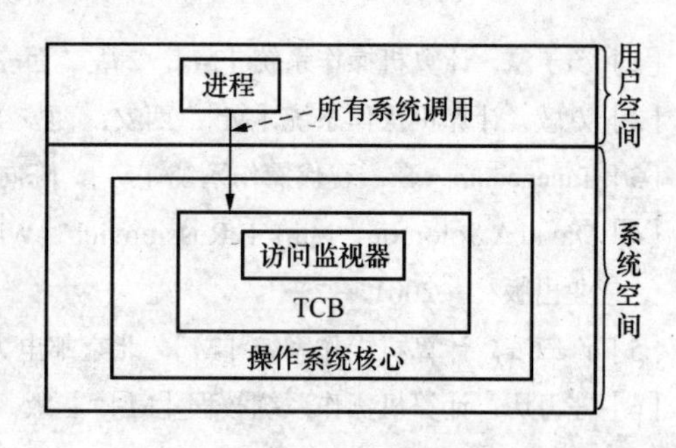

图 7.6 可信系统结构

7.5 小结

操作系统是用户与计算机之间的接口，用户通过操作系统的帮助，可以快速地、有效地和安全地使用计算机系统中的各种资源。要想实现对计算机系统的安全、有效的使用，首先要做到保护操作系统的安全和稳定。本章主要介绍操作系统的生成及运行，操作系统在使用过程中的维护以及对操作系统的保护，重点介绍了操作系统的安全管理，用户要想很好地使用操作系统，必须采取必要的手段，来保证操作系统的安全，这是保证用户程序和其他程序安全的基础。

习题 7

1．为什么操作系统的安全性问题在网络环境中尤为突出？

2. 何谓负荷管理？负荷管理的目标是什么？为了实现负荷管理，操作系统需要提供哪些支持？

3．为什么系统管理员以及系统操作员的特权登录口令应当定期修改？

4. 用户的口令对于系统管理员是否保密？说明系统管理员和系统操作员的职业道德对于系统安全性可能带来的影响。

5．保护与安全有何不同？

6．什么是一次性口令？为何一次性口令能够有效地抗截取？

7．特洛伊木马是如何攻击系统的？如何防止这种攻击？

8. 什么是可信系统？什么是可信计算基？可信计算基包括哪些部分？为什么可信系统是安全的？

参 考 文 献

[1] 汤子瀛．计算机操作系统［M］．2 版．西安：西安电子科技大学出版社，2001.

[2] 方敏．计算机操作系统［M］．西安：西安电子科技大学出版社，2004.

[3] Tanenbaum A.S.．现代操作系统［M］．陈向群，译．北京：机械工业出版社，1999.

[4] David A.Solomon，Mark E.Russinovich．Windows 2000 内部揭秘［M］．詹剑锋，等译．北京：机械工业出版社，2001.

[5] 许曰滨．计算机操作系统［M］．北京邮电大学出版社，2007.

[6] 左万历．计算机操作系统教程［M］．2 版．北京：高等教育出版社，2005.

[7] 陈莉君，康华．LINUX 操作系统原理与应用［M］．北京：清华大学出版社，2006.

[8] 邱世华．LINUX 操作系统之奥秘［M］．北京：电子工业出版社，2008.

[9] MAURICE J.BACH，陈葆珏等译．UNIX 操作系统设计［M］．北京：机械工业出版社，2000.

[10] 冯昊，杨海燕．LINUX 操作系统教程［M］．北京：清华大学出版社，2008.

[11] 逯燕玲，解文彬等．LINUX 操作系统［M］．北京：机械工业出版社，2007.

[12] 孙忠秀．操作系统教程［M］．3 版．北京：高等教育出版社，2004.

[13] 肖竞华，陈建勋．计算机操作系统原理——LINUX 实例分析［M］．西安：西安电子科技大学出版社，2008.

[14] 屠祁，屠立德．操作系统基础［M］．3 版．北京：清华大学出版社，2001.

[15] 任爱华，王雷．操作系统实用教程［M］．2 版．北京：清华大学出版社，2004.